KB042256

소년
소녀

§ 소년 소녀 2 §

2011년 10월 26일 초판 1쇄 인쇄
2011년 10월 31일 초판 1쇄 발행

지은이 § 이경미
발행인 § 곽중열
기획&편집디자인 § 신연제, 이윤아
발행처 § (주)조은세상

등록 § 2002-23호(1998년 01월 20일)
주소 § 경기도 고양시 일산동구 장항동 558번지 6호
Tel § 편집부(02)587-2966
영업부(031)906-0890
e-mail romance@comics21c.co.kr
값 9,000원

ISBN 978-89-6159-695-4 / ISBN 978-89-6159-693-0(set)

이 경 미 장 편 소 설

소
년
소
녀

2

GOOD WORLD ROMANCE NOVEL

(주)조은세상

contents.2

15.

　두 눈을 부릅뜨고 굳게 다문 입술에 경련을 일으키며 사신처럼 서 있는 어머니를 마주한 메이는 태어나서 처음으로 눈앞이 캄캄해졌다. 일순간 온몸에 흐르는 피가 싸늘히 식고 사고회로도 멈추어 버려 정지버튼을 누른 것처럼 얼었다 해도 과언이 아니었다.

　그러다, 메이는 다급히 이불로 새힘을 감싸곤 바짝 끌어당겨 품에 안았다. 작은 몸이 충격에 싸여 한없이 바들바들 떨린다. 팔에 힘을 주어 새힘을 꼭 안은 채로 메이는 어머니와 시선을 마주했다.

　"……옷 입고 내려가겠습니다. 잠시만 비켜 주세요."

　자잘한 경련이 이는 입매를 가까스로 추스른 희영은 아들

메이와, 절친한 집안의 딸인 새힘을 무섭게 응시하다 이내 몸을 돌렸다. 다리가 휘청거렸지만, 희영은 내색하지 않고 계단을 내려갔다.

희영과 새힘의 어머니인 은미와는 처녀 때부터 자매처럼 친하게 지낸 사이였다. 저 아이들과 마찬가지로 희영과 은미는 어릴 적부터 집안끼리 아는 사이였고 처녀 때부터는 부쩍 가까워져 결혼을 해서도 이렇게 한동네에 살 정도가 되었다. 그러다 보니 남편들도 죽이 잘 맞아 젊은 시절부터 호형호제하면서 지냈고, 아이들마저도 남매처럼 친하게 지냈다. 한데, 남매처럼이 아니라 한 이불 속에서 저러고 있다니.

요즘 아이들의 정서가 예전과는 확연히 다르다는 걸 충분히 알고는 있었지만, 내 자식이 저럴 줄은 꿈에도 몰랐다. 어릴 때부터도 남달리 영특했고, 상장이란 상장은 다 휩쓸었다. 사춘기로 접어들면서부터는 그 흔한 반항 한 번도 하지 않았으며, 전교 1등자리를 놓친 적도 없었다. 그래서 어릴 때부터 다니던 검도 도장뿐 아니라, 몇 년 전부터는 복싱 도장에도 드나든다는 걸 알았지만 모른 척해 주었다. 간섭하지 않아도 충분히 제 할 일 잘하는 아이임을 믿어 의심치 않았기 때문이다.

메이를 제 배로 낳진 않았지만, 한 번도 케이나 와이와 차별 대우하면서 키운 적은 없었다. 늘 바빴기에 형들과 마찬가지로 메이에게 조금 소홀했을 뿐이다. 엄하게 대했던 건, 제 형들에게도 똑같았다. 오히려 형들에게 더 엄격했으면 했지넣하시 잃있다.

되레 어미 노릇을 못해 미안한 건 지금 이 자리에 없는 첫째인 제이지, 메이만큼은 죽은 제 생모에게도 떳떳할 정도로 친자식이나 다름없이 키웠다. 그런데 이렇게 엇나가 버리다니. 억장이 무너지는 것만 같았다.

다른 걸 다 떠나서 우선 자매나 다름없는 은미와 그 남편인 송 교수에게 뭐라고 해야 할지 막막함이 밀려왔다. 쉬쉬하며 숨길 수도 없는 노릇이다. 결코 조용히 덮으며 지나갈 수 있는 문제가 아니었다. 계단을 내려가는 발걸음이 무거운 추를 달아 놓은 것처럼 한없이 무겁고 또 무겁다.

어머니가 완전히 계단 아래로 모습을 감추자 메이는 후우, 기다란 숨을 내쉬었다. 어지간한 강심장인 그도 이번만큼은 쉽사리 마음이 진정되질 않는다. 새힘에게 너무 빠져 있어 비가 오면 낚시를 갔던 어른들이 철수할 거란 생각은 하지 못했다.

비가 오는 걸 알았을 때, 새힘을 깨워 방으로 보냈어야 했다. 아니다. 처음부터 새힘에게 짐승 같은 짓을 하는 게 아니었다. 그랬더라면 이제 막 첫 경험을 치러 정신이 없을 새힘에게 이런 치욕을 안겨 주진 않았을 것이다. 살면서 지금처럼 스스로가 한심스러웠던 적은 없었던 것 같다.

그렇다고 계속 이렇게 넋 놓고 있을 수만은 없어 메이는 품에 안겨 있는 새힘을 가볍게 흔들었다.

"새힘아, 정신 차려 봐. 괜찮니?"

새힘이 푹 숙이고 있던 고개를 들어 두려움이 가득한 눈을 마주쳐 왔다.

"우리 이제……어떻게 해?"

불안에 떨고 있는 새힘을 보니 메이는 가슴이 먹먹해 미칠 것만 같았다. 아무리 서로가 애틋해 육체적인 사랑을 나누었다 할지라도, 어른들의 눈에는 그저 막돼먹은 탈선쯤으로 보일 것이다. 남자인 자신보다 여자인 새힘에게 훨씬 더 가혹하고 수치스러운 낙인으로 남을 게 자명했다.

"일단, 옷부터 입자."

메이는 이리저리 널려 있는 새힘의 옷들을 모아 하나씩 입혔다. 그녀를 포옥 감싸고 있는 이불을 헤치며 브래지어를 채우고 셔츠도 목과 팔에 꿰었다. 팬티를 입히기 위해 하체에 둘러진 이불을 걷으려는데 새힘이 다급히 붙잡았다.

"내, 내가 입을게. 좀 돌아앉아."

메이의 손에서 작은 팬티를 낚아채며 새힘이 얼굴을 붉혔다. 메이는 군말 없이 돌아앉아 자신 역시 널브러진 옷들을 걸쳐 입었다. 빠른 속도로 사랑을 나누기 전으로 돌아온 메이는 새힘을 돌아보았다. 그녀 역시 반바지까지 다 입은 채 흐트러진 머리칼을 손으로 빗어 내리고 있었다. 메이는 손을 뻗어 새힘의 양 볼을 감쌌다.

"새힘아, 내가 하는 말 잘 들어."

새힘이 말간 눈으로 그를 보았다.

"넌 아무 잘못 없는 거야. 어른들이 뭐라고 하면……"

"우리, 잘못한 거니?"

새힘이 메이의 말을 자르며 물었다. 메이는 가만히 손을 들어 그녀의 머리칼을 쓸며 쓰게 웃었다.

"어른들 눈에는 그래. 그러니까, 어른들이 뭐라고 하면, 넌 무조건 내가 그랬다고만 하면 돼. 불가항력인 상황이었다고 그래. 모든 책임은 내가 져."

가만히 듣고만 있던 새힘이 눈을 가늘게 떴다가 원래대로 되돌렸다.

"그러니까, 네가 날 덮쳤다고 말하란 거니?"

"내 말 들어. 그래야 네가 부모님 앞에서 덜 힘들 거야."

"싫어."

"새힘아."

"싫어, 싫어. 싫어!"

치아를 앙다물며 도리질을 친 새힘은 격앙된 호흡을 애써 진정시켰다.

"나 편하자고, 네게 비난의 화살을 돌리라고? 그럴 수 없어, 절대로. 그렇게 하면 내가 편할 것 같니? 하나도 편하지 않아. 어른들의 눈에 우리가 어떻게 비칠지 알아. 하지만, 널 받아들인 건 내 선택이었어. 서로를 신뢰해서 이루어진 일이야. 혹시, 후회하니?"

"그럴 리 없다는 걸 잘 알잖아."

"나도 후회 안 해. 지금 상황이 정말, 너무 두렵긴 한데, 후회하진 않아."

말을 끊은 새힘이 메이의 손을 꽉 잡고선 다시 입을 열었다.

"그렇다면, 서로의 신뢰를 배반하는 짓은 하지 말자. 우리 함께 책임져."

단호하고도 확고한 새힘의 눈동자를 들여다보던 메이가 그녀를 당겨 품에 안았다. 그러곤 팔에 힘을 주어 뼈가 으스러질 정도로 세차게 껴안은 다음 놓아주었다. 두 사람은 서로를 마주 보며 싱긋이 미소를 지었다. 조금 전보다 훨씬 더 긴장이 사그라진 얼굴로 메이와 새힘은 자리에서 일어났다. 두 사람은 손을 꼭 잡은 채 다락을 나섰다.

메이와 새힘이 아래층으로 갔을 때는 이미 어른들끼리 한바탕 소란이 일어난 상태였다. 아들을 둔 메이의 부모님은 죄인처럼 안절부절못했으며, 딸을 둔 새힘의 부모님은 그 나름대로 쇼크를 받고 어찌할 줄을 몰랐다. 시내에 나갔다 비가 오는 바람에 돌아온 메이의 형들은 영문도 모른 채 각자 방으로 쫓겨 들어가야 했다. 당사자들이 미성년자이다 보니 양가 부모의 충격이 어마어마한 탓이었다.

메이와 새힘이 손을 잡고 1층 거실로 모습을 나타내자, 새힘의 어머니 은미가 파들파들 떨면서 그런 두 사람을 응시하다 이내 매서운 얼굴로 성큼성큼 다가가 딸의 팔을 거세게 잡아끌었다. 어찌해 볼 틈도 없이 굳게 잡고 있던 손이 떨어지는 순간, 은미가 야멸치게 메이의 따귀를 올려붙였다.

철썩! 하는 소리가 거실에 울려 퍼지고, 자리에 있던 사람들의 눈매가 커졌지만 쉽사리 끼어들어 말리지 못했다. 시뻘건 손자국이 난 메이의 얼굴을 노려보던 은미가 희영 부부에게로 고개를 돌리며 쌀쌀맞게 말했다.

"언니, 미안해. 원장님, 죄송해요. 귀한 아들에게 손찌검한 건 정말 죄송한데, 지금은 제 감정을 컨트롤할 수가 없네요."

"새힘 엄마, 일단 마음을 가라앉혀 보자."

희영이 한숨을 내쉬며 다독이려 했지만, 은미는 표정을 풀지 않고 내뱉었다.

"일단, 서울 가서 얘기하죠. 송새힘, 올라가서 네 짐 챙겨."

은미가 등을 떠밀자, 새힘은 잔뜩 굳은 얼굴로 마른침을 삼켰다.

"엄마, 제 말……."

"입 닫아. 지금은 너나 메이의 변명 같은 건 한마디도 듣고 싶지 않아."

난공불락의 성처럼 너무도 단호한 어머니의 서슬에 새힘은 입을 닫고 말았다. 여기서 울고 불며 매달려 봤자, 득 될 게 하나도 없음을 알고 있었기에 그녀는 작게 입술을 깨물며 2층으로 향했다. 발갛게 손자국이 난 메이의 얼굴을 쓰다듬어 주고 싶은 충동을 누르며 계단을 올랐다.

"새힘 엄마, 지금 나가 봤자 시간이 너무 늦어서 비행도 안돼. 어른들이 이렇게 흥분하면 어떻게 하니."

"언니 같으면 흥분 안 하게 생겼어! 새힘이 이제 열여덟밖에 안 된 애야. 그것도 여자애라구! 둘이 건전하게 사귀었다면 쌍수 들고 환영했을 거야. 아니, 고등학교만이라도 졸업하고 이랬으면, 이 정도로 끔찍한 기분은 안 들었을 거야. 그런데, 이게 뭐야? 애네들 이제 고등학교 2학년이야. 내년에 고3이라고. 언니, 지금은 아무 말도 하고 싶지 않아. 자꾸 흥분돼서 말이 헛나올 것 같으니까 그만 할게. 암튼, 우린 지금 서울로 갈 거야. 비행기 안 뜨면 호텔서 묵어도 되니까 걱정 안 해도 돼."

은미가 찬바람을 남기며 2층으로 발걸음을 옮기자, 그때까지 묵묵히 있던 메이가 다급히 그녀의 앞을 가로막았다.

"잠깐만 시간을 내주세요."

은미의 표정이 '애가 왜 이래.' 하는 듯이 일그러졌다.

"부탁드립니다. 새힘인 아무 잘못 없습니다. 제 이야기를 먼저 들어주세요."

"말했지. 지금은 아무 얘기도 듣고 싶지 않다고. 내가 부탁할게. 제발 한마디도 하지 말아줘. 마음이 좀 진정되거든 그때 얘기하자. 비켜. 내가 무릎이라도 꿇어야 비켜 줄 거니?"

전혀 여지를 주지 않고 매몰차게 메이를 노려본 은미는 시선을 거두며 2층으로 향했다. 사람 좋은 송 교수 역시 어두운 얼굴로 메이를 바라보았다.

"네게 참으로 실망이구나."

욕설이나 맹비난보다 훨씬 더 날카로운 비수가 되는 말을 짤막히 남기고 송 교수는 와이프를 따랐다. 거실에 남겨진 류원장은 할 말이 없어 담배만 피워댔고, 희영 역시 언짢은 얼굴로, 혀끝을 쯧쯧 찼으며, 메이는 스스로가 할 수 있는 게 아무것도 없어 그저 굳은 듯이 서 있을 뿐이었다. 지금은 어쭙잖게 무릎을 꿇고 용서를 구해 봤자 어른들의 화만 더욱 부채질할 게 뻔했다.

잠시 후, 짐을 챙긴 새힘이 천천히 계단을 내려왔다. 더없이 가라앉은 그녀의 시선이 못 박히듯 그에게로 박혀들었다.

우리, 앞으로 어떻게 되는 거니?

메이는 어금니를 꽉 다물었다. 당장이라도 새힘의 손에 들려 있는 가방을 빼앗아 저만치 치우고 그녀를 껴안고 싶었다. 하지만 메이는 새힘이 힘들어하지 않게 편안한 얼굴로 미미하게 미소를 지으며 화답했다.

지금은 부모님이 하자는 대로 해. 얌전히.

하지만.

반항하지 말고 부모님 따라가. 내가 찾아갈게.

머뭇머뭇 새힘의 입술이 벌어지다 꼭 다물렸다. 노기로 인해 귀를 막아 버린 부모님에게 지금은 무슨 말을 해도 들리지 않을 것이다. 불 난 데 기름을 붓는 격이 되지 않으려면 메이의 말대로 얌전히 따르는 것이 나을지도 몰랐다.

한 발짝, 한 발짝 계단을 내려올수록 겁을 먹고 하얗게 질려 있는 새힘의 얼굴이 가까워지자, 그녀에 대한 걱정 때문에 메이의 이성이 마비될 것만 같았다. 이대로 새힘을 보내고 싶지 않아서, 피가 거꾸로 솟아오를 것만 같았다.

마침내 가방을 든 새힘이 메이의 팔을 스치며 지나가자, 메이는 그녀를 돌려세우고 싶은 걸 겨우 억누르며 뼈 마디마디가 하얗게 불거져 나올 정도로 주먹을 꽉 말아 쥐었다. 대신, 스쳐 지나가는 순간까지도 눈을 떼지 않고 자신을 바라보고 있는 새힘을 안심시키기 위해 시종일관 편안한 얼굴로 답했다.

새힘은 잠시 잠깐 멈추어 서서 그런 메이를 뚫어질 듯 응시하다 이내 몸을 돌려 거실을 가로질러 밖으로 향했다. 곧이어 송 교수가 짐 가방을 들고 내려와 류 원장 내외에게 묵례를 해 보이곤 새힘의 뒤를 따랐다. 마지막으로 은미가 조금 전보다 핼쑥해진 얼굴로 모습을 나타냈다.

"류 원장님 죄송해요. 언니, 미안해. 이렇게밖에 하지 못하는 날 이해해 줬으면 좋겠어요. 집으로 가서 차분히 새힘이와 얘기해 본 다음 다시 얘기해요."

말릴 수 있는 상황이 아님을 안 희영과 류 원장은 고개를 끄덕여 보였다. 류 원장 내외에게 고개를 숙여 보이곤 메이에겐 눈길조차 주지 않고 별장을 나섰다. 행복해야 할 가족 여행은 이렇게 끝이 나고 말았다.

세 식구가 빠져나간 별장은 귀곡 산장처럼 싸늘한 냉기가 감돌았다. 누구 한 사람 쉽사리 말문을 여는 이가 없다. 그때까지도 말없이 담배만 흩날리고 있던 류 원장이 메이를 향해 낮게 말했다.

"따라 들어와."

담배를 재떨이에 비벼 끈 류 원장이 서재 안으로 들어가 버리자, 메이는 낮게 한숨을 내쉬곤 발걸음을 옮겼다. 곧 있을 부친의 호통보다, 부모님에게 끌려가다시피 한 새힘이 더 걱정되어 절로 나오는 한숨이었다.

서재로 들어선 메이는 류 원장이 앉아 있는 소파의 근처에 길쭉하니 섰다. 그런 아들을 물끄러미 바라보던 류 원장은 테이블 건너의 소파를 가리켰다. 메이가 무덤덤한 얼굴로 맞은편에 앉아서야 류 원장이 입을 열었다.

"한심한 짓을 저질렀다."

"……."

류 원장이 '흠.' 하고 길게 한숨을 내쉬고는 쯧쯧 혀끝을 내찼다.

"왜 이렇게 어리석은 짓을 저질렀느냐. 성인이 된 다음에 경험을 해도 늦지 않을 텐데, 하필이면 가족 여행에 와서 이런 사달을 만드느냐 말이다."

"죄송합니다."

"성인인 형들도 일으키지 않은 문제를 제일 어린 네가 일으킬 줄은 꿈에도 몰랐구나. 이미 쏟아진 물을 억지로 주워 담을 수는 없는 노릇이니, 긴 말은 하지 않으마. 네가 단순히 성에 대한 호기심으로 그랬다고는 생각 않는다. 넌 코흘리개 시절부터 진중한 녀석이었으니까."

크나큰 호통 대신 부친의 말투는 잔잔하기 그지없었다. 표정은 심란함을 고스란히 담고 있었으나 화를 내지도, 막무가내로 잘못을 꾸짖지도 않았다.

"허락해 주신다면, 새힘이와 계속 교제를 하고 싶습니다.

끝까지 새힘이와 함께하고 싶어요."

한 치의 망설임도 없이 흘러나온 말에 류 원장이 설핏 미간을 모았다.

"쯧쯧. 일을 이 지경까지 끌고 오지 않은 채 건전한 마음으로 교제를 요청했더라면 허락했겠지. 하지만, 너무 천둥벌거숭이 짓을 해 버렸다. 모든 일에는 책임이 따른다는 걸 모르지는 않겠지. 끝까지라는 말을 쓰기에 넌 너무 어리다."

부친의 말이 메이의 가슴을 후벼 팠다. 어려서 아무것도 할 수 없는 스스로가 답답해 메이의 기분은 더없이 무겁게 내리깔렸다. 한없이 착잡해지는 마음을 애써 다잡으며 메이는 단호하게 말을 이었다.

"아버지, 전 그 애를 진심으로 사랑해요."

당돌할 정도로 확고한 대답에 류 원장은 속으로 허허, 웃었다. 결혼 적령기인 첫째와 둘째는 물론이고 계집 좋아하는 와이 놈까지 아직 좋아한다는 여자 하나 집으로 데려온 적이 없었다. 한데, 아직 고등학교도 졸업 못한, 새까만 막내 녀석이 사랑 운운하니 류 원장으로선 기가 막힐 수밖에 없었다.

이미 몸뿐 아니라, 마음까지 훌쩍 커 버린 막내아들을 보며 류 원장은 내심 서운함이 밀려들었다. 자신은 아직도 청춘인 것 같은데, 어느새 막내 녀석까지 다 자라서는 '아버지 늙었어요.' 하는 걸 간접적으로 가르쳐 주니 섭섭할 수밖에. 핏덩이를 받은 게 엊그제 같은데, 벌써 이만큼 커서 이런 이야기까지 나누는 게 신기하고도 착잡했다. 류 원장은 오늘따라 먼저 저 세상으로 가 버린 메어리가 더욱 눈에 선했다.

그렇더라도 이번 일은 그냥 묵과할 수가 없었다. 아니, 몸만 훌쩍 커서 어른 흉내를 내는 아이들을 이대로 내버려 둘 수가 없었다.

"메이야."

"네, 아버지."

"너, 나랑 둘이서 며칠 산이나 타자. 둘이서 뭘 해본 지가 까마득하구나."

뜬금없는 부친의 말에 선뜻 대답하지 못하자 류 원장이 덧붙였다.

"후지산에나 다녀와야겠구나. 안 간 지 꽤 됐지."

"아버지, 산은……전 지금 새힘이가 너무 걱정돼서……."

"넌 그 아이를 걱정할 때가 아니다."

메이의 말을 끊으며 묵직하게 흘러나온 류 원장의 목소리로 인해 서재에는 정적이 흘렀다. 바꿔 말하면 네 걱정이나 하라는 소리다. 그러니까, 허락되지 않은 짓을 한 데에 대한 막중한 벌이 뒤따를 거란 뜻이다. 그 의미를 어렵지 않게 깨달은 메이는 숨이 막히는 듯했다. 결코 언성을 높이지는 않았으나, 부친의 말은 아직 어린 그를 칭칭 옭아매고 있었다.

가만히 류 원장을 응시하던 메이가 이내 체념한 얼굴로 선선히 대답했다.

"네, 알겠습니다."

*

제주에서 부모님의 손에 이끌려 부랴부랴 집으로 돌아오게
된 새힘은 그날부터 생활이 확 바뀌어 버렸다. 휴대전화는 곧
바로 빼앗겼으며, 2층 거실에 설치되어 있던 무선 전화기도
싹 압수당했다. 유일하게 남은 통신 수단인 컴퓨터 역시 인터
넷이 끊겨 버렸다.

몸이 자유롭냐 하면 그것도 아니었다. 방학이 끝날 때까지
는 외출 금지령이 내려졌고 일주일에 두세 번 방문하던 가사
도우미를 아예 입주 도우미로 바꾸어 그녀를 감시하게 만들
었다. 혹여 가사 도우미가 집안일을 하는 사이에 몰래 나갈까
염려되어 현관문에 무시무시할 정도로 딸랑딸랑 커다란 소리
를 내는 풍경까지 여러 개를 이어 달아 놓았다.

그러니, 도우미가 주방에서 일을 하는 동안 밖으로 나가려
해도 문에 손만 대면 울려 퍼지는 풍경소리 때문에 어김없이
걸려 다시 방으로 돌아가는 경우가 허다했다. 창문 밖으로 어
떻게 탈출을 감행해 보려 해도 높이도 높이지만, 살구나무까
지 건너갈 수가 없어 도무지 빠져나갈 수가 없었다.

벌써 며칠째 메이의 소식을 알 수가 없다. 분명 제주에서
돌아왔을 테고, 한 번은 찾아왔어야 하는데 코빼기도 비추지
않는다. 무슨 일이 있는 건지 걱정이 되어 밤에는 잠도 잘 오
지 않았다. 영경에게라도 연락을 할 수 있다면 어떻게 된 일
인지 알 수도 있을 텐데 통신수단이 하나도 없으니 그럴 수도

없다.

은미는 결혼도 하지 않은, 더더군다나 미성년자인 딸이 몸을 함부로 굴리고 다니는 건 죽어도 볼 수가 없다고 오열을 했다. 그런 어머니에게 서로가 애틋하니 어쩌니 하는 변명들 따위는 씨알도 먹히지 않았다. 분별력이 생기기 전까지는 메이 아니라, 대통령의 아들이 온대도 교제를 허락할 수가 없다고 단단히 못을 박았다.

새힘은 침대에 누워 멍하니 천장을 응시했다. 메이가 보고 싶어 미칠 것만 같다. 10여 일만 있으면 개학이니 그때는 학교에서 실컷 볼 수 있을 테지만, 그전에 그리움으로 심장이 새카맣게 타 버릴 것 같았다.

이렇게 보고 싶을 줄 알았으면 볼 수 있을 때 실컷 봐 두는 건데. 좋아한다는 말도 실컷해주는 건데.

좋아한다는 그 흔한 말 한마디를 못해 준 게 못내 가슴에 쌓이고 쌓인다. 어느새 눈가를 촉촉이 적신 눈물이 주르륵 흘러내려 귓가를 적시고 베갯잇에 스며들었다. 창으로 보이는 휘영청 밝은 달이 새힘의 마음을 더욱 서글프게 만들었다.

흐느낌이 진해져 오열이 터져 나오려는 찰나, 노크 소리가 그녀의 귀를 강타했다. 새힘은 그대로 누운 채 눈물만 닦아냈다.

"계속 그렇게 누워 있을 참이니?"

문을 열고 들어온 은미가 미동조차 없이 누워 있는 새힘을 향해 나무랐다. 새힘은 발갛게 충혈 된 눈을 손등으로 닦아내곤 억지로 일어나 앉았다. 하지만, 어머니와 눈을 마주치기는 싫어 바닥으로 시선을 깔았다.

인형처럼 힘없이 앉아 있는 딸을 보는 은미의 얼굴이 한없이 굳었다. 이제 겨우 열여덟밖에 되지 않은 애가 세상 다 산 것 같은 몰골로 있으니 속이 썩어문드러지는 듯했다.

"밥은 먹었니?"

"……."

역시나 딸은 아무런 대답도 하지 않았다. 외출 금지령을 내린 후, 필사적으로 매달리다 그게 통하지 않자 이젠 벙어리 흉내를 내고 있었다. 엉덩이를 실컷 때려 줄 만큼 어리거나, 모든 걸 내맡길 정도로 나이를 먹었다면 차라리 나을 뻔했다. 때려 주지도 못하고 전적으로 방임할 수도 없으니 미칠 노릇이었다.

"지금은 엄마가 원망스럽겠지만, 네가 더 나이를 먹게 되면 엄마의 뜻을 헤아릴 수 있을 거야."

표정 없이 바닥만 응시하고 있던 새힘이 입술을 앙다물더니 도로 침대에 휙 누워 버렸다. 그러고는 듣기 싫다는 듯 머리끝까지 이불을 덮어썼다. 은미의 입에서 절로 한숨이 흘러나왔다.

"건전한 교제만 했었더라도 엄마가 이렇게까지 했겠니? 누구보다 메이를 좋아했던 엄마야. 그런데, 이번엔 메이에게 실망이 크다. 지금도 봐. 제주에서 벌써 돌아왔을 텐데, 찾아오지도 않는 것 봐. 네가 말하는 애틋함이 겨우 이거니? 아무리다 큰 척 해도 너희늘은 부모의 보호를 받아야 하는 아이들일 뿐이야. 적어도 메이가 찾아와 무릎을 꿇고 싹싹 빌면서 너와의 교제를 허락해 달라고 했다면, 엄마가 조금은 마음을 달리 먹었을지도 모르겠어. 한데, 그 애는 오지 않았어. 그래서 엄마는 더 피가 거꾸로 솟아. 너도 잘 생각해. 이러고 있는 거 너만 손해야."

말을 마친 은미는 그래도 미동조차 없는 새힘을 착잡하게 바라보다 이내 방을 나섰다. 저러고 있는 딸이 가엾더라도 은미는 마음을 독하게 먹었다.

사실은, 메이가 류 원장을 따라 일본으로 갔다는 건 희영을 통해 들었다. 그래도 이렇게밖에 말할 수 없는 건 너무 메이에게 빠져 있는 딸의 마음을 조금이라도 희석시키기 위해서였다.

시쳇말로 실컷 데리고 놀다가 싫증나면 나 몰라라 하는 게 사내들 습성 아니던가. 믿음직하게만 보이는 메이가 그럴 리 없다고 생각은 하지만, 둘은 아직 천지분간도 못하는 어린애들이다. 지금이야 서로 죽고 못 산다 할지라도 나이를 먹고 사람 보는 눈이 생기면 언제 어떻게 돌아설지 모르는 일이 아닌가. 사람의 앞날은 한치 앞도 모르는 거니까.

홀로 앓고 있는 새힘을 보고 있자니 은미는 속이 뒤집힐 것만 같았다. 곧장 주방으로 내려온 은미는 타는 속을 식히기 위해 차가운 생수를 단숨에 한 컵 들이켰다. 머리가 지끈거리는 게 오늘도 진통제에 의존해야 할 것 같았다. 서랍에 넣어 둔 진통제를 찾으려는데 전화벨 소리가 고요한 집 안에 울렸다. 관자놀이를 손가락으로 꾹 누르며 은미는 전화기를 귀에다 대었다.

"여보세요."

〔은미니? 나야.〕

수화기 저편에서 들려오는 희영의 목소리에 은미는 후욱, 숨을 들이쉬었다.

"응. 언니."

〔새힘이는 어쩌고 있니? 아직 그러고 있어?〕

"여전해. 제대로 먹지도 않고 종일 누워만 있어. 계집애가 누굴 닮아서 고집이 저렇게 센지 모르겠어."

〔너무 몰아치지 마. 넘치면 모자란 것보다 못하다고 하잖아.〕

"이게 어디 보통 일이어야 좋게좋게 넘어가지. 말이 돼? 고등학교 2학년짜리들이……하, 남부끄러워서 입도 못 떼겠어, 진짜."

〔이렇게 일이 커질 줄 알았더라면 나 혼자 알고 내 선에서 해결하는 건데 그랬다.〕

"그게 무슨 말이야, 언니. 혼자 알고 해결하다니."

〔나도 그때는 너무 놀라고 경황이 없어서 양가 부모들이 함께 의논하는 게 좋을 것 같아 부랴부랴 알리기는 했다만 지금 생각하니 너무 경솔했다 싶어. 차라리 나 혼자 애들을 따끔하게 혼내든 다독이든 해서 문제를 해결했어야 했는데 너무 일을 크게 벌인 것 같아서 그래.〕

"말노 안 되는 소리 마, 언니. 그 애들이 언니 혼자 따끔하게 혼낸다고 알겠습니다, 들어 먹었을 것 같아? 그때라도 알아서 다행이야. 만약 그대로 넘어갔다가 뒤에 더 큰일 생기면 그때도 언니 혼자 해결하려고? 만에 하나 그대로 방치해 두었다가 더 잘못될지도 모른다는 불안감이 언니한테도 있었던 거잖아."

노기와 서글픔이 담긴 은미의 말을 가만히 듣고 있던 희영이 낮게 한숨을 내쉬고는 입을 열었다.

〔조금 전에 원장님 전화하셨어. 내일 즈음 돌아오실 거래. 저기, 새힘 엄마.〕

"말해, 언니."

〔메이, 유학 보낼 거야. 영국의 제 외할머니에게 보내기로 했어.〕

담담하게 흘러나온 희영의 말에 오히려 심장이 쿵 하고 떨어진 건 은미였다.

"유학?"

〔그래. 거기서 의대 공부까지 마치고 오게 될 거야. 메이라면 지금부터 가서 A-level 과정 밟은 뒤 충분히 명문대에 진학할 수 있을 거야.〕

"그렇겠지, 메이라면."

조금 딱딱하게 내뱉은 뒤 은미는 가만히 입 안의 속살을 깨물었다. 당분간 아이들이 붙어있지 않길 원해서 새힘에게 금족령을 내린 자신이지만 유학이라면 말이 다르다. 지금 가서 의대 공부까지 빡빡하게 마치고 온다면 20대 중반은 되어 있을 텐데, 그때까지 아이들을 떨어뜨려 놓는 건 너무 잔인했다. 게다가 그때 가서 마음이 식어 버려 지금의 일을 어릴 때의 불장난쯤 치부해 버리면 그만이 아니냔 말이다. 눈에서 멀어지면 마음에서도 멀어진다는 말이 그냥 있는 게 아니지 않는가.

그렇다고 이대로 둘을 지금처럼 지척에 붙여 두는 것도 말이 되지 않기는 매한가지다. 명쾌하게 마음을 정할 수가 없어 은미는 답답한 속을 풀길이 없었다.

"메이는 그렇게 하겠대?"

〔제가 무슨 힘이 있니? 가기 싫어도 원장님이 그렇게 결론을 내렸으면 가야겠지. 원장님 성격 알잖니? 겉으로 허허실실하시는 척해도 독하고 무서운 분이시라는 걸. 원장님은 이대로 아이들을 내버려 둘 수가 없다. 머리 큰 애들을 24시간 감시할 수 있는 것도 아닌데, 그냥 두었다가 무슨 일이라도 생기면 어쩌니? 같은 학교에, 같은 동네에……만에 하나 새힘이가 덜컥 임신이라도 하면 어쩌겠느냐고.〕

상상만으로도 끔찍한 기분이 들어 은미는 얼굴을 딱딱하게 굳혔다. 하지만 희영은 조금은 냉정하다 싶을 정도로 말을 이었다.

〔기분 나쁘겠지만, 모든 경우의 수를 생각해야 하지 않겠니. 천지분간도 못하는 애들이 덜컥 그렇게라도 해 봐. 그 뒷감당은 어쩔 거야? 지금 당장에야 어른들을 원망하겠지만, 시

간이 지나면 저희들도 이해할 거야. 헤어지라는 것도 아니고, 인성이 형성될 때까지만 떨어져 있으라는 건데, 그 정도는 저희들도 감내해야지. 송 교수님이나 네 입장에서도 메이를 유학 보내는 편이 낫지 않니?]

은미는 쉽사리 대답할 수가 없어 거푸 한숨만 내쉬었다. 그저, 착잡함에 수화기를 쥔 손에 바짝 힘만 줄 뿐이었다.

메이를 잠깐 못 보는 동안에도 새힘이 저러는데 유학을 가게 되었다는 걸 알면 어떻게 나올지 벌써부터 눈앞이 캄캄해져 왔다. 그렇다고 유학을 보내면 안 된다고 할 수도 없는 노릇이라 두통이 더욱 그녀를 짓눌렀다.

다음 날이었다. 쉬는 날이라 도우미 아주머니도 집으로 보내고 은미는 간만에 대청소를 했다. 쉬는 날에도 연구실에서 살다시피 하는 남편이 집을 비운 덕분에 집 안에는 은미와 새힘만이 있었다.

이불 빨래를 하고 온 집 안을 구석구석 쓸고 닦는데도 새힘은 아래층으로는 발걸음도 하지 않고 있었다. 자유를 묶어 버린 데에 대한 저 나름대로의 반항이라는 걸 알고 있었기에, 그냥 내버려 두었다. 게다가 조만간 새힘이 알아야 될 엄청난 소식 때문에 더욱 나무랄 수가 없었다.

청소를 끝낸 뒤 세탁이 다 된 이불이며, 옷가지들을 마당에 다 널어놓고 나니 어느새 정오가 훌쩍 지나고 있었다. 그래도 자신이 집에 있는 시간만큼은 뭐라도 먹여야겠기에, 뭘 해줄까 고민하던 은미는 새힘과 얘기도 나눠 볼 겸 2층으로 향했다.

그때, 초인종 소리가 그녀의 발목을 잡았다. 은미는 2층으로 가는 발걸음을 잠시 돌려 현관으로 향했다. 비디오폰의 화면을 들여다본 은미의 눈썹이 순식간에 휙 치켜 올라갔다. 류 원장에게 끌려 후지산으로 등반을 갔다던 메이 녀석이 떡하니 모습을 나타냈다. 은미는 가만히 심호흡을 한 뒤 수화기를 귀에 대었다.

"네가 여긴 어쩐 일이니."

〔안녕하세요, 아주머니.〕

메이가 예의 바르게 인사를 해보였지만, 은미는 쌀쌀맞게 대꾸했다.

"안녕할 리가 있겠니?"

〔죄송합니다. 좀 들어가도 되겠습니까?〕

"한가하게 산행이나 다녀온 애가 이제 와서 무슨 볼일이니. 그만 돌아가렴."

부친에게 끌려가다시피 간 걸 알고 있지만, 은미는 그렇게 말해 버렸다.

〔들어가서 말씀드리고 싶습니다. 노여움 푸시고 문 좀 열어 주세요. 부탁입니다.〕

"글쎄, 그만 돌아가래도 그러네."

〔새힘이……새힘이는 어떻게 지내고 있습니까?〕

"잘 지내니까, 그만 돌아가렴.

잘 지낸다는 말에 메이의 얼굴이 한결 편안하게 펴졌다. 그러곤 다부진 표정으로 말했다.

〔열어 주실 때까지 서 있겠습니다.〕

"얘, 네가 이러면 내가 네 엄마한테 미안해져. 네 엄마한테 싫은 소리를 듣게 돼. 그러니까 그만 돌아갔으면 좋겠구나."

매몰차게 말한 은미는 이내 수화기를 내려놓았다. 매정할지 모르나 앞으로 새힘을 위해서라도 이럴 수밖에 없었다. 하지만, 다른 집과 달리 대문이 낮은 울타리 형식으로 되어 있어 대문 밖에 세워 놓지 못하고 현관 앞에 두는 건 조금 마음에 걸렸다. 새힘이 창밖을 내다보게 되면 금세 메이가 왔다는 걸 알게 될 것이고, 그럼 혼자 딸내미를 감당할 자신이 없었기 때문이다.

혹시나 하는 마음에 은미는 다급히 2층 새힘의 방으로 향했다. 허둥지둥 방문을 여는 순간, 은미는 심장이 덜컥 내려앉는 듯했다. 늘 침대에 앉아 있거나 누워 있던 새힘이 넋 나간 얼굴로 방 한구석에 쪼그리고 앉아 있었기 때문이다. 은미가 들어온 것도 모른 채 멍하니 벽만 쳐다보고 앉아 바싹 마른 얼굴에 눈물만 뚝뚝 흘리고 있었다. 은미는 가만히 가슴에 손을 얹었다. 심장이 떨어져나가는 것처럼 가슴에 통증이 일었다.

지금도 저러는데 메이가 유학을 가게 됐다는 걸 알기라도 하면 그 뒷감당은 어찌 해야 한단 말인가.

착잡하게 새힘을 바라보던 은미는 겨우 표정을 추스르며

입을 열었다.

"송새힘, 일어나."

그제야 은미가 들어온 걸 알아챈 새힘이 눈물을 슥슥 닦으며 버석거리는 입술을 뗐다.

"……귀찮아. 그냥 냅둬요."

"그래? 밖에 메이 와 있는데 돌아가라고 해야겠구나."

그때까지 시선조차 마주치지 않던 새힘이 갑자기 고개를 번쩍 들었다.

"엄마, 방금 뭐랬어요?"

언제 그랬냐는 듯 목소리에도 잔뜩 힘이 들어가 있다. 눈에 확 띄게 태도가 돌변한 딸에게 더욱 안쓰러움이 일었지만, 은미는 어쩔 도리가 없어 낮게 내뱉었다.

"내려가 봐. 메이 왔어."

말 끝나기가 무섭게 새힘이 총알같이 방을 나섰다. 어찌나 눈을 반짝반짝 빛내며 허겁지겁 나서는지 방금 전 흘리고 있던 눈물이 진짜일까, 하는 의심마저 들 정도다. 은미는 한숨을 내쉬었다.

미친 듯이 아래층으로 내려간 새힘은 가쁜 숨을 몰아쉬며 거침없이 현관문 앞에 섰다. 어머니의 말이 사실인지, 지금 이 상황이 꿈인지 생시인지도 분간이 안 갈 정도로 머리가 멍하고 다리는 후들거렸다. 새힘은 망설임 없이 문을 열어젖혔다.

"아."

새힘이 입에서 억눌린 탄성이 흘러나왔다. 심장이 터질 것처럼 미친 듯이 울려대기 시작했다. 어머니의 말이 틀린 섯도 아니고, 꿈도 아니었다. 정말로 류메이가 현관 앞에 서 있었다. 그녀만큼이나 놀란 표정으로.

채 입도 열지 못한 채 그녀를 보고 있던 메이가 새힘의 팔을 끌어당겨 품에 꽉 껴안았다. 갈비뼈가 부서질 정도로 격하게 껴안은 그가 다급히 얼굴을 내려 입술을 비롯한 새힘의 얼굴 전체에 잔잔한 키스를 뿌리곤 다시 그녀를 안았다. 새힘역시 팔을 둘러 단단한 메이의 등을 있는 힘껏 안았다. 메이의 체취와 단단한 팔 그리고 너른 가슴을 한껏 느끼며 새힘은 눈물을 글썽였다.

"왜, 왜 이제 왔어. 무슨 일이라도 생긴 줄 알고 얼마나 걱정했는데……"

메이의 가슴에 얼굴을 파묻은 새힘이 차마 말을 잇지 못하고 서럽게 흐느꼈다. 그런 그녀를 더욱 힘주어 껴안은 메이가 작은 등을 토닥였다.

"미안. 아버지를 따라 일본에 다녀왔어. 따라가지 않을 수가 없었어. 내가 너무 늦어서 많이 원망했겠다."

한숨 섞인 메이의 말에 새힘은 눈물범벅인 고개를 들어 그와 시선을 맞추곤 고개를 저었다.

"아니, 아니. 원망하지 않았어. 이렇게 와 준 것만으로도 충분해. 너무 보고 싶었어. 가슴이 미어질 만큼."

메이는 말없이 그녀의 얼굴에 어린 눈물을 엄지로 쓸어 닦아 주었다. 더없이 다정한 그 손길에 새힘은 지금껏 제대로 해준 적 없는 말을 하기 위해, 커다란 눈을 천천히 감았다 떴다.

"좋아해. 정말, 정말. 정말, 네가 너무 좋아. 류메이."

이 말을 해주지 못해 얼마나 후회했는지 모른다. 정작 메이에게선 사랑한다는 말을 몇 번이나 들었으면서. 그래서 더 미안하고 가슴이 아팠다.

"이제, 이런 말 아끼지 않을래. 매일 들려줄 거야."

메이는 대답 대신 고개를 숙여 새힘의 입술을 찾았다. 아주 잠깐 혀를 밀어 넣어 속살을 맛본 다음 딥 키스를 멈추었다. 그리고 장소가 장소이니만큼 더 이상 진한 키스를 나누지 못하는 대신에 잔잔한 입맞춤을 끊임없이 선사했다. 한 번, 두 번, 세 번, 네 번⋯⋯. 셀 수 없을 정도로 많이 많이.

멀찍이서 새힘과 메이를 보고 있던 은미는 작게 미간을 찌푸리며 안방으로 몸을 돌렸다. 예전 같으면 당장 둘을 떼어놓았을 텐데, 아주 잠깐 허락된 시간임이 분명할 것 같아 아이들을 그대로 두었다.

저러는 것도 마지막일 테지.

방 안으로 들어온 은미는 화장대 앞에 앉아 희영에게 전화를 걸었다.

〔그래, 은미야.〕

"언니. 메이, 지금 우리 집에 와 있어."

〔알아. 작별 인사는 하고 오라고 원장님이 보내주셨어.〕

그렇다는 건 메이가 영국으로 갈 날이 임박했다는 거다.

"하아."

은미의 입에서 한숨이 흘러나오자, 희영 역시 후우, 하고 숨을 내쉬었다.

〔너도 많이 착잡한 모양이구나. 실은 나도 그래. 새힘 엄마, 우리, 다 집어치우고 애들의 미래만 생각하자. 이대로 둘을 함께 두는 건 너무 위험하지 않겠니? 당장이야 우리를 많이 원망하겠지만, 시간 지나면 안정을 찾을 거야. 우리는 애들을 갈라놓는 게 아냐. 창창한 미래를 위해 잠시 각자의 시간을 주는 거지. 서로가 성장할 수 있는 시간을 말이야.〕

그래. 그렇게 생각을 해야겠지. 좋은 면만 들여다보아야겠지. 은미는 새힘을 위해서라도 마음을 굳게 다잡았다.

16.

　　2층 방으로 올라온 새힘과 메이는 방문을 채 닫기도 전에
서로의 몸을 꽉 껴안았다. 몸이 으스러질 듯한 메이의 짙은
포옹에 숨이 꽉 막혔지만 새힘은 내색하지 않고 그를 마주 안
았다. 그리고 찾아온 침묵.

　　메이는 작은 몸을 안은 팔에 더욱 힘만 줄 뿐 아무런 말도
하지 않았고, 새힘 역시 메이와 함께라는 감격에 아무런 생각
도 할 수 없었다. 그저 눈앞에 메이가 있다는 게 좋을 뿐이었
다.

　　한동안 그 상태로 메이에게 안겨 있던 새힘은 방 안을 잠식
하고 있는 무거운 분위기에 조심스레 맞닿은 가슴팍 사이로
손을 밀어 넣어 잠시 포옹을 중단시키려 했다.

"네이야, 잠깐만."

하지만 메이는 더욱 견고하게 그녀의 작은 몸을 품에 가두고서 놓아주지 않았다.

"……이대로 조금만 더 있자."

낮게 울려 퍼지는 메이의 목소리에 새힘은 가슴팍 사이로 밀어 넣었던 손을 멈칫했다. 메이의 목소리가 어쩐지 어둡게 들려 심장이 빠른 비트로 울리기 시작했다. 괜스레 입술이 바싹 마르는 건 왜일까.

계속되는 무거운 침묵에 뭔지 모를 답답함과 제대로 조합되지 않는 궁금증이 자꾸만 새힘을 어지럽게 할 무렵, 언제까지고 놓아주지 않을 것 같던 메이가 가만히 작은 어깨를 밀어 냈다.

크게 숨을 내쉬며 메이의 얼굴을 보기 위해 고개를 든 새힘은 순간, 심장이 철렁 내려앉는 듯했다. 자신을 내려다보고 있는 메이의 눈동자가 형언할 수 없는 공허함을 담고 있었기 때문이다.

입가에는 부드러운 미소를 달고 있었지만, 눈은 마치…… 죽어 버린 것처럼 어둡게 꺼져 있다. 그 얼굴을 보니 그녀마저 덩달아 가슴이 시큰거린다.

"메이야, 무슨 일인데. 네 표정……너무 어두워. 원장님께 많이 혼나서 그러니?"

마른 입술을 애써 달싹이며 물었지만 메이는 대답 대신 어깨에 머물던 손을 올려 새힘의 보드라운 뺨을 감싸 쥐었다.

옅은 미소를 걸고 있는 메이의 아름다운 입술이 조금 더 옆으로 벌어진다. 좀 더 짙은 웃음을 만들려는 것임이 분명했지만, 그의 미소는 훨씬 더 서글픈 빛을 띤다.

저 입술에서 무서운 말이 나올 것 같은 기분이 드는 건 왜일까. 메이가 바로 눈앞에 있는데, 이렇게 서러운 기분이 드는 건 왜일까.

제대로 된 대화를 나누기도 전에 감정이 북받쳐 눈물이 쏟아질 것 같아 새힘은 입술 안의 살점을 작게 깨물었다. 그러곤 애써 아무렇지도 않은 얼굴로 덤덤히 질문을 던졌다.

"원장님이 당분간 나랑 어울리지 말라셨니? 아님, 너, 전학이라도 보내겠다고 하시니?"

한참이나 새힘의 볼을 쓰다듬던 메이가 가만히 시선을 내리깔며 입을 열었다.

"새힘아."

"어, 응. 말해."

"나, 영국으로 가게 됐어."

뭐?

새힘은 자신의 귀를 의심하며 눈을 동그랗게 떴다. 뭔가, 듣지 말았어야 되는 말을 들은 것처럼 가슴이 옥죄어 온다.

"여, 영국? 갑자기 영국은 왜? 남은 방학 동안 영국에서 지내라고 하셨니?"

제발 메이가 고개를 끄덕여 주기를 바라며 새힘은 저도 모르게 그의 팔을 꽉 붙잡았다. 하지만 돌아온 건 보기에도 안

쓰리운, 부서져 버릴 것 같은 희미한 메이의 미소였다.

왜 그렇게 아프게 웃는데. 도대체 무슨 말을 하려고!

차마 겉으로 내뱉지 못하고 새힘은 메이의 팔을 붙잡은 손아귀에 잔뜩 힘을 주었다. 그 행동이 무언의 강요라도 된 듯 메이가 낮게 한숨을 내쉬곤 시선을 맞춰 왔다.

"영국에서 공부하게 될 거야. 대학 과정까지 전부 다."

지독히도 낮게 흘러나온 메이의 목소리에 새힘은 순간적으로 심장이 멎는 듯했다. 커다란 무언가로 머리를 강타당한 것처럼 눈앞이 캄캄해져 오고 숨이 콱 막혀 왔다.

영국에서 대학 과정까지 마칠 거라니.

휘청.

어지럼증을 느낀 새힘이 몸을 비틀거리자 메이가 다급히 그녀를 붙잡았다. 메이의 팔에 의지한 채 새힘은 고개를 들어 그를 응시했다.

"……그게……정말이니?"

"……."

"거짓말이지? 아니, 우리를 벌주기 위해서 원장님이 그냥 하신 말씀이지?"

격해지려는 감정을 억지로 추슬렀지만 목소리가 떨리는 건 어쩔 수 없었다. 새힘은 메이의 옷깃을 꽉 잡으며 재차 말들을 쏟아냈다.

"우리가 너무 과한 행동을 해서 벌주기 위해 그러시는 거겠지?"

"아니, 메이의 말은 사실이야."

갑작스레 끼어든 목소리로 인해 새힘은 말끝을 맺지 못하고 소리가 난 문 쪽으로 고개를 돌렸다. 시선이 닿은 곳에는 은미가 반쯤 열린 문 앞에 서서 표정 없는 얼굴로 두 사람을 응시하고 있었다.

"송새힘, 엄마 말 잘 들어. 메이는 곧 영국으로 가게 돼. 너희들이 얼마나 크나큰 잘못을 저질렀는지 이제 좀 실감이 나니?"

"엄마."

아직 충격에서 벗어나지 못하고 있는 새힘을 복잡 미묘한 눈으로 바라보던 은미가 이내 싸늘한 시선을 들어 메이를 쏘아보았다.

"메이, 그만 아래층으로 내려가렴. 와이가 널 데리러 왔구나."

차갑게 내뱉은 은미는 성큼 방 안으로 들어와 여전히 메이에게 의지하고 있는 새힘의 팔을 잡고 제 쪽으로 끌어당겼다. 종이인형처럼 미약한 저항도 없이 은미에게로 휙 끌려간 새힘은 쇼크로 인해 흐릿해진 눈으로 메이를 올려다보았다.

네 입으로 말해 봐, 메이야. 정말……정말, 내 곁에서 떠나는 거니, 응?

하지만 꽉 다물린 메이의 입술은 열리지 않았다. 그저, 공허함이 가득한 눈동자로 하염없이 새힘을 바라볼 뿐이었다.

"메이 뭐하니? 밑에 네 형 기다리고 있다니까."

은미가 더없이 차갑게 재촉하자, 새힘은 다급히 어머니의 팔을 붙잡았다.

"엄마, 잠깐만요. 아직, 아직 메이와 할 얘기가 많아요. 조금만 더 있을게요, 네?"

새힘이 안타까울 정도로 절박하게 말하며 은미를 응시하다 다시 메이에게로 시선을 주었다. 그도 이렇게 자신처럼 사정해 주기를 바랐다. 하지만, 메이는 덤덤한 표정으로 새힘에게 눈을 고정시키고 있을 뿐 그 어떤 사정의 말도 하지 않았다. 다만 그는 그녀를 안심시키기라도 하듯 옅은 미소와 함께 짤막한 말을 남겼다.

"다시 올게."

낮지만 힘주어 말한 메이는 서늘한 얼굴의 은미에게 허리를 굽혀 인사를 하고는 단호히 방을 나섰다. 은미에게 붙잡힌 채 그 커다란 뒷모습을 응시하는 새힘의 얼굴이 한없이 굳어졌다. 가슴이 갈가리 찢기는 것처럼 통증이 일었다. 지금 일어나고 있는 일들이 현실이 아닌 것처럼 아득하니 다가왔다. 메이가 시야에서 사라지자 새힘은 다리에 힘이 풀려 털썩 바닥에 주저앉고 말았다.

은미는 그런 딸을 한동안 착잡하게 바라보았다. 10여 년 동안 붙어 다녔던 메이가 멀리 가 버린다는데 어찌 충격을 받지 않겠는가. 그 심정이야 충분히 이해가 되니 딸이 안쓰럽기도 하지만, 이럴수록 오히려 메이의 유학이 은미에게는 좋은 쪽으로 받아들여졌다.

희영의 말마따나 새힘과 메이를 가까이 두는 건 너무 위험했다. 몸만 훌쩍 커 버린 질풍노도의 아이들. 이 아이들이 앞으로 무슨 일을 저지를지는 아무도 장담할 수가 없다. 둘을 떨어뜨려 놓지 않고서는 아마도 양가의 부모들은 매일 살얼음판을 걷는 기분으로 살 것이다. 하나부터 열까지 의심하고 불신의 눈초리로 보면서. 그렇게 되면 가장 상처를 입는 건 두 아이들임이 자명했다.

　은미는 이내 착잡하게 가라앉았던 마음을 추슬렀다. 그러곤 아직 망연자실 주저앉아 있는 새힘에게 다소 냉정하게 내쏘았다.

　"메이는 제 상황을 받아들이고 유학을 결심했어. 제 앞날을 위해서 냉정한 판단을 한 거겠지. 그러니 너도 정신을 차리고 좀 더 너를 아껴. 그러고 있어 봤자 너만 손해라고. 알아주는 사람 같은 건 아무도 없으니까. 알겠니?"

　자신의 말을 듣는 건지 마는 건지 멍하니 바닥만 응시한 채 앉아 있는 새힘이 한심하기도 하고 안됐기도 해 은미는 저도 모르게 혀끝을 찼다.

　"이미 활시위는 쏘아진 거나 진배없어. 류 원장님의 서슬에 메이는 영국으로 갈 수밖에 없다는 뜻이야. 메이는 수재니 유학을 다녀오면 더욱더 빛나는 녀석이 되어 있을 거야. 그사이 넌 메이만 그리워하는 멍청이가 되어 있겠고."

　따끔하다 싶을 정도로 현실적인 은미의 말에 새힘은 겨우 고개를 들었다. 가시지 않는 아픔으로 인해 새힘은 잔뜩 지친 눈으로 어머니와 시선을 맞추었다.

"공부를 마치고 돌아온 메이에게 어울리는 사람이 되려면 지금부터 어떻게 해야 되는지 잘 생각해 보렴. 그리고 메이, 널 만나러 다시 오기는 힘들 테니 기다리지 않는 게 좋아."

말을 마친 은미가 이내 몸을 돌려 방을 나섰다. 쾅. 문이 닫히는 소리가 심장을 떨어뜨릴 듯 커다랗게 방 안에 울려 퍼졌다.

은미가 나간 문을 뚫어질 듯 보고 있던 새힘은 무릎을 끌어 안고 앉아 고개를 파묻어 버렸다. 지금은 옆에서 누군가 그 어떤 말로 자극을 해도 새힘에게 와 닿지 않았다. 생각지도 못한 메이의 유학 소식으로 인해 실점이 뜯기는 것처럼 아프고 답답해서 미칠 지경이니까.

자정을 넘긴 늦은 시각, 새힘은 쉽사리 잠을 이루지 못한 채 방 안을 서성이고 있었다. 제주에서 돌아온 뒤부터 며칠 내내 숙면을 취하지 못했음에도 그녀는 여전히 잠에 빠져들 수가 없었다.

가슴을 후벼 파는 현실과 머릿속을 잠식하는 생각들 때문에 도무지 잠이 오지 않았다. 초조하게 느껴질 만큼 빨리 흘러가는 시간이 무엇을 의미하는지 점점 확연히 인지가 되어 마냥 넋을 놓고 있을 수만도 없었다. 이대로 시간을 죽이고 있으면 메이는 곧 영국으로 떠나게 될 것이다. 작별 인사조차 제대로 하지 못한 상태로.

다시 온다는 말을 남기긴 했어도 여태껏 오지 않는 걸 보면, 메이 역시 자신과 마찬가지로 자유롭게 움직일 수 있는 입장은 아닌 게 분명했다. 그래서 어머니가 메이를 기다리지 않는 게 좋을 거라고 했던 모양이다.

어떻게 해서든 메이를 만나야 하는데 이렇게 방 안에만 갇혀서는 아무것도 할 수가 없다. 그런데도 밖으로 나갈 만한 뾰족한 방법이 없어 이래저래 답답해서 미칠 지경이었다.

손톱을 물어뜯으며 침대 주위를 왔다 갔다 하던 새힘은 문득 동작을 멈추었다. 아주 미세한 소리가 귀를 자극했기 때문이다. 꼭 나뭇가지들이 밟히는 소리 같다고 할까.

문득 뇌리를 스치는 생각에 새힘은 후닥닥 창문으로 향했다. 그리고 길게 드리워진 커튼을 휙 걷어 밖을 확인하는 순간, 그녀는 머리에서 발끝까지 저릿한 전류가 흐르는 듯했다. 바스락거리는 소리를 내며 예전처럼 메이가 살구나무를 오르고 있었다. 새힘은 탄식과도 같은 신음 소리를 내며 다급히 창문을 열어젖혔다.

"메이야, 이, 이 시간에 어떻게 여길……."

"쉿."

저도 모르게 내뱉던 새힘은 시선이 마주친 메이가 검지를 입술에 대고 조용히 하라는 의사를 밝혀오자 퍼뜩 두 손으로 입술을 틀어막았다. 너무 놀라 지금이 얼마나 아슬아슬한 상황인지 망각해 버린 것이다.

미칠 듯이 울려대는 심장을 진정시키려 애쓰며 초조하게

메이가 올라오는 걸 지켜보던 새힘은 방문이 잠겨 있지 않은 걸 떠올리곤 허둥지둥 방문을 잠갔다. 그런 다음, 방을 환하게 비추고 있는 전등을 끄고 대신 은은한 스탠드를 켰다. 이렇게 늦은 시각에 부모님이 방으로 온 적은 거의 없었지만, 혹시 모르니 사소한 것까지 신경을 써야 했다. 마치 도둑질을 하고 있는 것만 같은 극도의 긴장감이 그녀를 감싼다.

스탠드의 조도를 최대한 약하게 조절하고 창가로 다가가자, 이미 나무를 다 오른 메이가 민첩하게 창문틀로 옮겨 서고 있었다. 한 치의 흐트러짐도 없이 창문으로 완전히 발을 옮긴 메이가 곧장 방바닥으로 발을 디디지 않고 틀에 엉덩이를 대고 걸터앉았다. 그러고는 신고 있던 신발을 벗은 다음에야 바닥에 발을 디뎠다.

"바보, 그냥 들어와도 되는데."

사소한 것 하나에도 자신을 배려해 주는 메이를 보고 있자니, 두 사람이 처해 있는 현실이 더욱 서글프게 느껴져 새힘은 왈칵 눈물이 솟아올랐다. 눈물을 보이지 않기 위해 빼앗듯 메이의 커다란 신발을 받아든 그녀는 책상에 이면지를 깔고 그 위에 신발을 놓았다. 메이가 눈치 채지 못하게 눈가에 맺힌 눈물을 훔치고 북받치는 감정을 꾹 누르고서야 그녀는 몸을 돌렸다.

"이 시간에 온 걸 보니, 너도 자유롭지 않은 거지?"

"이러는 걸 방지하기 위해서겠지."

메이의 목소리가 쓸쓸하게 흘러나왔다. 양가의 부모님은

두 사람이 잘못될까 노심초사, 자유까지 억압하고 있지만, 결국 이 야심한 밤에 이렇게 가까이서 마주하고 있다. 어른들은 이런 행동을 반항기 혹은 탈선으로 단정해 버리겠지만, 두 사람에게는 애틋함이요, 막을 수 없는 그리움이었다.

메이가 새힘의 작은 침대에 걸터앉고는 옆자리를 툭툭 쳐 보였다.

"이리 와. 시간이 얼마 없어."

메이의 말에 가슴이 내려앉는 느낌을 받으며 새힘은 그의 곁에 다가가 앉았다.

"시간이 얼마 없다니 무슨 뜻이니?"

"내일이 되면……아니, 자정이 지났으니 오늘이구나. 오전에 친척 분들께 인사를 드리고 난 뒤 오후가 되면 떠날 것 같다."

"뭐? 그렇게 빨리? 말도 안 돼."

저도 모르게 내뱉은 새힘은 언성이 너무 높아졌음을 깨닫고 꾹 입을 다물었다.

울컥. 억지로 누르고 있는 감정의 물결이 기어코 쏟아져 나올 것만 같아 새힘은 한동안 말없이 무릎 위에 둔 주먹만 꽉 말아 쥐었다. 그럼에도 코끝은 자꾸만 시큰거리고 눈동자는 벌겋게 충혈 되었다. 침을 꾹 삼켜 곧 터질 것 같은 눈물과 바르르 경련을 일으키고 있는 추스르고자 애썼지만, 뜨거운 눈물이 볼을 타고 흘러나와 버렸다.

낮고도 깊은 메이의 한숨이 새힘의 귓가를 적신다. 메이의 커다란 손이 스윽 다가와 새힘의 볼을 감쌌다. 엄지로 흘러내리는 눈물을 훔치는 손길이 더없이 다정하기만 했다.

"울지 마. 네가 이러면 내 발길이 안 떨어져."

"이 상황에서 눈물이 나지 않으면 그게 더 이상한 거야. 10년 동안 함께 지냈던 너와 떨어져서 지내야 하는데 어떻게 아무렇지도 않을 수가 있겠어? 하……도대체 몇 년이나 떨어져 있어야 하는 거니?"

"8년. 혹은 그 이상이 될지도 몰라."

담담한 메이의 대답에 새힘은 기가 막혀 반쯤 벌린 입술에서 탄식만 흘려보냈다. 근 10년의 세월을 다른 하늘 아래서 지내야 한다니. 앞으로 계속 맛보아야 할 외로움이 벌써부터 그녀를 옭아맸다. 지독한 상실감으로 인해 뼛속 깊이 한기가 느껴진다.

"우리가 함께 지냈던 만큼이나 떨어져 있어야 하는구나."

공허하게 중얼거린 새힘은 다시 입술을 움직였다.

"나, 너 없이 그 오랜 시간을 견딜 수 있을까. 우리, 견뎌낼 수 있을까? 응?"

"견뎌내야 해."

너무도 단호한 말에 새힘은 가만히 메이의 갈색 눈을 응시했다. 메이라면, 충분히 버텨낼 것이다. 자기 관리가 누구보다 철저하고 냉철한 메이라면 이국 생활도 충분히 견뎌낼 것이다. 어쩌면 태어난 곳이고 어머니와의 추억이 있는 영국이 메이로서는 그리울지도 모를 일이다. 그곳에서 제 능력을 한껏 펼치며 새장에 갇혔던 새가 자유를 되찾은 것처럼 마음껏 날개를 펼칠지도.

그렇게 되면 송새힘이란 아이 같은 건 금세 잊어버릴지도 모른다. 꼭 잊지는 않더라도 그저 그런 추억 속의 사람으로 남게 될지도 몰랐다. 자그마치 10년에 가까운 세월이니까.

생각만으로도 가슴이 미어지는 것만 같아 새힘은 입술을 꼭 깨물었다.

"······그렇게 오래 떨어져 있어야 하는 건······너무 잔인한 것 같아. 우리, 그렇게 잘못한 거니?"

"어른들의 잣대에서는."

"그냥 안 간다고 그러면 안 되니? 단식 투쟁이든 뭐든 해서 못 가겠다고 버티면 안 될까? 응? 나, 네가 없는 세상 같은 건 도무지 상상할 수가 없어. 밥 한 톨도, 물 한 모금도 안 넘어 갈 거 같은데, 정말 안 가면 안 될까?"

이렇게 아이처럼 떼를 쓰는 게 얼마나 한심한지 알면서도 새힘은 투정을 부리고 싶었다. 그렇게 해서라도 메이를 붙잡을 수만 있다면 아무래도 상관없었다. 그런 그녀를 착잡하게 바라보던 메이가 연약한 어깨를 끌어당겨 제 품에 안았다. 가느다랗게 떨리는 등을 커다란 손으로 어루만진다. 그는 새힘의 정수리에 턱을 댄 채 씁쓸하게 입을 열었다.

"그렇게 해봤자 달라지는 건 없어. 설령 남게 된다 해도 그건 해결책이 아니야. 떠나게 되는 걸 조금 늦출 뿐이지. 내가 여기에 남아 있는 한 어른들은 한시도 우리를 가만히 두지 않을 거야. 끊임없이 너와 나를 이실하고 자유를 억압하려 드실 거다. 우리가 반발하면 할수록 더. 종국에는 어떤 방법을 써서라도 나를 보내시겠지. 그건 너와 내가 다시 만나는 시간을 뒤로 미룰 뿐이야. 내가 가는 것밖에 방법이 없다면 한시라도 빨리 갔다가 오는 게 나아."

"1년 반만 참으면 되지 않을까? 대학생이 되면……."

"새힘아."

묵직한 메이의 부름에 새힘은 힘없이 말끝을 흐렸다. 그녀도 알고 있다. 대학생이 된들 뭐가 달라지겠는가. 스무 살이 되어 잘난 대학생이 된다고 해도 지금과 달라지는 건 하나도 없다. 그래봤자 하나에서 열까지 부모님에게 의존해야 하는 나약한 존재일 뿐이다. 고작 성년이 되었다는 것과 고등학생일 때는 꿈도 꾸지 못하는 자유를 조금 더 누릴 수 있다는 것뿐.

무엇보다 류 원장이 메이를 영국으로 보내기로 마음을 먹었다면 그것을 피할 방도는 없다. 스무 살이 훌쩍 넘어 부모로부터 독립을 할 수 있는 능력이 된다면 모를까, 지금의 메이나 새힘에게는 부모님을 거스를 힘이 없었다.

한동안 새힘을 품에 가두고 있던 메이가 가만히 작은 어깨를 밀어내고는 뚫어질 듯 그녀의 얼굴을 응시했다. 갈색의 두 눈에 각인이라도 시키려는 듯이 한참이나.

새힘 역시 말없이 메이의 얼굴을 까만 두 눈에 새겼다. 짙은 눈썹에서부터 자신을 담고 있는 심연과도 같은 두 눈과 곧

게 뻗은 콧날 그리고 아름다운 입술.

그녀를 눈으로 담기만 하던 메이가 느릿하게 손을 움직여 작은 얼굴의 모든 것을 쓸었다. 반듯한 이마, 아직 젖살이 덜 빠진 보드라운 볼, 작은 턱과 눈, 코, 입술까지 모조리. 그 손길이 눈물 나게 애틋했다.

아직 소녀의 티가 물씬 나는 예쁜 얼굴을 손끝으로 그리던 메이가 어금니를 꽉 물었다.

이 예쁜 얼굴이 아름다움을 담은 여성의 얼굴로 변해 가는 걸 곁에서 지켜볼 수 없는 안타까움에 속이 타들어가는 듯했다. 성년이 된 새힘이 처음으로 메이크업을 하고 하이힐을 신는 모습을 지켜볼 수도 없다. 고등학교와 대학교의 졸업식 기쁨도 함께 나눌 수가 없다. 함께 생일 케이크를 먹을 수 없고 그녀의 가방을 메고서 같이 등교도 할 수가 없다.

무엇보다, 새힘의 감촉도 오늘을 마지막으로 한동안은 안녕이다.

앞으로 몇 년 동안 새힘과 함께 할 수 없는 것들이 머리를 회오리처럼 뇌리를 스치자 메이는 가슴에 대못이 박히는 듯한 통증을 느꼈다. 미쳐 버릴 것만 같은 감정의 덩어리가 그를 괴롭혔지만, 메이는 애써 태연함을 가장했다. 자신이 무너지면 새힘이 더욱 힘들 거라는 걸 잘 알고 있었기 때문이다.

"짧은 시간이 아니라는 걸 알아. 힘들겠지만 이 모습 그대로 있어 줘."

많은 것이 내포되어 있는 메이의 욕심이자 작은 바람이었다. 새힘이 뭐라고 대답하기도 전에 메이는 다시 말을 이었다.

"너무 철이 들지는 마. 남에게 폐만 안 끼칠 정도면 돼."

새힘이 너무 철이 들어 버리면 왜인지는 모르겠지만 가슴이 아플 것 같았다. 이번에도 메이는 그녀가 채 대답하기 전에 다른 말을 쏟아냈다.

"너무 예뻐지지도 마."

새힘이 피식 웃는다.

"아무 앞에서 그렇게 웃지도 말고."

'특히 남자들 앞에서는.' 까지 덧붙이고 싶었지만 메이는 자신이 너무 졸렬하게 느껴져 차마 거기까지는 말하지 않았다.

"다이어트 한다고 굶지 마. 지금보다 더 마르면 보기 싫어."

새힘은 이제 대답할 생각도 없이 그저 하염없이 메이를 바라볼 뿐이었다.

"호기심 때문에 너무 많은 걸 경험하지는 마. 내가 돌아왔을 때 함께 경험할 것도 남겨 둬. 술은 안 돼. 그럴 리 없겠지만, 담배 같은 건 더더욱 안 돼. 밤늦게 다니는 것도 안 돼. 미팅, 소개팅 다 안 돼. 대타도 안 돼."

점점 노골적으로 금지 사항을 읊은 메이는 다시 요구사항을 쏟아냈다.

"매일 일기 써 놔."

"일기?"

"짧아도 좋으니 매일 있었던 일 기록해 둬. 네가 뭘 하면서 지냈는지 전혀 모르는 거 싫어."

메이의 심정이 이해가 되어 새힘은 서글프게 웃었다.

"변태 같아."

"그렇대도 상관없어."

"거짓말로 써 놓으면 어쩔 거야."

메이는 쓴웃음을 지었다.

"거짓말로 썼대도 우겨. 진심이 담긴 일기라고. 그러면 난 무조건 믿어 줄 테니. 네 말이면 난 무조건 믿을 거야."

메이라면 충분히 그럴 것이다. 그녀가 리플리증후군에 걸릴 때까지 거짓말을 한대도 믿을 것이다. 메이는 잠시 말을 끊었다. 수 초 동안 애처로울 정도로 소중한 눈빛으로 새힘을 바라보다가 겨우 입을 열었다.

"그리고……아프지 마. 내가 올 때까지 손가락 하나도 다치지 않았으면 좋겠다."

"잔소리쟁이."

어느새 눈물이 그렁그렁 맺힌 눈으로 새힘이 작게 대꾸했다. 그런 그녀의 모습이 안타까워 메이는 목구멍 저 깊숙한 곳이 불덩이를 삼킨 것처럼 홧홧했다.

애잔한 얼굴로 그녀를 응시하던 그가 천천히 작은 입술을 찾아 고개를 숙였다. 한 손으로 조심스레 희고 여린 목덜미를 감싸고서 붉은 입술을 머금었다. 기다렸다는 듯 새힘이 입술을 열고 그를 받아들였다.

조신스레 서로의 입술과 혀를 탐색하기도 잠시, 키스는 곧장 불이 붙을 듯 뜨거워졌다. 서로를 향한 애잔함과 갈망, 그리고 그리움이 담긴 입맞춤은 한없이 달콤하면서도 한편으로는 형언할 수 없는 괴로움이었다.

한동안은 이런 키스도 안녕이겠지.

일부러 입 밖으로 내보내지 않아도 명백한 사실이었기에 두 사람은 누구랄 것 없이 지금 이 순간의 열망에 충실했다. 서로의 몸을 바짝 끌어안고 입술을 통해 영혼을 갈구했다. 저릿한 전류가 온몸을 욱신거리게 만들고 세포 하나하나가 올올이 곤두설 정도로 깊고도 깊게 서로를 탐닉했다.

혀가 얽히고 타액이 섞이는 깊은 키스를 이어가던 메이가 잠시 입술을 떼어 내곤 새힘과 시선을 맞췄다. 그의 눈동자는 더없이 어둡게 가라앉아 있었다.

그 눈동자가 무엇을 말하는지, 지금 메이가 원하는 게 무엇인지 말해 주지 않아도 새힘은 알고 있었다. 새힘은 진한 키스로 인해 촉촉해진 입술을 열었다.

"메이야, 나 좀……안아 줘."

네가 날 잊지 않게. 내가 널 너무 많이 그리워하지 않게.

메이의 얼굴이 괴로움을 담고 굳어졌다. 너무도 간절히 원하지만, 쉽사리 행동으로 옮길 수 없는 현실이 그를 옭아매는 탓이었다. 그는 쓴웃음을 지었다.

"너를 힘들게 하고, 치욕스럽게 만든 건 한 번으로 족해. 무사히 다녀와서 그때……"

새힘이 옷깃을 꽉 잡는 바람에 메이는 말을 중단했다.

"네 온기를 내게 나눠 줘. 나는……원해."

수줍지만 절박하게 입 밖으로 소리를 낸 새힘은 말간 눈으로 메이를 올려다보았다. 소녀의 간절함은 단단하지 못한 소년의 벽을 순식간에 녹여 버렸다. 더없는 유혹이요, 도발이었다.

메이의 갈색 눈동자가 순식간에 위험스러운 기색을 담고 빛을 발했다. 더 이상의 말이나 생각 같은 건 존재하지 않았다.

다시금 메이의 고개가 숙여지고 서로를 원하는 입술이 맞닿았다. 누구의 것인지 모를 거친 숨소리가 스탠드 불빛만 켜진 조용한 방 안에 울려 퍼졌다. 메이의 커다란 손이 새힘의 뒷머리를 힘 있게 감싸고는 뒤로 젖혔다. 짧은 탄성과 함께 그녀의 고개가 뒤로 젖혀지고 더불어 붉은 입술이 더욱 벌어졌다. 고개를 기울여 그녀의 입술에 자신의 것을 밀착시킨 메이는 곧장 입 안으로 혀를 밀어 넣고 말랑한 속살을 감아 채 빨아들였다.

메이의 옷깃을 쥔 새힘의 손에 더욱 바짝 힘이 들어갔다. 호흡을 하기가 힘들고 정신이 몽롱해질 정도로 어지러웠지만, 새힘은 입술을 떼어 내지 않고 키스를 되돌렸다. 감질나게 감겨오는 새힘으로 인해 메이는 더욱 흥분 상태가 되었다. 아랫도리의 분신은 감당하기 힘들 정도로 딱딱하게 부풀었고 온몸의 감각들은 일제히 곤두서 금방이라도 터져 버릴 것만 같았다.

조바심이 일 정도로 집요하게 새힘의 입술을 탐하며, 메이는 그녀가 입고 있는 티셔츠를 위로 끌어올렸다. 옷을 벗기가 쉽게 새힘이 팔을 위로 들어주었다. 티셔츠가 얼굴 위로 벗겨질 동안 아주 잠깐 키스가 멈추었지만 완전히 탈의가 되고서는 곧장 서로의 입술을 머금었다.

메이의 손이 레이스가 달린 핑크 계열의 브래지어를 성마르게 들추고는 말랑한 가슴을 움켜쥐었다. 손에 알맞게 들어오는 몽글몽글한 젖가슴을 힘 있게 쥐었다 놓기를 반복하는 그의 입에서 낮은 신음이 흘러나왔다. 아직 일어서지 않은 작은 정점을 굴리자, 새힘이 움찔 어깨를 굳혔다.

메이는 양손을 뒤로 돌려 서치직거리는 브래지어의 혹을 풀고는 그녀의 몸에서 완전히 분리시켜 놓았다. 핑크빛 유두와 뽀얀 빛을 발하고 있는 소녀의 가슴은 소녀가 아닌 아찔한 여성의 매력을 한껏 내뿜고 있었다.

자석에 이끌리듯 메이가 고개를 숙여 작은 돌기를 머금었다. 흠칫흠칫, 작은 등이 부르르 떨린다. 메이는 조금씩 솟아오르는 예민한 살점을 혀로 굴리고 이로 잘근거리며 일깨우는 한편 계속해서 등을 쓸어주었다. 그는 혀와 이를 이용할 때마다 움찔거리는 여린 등이 안쓰럽고 사랑스럽기만 했다. 그럴수록 짐승으로서의 욕구는 점점 더 강도를 더해간다.

연한 빛깔의 유두가 딱딱하게 일어날 때까지 새힘의 가슴을 탐하던 메이는 욕망으로 점철된 거친 숨결을 내뱉으며 그녀의 등을 침대에 누였다. 윤기가 흐르는 까만 머리카락이 시트에 펼쳐져 새힘의 하얀 나신이 더욱 아름답게 빛났다. 그 아름다움에 훅 숨을 들이켠 메이는 이내 그녀가 입고 있는 반바지로 손을 뻗었다.

성급하게 반바지를 끌어내리자 아주 잠깐 움찔한 새힘이 작게 숨을 내쉬고는 가만히 엉덩이를 들어주었다. 덕분에 수월하게 바지가 미끈한 허벅지를 타고 아래로 내려갔다.

메이는 지금 새힘이 얼마나 용기를 내고 있는지 말하지 않아도 충분히 알 수 있었다. 긴장감으로 가득 찬 눈동자와 손마디가 하얗게 불거져 나올 만치 시트를 꽉 움켜쥔 손, 그리고 가느다랗게 떨고 있는 몸이 그녀의 상태를 대신 말해 주고 있었기 때문이다.

아래층에 부모님이 있다는 것도, 고통스러워했던 첫 경험의 기억 따위도 모두 접어 둔 채 오로지 메이 자신을 위해 새힘은 스스로를 내어주고 있는 것이다.

반바지를 완전히 벗겨낸 메이는 새힘의 이마에 가만히 입술을 맞추고는 곧 자신 역시 입고 있던 것들은 벗기 시작했다. 상의를 머리 위로 벗어 던지고 기다란 다리를 감싸고 있는 청바지도 끌어내렸다. 그런 다음 망설임 없이 마지막 남은 팬티도 벗었다.

실오라기 하나 남지 않은 태초의 모습이 된 메이는 가슴을 오르락내리락하며 자신을 바라보고 있는 새힘의 얼굴을 한 번 쓸어주고는 손을 내려 팬티로 향했다. 작은 속옷을 아래로 끌어당기기 시작하자 새힘이 얼굴을 확 붉히며 순간적으로 다리를 꼬았다. 거부가 아닌 본능적인 부끄러움이 담긴 순수한 몸짓이었다. 벗겨내는 데 방해가 될 정도는 아니었기에 메이는 순식간에 팬티를 발목까지 끌어내리고선 곧 몸에서 완전히 분리시켜 놓았다.

두 사람 모두 알몸이 된 부끄러움에 새힘이 가느다랗게 한숨을 쉬며 시선을 깔았다. 메이는 그런 그녀를 뚫어져라 응시했다. 머리에서 발끝까지.

하나도 잊어버리지 않고 머리와 눈에 저장시켜 둘 것이다. 소녀, 새힘을. 다시는 이렇게 눈앞에서 볼 수 없을 소녀 시절의 마지막 모습을. 한 번 흐른 시간은 다시 되돌릴 수 없으므로.

"뭐, 뭐야. 왜 그렇게 빤히 봐. 부끄럽게."

너무도 노골적인 시선에 새힘이 어찌할 줄 모르는 표정으로 내뱉었지만, 메이는 눈을 거두지 않았다.

"⋯⋯너무 예뻐서."

정말, 눈이 시려 눈물이 나도록 예쁘다.

갈색의 두 눈에 이 모습이 고스란히 새겨질 때까지 이대로 새힘을 지켜보고 싶었지만, 메이에게는 그럴 만한 시간적 여유가 없었다. 새벽이면 일어나는 부친 때문에 그 전에는 들어가야 했다. 게다가 새힘의 나신을 보고 있자니, 온몸이 주체하지 못할 정도로 팽팽히 흥분해 있어 심적인 여유도 역시 없긴 매한가지였다.

메이는 욕망과 애잔함이 가득한 눈으로 조금 더 새힘을 바라보다 이내 고개를 숙여 봉긋한 가슴을 입에 머금었다. 이미 일어선 유두를 혀로 잡아채고 이로 잘근거리자 다소 거친 움직임에 새힘이 아픔이 담긴 신음을 내뱉었다. 미안했지만, 그 소리에 그는 한층 더 격앙되고 말았다.

메이의 한 손이 아래로 내려가 느슨하게 다물려 있는 허벅지 안쪽으로 침범했다. 고슬고슬 보드라운 거웃을 지나 더 아래로 손을 미끄러뜨려 연한 꽃잎을 쓸었다. 긴장으로 그녀의 허벅지가 작게 움찔거린다.

조심스레 꽃잎을 헤집으며 메이는 여린 살점을 쓰다듬었다. 그 역시 이런 경험이라고 해 봤자, 고작 두 번째라 어떻게 해야 새힘이 좋아할지 제대로 알지 못했다. 그저, 본능이 이끄는 대로 유연한 살을 더듬고 문질렀다.

"으응."

여성이 촉촉이 젖어들기 시작하면서부터 새힘이 작은 신음 소리와 함께 슬쩍슬쩍 몸을 뒤척이자 메이는 손가락 하나를 좁은 통로 속으로 밀어 넣었다.

"아……."

뜨겁고 촉촉한 여성이 흠칫 수축을 일으키며 손가락을 바짝 옥죄었다. 그 느낌에 메이의 목 안 깊숙한 곳에서 거친 숨소리가 흘러나왔다. 마치, 빳빳하게 일어선 제 중심부를 넣은 것처럼 온몸의 세포가 들끓으며 아우성을 쳐댔다.

길고 단단한 손가락을 샘 속으로 밀어 넣었다가 빼기를 반복하며 메이는 부풀어 오른 가슴을 입술로 탐했다. 유두가 타액으로 번들거릴수록 점점 그녀의 여성도 더욱 유연하게 젖어들고 있어 메이의 손가락은 한결 수월하게 안팎을 넘나들었다. 질척이는 마찰음이 조금씩 날 만큼 손가락의 움직임이 커지고 빨라졌다.

"아, 아."

새힘이 하체를 움츠리며 날카로운 신음을 흘리는 바람에 메이는 손을 멈추었다.

"아프니?"

그의 물음에 새힘은 잔뜩 붉어진 얼굴로 살래살래 고개만 저어 보였다. 부끄러운 듯 시선을 내리깔며 가쁜 숨을 내쉬는 새힘의 모습이 어찌나 예뻐 보이는지 메이는 눈에 넣어도 아플 것 같지 않았다.

메이는 더 참을 수가 없어 이마에 자잘하게 맺히는 땀을 훔쳐내며 좁은 통로를 공략하던 손가락을 빼냈다. 흥건히 젖어 있는 손가락을 눈으로 확인하니 흥분은 배가되었다.

"미안해. 더 참을 수가 없어."

하얀 허벅지를 벌리며 그 사리에 자리를 잡은 메이는 빳빳하다 못해 터질 것 같은 제 분신을 조금 전 손가락이 들락거렸던 여성의 입구에 갖다 대었다. 뜨겁고 촉촉한 입구에 자신의 것이 닿자, 곧장 밀어 넣고 싶은 욕구가 차올랐지만, 메이는 이를 악물고 참았다. 제주에서 새힘이 얼마나 힘겨워 했는지가 떠올랐기 때문이다. 마른침을 삼키며 메이는 서서히 진입을 시도했다. 끝만 살짝 밀어 넣었다가 후퇴를 하고 다시 조금 더 안으로 들어가기를 수차례 반복했다.

그럴 때마다 새힘이 하체에 바짝바짝 힘을 주며 거친 숨결을 토해내는 바람에 메이의 몸은 극도로 팽팽히 달아올랐다. 정신이 아뜩해지고 호흡은 더욱 거칠어졌다.

더 이상 느릿하게 인내할 수가 없어 메이는 다급히 고개를 숙여 새힘의 입술을 찾았다. 메이의 어깨에 팔을 두르며 그녀가 입술을 열고선 그를 받아들였다. 메이는 입 안 깊숙이 혀를 찔러 넣음과 동시에 자신의 분신을 끝까지 여성 속으로 밀어 넣었다.

"으읍."

고통인지 쾌감인지 모를 거친 새힘의 신음 소리가 메이의 입 안으로 흩뿌려졌다. 메이는 새힘의 작은 몸을 꼭 껴안은 채 허리를 움직이기 시작했다. 미칠 것 같은 감각의 물결이 그의 세포 하나하나를 올올이 감싸며 쾌락의 길로 인도했다.

좁디좁은 여성 속으로 파고들수록 움직임은 점점 격해져 머리끝까지 전류가 흘렀다. 이미 온몸은 땀으로 범벅이 되었다.

"새힘아, 송새힘……."

계속해서 키스를 뿌리던 그가 잠시 입술을 떼어 내고선 거친 음성으로 그녀를 불렀다. 농밀한 키스와 격렬한 메이의 움직임으로 인해 새힘은 가쁜 숨을 할딱할딱 내쉬었다.

"응……응……말해."

"사랑해."

사랑의 고백은 언제 들어도 애절하고 달콤하다. 새힘이 잔뜩 상기된 얼굴로 금세 눈물을 글썽였다. 목이 메어 차마 대답하지 못하고 작게 흐느낀다.

"미치도록 사랑해."

한 번 더 강조하듯 말한 메이는 새힘의 작은 엉덩이를 세게 움켜쥔 채 뜨거운 여성 속으로 거칠게 돌진해 들어갔다.

"아……아, 아."

새힘의 반듯한 미간이 묘한 흥분과 홧홧한 아픔으로 인해 찡그려졌다. 입에서는 쉴 새 없이 뜨거운 숨결을 토해냈다. 아직 육체의 쾌락에 제대로 눈을 뜨지 못한 새힘으로서는 마냥 메이의 어깨를 껴안은 채 그가 가져다주는 뜨거움에 도취될 뿐이었다.

양가의 부모들에게는 경악을 금치 못할 또 한 번의 '탈선' 그 이상도 그 이하도 아닌 행위일 뿐이지만, 새힘과 메이에게는 더없이 절박한 애정의 몸짓이었다.

땀으로 범벅된 서로의 몸을 껴안고 두 사람은 그렇게 마지막 새벽을 보내고 있었다. 끊임없이 사랑을 속삭이며.

날이 제법 밝은 뒤에야 잠에서 깬 은미는 남편인 송 교수가 깨지 않게 조심히 침실을 빠져나왔다. 새힘 때문에 며칠 내내 잠을 제대로 이루지 못해서인지 컨디션이 엉망이었다.

밤새 마른 목을 물로 간단히 축이고 아침 준비를 하려던 은미는 문득 새힘이 걱정되어 잠시 식사 준비를 미루었다. 메이의 유학 소식에 망연자실해 하던 새힘이 밤새 잠도 못 이루고 울고만 있는 건 아닌가 해서 마음이 놓이지 않았다.

게다가 오늘은 메이가 출국을 하는 날이 아닌가. 만약 새힘이 그 사실을 알게 되면 어떤 반응을 보일지 생각만으로도 가슴이 콱 막혔다. 알게 된다면 당장 메이를 만나러 가려고 난리를 칠 게 뻔했으니, 당장은 알려주지 않을 생각이었다. 그래도 잠든 새힘의 얼굴이라도 보고 와야 마음이 편할 것 같아 은미는 무거운 발걸음을 옮겼다.

2층 새힘의 방문 앞에 도착한 은미는 가벼운 노크와 함께 문고리를 돌렸다. 한데, 평소에는 잠겨 있지 않던 방문이 굳게 잠겨 있어 은미는 당황한 표정을 지었다. 요 며칠 내내 방문을 잠그기는커녕 은미가 방에 드나드는 것조차도 신경 쓰지 않던 아이가 아닌가. 한데, 갑자기 문이 잠겨 있으니 은미로서는 심장이 쿵, 내려앉는 기분이었다.

"아니, 얘. 얘가 갑자기 문은 왜 잠가 둔 거야."

평소라면 그러려니 하고 다시 아래층으로 내려갔을 테지만, 어쩐지 오늘따라 기분이 이상해 은미는 다소 커다랗게 문을 두들겼다.

"새힘이 자니? 잠시 문 좀 열어 보렴."

애써 차분한 목소리를 낸 은미는 바싹 마른 입술을 혀로 축이며 안에서 반응이 있기를 기다렸다. 하지만 여전히 문 안쪽은 고요하기만 했다. 괜스레 초조함이 일자 은미는 들끓어대는 심장에 손을 얹었다. 그러고는 다시 거칠게 문을 두드렸다.

"새힘아, 엄만데, 잠깐 문 좀 열어 봐."

분명히 작은 소리가 아니었다. 잠이 들었다 할지라도 깰 수 있을 정도의 큰 소리였다. 그런데 안에서는 인기척조차 나지 않았다. 미간을 찌푸리며 은미는 그 뒤로도 몇 번이나 방문을 두드려댔다.

하지만 안에서는 아무런 반응도 없었다. 순간적으로 은미는 머릿속이 아찔해져 작게 휘청거렸다. 다급히 벽에 손을 짚으며 균형을 잡았지만, 다리마저 후들거렸다. 새힘이 창문을 타고 밖으로 나간 건 아닌지, 혹여 나쁜 마음이라도 먹은 건 아닌지, 오만 생각들이 뇌리를 떠다녀 심장이 터질 것만 같았다. 열쇠를 가져와서 문을 열어 봐야 할 것 같아 막 아래층으로 향하려는 찰나였다.

찰칵.

잠긴 문고리가 열리는 소리가 은미의 귀에 커다랗게 파고들었다. 그 소리에 은미는 멈추었던 심장이 뛰고 얼어붙었던 피가 다시 확 도는 기분이었다. 그제야 그녀는 안도의 숨을 혹 내쉬었다. 자느라 이제야 노크 소리를 들은 모양이었다. 은미는 괜히 말도 안 되게 흥분을 한 것 같아 겸연쩍어 헛기침을 하고는 슬그머니 방문을 열어젖혔다.

"자는데 깨웠……."

조금 미안한 투로 말하며 방 안으로 들어서던 은미는 우뚝 발을 멈추었다. 새힘은 자느라 늦게 방문을 연 것이 아니었다. 침대에 무릎을 끌어안은 채 오도카니 앉아 있는 그녀의 모습에서 자다 깬 흔적은 전혀 찾을 수 없었다.

"너, 자다가 일어난 거 아니었니?"

새힘이 대꾸 없이 창문 밖만 바라보고 있자, 은미는 안으로 들어서 침대 끝에 엉덩이를 대고 앉았다. 가까이서 보니 새힘이 전혀 자지 않았다는 걸 단박에 알 수 있었다.

"세상에. 한숨도 안 자고 밤새 이러고 있었던 거야?"

두 번의 물음에 그제야 새힘이 느릿하게 고개를 돌려 은미를 응시했다. 잔뜩 지친 얼굴이지만, 눈동자만큼은 번뜩이고 있는 착각이 들어 은미는 마른침을 삼켰다.

"……휴대폰 돌려주세요."

"뭐?"

메이가 오늘 출국하니 이제는 휴대전화를 줄 때도 되지 않았느냐고 하는 것만 같아 은미는 저도 모르게 당황한 표정을 지었다.

"휴, 휴대폰은 좀 더 이따가 주마."

"왜요."

건조한 말투에는 빈정거림이 잔뜩 담겨 있다. 순간적으로 말문이 막혀 은미가 곧장 대답하지 못 하고 있자, 새힘이 딱 딱한 음성으로 내뱉었다.

"오늘부터 외출도 할 거예요."

"너……."

"어차피 메이, 오늘 떠날 텐데 제가 뭘 하든 걱정하실 거 없 잖아요."

담담할 정도로 긴고한 새힘의 말투에 은미의 눈이 동그랗게 떠졌다. 새힘은 이미 메이가 오늘 출국하는 것을 알고 있었던 것이다. 그렇다는 건 메이가 밤새 이곳으로 왔었다는 뜻이기도 했다. 은미의 미간이 순식간에 찌푸려졌다.

"너, 그걸 어떻게 안 거야. 혹시, 메이가 몰래 다녀갔었니? 그렇지? 둘이 뭐한 거야!"

은미의 다그침에도 새힘은 전혀 겁을 먹거나 당황한 얼굴이 아니었다. 오히려 '그게 뭐?' 하는 듯한 표정을 지었다.

"뭐가 걱정이신데요? 전 여기 남았고, 메이는 예정대로 오늘 떠날 텐데요."

그러니까, 기어코 두 사람을 갈라놓고 뜻대로 했으면 됐지, 무슨 짓을 했든 무슨 상관이냐는 거다. 은미는 지끈거리기 시작하는 이마에 손을 얹었다. 반항기 가득한 저 얼굴이 진정제 딸이 맞나 싶을 정도다. 이번 일로 모범생인 새힘이 나쁜 마음을 먹고 비뚤어지는 건 아닌가 싶어 겁도 밀려왔다.

"송새힘, 너 혹시 메이가 곁에 없다고 해서, 그러니까, 어른들에 대한 반항으로 엉뚱한 생각을 하는 건 아니겠지?"

새힘이 피식 버석거리는 웃음을 흘려보냈다. 그러곤 새까만 눈동자를 들어 은미를 똑바로 응시했다.

"그럴 리가요. 메이가 돌아왔을 때 부끄럽지 않은 사람이 되려면 죽자고 공부해야죠. 어른들이 바라시는 게 그거잖아요?"

"……"

더 이상 새힘은 사근사근한 착한 딸이 아니었다. 저희가 저지른 짓이 얼마나 엄청난 것인지는 깨닫지 못하고 어른들이 둘을 갈라놓았다고만 생각하고 있다. 그러니 저렇게 눈동자에 반감을 가득 담고 있겠지.

반항심이든 뭐든 새힘이 어긋나지는 않을 것 같아 은미는 한시름 놓았다. 지금 새힘의 곁에서 대화를 시도하는 건 더 큰 반발심을 불러일으킨다는 판단이 들어 은미는 몸을 일으켰다.

"휴대폰은 오늘 메이가 완전히 떠났다는 확인을 한 다음에 주마. 외출도 그 뒤부터 허락할 테니, 그리 알아."

"마음대로 하세요. 어차피 쭉 그러셨잖아요."

빈정거리는 새힘에게 뭐라고 해 주고 싶은 마음이 굴뚝같았으나, 은미는 성질을 누그러뜨렸다. 쯧쯧, 혀끝을 찬 그녀는 깊은 한숨과 함께 새힘의 방을 나갔다.

은미가 나가는 것을 물끄러미 바라보던 새힘은 어머니가 문을 닫고 완전히 보이지 않게 되어서야 가만히 침대에 몸을 누였다. 멍하니 천장을 응시하는 그녀의 눈에서 뜨거운 눈물이 흘러나왔다. 흐르는 눈물을 닦을 생각도 않은 채 새힘은 작게 중얼거렸다.

잘 다녀와. 나……절대로 어긋나지 않을 거야.

17.

8년 후.

어렴풋이 동이 트는 새벽과 아침 사이. 아직은 사람들의 활동이 이른 시각에 새힘은 고요한 주방의 식탁에 앉아 토스트 몇 조각과 진한 원두커피 한 잔으로 간단히 아침 식사를 하고 있었다.

빵으로 끼니를 때우기 전 안쳐 두었던 밥이 거의 다 되었는지 압력밥솥이 칙칙폭폭 요란한 소리를 내며 압력추에서 하얀 김을 뿜어냈다.

오전 근무 타임 때는 남들보다 먼저 출근을 해야 했기에 어느 순간부터는 어머니 은미보다 일찍 일어나는 그녀가 밥을 하는 게 일상이 되었다. 겨우 쌀을 씻어 압력밥솥에 안치기만 하는 것일 뿐이지만 은미는 그 시간에 조금 더 잘 수 있게 됐다며 아주 좋아했다.

김이 거의 다 빠지고 고소한 밥 냄새가 주방 가득 퍼지자 순간 새힘은 먹던 빵조각을 던져 버리고 된장찌개를 끓여 밥 한 숟가락을 뜨고 싶은 욕구가 왈칵 솟구쳤다. 고소한 밥 냄새의 유혹은 가히 메가톤급이었다. 하지만, 느긋하게 밥을 먹고 출근을 할 시간적 여유가 없었기에 새힘은 눈물을 머금고서 끝까지 토스트 몇 조각으로 배를 채웠다.

늘 그렇듯 빵으로 이른 식사를 마친 새힘은 출근 준비를 서둘렀다. 조금 더 서둘러야 고객의 편의를 위해 사소한 하나라도 더 체크를 할 수 있고, 남는 시간에 신문 한 페이지라도 더 읽을 수 있으니까.

새힘은 우리나라 특1급 호텔 중의 하나인 앱솔루트 캐슬 호텔의 GRO(Guest Relations Officer)다. VIP 고객 전담 호텔리어로서 입실에서부터 퇴실까지 VIP들을 밀착 서비스하는 게 그녀의 업무였다.

외국인 고객이 많은 VIP 전용 층에서 근무를 하기 때문에 한국에 대한 좋은 인상을 심어주기 위해 몇 배나 더 신경을 써서 케어해야 함은 물론이고, 우리나라에 대한 돌발 질문을 해 올 때도 많아 거기에 막힘없이 대답을 하려면 신문 등을 꾸준히 읽어 두어야 했다.

연평도 사건을 물어오는 외국인도 있었고, 축구 스타인 박지성의 팬이라며 그에 대해 질문을 던지는 사람도 있었다. 만약 평소에 신문을 꾸준히 읽지 않았더라면 진땀을 뺐을 것이다.

깔끔한 유니폼을 차려입은 단아한 외모의 호텔리어는 겉보기에는 화려하고 고급스러워 보이지만, 실상 까다로운 고객들을 만족시키기 위해 서비스 정신으로 무장한 치열한 직업이었다.

겉으로는 우아하지만 물속에서는 바쁘게 발을 젓는 백조처럼 보이지 않는 곳에서 바삐 움직이는 직업이기에 흔히들 호텔리어를 백조에 비유하곤 했다. 힘이 들 때도 많지만, 다양한 문화의 사람들을 체험할 수 있어 새힘은 이 직업이 정말 좋았다.

출근 준비를 마친 새힘이 현관을 나서는데 어느새 잠에서 깬 은미가 하품을 늘어지게 하며 안방을 나왔다.

"출근하니?"

"네."

"밥은 먹고 가는 거냐?"

"대충 빵으로 때웠어요. 다녀올게요."

새힘이 고개를 숙이고 집을 나서자 은미는 물끄러미 딸의 뒷모습을 지켜보았다. 언제까지고 응석받이일 줄 알았던 외동딸은 8년 전 메이가 떠나던 그날부터 조금씩 변해 버렸다. 가족 간의 대화가 거의 사라졌을 정도로 모든 걸 혼자 해결했다. 잠시잠깐 어른들에 대한 반항심이겠거니 했지만, 지금까지도 딸은 예전과 같은 응석은 보이지 않았다.

한순간에 애어른이 돼 버린 딸에게 안타까운 마음이 들기는 했지만, 어긋나지 않고 제 길을 찾아 잘 자라 준 것만으로도 은미는 고마웠다. 그나마 다음 달이면 학업을 무사히 마친 메이가 입국을 하기에 요새는 새힘이 꽤나 들뜬 모습이라 한시름 놓였다.

8년.

말이 8년이지 정말 긴 시간임이 분명했다. 그동안 자신과 남편은 정기적으로 염색을 하지 않으면 안 될 만큼 흰머리가 부쩍 늘고 주름도 눈에 띄게 생겼다. 조그만 잘못도 용납 못 하던 불같던 그녀의 성질도 많이 수그러들었고 뭐든 호불호를 확실히 갈라 두던 마인드도 꽤나 포용력 있게 변했다. 8년의 세월은 그만큼 길었다.

그런데, 그 오랜 시간 동안 새힘과 메이가 여전히 서로를 그리워하고 있다는 게 은미는 신기할 따름이었다. 어린 시절의 탈선이라고만 여겼던 두 사람의 마음이 어쩌면 8년의 세월을 무색하게 할 만치 깊은 사랑인 것 같아 가슴이 찡하기도 하고 대견스럽기도 했다. 정말 그 정도의 깊은 마음이라면 강제로 둘을 갈라놓은 어른들에게 얼마나 원망이 클까 싶어 안타깝기는 했다.

메이가 얼마나 의젓해져서 돌아올지 은미는 기대가 가득했다. 물론 새힘이 기대하는 것에 비하면 새 발의 피일 테지만.

*

이글거리는 한여름의 태양 볕 아래 빅토리아풍의 별장 건

문이 고고하게 위용을 떨치고 있었다. 정원을 수놓고 있는 파릇한 잔디와 정원수들이 특유의 푸름으로 후텁지근한 열기를 조금이나마 가시게 해주었다. 정원의 한쪽을 차지하고 있는 시원한 풀장에서 연방 첨벙이는 물소리가 끊이지 않는다.

갈색으로 그은 탄탄한 몸매의 사내가 물살을 가르며 시원스레 풀장을 유영하고 있었다. 기다란 팔과 다리를 힘차게 저으며 앞으로 나아갈 때마다 단단한 근육들이 물결을 친다.

한창이나 미끈하게 수영을 하던 그는 이내 풀장 밖으로 나와 젖은 몸과 머리칼을 타월로 대충 닦아낸 다음 선베드에 몸을 기대고 누웠다.

얼굴을 반쯤 덮는 선글라스로 눈부신 빛을 차단시킨 그는 조금 전부터 우웅, 우웅, 진동을 울려대고 있는 휴대전화로 손을 뻗쳤다. 발신지를 확인한 그의 숱 많은 눈썹이 찌푸려졌다. 어머니 오 여사였다.

"젠장, 또 뭐야."

그냥 한쪽으로 던져두고 싶은 마음이 굴뚝같았지만, 받지 않으면 아마 여기까지 쫓아올 것 같아 결국 통화 버튼을 눌렀다.

"네. 또 무슨 일이에요?"

목소리 가득 불만을 담아 퉁명스럽게 전화를 받자 잔뜩 날선 오 여사의 음성이 흘러나왔다.

〔아직 별장이니?〕

"좀 쉬게 냅두라니까 그새 또 전화예요?"

〔이 녀석이 진짜! 네가 지금 한가하게 별장에 처박혀서 쉴 때니?〕

"오 여사님, 아들놈 미국서 귀국한 지 이제 겨우 3주도 안 됐어요. 장장 8년 만에 귀국해서 좀 쉬겠다는데 뭐가 그렇게 안달이에요?"

〔누가 들으면 미국에서 대단한 업적이라도 쌓다가 8년 만에 귀국해서 처음으로 쉬는 줄 알겠구나. 술에 여자에 싸움박질에 심지어 약에……〕

"아, 그러니까, 누가 강제로 미국에 보내래!"

미국으로 강제호송 되어갔던 그때의 기억이 떠올라 은성은 언성을 높였다. 하지만 오 여사 역시 지지 않고 맞받아쳤다.

〔네놈 자식이 한 짓을 생각해 보고 엄마를 원망해! 빼도 박도 못하게 증거물까지 들이미는데 그럼 어떡하니? 내 자식이 법정에 서는 꼴을 봤어야 한다는 거야? 네 아버지가 말단 공무원만 됐어도 눈 하나 깜짝 안 했을 거다. 그때 네놈 자식 때문에 네 아버지가 언론에 오르내렸더라면 지금의 자리에는 오르지도 못하셨을 거야. 다시 그때로 돌아가서 선택을 해야 한다면 난 한 치의 망설임도 없이 또 그렇게 했을 거다. 그러니까, 지금이라도 행동거지 좀 조심하고 다녀. 알겠니?〕

젠장. 계속했다가는 오 여사의 잔소리가 끝이 없을 것 같아 은성은 치받치는 욕설을 겨우 눌렀다.

"용건이나 말씀하세요."

〔네 큰형이 네 일 문제로 보잔다.〕

"뭐, 호텔에 입사하라는 그 얘기 하시는 거예요?"

〔그럼, 뭐겠니?〕

"그 얘기는 그만 하자고 했잖아요. 나보고 그 말도 안 되는 유니폼 따위를 입고 접대부 노릇을 하라는 거야? 그딴 거나 시키려고 미국서 호텔 경영을 전공하라고 한 거였어요? 어머니도 형님도 제정신이십니까?"

〔말 가려서 하지 않을래? 상스럽게 접대부가 뭐니?〕

"되도 않게 생글거리면서 손님 맞는 게 접대부지, 뭐가 달라? 아무튼 됐으니까, 한 번만 더 이딴 걸로 볶으면 다시 미국 들어가서 죽어도 안 올 테니 알아서 해요."

인상을 팍 쓰며 은성이 전화를 끊으려는데 다급한 오 여사의 말이 수화기를 타고 흘러나왔다.

〔이 녀석아! 누가 너더러 F/O(Front Office)로 들어가라니? 총무부 부장 자리를 준다잖아. 이것도 엄청나게 파격적인 인사란 말이다. 뭘 좀 제대로 알고서나 버팅겨도 버팅기란 말이야. 내가 네 형한테 얼마나 아양을 떨었는지 알기나 해?〕

"누가 그래 달랬다고 쓸데없는 짓을 하고 그래요."

〔……잔말 말고 대충 놀고 서울로 올라와. 와서 네 형 밑에서 일 배워. 알겠니? 계속 백수로 지낼 수는 없는 거 아냐?〕

"강남에 바(bar)나 하나 차려 주면 알아서 산다니까 왜 날 못 잡아먹어서 안달이에요? 총무부 부장이고 나발이고 어딘가에 얽매이는 거 딱 질색인 거 알면서."

〔이 녀석이 정말!〕

너무도 강경한 은성에게 버럭 소리를 지른 오 여사는 화를 삭이기 위한 것이 분명한 한숨 소리를 후욱 내쉬고는 이내 차분하게 말을 이었다.

〔그래, 좋다. 우리 서로 50보씩만 양보하자꾸나. 3년만 네 형 밑에서 착실히 일을 배우면 강남이든 하와이든 네가 원하는 걸 차려 주마.〕

이제야 타협안이 나오자, 은성은 미미하게 입술을 말아 올렸다. 오 여사가 이 정도로 나온다는 건 그만큼 절실하다는 거다. 사실 은성도 특급 호텔의 부장 자리가 딱히 싫은 건 아니었다. 어디에 소속되어 있는 자체가 적성에 맞지 않았기에 바나 차려 원하는 대로 살고 싶었을 뿐이었다. 오 여사가 순순히 술집을 차려 줄 리 만무했으므로 이 정도는 각오하고 있던 참이었다. 그래도 최소 5년은 예상했는데, 3년을 제안하다니, 밑지는 장사는 아닌 셈이다.

어쩌면 오 여사의 판단에 3년이면 넉넉하다고 생각을 한 건지도 몰랐다. 저명한 국회의원인 남편과 한다하는 오 여사 집안의 백그라운드, 그리고 아들의 특급 호텔 부장 정도 되는 명함으로 꽤 괜찮은 집안의 여식을 며느리 삼는 데 3년이면 충분하다고 여기고 있는 거다. 호텔의 부장이라는 직급과 일개 바의 사장이라는 자리는 비교할 수가 없으니 극구 아들을 호텔로 밀어 넣으려고 하는 것이다. 그것은 곧 3년 뒤에는 마음대로 하고 살아도 좋다는 뜻이기도 했다.

"생각해 볼게요."

〔내중 늘고 네 형 만나 봐 알겠니?〕

"생각해 본다고 했잖습니까."

은성이 짐짓 짜증스럽게 내뱉자, 오 여사는 쯧쯧 혀끝을 차고는 이내 전화를 끊어 버렸다. 잠시, 끊어진 휴대전화를 들여다보던 은성은 이내 벌렁 선베드에 몸을 기댔다.

3년이라.

그리 긴 것도 아니다. 3년이란 시간은 8년에 비해 절대로 긴 것이 아니었다. 쫓겨나다시피 강제로 가게 된 미국에서의 불쾌한 기억들이 뇌리를 떠돌자 은성의 미간이 찌푸려졌다. 미국에 있는 동안 강제 이송된 반항심으로 오만 개망나니 짓은 다 하고 다녔다 해도 과언이 아니었다. 그래서 오 여사가 수시로 쫓아와 해결을 하기도 했었다.

그런데, 그것보다 더 불쾌한 건 송새힘이라는 계집애가 불쑥 떠올라 버린 것 때문이다. 더불어 죽을 때까지 잊히지 않을 수치심을 자신에게 안겨 준, 밀가루 반죽 같이 허여멀겋던 그 튀기 놈까지도. 참으로 긴 시간인데도 둘만 떠올리면 아직도 갈비뼈가 욱신거리는 게 기분까지 더러웠다.

독한 술이 급작스레 당긴 은성은 이내 선베드에서 몸을 일으켰다. 별장 건물 안으로 들어가는 내내 그의 얼굴은 딱딱하게 굳은 상태였다. 빌어먹게도 송새힘, 그 계집애가 자꾸만 뇌리를 떠돌고 있었기 때문이다.

은성이 서울로 올라온 건 오 여사의 전화를 받은 날로부터 한참 더 뒤였다. 오 여사의 인내심이 바닥 나 길길이 날뛰기 직전에야 슬슬 어머니가 원하는 대로 해주기 위해서 일부러 시간을 더 끌다 올라왔다. 귀국을 하고 나서 놀 만큼 놀았기에 따분한 감도 없지 않아 있었고.

검은 슈트를 미끈하게 차려입은 채 땀 한 방울 나지 않을 정도로 냉방 시설이 잘 된 총지배인실의 소파에 비스듬히 앉은 은성은 대표이사 겸 총지배인인 큰형, 현성을 가만히 바라보았다. 10여 분 전 훑어볼 서류가 있으니 잠시 앉아 있으란 말과 함께 지금까지 미친 듯이 서류만 파고들고 있었다. 은성과는 나이 차가 상당히 나는 관계로 현성의 머리칼에는 희끗 흰머리칼도 보였다.

워커홀릭. 그를 보면 떠오르는 단어였다. 일이 취미고, 즐거움이고 생활인 사람이었다. 참으로 자상한 성격이긴 했으나, 처자식보다 일이, 이 호텔이 먼저인 사람이었다. 호텔 내의 직원들에게는 이런 현성이 롤모델이자, 멘토일지 모르겠으나, 은성에게는 참 재미없는 인생을 사는 한 사람으로밖에는 보이지 않았다.

미국에서 호텔 경영을 전공한 은성이 고작 바나 차려서 자유롭게 살고자 하는 이유도 현성이 대표이사로 있기 때문이었다. 이 호텔에 젊은 시절을 바쳐가며 일한 형을 상대로 파워 싸움 따위는 하고 싶지 않았기 때문이다. 지금이야 그럴 마음이 없다 치더라도 사람 욕심이라는 게 마음대로 되는 게 아니지 않는가. 자신이 욕심을 내기 시작하면 피붙이든 뭐든

물불 가리기 않고 덤벼들 게 자명했으므로 미연에 그런 사태는 막고 싶었다.

한참이나 서류철을 훑어보던 현성이 이윽고 고개를 들며 어깨가 아픈 듯 주먹으로 양어깨를 툭툭 두들겼다.

"많이 기다렸지?"

불혹을 넘긴 나이라는 게 믿기지 않을 정도로 매력적인 마스크에 사람 좋은 미소를 머금은 채 현성이 줄곧 앉아 있던 의자에서 몸을 일으켰다.

"차 마실래? 커피?"

"아니에요, 형님."

은성의 거절에 현성은 가볍게 고개를 끄덕이고는 은성의 맞은편 소파에 엉덩이를 대고 앉았다.

"이제 쉴 만큼 쉬었냐? 네 녀석 고집도 참 어지간하구나."

"어머니와의 기 싸움이죠, 뭐."

"그래. 얻은 건?"

은성은 어깨를 으쓱해 보였다.

"아직은 없어요."

은성은 3년 후의 자유에 대해서는 함구했다. 고작 3년이라는 시간을 근무하기 위해 호텔에 입사한다고 하면 아마 현성은 언제 그랬냐는 듯 저 사람 좋은 미소를 싹 지우고서 매섭게 꾸짖을 것이다. 현성에게 이 호텔은 그의 전부나 다름없었으니 결코 두 모자의 장난 따위는 묵인해 주지 않을 것이다.

"다음 주부터 출근할 수 있도록 조치해 두었으니, 그리 알 거라."

"네, 형님."

"낙하산이라는 소리 따위를 듣지 않도록 열심히 해야 할 거다. 마음에 들지 않으면 가차 없이 해고시킬 테니 정신 바짝 차리고."

"알겠습니다."

"네가 곁에 있어 준다니 내 마음이 든든하구나."

진심에서 우러나온 현성의 말에 은성은 가볍게 미소 지어 보였다. 물론 근무하는 동안은 열심히 업무 파악을 할 것이다. 만에 하나 현성에게 변고가 생긴다면 그 자리를 대신하는 건 자신이 될 테니까.

현성과의 짧은 미팅을 마치고 총지배인실을 나온 은성은 호텔 내를 살펴볼까 하다가 관두었다. 출근하기도 전부터 이곳저곳을 쑤시고 다니고 싶지는 않았기 때문이다.

환한 미소의 호텔리어들이 대기하고 있는 프런트 데스크를 지나 출입문으로 향하는데, 휴대전화가 진동을 해대는 바람에 은성은 잠시 걸음을 멈추었다. 휴대전화를 확인해 보니 '오 여사'라는 문구가 열심히 빛을 발하고 있었다.

"하여튼, 귀신같은 오 여사."

은성은 고개를 절레절레 흔들며 이내 전화기를 귀에다 대었다.

"네."

〔설마, 아직 별장은 아니겠지?〕

"설마가 사람 잡죠."

현성이 시시콜콜 어머니에게 전화하거나 하는 성정은 아니기에 아직 오 여사는 은성이 여기 온 줄 모르는 모양이었다. 괜히 심술이 솟아 은성은 비딱하니 대꾸해 버렸다. 그러자 단박에 오 여사의 목소리가 커진다.

〔뭐야, 아직 그러고 있는 거야!〕

목소리의 강도가 예상보다 훨씬 세다. 잔소리 폭탄이 이어질 것 같아 제대로 말하려는 순간이었다. 은성은 저만치서 눈에 들어오는 광경에 그대로 돌처럼 딱 굳어 버렸다. 아니, 심장이 딱 멎어 버렸다. 외국인 고객과 열심히 대화 중인 한 여자가 눈에 콱 박힌 것이다.

단정하게 묶은 머리칼과 수수한 화장 그리고 호리호리한 몸 라인에 딱 맞게 떨어지는 깔끔한 유니폼을 입은 호텔리어.

그녀는 바로 다름 아닌 송새힘이었다. 8년 전보다 키가 좀 더 자라고 훨씬 더 여성스러워졌지만, 은성은 확실히 알 수 있었다. 그녀는 분명히 송새힘이었다. 갈아먹어도 시원치 않을 빌어먹을 범생이.

쿵쿵쿵.

멈추었던 심장이 급격히 빨리 뛰기 시작했다. 눈으로 확인하고도 믿을 수가 없어, 은성은 시간이 멈춘 것처럼 꼼짝 않고 새힘을 응시했다. 기계적으로 귀에 대고 있는 전화기에서 오 여사의 날선 목소리가 끊임없이 들려왔지만, 저 아득한 곳의 것처럼 웅웅거릴 뿐이었다.

탁!

몸을 스치는 둔탁한 소리에 은성은 가까스로 정신을 차렸다. 호텔의 고객으로 보이는 여자가 은성에게 부딪치곤 연방 죄송하다는 말과 함께 고개를 숙여 보였다. 그녀에게 괜찮다는 뜻으로 가볍게 묵례를 해 보인 그는 다급히 새힘이 있던 곳으로 시선을 돌렸다. 한데, 이미 새힘은 대화를 나누던 외국인과 함께 사라지고 없었다.

허탈함과 아쉬운 마음이 동시에 들어 저도 모르게 고개를 빼고 이리저리 살펴보는데, 그제야 은성은 아직 오 여사와의 통화가 끊어지지 않았음을 깨달았다. 오 여사의 목소리가 점점 더 커지고 있었기 때문이다.

"오 여사."

〔오 여사고 뭐고 너 계속 이렇게 비딱한 태도면…….〕

"나 지금 호텔이에요."

〔뭐?〕

호텔이라는 말에 거짓말처럼 오 여사의 목소리가 확 줄었다.

"방금 형님 만나고 나오는 길이에요."

〔어머, 얘는 그러면 그렇다고 진작 말을 해야지. 그래, 언제부터 출근할 거니?〕

"다음 주부터요."

〔그래, 잘 생각했다. 3년만 착실히 해. 네가 원하는 거 들어

줄 데니. 설마, 네 형한테 그런 말을 한 건 아니겠지?〕

"내가 뭐 총 맞았어요, 그딴 소리를 하게."

〔잘했다. 적성에 안 맞더라도 조금만 버텨. 알겠니?〕

"걱정 마세요. 생각보다 훨씬 재미있을 것 같으니까."

오 여사와의 통화를 끝낸 뒤 은성은 한쪽 입술을 말아 올리며 비릿한 웃음을 머금었다. 생각지도 못한 수확에 온몸에 전율이 일 정도다. 그 괘씸한 계집애를 한 번쯤은 보는 것도 나쁘지 않을 거라 생각했는데, 이렇게 만나게 되다니. 그것도 이 호텔의 직원이라니.

"이렇게 기가 막힌 우연이 또 있나."

자신을 이국으로 추방시켜 버린 깜찍하고 괘씸한 계집애와의 조우가 생각보다 빨라 은성은 즐거울 지경이었다.

외국인과 대화하며 하얗게 웃고 있던 새힘의 아름다운 얼굴이 손에 잡힐 듯 선명히 뇌리에 떠오르자 은성은 입매를 비틀었다.

이거, 진짜로 재미있겠는걸.

*

이른 아침, 라커룸에서 유니폼으로 갈아입은 새힘은 거울 앞에 서서 매무시를 확인했다. 제대로 잠기지 않은 단추가 있는지, 명찰이 제대로 달렸는지, 단정히 묶어 망 속으로 넣은 머리칼이 빠져나오지는 않았는지 등 머리에서 말끝까지 체크했다.

스스로에게 '오케이' 사인을 내린 다음 새힘은 얼굴 근육을 풀기 시작했다. 직업의 특성상 친절은 곧 생명이기에 늘 환한 미소로 고객과 대면해야 했다. 특히나 VIP들은 대부분이 까다로운데다 가끔은 귀빈임을 내세워 과도한 요구를 하기도 한다. 그럴 때 저도 모르게 곤란한 표정을 짓거나 순간적으로 싫은 티를 내는 등의 얼굴 변화를 내비치면 아주 소소하더라도 알아채기 때문에 항상 긴장을 하고 있어야 했다. 그러니 업무를 시작하기 전에 충분히 얼굴 근육을 풀어 둘 필요가 있었다.

한창 거울을 들여다보며 얼굴을 이완시키는데, 같은 VIP 담당인 동료 재영이 라커룸으로 들어왔다. 새힘보다는 두 살이 많지만, 입사는 비슷한 시기에 해서 호텔 내에서는 제법 친하게 지내는 사이였다.

"새힘 씨, 안녕? 일찍 왔네?"

"안녕하세요, 언니."

발랄한 성격의 재영은 라커에 핸드백을 밀어 넣고는 유니폼으로 갈아입었다. 어깨까지 내려오는 머리칼을 하나로 모아 새힘과 마찬가지로 망 속으로 집어넣던 재영이 여전히 얼굴 근육을 풀고 있는 새힘에게로 시선을 주었다.

"참. 자기 소문 들었어?"

"무슨 소문요?"

새힘이 잘 모르겠다는 표정을 짓자 재영은 거울 속으로 시선을 맞춰 왔다.

"인사부에 내 친구가 있다고 했잖아. 걔한테 들은 얘긴데, 조만간 총무부 부장이 바뀔 거래."

"그래요?"

새힘은 고위 인사에 대해서는 그다지 관심이 없었으므로 시큰둥하게 대꾸하고 말았다.

"그런데, 그게 문제가 아니다, 이거지."

재영이 자못 심각하게 미간을 찌푸렸다.

"새로 오는 총무부 부장이 로열패밀리래."

"로열패밀리?"

새힘이 슬쩍 눈썹을 세우자, 재영이 아릇하게 웃었다.

"자세한 건 모르겠는데 총지배인님 쪽 사람이라는 것 같더라고."

호텔 앱솔루트 캐슬의 총지배인은 대표이사 자리를 함께 겸하고 있는 인물이었다. 지금은 고인이 된 호텔 설립자인 조부에게 그 자리를 세습 받았다고도 할 수 있지만, 총지배인은 20대 중반부터 지금까지 20년에 가까운 세월을 호텔에 바친 열혈 호텔리어였다. 그래서 아무도 총지배인에게 실력 없이 직위를 세습했다는 소리 따위를 하는 이가 없었다.

"어쨌든 낙하산 인사라는 거잖아요."

"뭐, 그런 셈이지"

호텔이란 곳이 수시 채용이 많은 곳이니, 낙하산 인사쯤이야 그다지 놀랄 일도 아니었다. 게다가 어차피 자신과는 크게 상관없는 B/O(Back Office)부서의 일이라 별로 궁금하지도 않았다. 호텔의 로열패밀리라는 게 자신과는 다른 세계에 속한 사람들의 일이기도 하고.

재영의 말을 반쯤 흘리며 흘끔 시계를 확인하는데, 지이잉, 휴대전화가 진동 소리를 냈다. 전화기의 액정을 본 새힘의 얼굴이 절로 확 풀어졌다. 힘이 들거나 외롭거나 혹은 기쁠 때면 늘 제 일처럼 울고 웃어 주는 친구 영경이었다.

"오냐, 양갱. 아침부터 네가 웬 일이야?"

[아놔, 정말. 내가 얼른 독립을 하든가 어린이집을 때려치우든가 해야지 못살겠다, 파워야.]

영경의 우는 소리에 새힘은 피식 웃음을 걸었다. 말투를 보아하니 또 어머니와 뭔가 맞지 않아 싸운 모양이다.

어머니가 운영 중인 어린이집에서 교사 일을 하고 있는 영경은 매일 꼬맹이들의 뒤치다꺼리 때문에 죽겠다며 앓는 소리를 하다가도 길 가는 어린아이만 보면 예뻐서 눈을 떼지 못했다. 유아교육학과를 졸업하고 유치원 정교사 자격증을 가지고 있는 인재를 작은 어린이집에 처박아 놓고 일은 배로 부려 먹는다며 원장인 어머니에게 늘 투덜거리긴 했지만, 영경은 똥기저귀를 갈아 주는 것조차 꺼려하지 않을 정도로 아이들을 좋아했다.

"왜? 엄마랑 또 싸웠니?"

[너, 같이 일하는 임 선생 알지?]

"또 임 선생 일이야?"

임 선생은 영경과의 통화에 자주 등장하는 단골 레퍼토리였다. 영경과 마찬가지로 유아교사 자격증이 있지만, 어딜 가나 사고가 잦아 2년째 백수로 지내다 겨우 영경의 어머니가 운영하는 어린이집에 취직한 인물이었다. 그것도 영경은 알 수 없는 어머니와의 인연으로 인해 받아들인 거라고 했다. 일은 못 하지, 어머니와 얽힌 모종의 인연으로 인해 잘리지도 않지, 그 뒤치다꺼리를 하고 있는 영경만 죽어나고 있었다. 그러니 그 임 선생은 자주 통화의 안주로 오르곤 했다.

〔아니, 임 선생이 실수로 감기 걸린 애랑 장염 있는 애의 약을 바꿔 먹인 거야. 바꿔 먹이고서 약 봉투까지 바꾼 상태로 애들 가방에 넣어서 집으로 보낸 거 있지.〕

"어머, 그래서?"

〔그래서 양쪽 어머니들이 알고 한바탕 난리를 치렀지. 병원에 문의했더니 다행히 큰 문제가 없다고 해서 한시름 놓긴 했는데, 아우, 어머니들이 그냥 넘어가겠니? 약까지 바꿔 먹이는 곳에 애들을 어떻게 믿고 맡기겠냐고 생난리를 쳐서 돈 돌려주고 손이 발이 되도록 빌어서야 애들 데리고 가더라. 근데, 우리 엄마, 임 선생이 실수한 것까지 나한테 뭐라고 하는 거야. 네가 먹일 것이지, 왜 임 선생을 시켜서 일을 이렇게 만드느냐고 나만 잡아 족치는데 내가 미치니, 안 미치니? 아니, 내가 임 선생한테 그런 것도 못 시키니? 모셔 놓을 것 같으면 뭐 하러 취직을 시킨 거냐고. 뭐 그렇게 덜 떨어진 게 다 있는지 나, 정말 혈압으로 쓰러질 것 같아.〕

"네가 고생이 많다, 양갱아. 근데 걔는 그렇게 기본적인 것도 못해서 어떻게 교사 자격증을 땄다니?"

〔내 말이! 그거 공문서 위조한 게 아닐까 하는 강력한 의심이 마구 들어. 아, 진짜, 어떻게 하면 걔를 확 자를 수 있을까? 나, 정말 요즘 같아서는 드라마에 나오는 나쁜 년들처럼 걔한테 막 누명 같은 거 씌우고 싶을 정도야. 나쁜 년들이 그냥 막무가내로 나쁜 년들이 되는 게 아니었어. 상대방이 눈앞에 알짱거리면서 혈압을 오르게 하니까, 나쁜 마음을 먹게 되는 거라고. 걔한테 공금횡령죄를 뒤집어씌워 버릴까, 응?〕

"양갱아, 그러지 말고 조용한 곳에 가서 걔를 묻어 버려."

〔그럴까. 그냥, 그거 죽여 버릴까? 아, 정말 괴롭다, 친구야.〕

한숨을 푹 내쉬며 죽는 소리를 하던 영경이 너무 제 말만 했다 싶은지 슬쩍 화제를 바꾸었다.

〔넌 재미 나냐?〕

"재미나 뵈냐?"

영경이 푸시시 바람 빠지는 소리와 함께 웃음을 내뱉었다.

〔묻는 내가 등신이다. 애인은 머나먼 타국으로 보내놓고 VIP들 똥꾸녕이나 닦아 주는 애한테 뭐가 그렇게 재미있을 거라고 묻길 묻는지, 원.〕

"야, 그래도 너처럼 정말 똥구멍은 안 닦아."

〔야야, 진짜로라도 애들 똥구녕 닦아 주는 게 훨씬 낫지.〕

"아우, 드러워. 양갱, 너 표현 진짜 드러워."

소금 기분이 풀리는지 영경이 한바탕 키들키들 웃었다.

〔메이, 다음 달 귀국이니?〕

"다음 달은 무슨. 다음 주 귀국이야."

〔에? 벌써 그렇게 됐어? 아아, 벌써 날짜가 그렇게 됐구나. 좋겠다, 파워. 드디어 긴 기다림의 끝이 보이겠구나. 정말 둘 다 대단하다니까. 인간 승리야, 인간 승리.〕

영경의 말에 새힘은 싱긋이 미소를 지었다. 사실 영경의 말마따나 VIP들의 똥구녕을 닦아준다는 표현이 맞을 정도로 그들을 영접 하는 건 쉬운 일이 아니었다. 하루에 몸이 두 개라도 모자랄 만큼 그들에게 밀착 서비스를 하는 게 바쁘고 까다로운 탓이었다. 하지만 다음 주면 귀국을 하게 되는 메이의 생각만으로도 기운이 불끈불끈 솟았기에 요새는 힘든 것도 몰랐다.

전화나 인터넷을 통해 서로의 안부를 전하기도 했으나 직접 눈앞에서 실물을 확인하는 건 8년 만에 처음이니 어찌 평상시처럼 차분할 수 있겠는가.

8년 전 마지막을 함께 보냈던 그 밤, 온몸을 옭아매던 메이의 손길과 단단한 몸 그리고 뜨거운 입술이 어제 느껴졌던 것처럼 아직도 생생했다. 얼른 메이가 보고 싶어 조바심이 날 지경이었다.

징그러울 정도로 긴 8년을 꿋꿋이 견뎠건만, 요새는 하루하루가 너무 더뎌 심장이 타들어갈 것만 같았다.

얼마나 변했을까. 자신이 여자의 모습을 하고 있는 만큼이나, 그 역시 이제는 완연히 남자의 모습을 하고 있겠지.

새힘의 입가에 절로 설렘이 가득 담긴 부드러운 미소가 걸렸다.

18.

"봤니, 봤니? 완전 잘생겼어."

"그러니까. 난 무슨 연예인이라도 온 줄 알았잖아."

"총지배인님과 많이 닮았던데, 형제가 맞는 것 같지? 이름도 봐봐, 이현성, 이은성."

"총지배인님도 그렇고 새로 온 총무부 부장님도 그렇고, 로열패밀리 집안은 정말 우월한 유전인자를 가지고 있다는 게 맞나 봐. 정말, 종자가 좋고 봐야 한다니까?"

"아씨, 나 미친 척 다가가서 작업 걸어 볼까?"

"미친. 잘리고 싶어서 용을 써라, 용을. 너, 다음 주에 캡틴 승진 시험 있지 않아? 헛짓 하다가 아웃 당하지 말고 꿈 깨."

앱솔루트 캐슬 호텔은 새로 부임한 총무부 부장으로 인해 하루 종일 술렁였다. 물론 고객이 눈치 채지 못하게 휴식 시간이나 한가한 틈을 타 자기네들끼리 몰래 수다를 떠는 정도였다. 업무에 태만하게 될까 염려되어 각 매니저들이 주의를 주곤 했지만, 새로 부임한 로열패밀리에 대한 궁금증은 쉽사리 수그러들지 않았다.

새로 부임한 총무부 부장에 대한 호텔리어들의 지대한 관심과 소문에도 새힘은 그런 것에는 신경을 쓸 겨를이 없었다. VIP들의 대부분이 풀 서비스 받는 걸 당연시 여기는 특권층 부류기는 하지만 그중에도 까다롭기로는 둘째가라면 서러워할 요르단의 부호가 투숙을 하고 있는 탓이었다. 라쉬드 알리 카림 아흐메드라는 긴 이름의 젊은 부호는 떠받들려지는데 너무도 익숙한 사람이라 실상 국빈들을 영접했을 때보다 더한 피로감을 유발하는 장본인이었다.

올해만 해도 벌써 세 번째 방문이었다. 올 때마다 짧게는 일주일에서 길게는 한 달까지 스위트룸에 머물곤 했으니, 호텔 입장에서는 최고의 VIP인 셈이었다. 비즈니스라는 명목상 앞으로도 1년에 몇 차례씩은 방문해서 투숙할 예정이라니 호텔 측에서는 더더욱 신경을 써서 영접을 할 수밖에 없는 상대였다.

유창한 영어 실력을 가지고 있었으므로 전혀 모르는 아랍어로 대화를 시도할 필요는 없었지만, 깐깐한 그가 언제 어떤 걸로 컴플레인을 해올지 몰라 바짝 정신을 차려야 했다.

비즈니스 겸 관광 차 한국을 방문한 라쉬드의 스케줄에 맞쉬 왕궁권이니 오페라 티켓을 예약한다던지 맛집에 관한 조언을 해주는 등의 디테일한 모든 것이 그의 전담인 새힘이 하는 일이었다. 수행비서가 있기는 했지만, 한국에 대해 문외한이기에 대부분의 것을 새힘에게 맡기곤 했다.

조금 전에는 요르단으로 갈 때 가지고 갈 민속 도자기 인형을 구해다 주고 나오는 길이었다. 한국 방문 일정에 관광이 포함되어 있으면, 직접 공예점을 둘러보며 고르는 게 더 나을 텐데 젊은 부호는 결코 그런 수고를 하지 않았다.

퇴근 시간이 다 되어 마무리를 하기 위해 사무실로 들어오니, 책상 앞에 앉아 문서를 작성하고 있던 재영이 모니터에서 시선을 떼며 흘끔 새힘을 바라보았다.

"새힘 씨, 내일 오프지?"

재영의 물음에 새힘의 심장이 두근 울린다. 내일. 내일이라는 단어에 가슴이 터질 것만 같이 뛰어댄다.

새힘이 새로 부임한 총무부 부장에게 관심 둘 겨를이 없는 건 비단 라쉬드의 투숙 때문만은 아니었다. 그것은 그저 일부분일 뿐, 그녀의 온 신경은 다른 데에 곤두서 있었다. 내일. 바로 내일 때문이었다.

가슴을 뚫고 나올 듯이 방망이질치는 가슴을 겨우 달래며 새힘은 가만히 고개를 끄덕여 보였다.

"네."

"내일 하루는 라쉬드 그 양반에게서 해방이겠구나? 좋겠다. 그 양반 이번 출국일은 다음 주지?"

새힘이 고개를 끄덕이자, 사무실 안이라 지나가는 고객이 있을 리 없지만, 재영은 습관적으로 주위를 살피고는 퍼뜩 말을 이었다.

"나이도 젊은 사람이 왜 그렇게 까다로운지 몰라. 오후 타임인 세연 씨는 아주 학을 떼겠다던데? 어제 저녁에는 세연 씨가 특별한 저녁 식사 약속이 없으면 mensaf는 어떻겠느냐고 물었대. 계속 접대를 받으면서 우리나라 음식을 먹었을 테니 자기네 나라 음식이 생각나지 않을까 해서 세연 씨 딴에는 아주 조심스럽게 물었나 봐. 라쉬드도 흔쾌히 오케이 하더라네? 그래서 조리부에 특별히 부탁해서 갖다 바쳤는데, 달랑 한입 맛보더니, 손도 안 대고 휑하니 나가 버리더래. 새힘 씨도 알지? 작년에 요르단 왕자가 방문했을 때 우리 호텔에서 대접한 mensaf 먹고 무진장 맛있다고 했던 거. 그런데, 그 인간이 거들떠도 보지 않으니 세연 씨는 얼마나 난감하고 민망했겠어? 당황한 세연 씨가 음식이 입에 맞지 않으면 다시 해 드리겠노라, 아니면 저녁 특별 메뉴로 서비스해 드리겠다, 별의별 말로 간곡히 청했는데도 수행비서 대동해서 나가더란다. 혹시 컴플레인 들어오는 건 아닌가 싶어서 근무 내내 쫄았다잖아. 뭐, 다행히 그건 아니라서 한시름 놨는데, 또 모르지. 언제 변덕 부릴지. 하여튼 그쪽 나라 부자들은 우리 같은 서비스직을 무슨 하녀쯤으로 안다니까."

재영의 작은 투덜거림을 듣는 와중에도 새힘의 생각은 내일로 가 있었다.

내일. 바로 내일이 바로. 메이가 귀국하는 날이기 때문이다. 그래서 한 달 단위로 나오는 근무 스케줄을 감안해 미리부터 내일을 오프일로 정해 두었었다. 오롯이 메이를 맞이하기 위해서.

늘 상상으로만 그쳐야 했던 메이와의 재회. 상상에서처럼 얼싸안은 채 기쁨에 겨운 눈물을 한없이 흘리게 될까. 아님, 공항 한복판에서 영화에서나 나올법한 뜨거운 키스를 나누게 되는 건 아닐까. 혹은 재회의 감격을 속으로 삼키며 어제 만났던 사람들처럼 그렇게 마주하게 될까. 어느 쪽이 됐든 메이를 만난다는 생각만으로도 온몸이 짜릿했다.

"자기는 오프 때 뭐해? 보니까 남자 친구가 있는 것도 아닌 것 같은데."

상상에 빠져 있던 새힘은 재영의 은근한 말투에 가까스로 정신을 차렸다. 그녀는 일주일에 5일 근무를 하고 이틀은 쉰다. 일반 회사원들처럼 국경일이나 주말에 쉴 수는 없었지만, 호텔리어는 법정 근로 시간인 8시간과 점심시간을 더해 총 9시간 근무를 하고, 일주일에 이틀은 쉬니, 시간만 잘 관리하면 자기 개발하기에 좋은 직업이었다. 새힘은 평소의 오프 때 외국어 공부를 하는 데에 치중하는 편이었다.

새힘은 재영에게 씨익 웃어 보였다.

"언니, 나 남자 친구 있어요. 어딜 봐서 솔로로 보여요?"

"엑? 정말? 남친에 대해선 한마디도 안 하길래 당연히 없는 줄 알았지. 그래서 난 자기가 내일 오프니, 특별한 일 없으면 소개팅이나 시켜 줄까 했단 말이야."

"어머, 그래요? 그럼, 없는 척하고 소개팅 한 번 받으면 되
죠, 뭐."

새힘의 너스레에 재영은 반쯤 어이없는 얼굴로 곱게 눈을
흘겨보았다. 새힘은 흰 치아를 드러내며 미소를 지었다.

소개팅이라. 대학 시절부터 지금까지 소개팅은커녕 미팅
같은 것도 해 본 적이 없었다. 메이의 당부도 있었지만, 그런
건 그녀 스스로가 용납할 수가 없었다. 지금 그녀가 대꾸한
말을 메이가 들었다면 과연 뭐라고 할까. 감정 표현을 잘 하
는 편이 아니지만, 은근히 질투심이 많은 메이는 이런 농담에
도 아마 쌍심지를 켤 것이다. 앞으로 그가 행사하는 짜릿한
구속감을 맛보며 지내게 되겠지.

류메이. 어떻게 변했을까.

사실은 그가 하나도 변하지 않았으면 싶었다. 무뚝뚝하지
만 세심히 자신을 아껴 주던 그 모습, 일편단심 자신만을 바
라봐 주던 그 마음, 모든 것이 8년 전 그때와 같다면 더 바랄
게 없을 것 같았다.

그런 기대감과 더불어 걱정스런 마음이 스멀스멀 일기도
했다. 자신이 그렇듯 메이 역시 만남에 대한 기대를 하고 있
을 텐데, 혹여, 그가 상상했을 모습에 자신이 미치지 못하면
어쩌나, 그래서 그가 실망하면 어쩌나 해서다. 거적때기를 걸
쳐 입어도 빛이 나던 풋풋한 소녀 시절과 지금은 분명히 다를
테니 말이다.

만약 메이가 조금이라도 실망한 기색을 드러낸다면 딱 죽고 싶을 것만 같았다. 그래서 그를 마중 나갈 때는 머리부터 발끝까지 최대한 신경 쓸 참이었다. 오전 일찍 에스테틱에 들러 때 빼고 광 낸 뒤 예전부터 봐 둔 헤어숍으로 가 모양을 내고서 오후에 메이를 맞으러 가면 될 것이다.

한창 생각에 빠져 있는데, 방금 막 걸려 온 전화를 받은 재영이 새힘을 불렀다.

"새힘 씨."

어떤 옷과 액세서리를 해야 하나 열심히 머릿속으로 떠올리던 새힘이 움찔 정신을 차렸다.

"네?"

"무슨 생각을 그렇게 골똘히 해?"

"아니에요. 왜요?"

"방금 로비에서 전화 왔었어. 어떤 외국인이 자기 찾아왔다고 전해 달라는데? 남자래."

"외국인 남자요?"

새힘이 눈썹을 올리며 반문하자 재영이 고개를 끄덕였다.

"응. 이름을 밝히지는 않고 그냥, 로비 라운지에서 기다린다고 했대. 얼굴이 완전 주먹만 한데다가 기럭지가 장난 아니래. 완전 백마 탄 왕자처럼 생겼는데, 외국인 모델처럼 보이기도 하고 그렇대. 하여튼 킹왕짱이래. 누구야?"

"글쎄요?"

재영보다 훨씬 더 궁금한 얼굴로 대꾸한 새힘은 쉽게 추측이 되지 않아 설핏 미간을 찌푸렸다. 갑자기 연락도 없이 외국인이, 그것도 남자가 찾아온 건 처음이라 그녀도 의아했다. 자신을 찾아올 만큼 친분을 가지고 있는 외국인 남자는 주변에 없었다.

"저기, 자기 남친이 외국인이니?"

생각지도 못한 재영의 물음에 새힘은 순간, 심장이 쿵 떨어지는 듯했다. 어릴 적부터 메이와 함께 자랐기에 그에게 영국인의 피가 흐른다는 걸 종종 잊고는 했다. 자신에게는 익숙한 이국적인 외모가 타인에게는 완전히 외국인으로 비추어질 수 있다는 것도 잊기 부지기수였다. 외국인이란 말에 메이를 배제시켰던 새힘은 재영의 말로 인해 정신이 번쩍 들었다. 메이라면 사람들이 외국인으로 보는 것도 무리가 아니었다.

서, 설마 메이가 온 건 아니겠지? 에이, 설마.

혹시나 하는 마음에 눈을 동그랗게 뜬 새힘은 저도 모르게 자리에서 벌떡 일어났다.

"저, 저, 가 보고 올게요."

새힘은 큰 충격이라도 받은 사람처럼 더듬더듬 내뱉고선 재영이 뭐라고 대꾸하기도 전에 사무실을 나섰다. 직원용 엘리베이터로 향하는 그녀의 발걸음이 점점 더 빨라진다.

내일 오후나 돼야 도착을 한다던 메이가 아무런 연락도 없이 호텔까지 올 리 없다는 걸 알면서도 새힘의 심장은 미친 듯이 일렁였다. 지금 로비 라운지에서 기다리고 있는 사람이 메이가 아니라는 것을 알게 되면 분명히 실망할 게 뻔한데 터질 듯한 기대감이 드는 건 어쩔 수 없었다. 마음을 가다듬고 자 했지만 그럴수록 그녀는 더욱 흥분 상태가 되었다.

어떻게 로비로 온 건지도 모를 만큼 극도로 들뜬 상태로 엘 리베이터에서 내린 새힘은 바싹 마른 입술을 축이며 라운지 로 향했다.

새힘은 화려한 샹들리에와 매끄러운 대리석으로 고풍스러 우면서도 시원스럽게 인테리어 된 라운지 안을 눈으로 살폈 다. 다정하게 마주 보고 앉아 담소를 나누는 연인들과 커피 한 잔을 앞에 둔 채 서적을 들추는 외국인 그리고 노트북을 펼쳐 놓고 자판을 두드리는 사람. 제각각인 사람들 틈을 초조 하게 훑으며 새힘은 떨리는 손을 맞잡았다.

조심스레 사람들을 눈에 담으며 안으로 들어서던 새힘은 저도 모르게 발걸음을 뚝 멈추고 말았다. 창가에 홀로 앉아 있는 한 남자의 옆모습이 그녀의 시선과 함께 온 정신을 빼앗 았기 때문이다. 동시에 심장마저 제 기능을 하지 못하고 그대 로 정지해 버렸다.

맙소사.

새힘은 떨리는 손을 들어 입을 가렸다. 터져 나올 것 같은 비명과 금세라도 뺨을 타고 흘러내릴 것 같은 눈물을 가까스 로 삼키며 새힘은 한곳을 못 박힌 듯 응시했다. 내일이나 귀 국을 한다던 메이가 거짓말처럼 자신과 같은 공간에 있는 것 이다.

10년에 가까운 시간을 떨어져 있었지만 옆모습만 보고도 새힘은 그가 메이라는 걸 단박에 알 수 있었다. 밝은 갈색 머리칼 아래 자리 잡은 반듯하고 입체적인 이마와 곧고 날카롭게 뻗은 콧날, 여자의 것만큼이나 붉은 섹시한 입술, 그리고 함부로 범접할 수 없는 특유의 분위기. 오랜 시간이 지났음에도 그 모든 것들이 그가 류메이라 말해 주고 있었다. 무엇보다 그녀의 심장이 먼저 그를 알아보고서 전력질주라도 한 듯 날뛰어댄다.

늘 메이와의 재회를 상상하고 있었는데, 막상 이렇게 그를 눈앞에서 마주하게 되니 어떻게 다가가 말을 건네야 할지 뇌가 백지 상태가 된 것처럼 아무런 생각도 나지 않았다. 자신의 밥벌이 장소에서 유난스럽게 떠들 수도 없었으며, 그렇다고 어제 만났던 사람들처럼 상큼하게 인사를 건네는 것도 어색하기 그지없다.

떨리는 가슴을 부여잡고 가쁜 호흡만 내쉬고 있는데 그 순간, 투명한 유리를 통해 계속 밖만 응시하느라 옆모습을 보이고 있던 메이가 갑자기 새힘이 서 있는 쪽으로 슥 고개를 돌렸다. 일부러 새힘을 보기 위해 고개를 움직인 게 아니었던 듯 시선이 닿은 곳에 있는 그녀를 발견한 그가 흠칫 어깨를 굳히며 동작을 멈추었다.

메이의 갈색 눈동자가 정확히 자신에게로 향해 있자, 새힘은 숨을 훅 들이켰다.

두근두근……두근두근두근.

그녀 옆을 스쳐 지나가는 사람에게도 들릴 수 있을 정도로 심장이 크게 궁쾅거린다. 귀와 머리까지 뒤흔들 정도로 거세게 날뛰어댄다.

그가 새힘에게로 시선을 고정시킨 채 기다란 다리를 천천히 펴며 몸을 일으켰다. 마치 너 송새힘이 맞는 거니, 확인하는 듯이.

두 사람의 눈이 허공에서 부딪치며 찌를 듯이 서로의 얼굴을 탐색했다. 호흡 소리가 방해될까 숨마저 죽이며.

새힘은 메이의 눈을 하염없이 바라보았다. 조금 더 서늘해진 느낌이 들긴 했지만, 감정을 숨기고 있는 듯 신비함을 담은 깊은 눈매는 예전 그대로였다. 하지만, 부쩍 날카로워진 인상 덕에 훨씬 더 이지적이고 남자다워졌다. 열여덟의 그가 소년다운 미련함을 가지고 있었다면 지금은 완연한 남자로서의 요염함과 아름다움을 동시에 내뿜고 있었다. 아닌 게 아니라, 아까부터 라운지 안의 여자들이 흘끔흘끔 메이를 곁눈질하며 감탄사를 내뿜고 있었다.

새힘이 그런 것처럼 눈 하나 깜빡이지 않고 그녀를 응시하던 그가 드디어 입을 열어 침묵을 깼다.

"오랜만이다, 송새힘."

8년 전의 그때보다 더 정돈된 묵직한 저음이 새힘의 가슴에 파문을 일으키며 울려 퍼졌다. 송새힘이란 자신의 이름이 이렇게 섹시했나 싶을 정도로 메이의 목소리는 매력적이었다.

"어, 응. 어서 와."

정말, 예쁜 구석이라고는 눈곱만치도 없이 대꾸해 놓고 새힘은 입술을 깨물었다.

아, 어떡해. 어색하고 심장 떨려서 미치겠어!

메이를 마주하게 되면 무작정 반갑고 좋아서 8년의 공백 따위는 전혀 느끼지 못할 줄 알았다. 앞으로 그와 함께일 거라는 생각 하나만으로도 그저 예전처럼 스스럼없이 지낼 수 있을 줄 알았다.

한데, 마력과도 같은 남자의 향기를 온몸으로 풍기고 있는 메이를 마주하게 되니 낯선 남자를 마주하고 있는 것처럼 새힘의 얼굴이 확 붉어졌다. 너무도 익숙한 류메이를 보는 게 아니라 마치 소개팅 자리에서 아주 마음에 드는 상대를 만나기라도 한 것처럼 설레면서 겸연쩍었다.

"유니폼, 잘 어울린다."

그녀에게서 눈을 떼지 않으며 메이가 속삭이듯 낮게 말하자 새힘은 그제야 자신의 몰골이 떠올랐다. 메이가 온 게 아닌가 하는 생각에 너무 앞뒤 재지 않고 와 버렸기에, 거울 한 번을 제대로 보지 않고 그를 마주한 것이다. 장장 8년 만에 말이다.

화장기가 거의 없는 얼굴에, 호텔 규정상 머리카락 한 올 튀어나오지 않게 묶은 올백 머리 그리고 호텔리어라면 누구라도 입고 있는 유니폼까지. 여성스럽고 예쁜 것과는 거리가 멀었다. 그저, 업무에 충실한 호텔리어의 모습 그 이상도 그 이하도 아니었다.

최상의 모습으로 메이를 마주하리라 계획했던 모든 게 물거품이 되어 버린 것이다. 가뜩이나 싱그러운 열여덟의 꽃띠때와는 달리 피부며 몸매까지 죄다 신경 쓰이는 것투성이인데, 이런 모습으로 메이를 맞게 되니 새힘은 딱 죽을 맛이었다. 거기다 출근할 때 들고 온 핸드백에는 그 흔한 립글로스도 하나 없이 겨우 파우더 콤팩트만 들어 있을 뿐이었다. 평소에 화장품 파우치를 좀 들고 다닐 걸 하는 후회가 물밀 듯밀려들었다. 그나마 다행인 건 출근 시에 밋밋한 스커트나 청바지가 아닌, 그런대로 봐줄 만한 원피스를 입고 왔다는 거다.

"저기, 메이야, 잠깐만 기다려 줄래? 나, 옷 좀 갈아입고 올게."

그가 말없이 고개를 끄덕이자 새힘은 억지로 어색한 웃음을 보이곤 후다닥 자리를 떴다.

메이는 라운지를 빠져나가는 새힘의 뒷모습을 뚫어질 듯응시했다. 호리호리한 실루엣을 바라보는 그의 눈동자가 열기와 한기를 동시에 내뿜으며 빛을 발했다. 그녀가 완전히 시야에서 사라지자 그는 털썩 자리에 앉았다. 얼음이 녹아 버린아이스커피를 반 이상 단번에 들이켠 그는 조금 거칠게 이마를 쓸어 올렸다.

내일 예정이었던 일정을 가족에게조차 알리지 않고 앞당긴건 조금이라도 빨리 새힘을 보기 위해서였다. 아무런 연락 없이 새힘이 근무하는 호텔까지 온 것 역시 마찬가지였다. 그녀를 만나게 된다는 생각만으로도 비행기 안에서의 긴 시간이 전혀 지루하지 않았다.

그는 오로지 송새힘 하나만을 생각하며 영국에서의 힘들고 지루한 시간을 견뎌냈다. 하루라도 새힘이 보고 싶지 않았던 날이 없었지만, 그녀와 재회하는 시간을 상상하며 지독한 그리움을 참아냈다. 라운지에서 새힘이 오기만 기다리던 그 잠깐의 시간이 지난 8년보다 더 길게 느껴졌을 정도로 영국에서의 그는 자신을 담금질하고 또 담금질했다.

라운지로 들어선 유니폼 차림의 새힘을 보는 순간, 그는 태어나서 처음으로 심장이 멎는 듯했다.

그의 기억을 지배하던 철없는 소녀는 이제 여자가 되어 있었다. 빛이 날 정도로 예쁘고 여성스러운, 머릿속이 아찔해질 만큼 아름다운 여자가 되어 있었다. 더불어, 가슴이 타들어가던 그리움에 마침표를 찍게 된 것에 대한 안도감도 스몄다. 이제 새힘을 오롯이 제 품 안에 안을 수 있게 된 것이다.

한데, 자신을 마주하고서 상당히 어색해 하는 새힘의 얼굴을 대면하게 되자 메이는 온몸에 흐르는 핏기가 싹 가시는 기분이었다. 자신이 죽도록 새힘을 그리워하면서 시간을 보냈듯 그녀 역시 같은 마음으로 지내 왔을 거라 믿어 의심치 않았다. 그런데 그녀가 자신을 낯선 사람 대하듯 하니 충격으로 심장이 굳는 것만 같았다.

저 예쁜 입술로 좋아한다고 말해 주었던 게 아직도 어제 일처럼 생생한데, 미숙하기 짝이 없던 자신을 수줍게 받아 주던

나긋나긋한 니신이 감촉이 아직도 온몸에 각인처럼 남아 있는데, 새힘은 언제 그랬냐는 듯 주뻣거린다. 겨우 얻었던 새힘의 마음이 혹시 다시 우정이라는 감정으로 되돌아간 건 아닌지 빠짝 조바심도 일었다.

8년이라는 시간이 너무나 긴 것이었음을 메이는 뼈저리게 느끼고 있었다.

새힘이 후들거리는 다리를 억지로 움직여 사무실로 들어서자, 재영이 기다린 듯 질문공세를 쏟아 부었다.

"라운지에서 기다린다는 사람이 자기 남친 맞니?"

새힘은 자리에 털썩 앉으며 후욱, 커다랗게 호흡을 들이마셨다 내쉬었다.

"네, 맞아요. 맞더라구요."

"어머, 어머! 자기 남친이 외국인이었구나? 그것도 모델 뺨칠 정도의 킹왕짱이었구나! 어? 그런데, 자기 표정이 왜 그래? 무슨 귀신이라도 본 사람처럼?"

마구 호들갑을 떨던 재영이 넋 나간 사람처럼 멍하니 앉아 있는 새힘을 보며 고개를 갸웃거렸다. 그녀의 질문에도 대꾸 없이 가슴만 오르락내리락하며 숨을 고르던 새힘은 퍼뜩 재영과 시선을 맞추었다.

"언니, 파우치에 마스카라랑 립글로스 있어요?"

"어? 응. 왜, 빌려 줘?"

"네."

재영이 서랍 속에 넣어 둔 보랏빛 파우치를 꺼내 마스카라
와 립글로스 그리고 초콜릿 모양의 손거울을 한꺼번에 건넸
다. 그것을 받아든 새힘이 마스카라로 속눈썹을 말아 올리는
걸 가만히 지켜보던 재영이 눈을 가늘게 떴다.

"호오."

"왜요?"

"자기, 남친을 엄청 오랜만에 만나는 모양이구나?"

족집게 같은 재영의 말에 새힘은 고개를 끄덕였다.

"네. 상당히 오랜만에요."

"어쩐지. 매일 만나는 사이 같으면 남친이 근무지로 찾아왔
다고 해서 이렇게 허둥지둥 꾸밀 리가 없지. 얼마 만에 보는
거야? 일주일? 한 달?"

속눈썹 작업이 끝나고 막 립글로스를 바르던 새힘은 잠시
손을 멈추며 재영을 응시했다.

"8년, 8년 만이에요."

어쩐지 울컥해져 떨리는 목소리로 살짝 더듬거리자 재영의
눈이 한껏 동그랗게 커졌다.

"엑? 뭐? 8년 만에 만나는 거라고?"

"영국으로 유학을 갔다가 지금 돌아왔거든요."

"어머, 세상에! 어쩐지 그래서 새힘 씨가 남자 친구 얘기를
한 번도 안 했구나. 근데, 아무리 유학을 갔다고 하더라도 8년
만이면 너무 오래 헤어져 있었던 거 아냐? 완전히 남처럼 느
껴지지 않아? 아직 애틋한 마음이 남아 있어? 그러니?"

당사자의 일처럼 심히게 놀라며 재영이 속사포처럼 질문을 쏟아내자 새힘은 말없이 화장을 마무리하고는 다 쓴 마스카라와 립글로스 그리고 거울을 내밀었다. 이내 자리에서 일어난 새힘은 대답을 기다리듯 눈을 깜빡이며 자신을 응시하고 있는 재영에게 어깨를 으쓱해 보였다.

"8년이 아니라 9년이었다면 아마 마음이 식었을지도 모르죠. 8년은 견딜 만한데, 9년은 좀 너무 길잖아요?"

재영이 반쯤 어이없는 웃음을 흘리며 못 말리겠다는 듯 고개를 가볍게 흔들자 새힘은 싱긋이 미소를 보인 다음 사무실을 나섰다.

라커룸에 들러 유니폼 대신 원피스로 갈아입은 새힘은 거울에 자신을 비추어 보았다. 크림색의 시폰 원피스가 유니폼을 입었을 때보다는 훨씬 덜 딱딱한 게 여성스러움이 물씬 풍겼다. 바짝 묶고 있는 머리칼이 영 마음에 들지 않았지만, 풀게 되면 괜히 자국만 남아 이상할 것 같아 이대로 갈 수밖에 없었다. 그래도 속눈썹과 입술에 힘을 좀 줬더니 그나마 나쁘지는 않았다.

잠시 거울을 들여다보던 새힘은 결전의 장소로 향하는 사람처럼 비장한 얼굴로 곧 라커룸을 나섰다. 크림색의 하늘하늘한 원피스 자락을 날리며 로비 라운지로 허겁지겁 온 새힘은 조금 전 메이가 앉아 있던 자리로 시선을 주었다.

의자에 살짝 기댄 채 기다란 다리를 꼬고 앉아 있는 모습이 막 화보집에서 빠져나온 것처럼 세련되고 멋있기 그지없다.

정말 저 류메이가 온전히 제 것이 맞나 싶을 정도로 잘났다. 그의 주위가 온통 어둠이라면 그는 완전한 빛이었다. 그저 비스듬히 앉아 있을 뿐인데도 온몸에서 옴므파탈과도 같은 마성의 매력이 흘러넘친다. 그런 메이를 보고 있으니 다시 얼굴에 열이 오르고 심장이 미친 듯이 일렁이기 시작했다.

새힘은 고른 치아를 드러내 어색하나마 미소를 지으며 메이에게로 다가갔다. 괜히 긴장이 되어서 그런지 그에게 가까워질수록 안면 마비가 오는 것처럼 온 얼굴이 땅긴다.

"미안. 많이 기다렸지?"

다 비워진 커피 잔을 만지작거리던 메이가 그녀의 목소리를 듣고 고개를 들었다. 새힘에게로 시선을 준 메이의 눈동자에 이채가 돌았다. 크림색의 원피스를 단정히 입은 새힘은 유니폼을 입고 있을 때와는 느낌이 확 달랐다. 유니폼도 색다른 매력이 있었지만, 지금이 더 정초하고 여성스러웠다. 그 모습이 너무 사랑스러워 한참을 쳐다보던 메이는 겨우 입술을 움직였다.

"아니. 넌 근무 중 아냐?"

"아냐. 안 그래도 퇴근 시간이었어."

그리고 이어진 짧은 침묵. 새힘은 어지간히 불편한지 시선을 아래로 빼고는 연방 마른 입술만 축이고 있다. 그의 입에서 낮은 한숨이 흘러나왔다. 자신이 그렇게 불편한지 묻고 싶은 걸 간신히 눌렀다. 새힘의 직장이기도 한 여기서는 조심스러워 제대로 된 대화도 못할 듯싶어, 메이는 미미하게 눈썹을 찌푸리며 자리에서 일어났다.

"나가자."

"어, 응."

메이가 앞장서자 새힘은 그 뒤를 따랐다. 계산을 치르고 호텔 밖으로 나가는 메이의 입매에 싸늘한 미소가 걸렸다.

제길. 8년만의 재회 한 번 멋지군.

적어도 진한 포옹과 눈물 젖은 입맞춤 정도는 받을 수 있을 줄 알았는데, 새힘은 포옹은커녕 눈도 제대로 맞추지 않고 있었다.

오후 5시가 넘었건만 여전히 강한 태양빛에 메이는 작게 미간을 찌푸렸다. 오늘따라 태양이 지독하세도 따갑게 느껴졌다.

"저, 메이야. 어떻게 된 거야?"

몇 발 떨어져서 뒤따라 나온 새힘의 물음에 메이는 걸음을 멈추었다. 그는 금세 옆으로 다가온 그녀를 빤히 응시했다.

"뭐가."

그 자신이 생각해도 무뚝뚝한 말투에 새힘이 눈을 동그랗게 뜨더니 이내 멋쩍게 웃었다.

"내일 온다더니 어떻게 오늘 온 거야? 아무런 연락도 없이."

새힘이 내놓은 말에 메이는 설핏 눈을 가늘게 떴다가 원상태로 되돌렸다. 마치 내일 오기로 했으면 내일 올 것이지 왜 말도 없이 이렇게 일찍 왔느냐고 하는 듯 느껴져서다.

"……어떻게 하다 보니 그렇게 됐어."

"아, 그렇구나. 어른들께는 연락 드렸니?"

"아직."

"어머. 그럼, 얼른 말씀 드려야지."

"……."

진정 8년 만에 만난 사람들이 맞을까 싶을 만큼 무미건조한 대화에 메이는 다시 휙 몸을 돌려 걷기 시작했다. 징그럽게 긴 시간 만에야 만나서 한다는 말이 고작 어른들께 연락했느냐는 거라니. 아직도 자신을 열여덟로 보는 건가 싶어 입이 썼다. 그 어린 나이에도 부모님에게 일일이 보고하는 짓 따위는 하지 않았는데 말이다.

메이는 작게 미간을 찌푸리며 다시 긴 다리로 성큼 앞장섰다. 계속 속에서 불만스럽고도 불안한 감정들이 뭉클거려 돌아 버릴 지경이었지만, 인내심을 발휘해 꾹 참았다.

새힘은 앞장서서 걷는 메이와 보조를 맞추기 위해 거의 뛰다시피 걸으며 그를 흘끔흘끔 올려다보았다. 미려한 옆모습이지만 어쩐지 그는 화가 난 듯 무뚝뚝한 표정이었다. 자신처럼 너무 오랜만에 만나다 보니 긴장한 건가 싶어, 뭔가 할 말을 찾고 있는데 갑자기 메이가 걸음을 우뚝 멈추었다. 그러더니 커다란 손을 뻗어 가느다란 그녀의 팔뚝을 꽉 움켜쥐고는 바짝 잡아당겼다.

'앗!' 하는 소리를 내뱉은 새힘은 그 무지막지한 힘에 크게 휘청거리며 그의 가슴팍에 부딪치다시피 딸려가고 말았다.

시원스런 애프터 세이브 향이 코끝에 감기는 걸 음미하기도 잠시, 새힘은 팔을 파고드는 묵직한 손아귀 힘에 눈을 동그랗게 뜨며 그를 올려다보았다.

"메이야, 갑자기 왜……."

"송새힘. 우리가 이렇게 만나게 된 게 얼마만이지?"

그렇게 묻는 그의 얼굴은 잘 벼린 칼처럼 날카롭기 그지없었다. 표정을 짓고 있지는 않았지만, 매서운 기운을 내뿜고 있는 서늘한 눈동자가 비수처럼 그녀의 얼굴에 박혀 왔다. 그런 그를 마주하고 있자니, 새힘은 심장이 철렁 내려앉는 듯했다.

"말해 봐. 우리, 얼마 만에 만나게 된 거지?"

재차 묻는 메이의 목소리가 조금 전보다 더욱 낮아졌다. 새힘은 영문을 몰라 당황한 기색이 되었다.

"갑자기 그건 왜 묻는 건데. 8년인 걸 모를 리 없으면서."

"그래. 8년. 장장 8년이지."

스스로에게 말하듯 나직이 중얼거린 메이는 한손을 가만히 들어 올려 새힘의 보드라운 볼을 쓸어내렸다. 만지면 금이 가는 연약한 유리를 다루듯 깃털처럼 가볍게 얼굴을 쓸어내리는 것과는 달리 그의 얼굴은 몹시도 어두웠다.

"그 8년이 네 마음을 희석시켜 버린 것은 아니겠지?"

무미건조한 어투로 내던져진 물음에 새힘은 눈을 동그랗게 떴다.

"뭐? 그게 무슨 뜻이야?"

"그게 아니라면 내게 안겨 봐. 8년 만에 연인을 만난 여자 답게."

메이는 두어 걸음 뒤로 물러서서 새힘에게 시선을 고정시킨 채 탐색하듯 그녀를 살폈다. 잠시 동안 멍하니 그가 내던진 말을 곱씹던 새힘은 순간, 머릿속이 확 밝아지는 것을 느꼈다. 어째서 그가 조금 전부터 화가 난 것처럼 굳어 있었는지 왜 이런 요구를 하는지 이제야 알 것 같았다.

완연한 남자로서의 매력을 물씬 풍기고 있는 메이에게 적응이 되지 않아 저도 모르게 긴장해서 어쩔 줄 몰라 한 그녀의 행동을 그가 단단히 오해하고 있었던 것이다. 혹시 마음이 식어 버려 시큰둥한 게 아닌가 불안해하고 있었던 것이다. 오래전부터 그녀를 짝사랑해 왔던 것은 메이 쪽이었으니 새힘의 행동 하나 하나가 모조리 신경이 쓰였던 게 틀림없다.

그녀 역시 메이가 그 긴 시간 동안 조금이라도 변했으면 어쩌나 늘 조금은 걱정을 해오던 참이었다. 한데, 한 치의 흔들림 없는 메이의 굳건한 마음을 확인한 것 같아 새힘은 가슴이 벅차올랐다. 더불어 그녀를 팽팽히 감싸고 있던 메이를 향한 긴장감도 스르르 누그러들었다.

세상을 다 얻은 것처럼 기분이 좋아 새힘은 슬며시 웃음을 머금었다. 그 웃음에 메이의 눈썹이 미미하게 꿈틀거린다.

새힘은 곧 웃음을 지우며 슬금슬금 몇 발짝 뒷걸음질 쳐 메이와 조금 더 거리를 두었다. 오해를 살 만한 행동을 했으면 풀어 주는 것이 인지상정이지.

"뮤네이, 발바닥에 힘 꽉 줘."

그녀의 말뜻을 인지하지 못한 그가 미간을 구겼지만, 새힘은 야무지게 입술을 추슬렀다. 그러곤 100미터 달리기 질주를 하듯 메이를 향해 냅다 달리기 시작했다. 킬힐을 신은 것쯤은 그녀에게 아무런 장애도 되지 않았다.

갑작스런 그녀의 행동에 메이의 눈매가 놀란 듯 커졌지만, 새힘은 멈추지 않았다. 흡사 여자 터미네이터와도 같은 모습으로 메이에게 달려들어서는 마지막에 폴짝 뛰어 그의 목에 두 팔을 감고 매달렸다. 엉겁결에 메이가 손을 뻗어 그녀의 허리를 붙잡음과 동시에 엄청난 반동으로 인해 그의 허리가 살짝 휘청거렸다.

새힘은 여전히 단단한 어깨에 딱 매달린 채 그의 귓가로 입을 가져갔다.

"이만하면 8년 만에 연인을 만난 여자다운 뜨거운 포옹 아니니?"

"뭐?"

"넌, 8년 만에 연인을 만난 남자치고는 포옹이 너무 밋밋한 거 아냐?"

엉겁결에 새힘의 허리를 붙잡긴 했지만, 포옹과는 거리가 먼 그의 행동을 그녀가 짐짓 불만스럽게 말하자 그때까지도 멍하니 뻣뻣한 자세로 있던 메이가 이내 낮게 웃음을 터트렸다. 쿡쿡, 저음의 웃음소리가 기분 좋게 새힘의 귀에 울려 퍼지자 가슴이 뭉클함으로 넘실댔다.

비로소 메이는 새힘의 등으로 손을 옮겨 그녀의 작은 몸을 힘주어 껴안았다. 몸에 감기는 나긋한 여체와 후각을 자극하는 은은한 향기가 그의 모든 이성을 앗아갈 정도로 아찔했다. 그동안의 외로움과 그리움이 이 한 번의 포옹으로 모조리 보상 되고도 남았다.

갈비뼈가 욱신거릴 정도의 힘에 숨이 콱 막혀 오고 작열하는 태양과 두 사람의 체온으로 인해 이마에 송골송골 땀이 맺힐 만큼 후텁지근했지만, 새힘은 그것마저도 좋았다.

한참이나 새힘을 들어 올린 자세로 안고 있던 메이가 가만히 그녀를 바닥에 내려놓았다. 과일과도 같은 향긋함과 오랜만에 느끼는 새힘의 감촉으로 인해 정신이 혼미해지고 있었기 때문이다. 보드라운 살결을 만지고 싶고 입술로 빨아들이고 싶은 욕구가 맹렬히 솟구치고 있어 계속 이대로 있기가 힘들었다. 대신, 그는 손을 뻗어, 뛰면서 조금 헝클어진 새힘의 머리를 다정히 쓸어주었다.

"이제 화 좀 풀렸니?"

새힘이 시선을 맞추며 장난스럽게 묻자, 메이는 머쓱한 표정을 지었다.

"……화나지 않았어."

"거짓말. 호텔에서 나오자마자 혼자 척척 앞장서서 가 놓고서."

"정말 화가 난 건 아니었어. 답답했을 뿐이지. 너, 호텔에서 너무 뻣뻣했다고."

'그, 그기야 ……개가 근무하는 호텔이니까 그런 거지. 근무 중에는 모든 행동거지를 조심해야 한단 말이야. 더군다나 유니폼까지 입고 있으니 더 신경이 쓰여서 어쩔 수가 없었어. 보는 눈이 한두 개여야 말이지. 자칫 수선 떨다가 지배인님에게 보고돼서 인사고과에 반영되기라도 하면 나중에 승진시험 볼 때 불리하거든."

네가 너무 멋있어서 긴장되는 바람에 그런 거라 말할 수가 없어, 새힘은 그렇게 둘러대 버렸다. 다행히 메이는 더 토 달지 않고 그녀를 믿어 주었다.

"메이야, 어디 시원한 데라도 들어가. 계속 이러고 서 있다가는 피부가 다 타 버릴 것 같아. 우리……할 말이 굉장히 많잖아."

말끝에 괜스레 울컥하는 감정이 치민 새힘은 침을 꾹 삼켜 마음을 진정시키곤 주위를 둘러보았다. 저만치 까맣게 코팅된 유리벽 건물로 된 아담한 커피숍이 눈에 들어왔다.

"아, 저기가 괜찮겠다. 우선 저기로……."

커피숍을 손으로 가리키며 막 그쪽으로 발걸음을 옮기려는데, 갑자기 메이의 커다란 손이 팔목을 잡고 돌려세우는 바람에 새힘은 움찔 동작을 멈추며 그를 올려다보았다. 그의 갈색 눈동자가 잔뜩 어두워진 채로 빛을 발하고 있었다. 그것이 무엇을 뜻하는지 채 머리로 인지하기도 전에 메이의 고개가 그녀에게로 숙여졌다. 새힘의 동공이 사정없이 확대되고 심장은 미친 듯이 벌렁거렸다.

메이의 뜨거운 입술이 곧장 그녀의 것을 찾아 내려앉았다. 오싹, 가슴을 적시는 전율에 새힘은 흑 숨을 들이켰다. 메이의 손이 그녀의 뒷머리로 파고들며 깊은 키스를 할 거라는 신호를 보내왔다.

새힘의 눈이 스르르 감기고 입술에서는 힘이 빠져나갔다. 그 틈을 놓칠세라 메이의 혀가 부드러운 입술을 가르며 성마르게 안으로 침범해 작은 혀를 잡아챘다. 다소 거칠게 혀를 빨아들이자 금세 타액이 섞이고 혀가 얽혔다.

오랜 갈망과 욕망으로 점철된 폭풍 같은 키스에 새힘은 정신을 차릴 수가 없었다. 이곳이 길 한복판이라는 것도, 드문드문 지나가는 이들이 '어머, 쟤네들 뭐야?' 하며 구경을 하고 있다는 것도 잊을 만큼 머릿속이 하얗게 탈색되었다.

온몸이 저릿저릿 달아오르고 심장은 터질 듯 방망이질 쳐댔다. 집요하면서도 격정적인 한여름의 키스에 육신이 녹아내릴 것처럼 후끈 달아올랐다.

뜨거운 혀가 입 안의 부드럽고 촉촉한 내벽을 옴팡지게 빨아들이고 예민한 입천장을 훑어 내린 다음 연약한 혀를 흡입하며 자극하는 동안, 새힘은 그의 타액을 삼키며 키스를 되돌렸다.

뒷머리칼을 붙잡은 메이의 손에 힘이 들어가고 그에 의해 그녀의 고개가 더욱 뒤로 젖혀졌다. 그의 혀가 더 깊숙이 파고들어 농밀하게 입 안을 탐하자, 새힘은 그의 옷깃을 꽉 붙잡았다.

"흐음."

목 안 깊은 곳에서부터 흘러나온 누구의 것인지도 모를 한숨 소리에 누구랄 것도 없이 심장이 웅신거리는 쾌감 속을 유영했다. 맞닿은 입술의 경계 사이로 예민한 감각기관이 한데 어우러져 오가기를 반복하며 무아지경으로 빠져들었다.

……부웅. 부웅.

한참 동안 서로의 입술을 탐닉하며 분주히 입술과 혀를 움직이던 중, 자꾸만 귀를 파고드는 진동 소리에 새힘은 점차로 정신을 차렸다.

부웅. 부웅. 부웅.

이제는 일정한 간격으로 또렷이 귀에 들려오는 진동 소리에 그녀는 화들짝 놀라 다급히 메이에게서 입술을 떼어 냈다.

"잠깐, 잠깐만, 메이야. 전화 왔어."

이제야 길 한복판에서 너무 진한 키스를 했다는 자각이 들어 새힘은 온 얼굴을 시뻘겋게 붉혔다.

"쯧쯧, 젊은 것들이 길바닥에서 지랄을 하누만."

지나가던 노인이 툭 던지고 가는 말에 새힘은 지구를 떠나고픈 심정이었다. 급작스레 떨어져 나간 새힘에게 불만 가득한 시선을 보내던 메이 역시 행인들이 흘끔거리는 것을 자각하고 으음, 낮게 신음을 내뱉었다.

역시 송새힘과 함께 있으면 늘 이성을 저만치 날려 버리고 만다. 발갛게 달아오른 얼굴로 가쁜 숨을 내쉬고 있는 새힘을 보니 다시금 그녀를 품에 가두고 싶은 걸 억지로 눌렀다. 간만에 맛본 그녀의 입술은 그에게 있어 끊기 힘든 마약과도 같았다.

정말 이제야 새힘과 같은 하늘 아래에, 손을 뻗으면 만질 수 있는 거리에 있다는 게 실감 났다. 그의 입가에 진한 미소가 감돈다.

새힘은 이마에 자잘하게 맺힌 땀을 손등으로 찍어내며 핸드백에서 다급히 휴대전화를 꺼내 들었다. 액정을 들여다보고 발신지를 확인한 그녀의 심장이 철렁 내려앉았다. 그녀의 시선이 언제 키스를 나누었나 싶게 차분한 얼굴로 돌아가 있는 메이에게로 향했다.

"아, 아주머니셔!"

거의 외치다시피 튀어나온 새힘의 말에 메이는 너무나 뜻밖이라 눈썹을 세웠다.

"우리 어머니?"

놀란 메이가 확인 차 묻는 사이 새힘은 혹여 전화가 끊어질세라 퍼뜩 통화 버튼을 누르고 휴대전화를 귀에 대었다.

"네. 아주머니."

〔오냐, 새힘아.〕

"그간 안녕하셨어요?"

〔그래. 너도 잘 지내고 있지? 거두절미하고……너, 지금 우리 메이랑 함께 있지?〕

수화기에서 흘러나오는 희영의 말에 새힘은 죄를 지은 것도 아닌데 죄를 지은 것처럼 뒷머리가 비쭉 서는 것만 같았다, 분명 메이가 아직 어른들에게는 귀국했다는 사실을 알리지 않았다고 했는데 어떻게 알고 전화를 했단 말인가. 아니, 지금은 어떻게 알았는지 따위는 문제가 아니었다.

'너, 지금 우리 메이랑 함께 있지?'라는 질문이 마치 '너, 내 아들 빼돌렸지?' 하는 것만 같아 모골이 송연해졌다. 순간적으로 등 뒤로 식은땀이 흐르고 말문이 콱 막혔지만, 새힘은 가까스로 입을 열었다.

"네, 네. 방금 막 호텔로 왔더라구요."

〔호텔로? 내가 그럴 줄 알았다.〕

"연락도 없이 와서 저도 깜짝 놀랐어요. 마침, 안 그래도 메이에게 제가 막 선화 드리라고 하려던 참이었어요. 메이 바꿔 드릴게요."

새힘은 사전에 작당을 한 게 아니라, 자신 역시 메이가 오늘 올 줄은 몰랐다는 것을, 더불어 자신은 할 도리를 하려 했음을 강조하고는 전화기를 내렸다.

"얼른 전화 받아 봐. 막 전화 드리려던 참이었다고 그래. 아주머니 섭섭해 하셔."

낮게 속삭이며 메이에게 전화기를 건넨 그녀는 성능 좋은 전화기 속의 통화 내용을 듣기 위해 귀를 쫑긋 세웠다.

"네, 어머니."

〔네, 어머니? 내일 온다던 녀석이 어떻게 거기 그러고 있냐?〕

"어떻게 하다 보니 그렇게 됐습니다."

〔이 녀석아! 그러면, 오늘 귀국한다고 연락이라도 했어야 하는 거 아니냐? 8년 만에 고국 땅을 밟으면서 어떻게 가족들한테는 연락 한 통 없이, 쪼르르 새힘이부터 만나러 가냐?〕

생생히 들려오는 통화 소리에 새힘은 숨이 턱 막히는 듯했다. 어릴 때라면 '날 먼저 만나러 온 게 뭐, 어때서?' 라고 중얼거렸을 텐데, 나이를 먹고 사회생활을 하다 보니 이런 상황이 얼마나 곤란하고 난처한지 정도는 충분히 인지가 되고도 남았다. 그녀의 직업이 무엇인가. VIP들의 표정만 보고서도 오케이인지, 노케이인지 알아차리는 눈치 백단의 GRO가 아니던가. 메이와 결혼은커녕 제대로 사귀어 보기도 전에 미래의 시어머니에게 찍힌 것 같아 뒷골이 뻐근했다.

"제가 온 건 어떻게 아셨습니까?"

〔어떻게 알긴. 조금 전에 와이에게서 전화 왔었다.〕

"형이 말입니까?"

〔그래. 아까 유럽에서 친구가 온다고 해서 마중 나갔다가 공항에서 너랑 비슷한 놈을 봤단다. 와이 녀석이 워낙 정신머리가 좋잖니. 긴가민가하다가 너 귀국하는 날이 오늘이구나, 착각을 한 거지. 너를 부르려는데, 친구가 오는 게 보여서 잠시 한눈을 판 사이에 넌 사라져 버렸고. 방금 전 제 아파트에 도착해서 전화했더구나. 너 바꿔 달라고 하기에 네 녀석이 온 걸 알았어. 혹시나, 새힘이에게 간 건 아닌가 싶어 전화를 해 봤는데, 역시나구나.〕

"아아, 네."

〔아아 네? 어이구, 내가 못 살아.〕

바보, 류메이! 아아, 네가 아니잖아! 그럴 땐 무조건 싹싹 잘못했다고 빌어야지! 아니면 호텔로 먼저 들를 수밖에 없었던 그럴싸한 변명을 대던가!

새힘이 눈짓 손짓으로 열심히 코치를 해주었건만 메이는 전혀 그럴 기색조차 비추지 않는다. 최강의 무뚝뚝함, 뻣뻣함을 자랑하고 서 있다.

"이따가 들어가서 인사드릴게요. 어쩌면 오늘 안 들어갈지도 모르겠습니다. 기다리지 마세요."

〔뭐, 뭐, 뭐라고?〕

으억! 메이의 입에서 흘러나온 이미어마한 말에 새힘은 휘청, 옆으로 자빠질 뻔했다. 어지간한 일에는 표정 하나 바뀌지 않는 희영이 말까지 더듬는다는 건 상당히 기가 막히고 당황했다는 뜻이었다. 그 비난의 화살이 자신에게로 쏟아질 것 같아 새힘은 미친 듯이 손을 뻗어 메이에게서 홱 휴대전화를 뺏어들었다.

"아니에요, 아주머니. 메이가 오랜만에 와서……"

미쳤나 봐요, 하는 말이 혀끝까지 올라왔지만 간신히 참고서 새힘은 말을 덧붙였다.

"아주머니 놀래 드리려고 그러는 거예요. 호텔에 온 것도 지나는 길에 들렀대요. 지금 메이, 옆에서 아주머니께서 속아 넘어갔다고 웃고 있어요."

선의의 거짓말에 메이가 이마를 찡그리며 '내가 언제?' 하

는 표정을 짓고 있었지만, 새힘으로선 이 방법밖에는 생각이
나지 않았다.

〔으음. 그랬니?〕

희영의 목소리 톤은 수그러들었지만, 딱히 새힘의 말을 믿
는 것 같지는 않았다. 그럼에도 새힘은 밀어붙였다.

"네, 네. 그럼요. 메이가 어디 그럴 사람인가요? 8년 만에
한국 땅을 밟은 거잖아요. 그래서 메이가 많이 들떴나 봐요.
아주머니께 농담까지 하는 걸 보면요."

〔나도 늙었나 보구나. 아들 녀석이 농담하는 것도 모르고
바르르 했으니 말이다. 넌 퇴근했니?〕

"네? 아, 아뇨. 일이 밀려서 오늘은 좀 늦을 것 같아요."

〔그러니? 퇴근했으면 오늘은 간만에 다 같이 저녁이나 함
께할까 했는데 안 되겠구나.〕

분명, 희영의 입에서 이런 말이 나올 줄 알고 있었기에 새
힘이 거짓말을 한 것이다. 메이가 온 것을 희영이 알았으니
오늘의 저녁은 가족 파티가 될 텐데, 그 틈에 끼는 게 얼마나
불편하겠는가. 자신이 한 선의의 거짓말에 속아 줄 희영이 아
니었으므로 지금 이 상태로 그녀를 마주하는 건 저승사자 앞
에 가는 것과 마찬가지로 섬뜩했다.

게다가! 류메이! 인간관계에 대한 교육이 하나도 되어 있
지 않은 메이 옆에 앉아 식구들과 저녁을 먹다가는 저녁 대신
욕이나 한 사발 먹고 올 게 뻔했다. 메이에게 확실한 교육을
시키기 전까지는 당분간 그의 가족사에 끼이는 짓은 정말로

사양하고 싶었다.

"저도 많이 아쉬워요. 대신, 다음에는 제가 아주머니, 아저씨 모시고 근사한 곳으로 대접할게요. 오늘은 가족 분들끼리 즐겁게 시간 보내세요."

〔그래. 고맙구나. 메이 좀 바꿔 주련?〕

"네."

조신하게 대꾸한 새힘은 이제 완전히 기가 찬 듯 헛웃음을 내뱉고 있는 메이에게 휴대전화를 내밀었다. 마지못해 전화기를 받아든 그가 억지로 입을 열었다.

"네, 어머니."

〔근무 중인 아이 힘들게 하지 말고 지금 병원으로 오너라. 아버지께서 아들놈 얼굴이 보고 싶으시단다.〕

이렇게 된 상황이 불만스러워 메이의 짙은 눈썹이 절로 휘었다. 수 초 간 뜸을 들이던 그는 새힘을 거짓말쟁이로 만들 수가 없어, 결국 대답했다.

"알겠습니다."

〔그래. 이따가 보자꾸나.〕

전화를 끊은 메이가 화를 참기 위해 훅 숨을 들이켜고는 매서운 표정을 지었다.

"송새힘, 너. 잘도."

"어, 어쩔 수 없잖아. 와이 오빠가 널 봤다는데 어떡해, 그럼. 그리고 부모님께 연락드리지 않고 나한테 먼저 온 건 네가 잘못한 거야. 나라도 내 아들이 여자 먼저 찾았다면 무지 속상했을 거야."

새힘의 설명에도 메이의 얼굴은 펴질지 몰랐다.

"내가 하루 일찍 온 건 어쩌다 보니 그렇게 된 게 아냐. 오로지 너와 함께 있고 싶어서였어. 누구의 방해도 받지 않고 오롯이 너와 보내고 싶어서였다고."

"하지만……."

"어른들께 휘둘리는 건 그때 한 번으로 족해."

지독히도 공허하고, 섬뜩할 정도로 낮게 흘러나온 말에 새힘은 입을 닫고 말았다. 어른들에 의해 오랜 시간을 헤어질 수밖에 없었던 나약했던 어린 시절의 분노가 고스란히 느껴졌기 때문이다. 그 어린 시절에도 그는 분노하지 않고 담담히 현실을 받아들인 거라 여겼는데, 그게 아니었던 모양이다. 그녀보다 훨씬 더 거세게 분노하고, 훨씬 더 크게 응어리져 있었던 거다. 단지 그것을 표출하지 않았을 뿐.

"다시는 부모님이든 누구든 타인에 의해 내 인생을 좌지우지 당하는 일은 없을 거다."

그렇게 말하는 메이는 더없이 단단해 보였다. 외양뿐 아니라 내면까지 완연한 남자가 되어 돌아온 것이다. 새힘은 가만히 그의 허리를 안고 가슴에 얼굴을 묻었다.

"응. 너라면 그럴 거라고 믿어."

19.

까만 어둠이 대기에 내려앉은 깊은 밤. 하얀 마스크 팩을 얼굴에 얹고서 침대에 누운 새힘은 천장을 응시하며 두룩두룩 눈을 굴렸다. 평소라면 업무에 지쳐 벌써 곯아떨어졌을 텐데, 메이와의 재회 때문에 쉽사리 잠이 오지 않는다.

영경에게 전화를 걸어 수다라도 떨까 싶었지만 새힘은 이내 관두었다. 시계를 보니 벌써 자정이 가까워 오고 있었기 때문이다. 자신은 내일이 오프일이라, 이 시각에 수다를 떨고 해가 중천에 뜰 때까지 늘어지게 자도 상관없었지만, 영경은 아침 일찍 어린이집에 출근을 해야 하는 사람이니 밤새 수다를 떨 수 있는 입장이 아니었다.

영경이 아무리 아이들을 좋아한다 하더라도 하루 종일 장난꾸러기들에게 시달리는 게 얼마나 피곤한 일인지 충분히 알기에 새힘은 친구의 잠자는 시간만큼은 방해하고 싶지 않았다.

가끔 이렇게 쉽사리 잠이 오지 않을 때는 고등학교 때부터 이어져 온 유일한 취미인 진한 소설이나 비디오를 한 편 보다 보면 어느 순간 잠이 들고는 했는데, 오늘은 그런 것들이 하나도 눈에 들어오지 않을 것 같았다.

류메이. 지금쯤 뭐하고 있을까. 잠이 들었을까? 시차 적응이 되지 않아 아직 잠 못 들고 나처럼 뒤척이고 있을까.

버석버석 마르기 시작하는 마스크 팩을 떼어내 대충 버리고 다시 천장을 응시한 채 누운 새힘은 예전 생각이 나 슬며시 웃음을 머금었다. 지금처럼 어두운 밤, 부모님께 들킬까 봐 메이가 살구나무를 타고 올라오기도 했었다. 그때 메이가 영화에서나 만화에서나 보던 엘프처럼 얼마나 예쁘던지 한동안 눈도 뗄 수가 없었다. 그런 그와 창문 밖으로 고개를 내밀고서 진한 키스를 나누기도 했다. 그리고 헤어지기 마지막 날은 나무를 타고 올라온 메이와 치열하게 몸을 섞기도 했었다. 바로 이 방에서, 이 침대에서.

"맞아. 메이가 나무를 타고 올올 때는 항상 이런 소리가 났었어. 바스락. 바스락. 딱 지금 나는 소리처럼……."

새록새록 떠오르는 예전의 기억을 되짚으며 중얼거리던 새힘은 순간, 정신이 번쩍 들어 상념에서 깨어났다.

지금 나는 소리처럼이라니? 설마!

새힘은 벼락이라도 맞은 사람처럼 발작적으로 몸을 일으켜 곧장 창문으로 향했다. 혹시나 하는 마음에 커튼을 젖힌 그녀는 오싹, 등줄기를 타고 흐르는 짜릿함에 저도 모르게 짧게 탄성을 내뱉었다.

언제부터 오르기 시작했는지 어느새 창문과 같은 높이에선 메이가 밝은 달빛을 받은 채 살랑살랑 부는 바람에 갈색 머리칼을 가볍게 날리고 있었다. 예전처럼 아름다운데다 섹시한 관능미까지 더해진 모습으로.

열여덟의 그때로 시간 여행을 한 것 같은 기분에 새힘은 터질 듯한 심장을 억누르며 창문을 열어젖혔다. 그녀의 입에 짐짓 장난스러운 미소가 걸렸다.

"아저씨, 그러다 까딱 잘못해서 떨어지면 큰일 나요. 골절상이라도 입으면 뼈도 잘 안 붙는다구요. 지금도 열여덟 꽃띠로 착각하고 계신 거 아니에요?"

"놀리지 마. 나이 먹어서 이 짓 하려니 나도 죽겠으니까."

메이 역시 쿡쿡 낮게 웃어 보였다.

예전 같으면 어른들에게 들킬세라 전후좌우 주변을 두루두루 살피곤 했었는데, 이젠 이렇게 마주 보고 서서 농담 따먹기도 하는 걸 보니, 세월이 흐르긴 흐른 모양이다.

"들어왔다가……갈 거지?"

어쩌면 너무나 당연할지도 모르는 물음을 던진 새힘은 대답을 기다리지 않고 그가 들어올 수 있도록 바짝 붙어 있던 창문에서 슬쩍 비켜 주었다. 메이는 기다렸다는 듯 창틀로 다리를 옮겨 왔다. 창틀에서 곧바로 바닥에 발을 디뎌도 될 텐데, 그는 꼭 창틀에 걸터앉았다.

"그냥 들어와도 된다니까."

새힘이 8년 전과 같이 말했지만, 메이는 그때처럼 앉은 상태에서 신발을 벗은 다음에야 바닥으로 내려섰다. 이면지를 책상 위에 깔고 메이의 신발을 받아 그 위에 놓은 다음 새힘은 그를 마주 보았다.

"이제는 우리가 늦은 시각에 만나도 뭐라고 할 사람 없는데, 그냥 전화를 하지 그랬어. 그럼 내가 나갔을 텐데. 떨어져서 다치면 어쩌려구."

새힘이 조금은 걱정스러운 표정을 짓자, 메이는 잘생긴 얼굴에 부드러운 미소를 지어 보였다.

"그럴까 했는데, 옛날 생각이 나서. 한 번 해보고 싶었어."

"류메이, 유치해졌어."

새힘이 작게 키득거렸지만, 메이는 여전히 녹아들 것처럼 감미로운 미소로 응수할 뿐이었다. 새힘은 가만히 메이를 응시했다. 그다지 작은 방이 아닌데, 거짓말 조금 보태 천장에 닿을 듯한 메이가 들어서니, 오늘따라 방이 작게 느껴졌다.

"예전보다 키가 더 커진 것 같아."

새힘의 말에 메이는 흐음, 낮게 한숨을 내쉬었다.

"애석하게도."

"에? 그럼 이제 190센티를 넘긴 거야?"

새힘이 기억하기로는 고등학교 시절에도 메이의 키는 185

센티를 훌쩍 넘겼었다. 거기서 더 자랐다고 하니 190센티 이상이 되는 건 당연지사 아니겠는가.

"192센티."

"와. 그럼, 4형제 중에서 이제 네가 제일 크겠네?"

"그렇겠지."

"제발 190센티 이상은 되지 않았으면 하더니, 결국은 넘겨버렸구나."

새힘이 조금은 애석한 표정으로 웃자, 메이는 그녀를 쓱 훑어보았다.

"너도 더 자란 것 같다."

"응, 조금. 5센티 더 자랐어."

"그럼, 이제 160?"

농담기라고는 전혀 찾아볼 수 없는 메이의 말투에 새힘은 눈을 휙 세모꼴로 떴다.

"뭐니, 정말. 나 지금 165센티미터거든? 그때도 160은 됐었어."

"그랬던가?"

"어머, 뭐가 그랬던가야? 진짜야. 네가 워낙 크니까 나를 작게 여겨서 그렇지, 나 그렇게 작은 편은 아니었다구."

"흐음."

여전히 못 믿겠다는 투로 메이가 고개를 삐딱하니 기울이자 새힘은 밉지 않게 그를 노려보았다. 그런 그녀를 바라보는 메이의 눈동자가 슬쩍 가늘어졌다가 원래대로 돌아왔다. 그는 가만히 손을 뻗어 새힘의 턱을 어루만졌다.

"너무 예뻐지지 말랬더니."

나지막하게 내뱉어진 말과 턱을 어루만지는 메이의 손길에 새힘은 확 얼굴을 붉혔다. 노골적으로 예뻐졌다고 하는 말보다 훨씬 더 민망하게 느껴졌다.

"누가 들으면 욕하겠어."

"안 할걸. 진짜 예뻐졌거든."

"와, 류, 류메이 사람을 되게 당황스럽게 만든다."

벌겋게 달아오른 얼굴로 어쩔 줄 몰라 하는 새힘을 진득한 시선으로 바라보던 메이가 턱을 만지던 손을 내려 가느다란 허리를 감았다. 그리고 곧장 끌어당겨 작은 몸을 제 품에 가두었다.

갑작스러운 스킨십에 움찔하기도 잠시, 새힘은 밖으로 튀어나올 것 같은 심장을 억누르며 메이의 가슴에 얼굴을 묻었다. 단단한 몸과 남성적인 체취에 폐부 깊숙이 짜릿한 온기가 스며들었다.

"참 좋다, 메이야. 이러고 있으니 네가 내 곁에 왔다는 게 실감나."

고양이처럼 가슴팍에 작게 얼굴을 부비며 하는 새힘의 말에 메이는 그녀를 안은 팔에 바짝 힘을 주었다.

"더 실감나게 될 거야."

그가 한 말의 뜻을 채 인지하기도 전에 그녀의 고개가 커다란 손에 의해 위로 올려졌다. 그리고 곧장 메이의 입술이 그녀에게로 내려앉았다.

부드러운 미소를 짓고 있던 표정과는 달리 메이의 입술은 뜨거웠으며, 오래 인내한 듯 조급함도 담고 있었다. 작은 입술을 몇 번 빨아들이고는 곧장 입 안으로 혀를 밀어 넣었다.

아찔한 쾌감이 아랫배에서부터 강렬하게 밀려오기 시작하자 새힘은 눈을 질끈 감았다. 비스듬히 고개를 기울인 메이가 말랑한 혀를 잡아채며 농밀한 키스를 퍼부었다.

하아.

새힘은 메이의 입 안으로 한숨과도 같은 신음을 흘려보내며, 그의 입술을 받아들였다. 까슬한 혀가 얽힐 때마다 허벅지 안쪽 깊은 곳이 본능적인 욕구로 달아오른다. 메이의 손이 그녀도 모르는 사이에 얇은 셔츠 속으로 침범해 들어와 등을 부드럽게 쓸어내렸다.

"아……."

움찔. 등을 타고 흐르는 전류와도 같은 쾌감에 작게 소리를 낸 새힘은 스스로도 민망해져 눈을 번쩍 떴다. 꼭 이렇게 되기만을 고대한 사람처럼 비춰진 건 아닐까 염려되어 퍼뜩 메이의 눈치를 살폈다. 하지만, 그녀의 소리에 더 흥분한 것은 메이였다. 등을 쓰다듬던 손을 앞으로 돌려 어느 틈에 브래지어 위로 가슴을 움켜쥐었다.

상황이 이렇게 되니 민망하던 감정도 잠시, 새힘은 흠칫 몸을 굳혔다. 메이는 키스에서 그치지 않을 작정인 거다. 직감적으로 그것을 인지한 새힘의 뇌리에는 잠시 잠깐 오만 생각들로 가득 찼다.

아까 샤워를 하고 나서 어떤 속옷을 입었더라? 세트로 입었나? 핑크색 레이스 세트였던가? 가만. 배란일이 언제였지? 아, 다음 주쯤에 생리를 시작하니까 가임 기간은 아니구나. 아씨, 어떡해! 아까 저녁밥을 너무 많이 먹었는데 배가 나왔으면 어떡하지?

앞으로 다가올 일에 대한 기대감 반, 걱정 반으로 별의별 생각들을 다 떠올리는데 어느 순간 메이의 입술이 볼을 타고 올라가 조그만 귀에 안착했다. 뜨거운 숨결과 촉촉한 혀가 귀의 예민한 곳을 스치자 방금 전까지 뇌리를 공격해대던 걱정이 거짓말처럼 사라지고 말았다.

발가락에 잔뜩 힘이 들어가고 아랫배가 바짝 조여 오는 통에 새힘은 아무런 생각도 할 수가 없었다. 귓바퀴를 따라 혀가 매끈하게 움직일수록 자꾸만 몸이 뒤틀리는 게 이대로 온몸이 흐물흐물 녹아 버릴 것만 같았다.

브래지어 위를 움켜쥐고 있던 메이의 손이 이내 안으로 침범해 말랑한 젖가슴을 움켜쥐었다가 조금씩 일어서기 시작한 젖꼭지를 꽉 비틀었다.

"아."

허리가 제멋대로 움찔거릴 정도의 쾌감에 새힘은 짧은 탄식과 함께 고개를 뒤로 젖혔다. 이런 기분은 처음이라 그녀는 어찌할 줄 모른 채 벌게진 얼굴로 가쁜 호흡만 꼴딱꼴딱 삼켰다.

메이의 한 손이 부드럽게 허리를 쓰다듬다 아래로 내려가 작은 엉덩이를 꽉 움켜쥐고는 바짝 끌어당겼다. 그 바람에 빳빳한 남성이 아랫배에 적나라하게 느껴지자 새힘은 헉, 숨을 들이켰다. 계속해서 귀를 핥던 그가 허스키한 목소리로 속삭였다.

"괜찮을까."

이대로 계속 진행하는 것에 대한 문제가 있는 건 아닌지, 묻는 것 같아 새힘은 마른침을 삼키곤 재빨리 대답했다.

"가, 가임 기간은 아냐."

메이가 쿡쿡, 낮은 웃음을 흘린다. 뭔가 대답을 잘못한 건가 싶어 새힘은 눈을 들어 그를 바라보았다.

"이곳에서 계속 진행해도 되겠냐는 뜻이었는데."

"어? 아."

그러고 보니, 메이가 주는 아찔함에 빠져 아래층에 부모님이 주무시고 있는 것도 잠시 망각해 버렸다. 한데, 천지분간 못하는 철부지가 되어 버렸다는 자책감보다 이 순간을 방해받고 싶지 않다는 갈망이 더 컸다.

잔뜩 민망한 표정으로 작게 입술을 깨물던 새힘은 수줍게 고개를 끄덕여 보였다.

"네가 괜찮다면……나도 좋아."

들릴 듯 말 듯, 부끄러움이 담긴 작은 목소리가 끝나자마자, 메이의 눈동자가 빛난다 싶더니 순식간에 새힘의 발이 공중으로 떠올랐다. 새힘이 채 정신을 차리기도 전에 그녀를 들어 올린 메이가 작은 침대로 발걸음을 옮겼다.

"침대, 그대로네."

새힘을 조심스레 침대에 앉히며 메이가 말했다. 조금은 감탄이 섞인 말투에 새힘은 작게 미소를 보였다.

"아직 불편하지 않아서."

사실은 메이와의 추억을 고스란히 간직하고 있는 이 침대를 버릴 수가 없어서였다. 메이의 체취가 담긴 침대를 버리는 건 꼭 그와 멀어지는 것처럼 느껴져 조금 삐걱거려도 그대로 두었다. 이제 메이가 돌아왔으니 바뀌도 되려나.

그녀의 그런 생각을 읽기라도 한 것처럼 메이가 곁에 앉으며 아이에게 하듯 다정하게 머리를 쓰다듬었다. 한 번. 두 번. 세 번. 느릿하게 손을 움직이던 그가 고개를 숙여 입술을 부딪쳐 왔다.

새힘은 이제 반사적으로 입술을 열어 그를 받아들였다. 잠시 멈추었던 열기가 다시 급격하게 솟구치고 심장은 터질 듯 두근거린다. 입천장을 핥고, 입 안의 예민한 점막을 자극하고, 서로의 혀를 빨아들이는 깊은 키스가 이어졌다. 몇 번이나 고개의 각도가 바뀌고 입술이 얼얼해질 때까지 서로를 향한 탐닉을 멈추지 않았다.

입 안 깊숙이 혀를 찔러 넣고 삼킬 듯 진한 키스를 퍼부어대던 메이가 어느 순간 타깃을 연약한 목으로 옮기면서 끝날 것 같지 않은 키스는 멈추었다. 축축한 궤적을 남기며 혀가 목덜미를 타고 내려가자, 그 저릿함에 새힘은 작게 몸을 바르르 떨었다.

한참이나 부드러운 살을 핥고 흡입하며 자국을 남기던 메이가 잠시 입술을 떼어 내며 새힘이 입고 있는 티셔츠 자락을 위로 끌어올렸다. 그가 하는 대로 새힘이 팔을 들어주자 곧 머리 위로 얇은 옷자락이 벗겨져 나갔다. 티 하나 없는 하얀 살결과 가슴을 감싸고 있는 핑크빛의 레이스 브래지어가 새힘을 열여덟의 소녀처럼 보이게 만들었다.

메이는 새힘의 어깨를 조심스레 눌러 침대에 누이고는 군살 하나 없는 날씬한 배에 입술을 내리눌렀다.

"웃."

다소 강한 흡입에 새힘이 아픔을 호소하며 움찔거렸지만 메이는 멈추지 않았다. 매끄러운 배에 자국을 남기며 보드라운 살결을 마음껏 음미했다. 하얀 살결에 차츰 새겨지는 붉은 화인은 더 없이 유혹적이고 아름다웠다.

날씬한 허리를 쓸어내리던 메이는 작은 등 뒤로 손을 둘러 가슴을 가리고 있는 브래지어의 후크를 풀었다. 망설임 없이 가슴 위에 놓인 레이스를 벗겨내자 작게 일어서 있는 핑크빛 유두와 모양 좋은 뽀얀 젖무덤이 드러났다. 열여덟의 그때보다 풍만해진 탓에 훨씬 더 색정적이었다.

메이의 입에서 낮은 탄성이 절로 터져 나왔다.

"예쁘다, 진짜."

짤막하게 찬사를 내뱉은 메이는 이내 젖가슴을 한입 베어 물었다. 부드럽고 탄력 있는 최상의 감촉에 메이는 깊은 신음을 흘려보냈다. 진주알 같은 유두가 도도록해질 때까지 입 안에 머금고서 핥고 깨물어댄 다음 그는 다른 쪽 가슴을 공략했다.

작은 몸을 뒤척이며, 움찔움찔 생생히 반응을 보이고 있는 새힘을 흘끔 올려다본 메이는 거친 숨결을 삼켰다. 당장 가느다란 허벅지를 열고 안으로 들어가고픈 욕망이 터질 듯 팽배해지고 있는 걸 혼신의 힘을 다해 눌렀다. 예전처럼 혼자만의 기분에 들떠 새힘을 안는 짓 따위는 하고 싶지 않았다.

느릿하고 아찔하게, 연한 몸을 팔딱이며 새힘이 자신을 원할 때까지 인내하고 또 인내할 참이었다.

한참이나 손과 입술을 이용해 양쪽 가슴을 점령하고 있던 그는 잠시 움직임을 멈추고 고개를 들었다. 혀와 치아에 무던히도 괴롭힘을 당한 유두가 빳빳하게 일어선 모습으로 타액에 젖어 반짝인다. 그 모습이 귀엽고 사랑스러워 메이가 엄지로 그 부분을 쓸자, 새힘은 시트를 꽉 붙잡았다.

메이는 손을 내려 새힘이 걸치고 있는 짧은 팬츠를 끌어내렸다. 마음 같아서는 팬티와 한꺼번에 끌어내리고 싶은 욕구가 치솟았지만 새힘이 본능적으로 거부를 할까 봐 그럴 수가 없었다. 아무래도 너무 오랜만이 아닌가.

팬츠가 발목까지 거침없이 내려와 이내 몸에서 분리되자, 침대 한쪽에 아무렇게나 놓인 브래지어와 같은 색상, 같은 디자인의 작은 팬티만이 새힘의 몸에 남았다.

새힘은 부끄러움에 시선을 내리깐 채로 가슴을 오르락내리락하며 가쁜 숨만 내쉬었다. 쾌감이라는 걸 제대로 알지도 못한 채 메이를 받아들였던 지난날이 뇌리에 떠올렸다. 그지 메이였기에 모든 걸 내주어도 아깝지 않았고, 함께하는 것만으로도 행복했다. 쾌감보다는 아픔이 더 컸지만, 서로 몸을 부둥켜안은 채 은밀한 행위를 한다는 것 자체가 흥분을 주었었다.

한데, 오늘은 그때와 달랐다. 뭔지 모를 열기가 거대하게 피어올라 그녀를 집어삼킬 것만 같았다. 겨우 팬티만 하나 걸친 채 누워 있다는 부끄러움보다, 앞으로 일어날 일에 대한 기대감이 더 크게 그녀를 지배했다. 양쪽으로 당겨진 실처럼 온몸이 메이에 의해 팽팽히 조여졌다고 해도 과언이 아니었다. 자꾸만 몸은 들썩여졌고 저도 모르게 입 밖으로 날카로운 소리를 낼 것만 같았다.

메이의 손이 예고도 없이 팬티 속으로 들어오자 새힘은 헉, 신음을 토해냈다. 기다랗고 단단한 손이 고슬고슬한 거웃을 쓸고 아래로 내려가는 느낌에 그녀는 몸을 뻣뻣하게 굳힌 채 숨을 죽였다. 메이의 손이 자신을 쓰다듬는 게 처음도 아닌데 손발이 오그라드는 것만 같았다.

키스와 가슴의 애무로 이미 젖어 있는 여성을 느릿하게 쓰다듬던 손이 작은 꽃잎을 헤집고는 그 속에 자리 잡고 있는 예민한 살점을 꾹 눌렀다.

"아."

머리에 쥐가 날 듯한 생생한 쾌감이 몸을 관통하는 느낌에 새힘은 발가락을 한껏 폈다. 그리고 뒤이어 손가락이 살점을 위아래로 문질러대기 시작했다. 처음으로 느껴 보는 아찔한 감각에 당황한 그녀는 다급히 메이의 팔을 붙잡았다.

"자, 잠깐……잠깐만 메이야."

"왜."

그가 여전히 손을 멈추지 않은 채 그녀를 바라보았다.

"그, 그게……아!"

메이의 집요한 손놀림에 그만두라고 하려던 말이 쏙 자취를 감추어 버렸다. 대신 정녕 제 목소리가 맞을까 싶은 신음을 내뱉으며 그녀는 엉덩이를 들썩였다. 아릿하게 달아오른 도도록한 살점을 문지르는 손가락의 움직임이 조금씩 빨라진다. 더불어 살이 마찰되어 나는 질척한 소리도 커진다.

새힘은 온몸을 송두리째 뒤흔들어 놓는 쾌감에 도취되어 미칠 것만 같았다. 엉덩이는 자꾸 뒤틀려지고 허벅지는 점점 벌어졌다.

"메이야, 그, 그만……."

정신마저 앗아갈 듯한 충격적인 감각에 새힘은 모든 힘을 그러모아 다시 메이의 팔을 붙잡았다. 하지만, 그는 더욱 노골적으로 달아오른 살을 마찰시켰다.

"류메이이!"

"그냥 즐기면 돼. 내가 주면 넌 받기만 하면 돼."

"하지만, 으읏!"

메이가 예민한 감각기관을 퉁기듯 꼬집는 바람에 새힘은

엉덩이를 들어 올렸다. 한계치에 다다른 몸이 저도 모르게 마구 비틀려지자 새힘은 더 버틸 수가 없었다.

"아, 아……."

마침내 눈앞이 하얘지는 절정에 오른 새힘은 엉덩이를 마구 뒤틀어대며 환락의 끝자락을 맛보았다. 온몸에 자잘한 경련이 일고, 젖은 여성은 움찔움찔 꿀물을 뿜어냈다.

팬티 속에서 손을 빼지 않고 계속 도톰한 부분을 문지르며 새힘이 흠칫흠칫 하는 반응을 지켜보던 메이는 이내 동작을 멈추었다. 그러고는 이미 젖어 버린 작은 레이스 팬티를 느릿하게 아래로 끌어내렸다. 아직 쾌락의 여운에서 벗어나지 못하고 있는 새힘은 그가 하는 대로 거부감 없이 노곤하게 풀어져 있었다.

가느다란 다리에서 완전히 팬티를 벗겨낸 메이는 하얀 허벅지를 벌리고 다시 손가락을 미끄러뜨렸다. 이번에는 예민한 살점이 아닌, 꿀물을 뿜어내고 있는 여성의 통로 속으로 향했다.

메이는 유연하게 젖어 있는 여성 속으로 단단한 손가락 하나를 서서히 밀어 넣었다. 충분히 풀어진 여성이 별 무리 없이 손가락을 받아들이긴 했으나 익숙하지 않은 이물감의 침입에 새힘은 하체에 바짝 힘을 주었다. 그 바람에 좁은 통로를 채우고 있는 손가락이 꽉 옥죄어 오자 메이는 제 분신이 조여지는 듯 느껴져 깊은 신음을 내뱉었다. 좁고 뜨거운 속살이 가뜩이나 인내하고 있는 그를 더욱 흥분 상태로 내몰고 있었다.

더 들어갈 수 없을 정도로 깊숙이 손가락을 찔러 넣은 그는 좁은 내벽을 천천히 긁으며 새힘의 반응을 살폈다. 어떤 곳을 어떻게 해야 새힘이 흠칫, 반응을 일으키는지, 어떻게 하면 황홀한 교성을 내는지 찾아내기 위해 끊임없이 통로를 자극했다.

"아, 앗."

새힘은 아랫배 저 깊숙한 곳에서 느껴지는 기묘한 감각으로 인해 아랫도리에 바짝 힘을 주었다. 메이의 단단한 손가락이 내벽을 휘젓고 자극할 때마다 온몸에 오싹오싹 전류가 흘렀다. 다시금 아찔한 감각이 덮쳐오기 시작하자 새힘은 이 불공평한 상황에 그의 팔을 찰싹 때렸다.

"류메이……정말 너무해. 왜 나만……아앙!"

사실은 '왜 나만 홀딱 벗은 채 다리를 벌리고 있어야 하는데!'라고 외치고 싶었다. 한데, 그가 손을 빠르게 흔들어대는 통에 도리어 자신이 내뱉었다고는 믿기 힘든 요상한 교성만 내지르고 말았다. 얼굴이 화끈거릴 정도로 민망해져 새힘은 화가 난 사람처럼 그를 쩨려보았다.

메이는 듣기 좋은 나른한 웃음을 내뱉고는 계속해서 여성 속을 공략해대던 손가락의 움직임을 멈추었다.

"내 앞에서는 부끄러워하지 마."

그의 손이 멈추면서 잠시, 미칠 듯한 쾌감이 주춤해지자 새힘은 그제야 하아, 한숨을 내쉬고는 재빨리 말을 쏟아냈다.

"하지만, 나만 이렇게 흐트러져 있는 건 정말, 너무 불공평해."

"앞으로도 무수히 반복될 일일 테니, 익숙해지는 게 좋아."

너무도 진지하게 내뱉어진 메이의 말에 새힘은 귀까지 시뻘겋게 붉어진 채 할 말을 찾지 못해 붕어처럼 입만 뻥긋거렸다. 앞으로도 무수히 이럴 거라는 말을 아무렇지도 않게 하는데, 어찌 당황스럽지 않겠는가. 정녕, 진정 류메이가 맞는지 의심스러울 정도다.

"난 네가 내게 모든 걸 다 보여줬으면 좋겠어. 송새힘에 관한 건 머리부터 발끝까지 모두 다 알았으면 해. 내가 모르는 송새힘은 용납 안 되거든."

조금은 절박하게 말한 그는 이내 멈추었던 손을 움직이기 시작했다. 잠시 꺾였던 찌릿한 감각이 다시금 치받혀오자 새힘은 가쁜 숨을 몰아쉬었다. 그녀를 또다시 폭풍 속으로 내몰 작정인지 메이의 손은 더욱 노골적이고 빠르게 여성 속을 공략했다. 내벽을 긁어대고 휘저어 대며 그녀의 이성을 앗아갔다.

"앗, 아, 아."

빠르게 상승하는 쾌락으로 인해 새힘의 고운 이마가 찡그려졌다. 입에서는 거친 숨결과 함께 새된 음색이 끊임없이 흘러나왔다.

"지금 네 표정, 소리, 너무 좋아."

낯부끄러운 메이의 말에 새힘은 살짝 민망함을 느꼈으나

온몸을 지배하는 흥분으로 인해 그것을 표출할 여력이 되지 않았다. 양쪽으로 벌리고 있는 무릎에 힘을 주어 엉덩이를 들썩이며 그의 손길에 반응했다.

그녀의 모습에 만족스러운 미소를 머금던 메이가 차츰 고개를 숙여 벌어진 허벅지 사이로 입술을 내렸다. 피가 잔뜩 몰려 도도록하게 솟아 있는 살점에 혀를 대고 굴리기 시작했다.

"아!"

이제는 메이를 말릴 수 없을 정도로 달아오른 그녀는 오로지 그가 주는 미칠 듯한 감각에 도취될 뿐이었다. 그가 원하는 대로 꿀물을 토해내며 엉덩이를 흔들었다.

가장 예민한 두 곳을 핥아 대고 찔러대는 집요한 공략에 새힘은 속수무책으로 무너졌다.

"아학! 아, 아!"

다시금 찾아온 해일 같은 절정에 새힘은 시트자락을 꽉 움켜쥐고서 엉덩이를 들어 올렸다. 바짝 긴장한 등이 휘고 절로 엉덩이가 마구 흔들렸다. 온몸에 경련이 일고 자잘한 땀방울이 샘솟는다. 중심부에서 적나라하게 느껴지는 혀와 손에 철저히 함락되어 새힘은 깊은 환희를 맞이했다.

그녀가 충분히 쾌감을 느낄 수 있도록 한참이나 손과 혀를 거두어들이지 않던 메이는 새힘이 간헐적인 경련을 일으키며 제발 그만하라고 애원할 무렵에야 자세를 곧추세웠다.

가쁜 숨을 몰아쉬며 흐릿한 눈으로 천장을 응시하고 있는 새힘의 뺨에 소리가 나게 입을 맞춘 메이는 드디어 걸치고 있던 옷가지들을 벗어던지기 시작했다. 너무 오래 인내한 탓에 온 근육이 터질 듯 꿈틀거린다.

찢을 듯 상의를 벗고 빠른 속도로 하의도 벗어 던졌다. 팬티마저 끌어내리자 터지기 일보직전인, 빳빳이 부풀어 오른 남성이 단박에 드러났다.

새힘이 정신을 차리기 전에 메이는 벌어진 허벅지 사이에 무릎을 꿇고 앉아, 이미 흥건히 젖어 있는 여성의 입구에 분신을 갖다 댔다. 매끄러운 꿀물과 뜨끈한 여성의 입구로 인해 메이의 입에서 낮은 한숨이 흘러나왔다. 아직 제대로 넣지도 않았는데 폭발해 버릴 것만 같았다. 마음을 다잡은 그는 새하얀 히벅지를 꽉 붙잡은 채 그토록 갈망하던 새힘의 안으로 제것을 천천히 밀어 넣었다.

"흐읏."

두 번의 절정으로 아무리 몸이 풀어졌다고는 하나 거대한 메이를 받아들이는 건 여전히 새힘에게 버거운 행위였다. 나무토막이 몸 안으로 박혀 들어오는 듯해 엉덩이를 뒤로 빼고 싶을 정도였다. 하지만, 자신을 짙게 애무해 줄 때와는 달리 여유라고는 한 자락도 없는 절박한 그의 얼굴을 보니 몸의 아픔 따위는 눈 녹듯 사그라졌다.

혹여, 그녀가 고통스러울까 끊임없이 인내하며 느릿하게 밀고 들어오는 메이가 안쓰럽기도 하고 고맙기도 해 새힘은 가만히 손을 뻗어 그의 얼굴을 어루만졌다.

"메이야, 좀 더……서둘러도 돼. 오래 참았잖아."

"하지만."

"괜찮아. 나도……오래 기다렸잖아."

그렇게 말한 새힘이 화악 열이 오른 얼굴로 수줍은 표정을 짓자 무던히도 붙잡고 있던 메이의 이성이 저만치 훅 날아가 버렸다. 밝은 갈색의 눈동자가 위험스럽게 빛을 발한다 싶더니 단단한 손이 가느다란 허리를 꽉 붙잡았다. 그리고 곧장 딱딱한 남성이 그녀의 속으로 치받쳐 들어왔다. 헉, 소리가 날 만큼 정말, 오랜만에 동통이 찾아왔지만 새힘은 표출하지 않으려 애를 썼다.

더 들어올 수 없을 정도로 끝까지 밀고 들어온 메이가 잠시 움직임을 멈추고는 고개를 숙여 그녀의 이마에 입을 맞추었다. 그리고 코와 양볼, 빨간 입술까지 화인을 찍고서 그녀의 몸을 꽉 끌어안았다. 그런 다음 귓가에 나지막이 속삭였다.

"기다려 줘서 고맙다."

"무사히 돌아와 줘서 나도 고마워."

"이제 죽어도 너와 헤어지지 않아."

다짐하듯 묵직하게 내뱉은 메이는 어금니를 다문 채 허리에 힘을 주었다. 딱딱하다 싶을 정도로 근육 가득한 메이의 몸이 움직이기 시작하자 욱신거리는 통증과 함께 묘한 감각이 그녀를 찾아왔다. 새힘은 메이의 등에 팔을 두르고 어깨에 얼굴을 묻은 채 오롯이 그를 받아들였다.

새힘을 안은 팔에 힘을 준 메이는 죽기 일보 직전까지 인내해 왔던 모든 것을 풀기 시작했다. 미친 듯이 허리를 움직여 여린 속살을 헤집고 또 헤집었다. 그럴 때마다 욱신욱신 옥죄어 오는 좁은 통로가 마약처럼 그를 희열의 극치로 내몰고 있었다.

메이는 자신의 어깨에 얼굴을 묻고 있는 새힘을 떼어내고선 턱을 들어 올려 거칠게 입술을 내리눌렀다. 그녀가 입술을 열고 적극적으로 키스를 되돌려 주자 쾌락은 배가되어 그를 덮쳤다. 뜨거운 샘 속을 헤집는 아랫도리처럼, 미친 듯이 그녀의 입 안을 핥고 빨아들였다. 억눌린 신음이 거친 숨결을 타고 서로의 입 안에 흩뿌려졌다.

욕설이 치밀 정도의 죽을 듯한 쾌감에 메이는 정신없이 새힘의 속으로 파고들고 또 파고들었다. 좁은 여성을 끊임없이 채웠다 비우길 반복하는 동안 어느새 달아오른 새힘이 엉덩이를 들어 올리며 그의 움직임에 동참하기 시작했다.

작은 침대가 격렬한 움직임에 하소연하듯 삐걱거린다. 살이 부딪치고 섞이는 소리가 침대의 소리와 어우러져 방 안을 가득 메웠다.

쾌락의 열기가 아직 식지 않은 방 안, 새힘과 메이는 작은 침대에 누워 서로의 몸을 꼭 껴안고 있었다. 밤도 깊었고 격렬한 한바탕의 애정행각으로 인해 피곤함이 몰려 왔지만, 쉽사리 잠이 오지는 않았다. 점점 다가오는 새벽이 아쉬워 매끈한 서로의 몸만 어루만지고 있었다.

"갈 때 챙겨 줘."

노곤한 침묵을 깬 건 메이였다. 뜬금없는 말에 그에게 안겨 있던 새힘은 슬쩍 몸을 떼어 내며 어이없는 웃음을 흘렸다.

"목적어가 빠졌잖아요, 류메이 씨."

"일기."

짤막한 메이의 대답에 새힘은 아, 하는 소리를 내뱉었다. 그녀는 눈을 말똥말똥 뜨며 바짝 그에게 얼굴을 가져갔다.

"그거, 그냥 해본 말 아니었어?"

"그래서 안 썼어?"

새힘은 푹 웃음을 흘리며 방 한쪽을 차지하고 있는 책장을 가리켰다. 메이의 시선이 그녀가 가리키는 곳을 따라가다 뚝 멈추었다. 그의 눈이 놀라움을 가득 담고 커졌다. 커다란 책장 한 줄을 다 차지할 정도의 하드케이스 일기장이 빽빽이 늘어서 있었다.

"저거, 다 일기?"

"응. 8년 동안의 일기. 하루도 빼먹지 않고 썼거든. 피곤해서 힘든 날에도 썼고, 아파서 죽을 것 같은 날에도 썼어. 너랑 간간이 통화했던 날도 빼먹지 않았어."

잔잔한 새힘의 설명에 메이는 진한 감동과 함께 형언할 수 없는 감정이 울컥 치받혀 그녀의 얼굴을 가만히 쓰다듬었다.

"고생했다."

"당연히 고생했지. 글재주라고는 손톱만큼도 없는 내가 매일 일기를 쓰는 게 얼마나 힘든 작업이었는데. 거짓말 조금 보태서 이러다 작가가 되는 게 아닐까 싶었다니까?"

조금은 과장된 새힘의 말에 메이가 피식 웃음을 머금었다.

"하긴. 넌 읽을 줄만 알았지, 작문은 소질 없었지. 기억 나? 초등학교 1학년 때 어버이날."

"초등학교 1학년? 그때 어버이날? 글쎄, 잘 안 나는데? 넌 그때도 다 기억하고 있니?"

"그때 네가 워낙 걸작이었거든."

"내가 어쨌는데?"

전혀 기억이 나지 않아 새힘이 눈을 깜빡이자 메이는 여전히 웃음기를 지우지 않은 채 말을 이었다.

"부모님께 드릴 종이 카네이션을 만들고 감사 편지를 쓴 건 기억해?"

"그거야 당연히 나지. 초등학교 저학년 때까지는 매번 어버이날만 되면 그런 거 하지 않았어?"

"1학년 때 감사 편지에 뭐라고 썼는지는 전혀 기억 안 나는 모양이군."

"넌 기억을 한단 말이야?"

"네 편지가 너무 예술이라, 네 건 기억해."

"편지에 뭐라고 적혀 있었는데?"

"한 시간 내내 끙끙거리다 겨우 몇 자 쓴 게, 네 짝 걸 보고 베낀 거였지. 기억 안 나?"

"아!"

새힘은 그제야 뇌리의 저 구석에 처박혔던 기억을 끄집어내곤 풉, 웃음을 터트렸다. 멋쩍기도 하고 재미있기도 해 웃고 있는 새힘을 놀리듯 메이가 소상히 그 내용을 읊었다.

"낳아 주시고 길러 주셔서 슬픕니다. 밝고 씩씩한 효도가 되어 카네이션을 드리겠습니다."

『낳아 주시고 길러 주셔서 정말 감사드립니다. 저희를 키우시느라 고생만 하시는 것 같아 너무 슬픕니다. 밝고 씩씩하게 자라, 훌륭한 어른이 되겠습니다. 그래서 부모님께 효도 드리겠습니다. 서툰 솜씨로 만든 이 카네이션도 함께 달아 드리겠습니다.』

사실은 이 내용이 정답이었다. 흘끔흘끔 베끼다 보니 요상한 문장이 되었지만 말이다.

그 당시에 아이들 사이에서 어찌나 놀림을 당했는지 학교에 나가기 싫을 정도였다. 그래도 시간이 지나면서 그런 기억이 점차 잊힌 모양이다. 그런데, 메이가 아직 그걸 기억하고 있다니 놀라울 따름이었다.

"류메이 기억력 하나는 진짜 끝내줘."

키득거리느라 눈가에 맺힌 눈물을 닦아낸 새힘은 물끄러미 메이를 바라보았다.

"그런 내가 죽도록 일기라는 걸 썼는데, 댁은 그냥 싹 입 닦으실 거예요?"

메이의 단단한 어깨가 일순 움찔 굳어졌다. 새힘은 이불이 가슴 아래로 흘러내리지 않게 여미며 눈을 가늘게 떴다.

"어머, 진짜 입 닦을 생각인 거야? 난 네 8년을 전혀 알 수가 없잖아. 너무 불공평해."

메이의 성정을 누구보다 잘 알기에, 그가 책상 앞에 앉아 꼼꼼히 일기를 쓸 리 없다는 걸 잘 알지만, 그래도 조금 서운한 건 서운한 거다. 자신처럼 매일은 아니더라도 가끔은 그의 소소한 일상을 써 놓지 않았을까 살짝 기대를 했었는데, 역시나 아닌 모양이다. 그녀가 짐짓 뾰로통한 표정으로 시선을 내리깔자 메이가 흐음, 한숨을 내쉬었다.

"일기는 아냐."

나직한 메이의 말에 새힘은 번쩍 시선을 올리며 그를 마주 보았다. 일기는 아니라니? 그럼, 다른 게 있다는 거야? 다시 기대감이 피어오르자 그녀의 눈에는 광채가 흘렀다. 어쩐지 쑥스러워 하는 듯 메이의 얼굴이 약간 상기되어 있었다.

"이따가 날이 새면 줄게."

또 중요한 목적어는 빼먹고 하는 말에 새힘은 그의 팔을 껴안다시피 끌어안았다. 맨가슴에 메이의 팔이 닿았지만, 그것마저 자각 못한 채 그녀는 그에게 밀착했다.

"뭔데, 뭔데?"

".......그냥. 별거 아니니까 눈 반짝이지 마."

그녀의 기대가 부담스러운 듯 메이가 슥 시선을 돌렸지만, 새힘의 입은 자꾸만 옆으로 찢어졌다. 뭔지는 몰라도 잃어버린 메이의 8년을 알 수 있을 것 같아 묘하게 심장이 울린다. 자신이 없는 곳에서 메이가 무엇을 하며 어떻게 지냈는지 벌써부터 궁금해서 안달이 날 것 같았다.

그런데, 그 순간 갑자기 메이가 자신의 위로 올라오자, 새힘은 생각을 깡그리 날려 버리고 말았다. 그는 어느새 짐승남 모드가 되어 절절 끓는 눈으로 그녀를 내려다보고 있었다.

"뭐, 뭐야. 갑자기 또."

"네가 그렇게 만들었어."

"내가 언제?"

"방금."

"마, 말도 안 돼. 난 아무 짓도 안 했⋯⋯흐읍."

새힘의 나머지 말은 그대로 내려온 메이의 입술로 흘러 들어가 버렸다. 이미 한차례 사랑을 나눈 후라, 새힘이 작게 반항을 해 보았지만, 메이는 꽃잎 같은 입술을 몇 번 빨아 당기고 혀로 핥으며 조심스러운 키스를 선사했다. 마치 자신을 받아 달라는 듯이.

녹아내릴 것 같은 애절한 키스에 새힘은 이내 반항을 포기하며 메이의 등에 팔을 둘렀다. 다시금 서로를 갈구하는 진한 입맞춤의 향연이 열리고 낡은 침대는 조금씩 삐걱삐걱 울어 대기 시작했다.

*

-이번 주는 특별한 일 없이 학교와 집만 반복했어.

아, 가끔 도서관에 가기도 했고. 며칠 내내 날씨가 좋지 않아 운동도 거의 집에서만 하는 편이었어. 다음 주부터 축구 시즌이나 성기상에 한 번 가볼까 해. 니와 같이 가면 좋겠지만, 상상으로 그쳐야겠지.

이번 주는 정말 기록으로 남길 만한 특별한 얘깃거리가 없어 아쉽다. 다음 주를 기약하며 여기까지. 송새힘. 사랑한다.–

새힘은 이어폰을 타고 흘러나오는 근사한 메이의 목소리를 들으며 입을 귀에다 걸고 있었다. 출근하는 지하철에서부터 호텔까지 오는 내내 귀에 이어폰을 꽂은 채 무아지경으로 빠져들고 있는 그녀를 사람들이 흘끔흘끔 보았지만 그녀는 개의치 않았다.

녹음기에 기록된 메이의 소소한 일상들. 설마, 그가 8년 동안 매주 한 번씩 목소리로 자신의 일들을 남겨 두었을 줄은 꿈에도 몰랐다. 일기는 아니라더니 녹음기일 줄이야. 자신이 메이에게 주었던 일기와는 또 다른 느낌이었다. 바로 곁에서 메이가 이야기를 들려주고 있는 듯한 착각이 들 만치 생생했다. 게다가 이 녹음기 앞에서 어색한 얼굴로 독백을 했을 메이가 그려져 슬며시 미소가 지어졌다.

며칠 동안 틈틈이 시간 날 때마다 들은 메이의 일상은 거의 대부분이 책상 앞에서 공부를 하는 거였기에, 짠한 마음이 들기도 했다. 그래도 자신은 영경과 취미 생활도 하고 수다도 떨며 스트레스는 풀며 살았는데, 메이는 오로지 공부에만 파고들었다. 아주 가끔 하이킹을 간다던지 운동 경기를 보러 가기도 했지만 말 그대로 가뭄에 콩 나듯일 뿐이었다. 오랜 시간을 공부에만 파묻혀 지내온 그가 대견하기도 했으며, 자신을 위해 이런 기록들도 남겨 주어 고맙기도 했다. 특별할 것 없는 생활이지만, 그가 무얼 하면서 지냈는지 정도는 알 수 있으니, 새힘은 그것만으로도 행복했다.

계속 메이의 목소리에 빠져 있던 새힘은 호텔에 다다라서야 아쉽지만 녹음기를 껐다. 녹음기와 이어폰을 보석 다루듯 조심히 핸드백에 갈무리한 새힘은 늘 그렇듯 하루를 시작하기 위해 라커룸으로 들어섰다.

머리부터 발끝까지 호텔리어로서 어긋남이 없는 단정한 복장으로 라커룸을 나선 새힘은 근무지로 가기 위해 직원 전용 복도로 향했다. 복도에는 출근을 하거나, 이미 출근해서 각자의 소임을 하고 있는 직원들이 제각기 바쁘게 움직이는 중이었다. 그중 안면이 있는 직원들과 간결한 인사를 나누며 발걸음을 옮기고 있을 때였다. 저만치 앞 복도에 범상치 않은 기운이 느껴진 것은.

"어머, 봤니? 나한테 눈웃음 짓는 거."

"눈웃음이었니, 그게? 난 너 보고 비웃는 건 줄 알았는데."

"이 계집애가 진짜!"

"알았어, 알았어. 너 보고 눈웃음 지었다고 해줄게. 근데, 진짜 근사하지 않아?"

"근사한 정도가 아니지! 저 섹쉬미! 어쩔 거임? 오늘 넋 놓고 있다가 캡틴한테 욕먹는 거 아닌가 몰라."

여직원들이 뭔가에 들뜬 것처럼 자기네들끼리 상기된 얼굴로 수군수군거리며 스쳐 지나가자 새힘은 슬쩍 목을 빼고 앞을 보았다. 아침부터 뭐 때문에 이렇게 소란스러운지, 궁금하기도 했으며 어차피 지나가야 했으니 앞쪽을 예의주시했다.

그런데, 그 순간 새힘의 발걸음이 뚝 멈추고 말았다. 소란스러움의 원인을 눈으로 확인한 그녀의 심장이 순식간에 얼어붙었다. 깜짝 놀랐을 때 나오는 그 어떤 제스처조차 표출하지 못한 채 그대로 딱 굳어 버렸다.

이은성.

죽어도 다시 만날 일 따위는 없을 것 같던 이은성이 정말, 믿을 수 없게도 그녀의 눈앞에 나타난 것이다. 예전보다 훨씬 더 말쑥해지고 다듬어진 모습으로.

다른 곳을 향하고 있던 그의 고개가 천천히 그녀에게로 향했다.

쿵쿵쿵.

이은성이 어떻게 여기에 있는 건지 생각해 보기도 전에 가슴이 비이상적으로 격하게 뛰어 대기 시작했다. 자신을 무자비하게 짓밟으려 하던 소년 시절의 이은성이 말쑥한 차림의 이은성과 오버랩 되기 시작하자 새힘은 호흡이 가빠왔다.

잔인하고 비릿했던 이은성의 얼굴과 자신을 옭아매던 소년의 억센 손아귀 그리고 무참히 가해지던 폭력. 그 모든 것들이 한꺼번에 뇌리에 떠올라 새힘은 눈앞이 캄캄해지는 듯했다. 힘없고 나약하던 열여덟의 그때로 되돌아간 듯한 착각마저 들었다.

"오랜만이군."

귀를 파고드는 나른한 음성에 새힘은 가까스로 정신을 차렸다. 송새힘. 흥분하지 마. 넌 이제 열여덟의 어린 소녀가 아니잖아. 네 한 몸 정도는 충분히 책임질 수 있는 성인이잖아.

미미하게 심호흡을 한 새힘은 몇 발짝 떨어진 곳에서 자신을 뚫어질 듯 응시하고 있는 은성과 시선을 마주했다. 그리고 조우한 것에 대해 동요하지 않고 있다는 걸, 너 따위는 전혀 신경 쓸 가치도 없는 인간이라는 걸 보여주기 위해 무덤덤하게 입을 열었다.

"그래. 오랜만이네, 이은성."

"그동안 더 예뻐졌군."

예전의 일 따위는 전혀 기억이 안 난다는 듯, 아주 오랜만에 친구를 만나는 듯한 그의 말투에 새힘은 미간이 찌푸려지려는 걸 참았다. 나이가 들었으면 자신이 한 짓에 대한 일말의 죄책감은 가지고 있어야 하는 게 아닌가. 하긴, 저 이은성에게 죄책감을 갖기 바라는 것 자체가 말이 안 되는 건지도 모른다.

이은성이란 놈은 태연히 남에게 만행을 저지를 줄 알아도 자신이 티끌만 한 해악을 입는 건 죽어도 용납이 안 되는 인간이었다. 저를 추방시킨 장본인인 그녀에게 죄책감은커녕, 도리어 앙심이나 품지 않으면 다행인 거다. 씻을 수 없는 죄의 대가에 비해 고작 추방이라는 건 미미한 벌이긴 했지만, 이은성은 분명히 그렇게 생각하지 않을 것이다. 그녀에게 패악을 부리기 위해 이렇게 재회할 날을 손꼽아 기다렸을지도 모른다.

새힘은 은성에게 동요하지 않으려 애쓰며 딱딱하게 말했다.

"여기는 직원 전용 구간인데 네가 어떻게 여기 있는지 모르겠다."

"나 여기 직원인데."

당연한 거 아니냐는 듯한 말투에 새힘은 눈썹을 세웠다. 무슨 말이야. 저 새끼가 여기 직원이라니? 믿을 수 없기도 하고 어이가 없기도 해 헛웃음을 내뱉는데 갑자기 젊은 남자 사무직 한 명이 두 사람에게로 다가왔다.

"부장님, 여기 계셨군요. 한참 찾았지 뭡니까?"

뭐? 부장님이라니? 누가? 저게?

충격적인 단어에 잠시 어안이 벙벙하여 새힘은 눈을 동그랗게 떴다.

"총지배인님께서 찾으십니다."

"알겠습니다. 곧 갈 테니 먼저 가 계시죠."

"예. 부장님."

은성의 지시에 고개를 꾸벅 숙인 남자는 이내 복도에서 총총 사라졌다.

껄렁껄렁하고 불량스럽던 소년 시절과 확연히 다른 은성

의 스마트한 모습을 경계심 가득한 눈으로 응시하던 새힘은 뇌리를 스치는 생각에 속으로 신음을 삼켰다. 얼마 전 총무부 부장이 바뀌었다고 했었다. 그것도 낙하산을 타고 내려온 로열패밀리라고 했었지.

호텔의 총지배인 겸 대표이사의 이름이 이현성. 그리고 앞에 있는 저 새끼의 이름이 이은성. 눈매며 콧날까지 꼭 빼다박은 걸 보니 영락없는 형제지간인 모양이다. 상황 파악이 금세 끝나자 새힘은 입술 끝을 슬쩍 올렸다.

"새로 부임하신 총무 부장님이셨군요. 몰라 뵙고 실례가 많았습니다. 그럼."

사적으로는 전혀 얽히고 싶지 않다는 뜻을 내포한 말과 함께 묵례를 까딱해 보이고 스쳐지나가려는 찰나, 은성의 손이 그녀의 팔목을 낚아챘다. 순간적으로 새힘은 심장이 철렁 내려앉는 듯했다.

"이게 무슨 짓이죠. 총무 부장님."

어디서 개수작이야, 하는 얼굴로 그녀가 낮게 내쏘며 싸늘히 째려보았지만 은성은 크게 동요하지 않았다.

"……류메이 잘 지내?"

생각지도 못한 질문에 새힘의 동공이 커다랗게 확장되었다. 온몸에 흐르는 피가 얼어붙는 것처럼 오싹 소름이 끼친다. 메이와 은성 사이에 앙금이 남을 만큼 큰일은 없었던 걸로 그녀는 알고 있었다. 그저 병원으로 자신을 구해 주러 온 게 메이고, 그 당시 은성의 입장에서는 그녀가 메이와 붙어

처먹었다고 여기는 정도였다. 그게 지금에 와서 그렇게 중요한 일은 아니지 않는가. 한데 갑자기 어울리지도 않게 메이의 안부를 묻다니, 뭔지 모를 불안감이 확 밀려왔다.

"메이의 안부를 물을 만큼 친한 사이는 아니었잖니?"

은성이 피식 묘한 웃음을 흘렸다.

"송새힘, 널 보면 자동으로 류메이가 떠오르거든."

크게 악감정이 실린 음성은 아니었으나, 좋은 의미로 한 말도 아님을 인지한 새힘은 곧이곧대로 대답해 줄 수가 없었다.

"메이, 지금 유학 중이야."

"유학?"

"그러니 나한테 안부를 물어봤자 대답해 줄 수가 없어. 그것보다 이제 그만 손 좀 놓지 그래? 당장 놓지 않으면 성추행으로 간주하고 조치를 취하겠어. CCTV가 설치되어 있으니 곧장 관리실로 가면 증거 확보도 가능해."

차갑다 못해 얼음장 같은 그녀의 모습에 은성은 입술을 비틀며 쿡쿡 낮게 웃었다.

"아아. 잠시 잊었군. 네가 증거 확보에 얼마나 철저한 여자인지. 성추행범이 될 수는 없지."

은성이 순순히 팔을 놓아주자마자 새힘은 몇 걸음 뒤로 물러났다. 그런 그녀를 묘한 얼굴로 응시하던 은성이 이내 얼굴에서 표정을 지웠다. 무표정한 지금의 얼굴에서 예전의 잔인함이 얼핏 보이는 느낌에 새힘은 오싹 소름이 끼쳤다.

"만나서 반가웠다, 송새힘."

다행히 그는 담백하게 말하고는 발걸음을 옮겼다. 예전의 은성이라면 험악한 표정을 짓는다던지, 욕설 한마디쯤은 날리고 갔을 텐데 전혀 그런 기미 없이 가 버린다. 정말 개꼴통으로 불리던 이은성이 맞는지 의심이 될 정도다. 경계심을 가득 담고서 미끈한 뒷모습을 응시하던 새힘은 그가 사라지자 허물어지듯 복도의 벽에 기대었다.

"후우."

그녀의 입에서 절로 한숨이 흘러나왔다. 인연이란 게 참으로 기가 막힌다. 어쩌면 이런 우연이 다 있을 수 있단 말인가. 3년을 다닌 회사가 빌어먹게도 기억조차 하고 싶지 않은 이은성 집안의 것이었다니. 하고 많은 호텔 중 하필이면 여기에 입사를 하고 싶었을까.

은성에게 괴롭힘을 당하던 예전의 기억들이 쓰나미처럼 온 뇌리를 휩쓸자 새힘은 애써 머리를 흔들어 기억을 털었다.

예전과 같은 일이 반복될 리 없잖아. 그때와 지금은 상황이 달라도 너무 다르니까.

은성이 아무리 쓰레기라 할지라도 이제는 저도 나이를 먹었으니 세상이 만만치 않다는 것 정도는 알고 있을 것이다. 그때처럼 꼴통짓을 일삼으며 싸움박질이나 하고 다닐 레벨이 아니란 것쯤은 충분히 인지하고 있을 테고. 거기다 낙하산이 됐든 뭐가 됐든 부장이라는 직함까지 달고 있는 마당이니 예전과는 다르게 행동 제약도 많을 것이다.

거기까지 생각이 미치자 그나마 마음이 놓인 새힘은 그제야 자세를 곤추세우며 자신의 근무지로 발걸음을 떼었다. 하지만, 출근길에 오물을 뒤집어쓴 것처럼 기분이 더러운 건 어쩔 수 없었다.

20.

　귀국을 한 메이의 일상은 영국에 있을 때와 크게 달라진 것이 없었다. 하루의 대부분을 학업에 열중하는 편이었다. 수재들만 모인다는 영국의 명문 대학을 우수한 성적으로 졸업하고, 의사 면허를 취득했다고는 해도 지금 당장 의료 행위를 할 수 있는 건 아니었다. 법률상 다시 한국에서 국가고시를 치러 의사로서의 허가를 받아야 하기 때문이다.

　귀국을 하고 곧바로 치른 의사 예비 시험에는 합격을 했기에 당분간은 의사 국가고시만 준비하면 되었다. 몇 년 전부터는 필기시험에 앞서 치러지는 실기시험 제도까지 도입이 되었기 때문에, 그것 역시 준비를 해야 했다. 거기다 틈틈이 가족들이 근무하는 병원으로 가서 의료 봉사를 하는 것도 소홀히 하지 않았으므로 실상 꽤나 바쁘게 하루하루를 보내고 있었다.

영국에서는 의사 면허가 있다하더라도 외국인에게 기회를 주는 일이 거의 희박했다. 인턴에 해당하는 파운데이션 이어 2년 과정까지밖에 허용이 되지 않는다. 그래서 유학생들은 대부분이 USMLE를 쳐서 미국으로 가거나 자국행을 결정한다.

메이 같은 경우는 외가 쪽이 영국인이니 충분히 영국에서 앞으로의 활동도 고려해 볼 있을 테지만, 그런 건 그에게 전혀 의미가 없었다. 하루 빨리 새힘의 곁으로 돌아오는 게 가장 큰 목적이었으니까. 그래서 파운데이션 이어도 거치지 않고 곧장 귀국해 버렸다. 국시를 치르고 인턴 과정부터 밟게 되면 눈코 뜰 새 없이 바쁠 테지만, 지척에 새힘이 있기에 그마저도 행복했다.

몇 시간을 내리 꼼짝 않고 책상 앞에만 앉아 있던 메이는 어깨가 뻐근히 아파오자 그제야 쭈욱 기지개를 켜며 책에서 눈을 떼었다. 양쪽 어깨를 투닥거린 그는 보던 서적을 옆으로 치워 두고 가만히 책장으로 손을 뻗었다. 메이는 책장에 가지런히 꽂힌 핑크색 하트케이스를 한 권 뽑아 들었다.

새힘에게서 가져온 일기장. 연한 캐릭터가 그려진 빈 일기장에 자신이 모르는 새힘의 일상들이 소소히 채워져 있다. 새힘의 일기는 그에게 있어 생활의 활력소였다. 머리가 묵직할 때 읽으면 금세 기분이 좋아지고 심신이 맑아졌다.

책갈피로 갈무리해 둔 곳을 펼치는 메이의 입에 슬며시 미소가 걸렸다.

아침에 빵을 먹고 점심에 돈가스 먹고 저녁에 비빔밥을 먹었다.
간만에 양갱이를 만나 미스터 마왕의 에로스를 보러 갔었는데, 정말, 더럽게 재미없었다.
팝콘이랑 콜라만 실컷 먹은 기억밖에 안 난다.
다시는 이 모 감독의 영화를 보러 가면 사람이 아니라고 양갱이와 실컷 씹었다.
오늘은 마사지를 하는 날이라 깨끗이 씻고 팩을 붙였다. 끝.

예쁜 글씨와는 달리 여자다운 감수성이라곤 손톱만큼도 느껴지지 않는 새힘의 일기에 메이는 계속해서 피식피식 웃음이 났다. 특별한 사건이 있는 것도 아니고, 일기의 대부분이 이런 식인데 전혀 싫증이 나지 않았다.

그래도 꾸준히 일기를 썼으니 작문 실력이 좀 나아졌으려나 기대를 했었는데, 편지를 베껴 쓰던 그때와 달라진 것이 없어 보였다. 아마 요새 초등학생도 이보다는 더 훌륭한 미사여구를 구사할 것이다. 여리고 예쁜 외모와 전혀 매치가 되지 않는 새힘만의 일기에 나오는 건 웃음뿐이었다. 하지만 이런 솜씨로 매일 하루의 일과를 적었을 새힘이 기특해 메이는 진한 감동을 느꼈다.

이따가 새힘이 퇴근을 하면 근사한 곳으로 가 배부르게 먹인 다음 풀코스로 봉사해 주리라 마음먹으며 빳빳한 종이를 넘기던 메이는 다음 장을 보고 슬쩍 고개를 기울였다. 다음 페이지에는 새힘의 일상이 적힌 일기가 아닌, 다른 것이 적혀 있었기 때문이다.

"메이가 오면 해 봐야 할……."

상단에 적힌 제목을 입 밖으로 소리 내어 읽던 메이는 눈썹을 세웠다.

메이가 오면 해 봐야 할 것들.

조금 진한 글씨로 쓰인 제목을 가만히 응시한 메이는 슥 머리칼을 쓸어 올렸다. 짧은 문장에 모든 것이 함축되어 있는 것 같아 어쩐지 안쓰러움이 밀려들어왔다. 오랜 시간을 떨어져서 지내느라, 여느 연인들이 수도 없이 했을 평범한 데이트조차 새힘에게는 꿈이자 동경이었을 것이다. 그런 가련함이 이 한 문구에 절절히 느껴져 메이는 마음이 짠했다.

"얼마나 해보고 싶었으면 이렇게 리스트를 작성해 뒀을까."

새힘의 희망 리스트는 어림잡아 훑어도 여러 페이지를 차지하고 있었다. 아마 입으로 직접 말하기는 민망하고 말하지 않으면 류메이가 알아 챌 리 없으니 일기 속에다 적어 두자, 하는 속셈인 모양이었다.

이런 걸 원하니 이렇게 해 달라는 뭐, 그런 뜻일 테지. 귀여운 것.

메이는 입가를 올려 미소를 띤 채 장장 몇 페이지를 차지하고 있는 새힘의 희망사항을 눈으로 담았다.

1. 커플 티, 커플 반지 하기.(커플티를 입고 시내 돌아다니기.)

제일 처음 적힌 목록에 메이는 가만히 고개를 끄덕였다. 그래. 연인이라면 이런 것 정도는 기본으로 해 줘야겠지.

"좋다. 오늘 일정에 옷, 반지 맞추는 거 추가."

커플티라니, 조금 손발이 오그라들었지만, 새힘이 좋아할 걸 생각하니까 나름 기대도 되었다.

2. 함께 술 마시고 속 깊은 이야기 나누어 보기.

메이는 으음, 낮게 한숨을 내쉬었다. 알코올은 종류를 불문하고 아예 입에 대지 않았는데, 술이라니. 하지만, 새힘이 하고 싶다니 해 줄 참이었다.

문득 자신이 없는 동안 새힘이 술을 마시게 됐는지, 주량은 얼마인지 궁금해져 이것도 긍정적으로 받아들였다. 알코올의 기운으로 발그라니 상기된 얼굴로 예쁘게 웃는 새힘을 보는 것도 나쁘지 않을 것 같았다. 물론 다른 놈 앞에서는 절대 불가의 행동이지만 말이다. 메이는 계속해서 항목들을 읽어 내렸다.

3. 맛있는 도시락을 싸서 산이나 바다 혹은 놀이공원에 놀러가기.

4. 밤새도록 통화하기.

5. 서로의 손톱, 발톱을 깎아 주고 귀지 파 주기.

6. 커플 휴대폰 고리 걸고 다니기.

7. 서로의 퇴근 시간에 맞춰 버스 정류장 또는 지하철역에서 올 때까지 기다려 보기.

점입가경이다. 읽어내려 갈수록 손발이 오그라드는 게 절로 으흠, 으흠 헛기침이 나올 정도다. 다른 커플이 이런 걸 한다고 생각하면 낯간지러워 눈살이 찌푸려질 텐데, 자신이 새힘과 이런 경험을 해 볼 거라 상상해 보는 건 또 나름대로 괜찮다. 남이 하면 불륜이고 내가 하면 로맨스라더니 딱 그 짝이다.

8. 이름 대신 하루 종일 여보라고 부르며 놀기.

흠칫. 메이는 뒷머리가 주뼛 서고 팔뚝에 소름이 오소소 돋는 걸 느꼈다. 여보라니. 이건 좀 심했다. 아무래도 이건 패스를 해야 할 듯싶었다. 아무리 새힘을 위해서라면 뭐든지 다 할 수 있다 해도 이건 너무했다. 차라리 예쁜이라고 불러 달라면 그렇게는 불러 줄 수 있다. 한데, 얼마나 8번을 해보고 싶었으면 이 항복에는 붉은색 형광펜으로 밑줄까지 그어 놓았다. 정말로 해보고 싶은 모양이다.

송새힘, 그사이 상당히 닭살스러워졌구나.

커다랗고 까만 눈망울을 반짝이며 좋아할 새힘을 떠올리자, 완전히 패스하지는 못 하겠어서 메이는 일단 보류를 해두었다. 그리고 9번을 보는데, 9번 역시 중요 항목인지 형광색으로 밑줄이 그어져 있다. 이건 또 어떤 닭살을 유발할지 설핏 미간을 모으던 메이는 9번을 보는 순간, 그대로 딱 굳어지고 말았다.

"……카……섹스 해보기?"

입 밖으로 딱딱 끊어지게 소리를 낸 메이는 저도 모르게 훅, 숨을 들이켰다. 폐부를 적신 찬 공기가 금세 뜨거운 열기로 변해 그의 입술 사이로 내뱉어졌다.

카섹스라는 단어가 가져다주는 파급 효과는 엄청 났다. 까맣게 코팅된 미끈한 스포츠카와 어둠에 휩싸인 적막한 고속도로. 그리고 그 안에서 격렬한 사랑을 나누는 새힘과 그 자신. 열락의 공기로 가득 찬 좁은 공간에서 즐기는 짜릿함. 생각만으로도 온몸이 팽팽히 일어서는 것 같아 메이는 생각의 잔여를 털어냈다.

메이는 깊은 한숨을 내뱉었다. 새힘이 이런 도발적인 생각을 하고 있을 줄은 꿈에도 몰랐다. 이 정도로 아슬아슬하고 개방적인 욕망을 가지고 있을 줄 역시 상상조차 못했었다. 카섹스라니.

최대한 빨리 운전면허증을 취득하고 널찍한 차를 한 대 뽑아야겠다.

사실 전문의가 되기 전까지는 가급석이넌 차를 구매하지
않을 작정이었다. 나이 먹어서 부모님께 손 벌리는 것도 탐탁
지 않았고, 친어머니인 메어리가 남겨 준 유산을 흥청망청 쓰
기도 싫었다.

하지만, 새힘의 생각을 읽고 난 이상 그런 고집은 부리지
않는 편이 좋을 것 같았다. 그 전에 운전면허증 취득부터 해
야겠지만.

조금만 기다려라, 송새힘. 운전면허증 따위, 단번에 따주
마.

나직하게 중얼거린 메이는 급자스레 놀라 뻐근해진 뒷목을
주무르며 계속해서 새힘의 희망사항을 읽어 나갔다.

물먹은 솜처럼 무거운 몸을 이끌고 버스에서 내린 새힘은
피곤함에 전 얼굴로 늘어지게 하품을 했다. 몸이 두 개였으면
싶을 정도로 빡빡한 일정에도 활기차게 업무에 임하는 그녀
였지만, 늘 퇴근 시간만 되면 온몸의 에너지가 다 빠져나간
것처럼 축 늘어지기 일쑤였다. 그러다 보면 버스 안에서 꾸벅
꾸벅 졸다가 잔뜩 헝클어진 머리로 한 정거장 정도는 지나치
기 십상이었다.

다행히도 오늘은 내릴 곳을 지나치지는 않았지만, 역시나
꾸벅꾸벅 졸 정도로 피곤에 전 얼굴은 그다지 상태가 좋지 않
았다. 얼른, 주인을 섬기느라 혹사한 발을 답답한 신발에서

해방시키고 족욕기에 담가 주고 싶었다. 거기다 시원한 캔 맥주 한 잔을 들이켜면 천국이 따로 없을 것 같았다.

메이가 보고 싶기는 했지만, 그가 국시를 통과할 때까지는 만남을 조금 자제할 필요가 있었으므로 터질 것 같은 마음을 꾸욱 눌렀다.

"이제 퇴근해?"

좀비 모드가 되어 그저 발이란 놈이 움직이는 대로 걷던 새힘은 뒤에서 들려오는 익숙한 저음에 걸음을 멈추고 뒤를 돌아보았다. 그녀의 눈이 절로 번쩍 뜨이고 심장은 쿵쿵 기분 좋게 울려댄다.

"메이야."

몇 발짝 뒤쪽에서 심하게 자체발광을 하며 다가오고 있는 메이가 보였다. 우월한 기럭지에 압도적으로 훤칠한 외모까지. 어디 한 군데 흠 잡을 곳이 없다. 기다란 다리로 성큼성큼 다가오는 모습이 프레타포르테에서나 봄직 할 정도로 럭셔리하고 멋지다.

어디 외출이라도 하고 오는 길인지 산뜻한 모습에 새힘은 다급히 머리칼을 매만지고 졸다가 혹시 흘렸을 침 자국을 닦기 위해 얼굴을 문질렀다.

"외출하고 오는 길이야?"

평범한 질문일 뿐인데 메이는 살짝 멋쩍은 얼굴로 고개를 끄덕이고는 입을 열었다.

"……운전면허 학원에 등록하고 오는 길이야."

아주 심오한 일이라도 하는 것처럼 그가 나직이 말했다.

"아아. 근데, 당장 면허는 왜? 차도 없잖아."

메이의 얼굴이 더욱 멋쩍은 듯 상기되었다.

"살 거야. 면허 따면 바로."

"면허 따면 바로? 당장 차가 왜 필요해서?"

"……필요해."

갑자기 차 타령을 하는 메이가 조금 의아했지만, 워낙 남자들이 차에 대한 욕심이 많다고들 하니 이해 못할 것도 아니었다. 게다가 저렇게 확고한 얼굴로 필요하다는 걸 보니 정말 필요한 모양이었다.

"나, 1빠로 시승식 시켜 줄 거지?"

"당연하지."

"와, 그럼, 오프 날 외곽지로 바람도 쐬러 갈 수 있겠다. 차 안에서 까만 하늘에 뜬 별을 보는 것도 진짜 낭만적이겠다, 그치? 차에서 하는 데이트 진짜 해보고 싶었는데."

대한민국의 여자치고 자동차 데이트를 싫어할 사람은 없겠지만, 새힘은 그 비스무리한 것도 해본 적이 없으니, 나름 환상을 가지고 있었다. 생각만으로도 조금 들뜬 그녀와는 달리 메이의 얼굴은 불편해 보일 정도로 굳어졌다.

"어? 메이 너, 어디 아파? 얼굴이 좀 붉어졌어. 귀도 빨개진 것 같고."

새힘이 그의 이마에 손을 대려 하자, 메이는 손이 닿기 전 팔목을 낚아채고는 헛기침을 했다.

"아픈 거 아냐."

그러고는 팔목에 머물던 손을 내려 새힘의 작은 손을 움켜쥐었다.

"마침 너한테 전화하려던 참이었는데 잘 됐다. 가자."

그가 집으로 가려던 방향을 바꿔 앞장서서 걷는 바람에 새힘은 엉겁결에 발을 움직였다.

"어디 가려고?"

"저녁 먹고 쇼핑하고. 할 거 많으니 서두르자."

에? 저녁? 쇼핑? 이렇게 개떡 같은 꼬라지로? 저녁 먹고 쇼핑을 하는 거면 명백한 데이트인데, 이 꼴로 어떻게 간단 말인가?

"잠깐만 메이야. 나, 지금 엉망진창인데 이 꼴로 가면 네가 안 창피하겠니?"

"괜찮아. 예쁜데 뭘."

메이가 우뚝 멈추며 설핏 미간을 모은 채 새힘을 돌아보았다.

"왜, 가기 싫어?"

"응? 아냐. 아냐, 그런 거. 그치만 지금 내 몰골이 정말 엉망진창이라⋯⋯봐봐, 셔츠도 출근할 때 입고 가서 라커에 처박아 뒀던 거라 꾸깃꾸깃하고⋯⋯."

"예쁘다니까 그런다. 그리고 어차피 벗을 거니까 상관없어."

뭐, 뭐? 어차피 벗을 거라니?

그녀가 어색한 표정으로 눈을 동그랗게 떴지만 메이는 다시 성큼성큼 앞장섰다.

고급스러우면서도 무겁지 않은, 젊은 층이 선호할 법한 깔끔한 씨푸드점에 마주 앉은 새힘과 메이는 색상만 다른 같은 디자인의 셔츠를 입고 있었다. 소위 말하는 커플티였다.

메인 요리인 랍스터를 먹으며 메이는 시종일관 눈을 접시에다 박고 있었다. 흘끔흘끔 곁눈질해 오는 새힘의 시선이 느껴져 온몸이 따끔따끔거릴 지경이었지만, 모른 척 빨간 랍스터에만 고정시켰다.

새힘과 커플티를 나눠 입는 건 생각보다 손발이 오그라드는 일이었다. 워낙 그의 성격 자체가 아기자기한 편이 아니기도 했지만, 태어나서 처음으로 입어 보는 커플티가 어색해서 죽을 지경이었다.

그나마, 커플링을 맞추는 건 서로에게 소속감이 들게 하는 일종의 책임감 같은 게 느껴져 그건 썩 마음에 들었다. 비록 반지를 손에 끼기까지 며칠은 더 기다려야 하지만, 새힘은 반지를 맞췄다는 자체가 감동스러운지 계속 싱글벙글이다. 괜스레 그 시선에 쑥스러운 기분이 들어 그는 애써 눈을 마주치지 않고 있는 중이었다.

"그런데, 어떻게 커플티와 커플링 맞출 생각을 다 했어? 너, 예전부터 이렇게 낯간지러운 건 싫어하는 편이었잖아."

"그거야 네가……."

네가 일기장에 이렇게 해달라고 써 놨잖아. 무심결에 튀어나오려는 말을 삼킨 메이는 재빨리 말을 덧붙였다.

"네가 좋아할 거 같아서."

"응! 무지무지, 정말 좋아! 난 평생 커플티 같은 건 입어 보지 못할 줄 알았거든. 그런데 이렇게 깜짝 놀래 주다니, 진짜, 감동 받았어."

새힘이 눈을 반짝반짝 빛내며 아이처럼 좋아하는 걸 보니, 역시 손발이 오그라들어도 이러길 잘한 것 같아 메이 역시 기분이 좋아져 슬며시 입가에 미소를 드리웠다.

"나, 정말 메이 너한테 잘할 거야. 앞으로 잘 부탁해."

뒤를 이어 나온 새힘의 말에 메이는 하마터면 한 모금 들이켜던 물을 고스란히 뿜을 뻔했다. '나, 정말 너한테 잘 할 테니, 앞으로 일기장에 적힌 거 잘 실천해.' 하는 말로 들렸기 때문이다. 가까스로 꿀꺽 물을 삼키고서 메이는 어색하게 웃었다.

"어, 그래."

메이는 난감해 하는 걸 들키지 않도록 필사적으로 얼굴에서 표정을 지웠다. 새힘이 이렇게 좋아하는 거라면 뭐든 다 할 수 있었다. 그런데, 한 가지! 단 한 가지만은 죽어도 못할 것 같았다.

이름 대신 하루 종일 여보라고 부르며 놀기.

도대체, 이 미션을 어떻게 해야 한단 말인가. 커플티를 입고 있는 것도 온몸이 뜨끈거려 죽을 것 같은데, 하루 종일 여보라고 불러야 한다니, 생각만으로도 눈앞이 캄캄해져 왔다.

그래. 50보 양보해서 한 번 정도는 불러 줄 수도 있을 것 같았다. 하루 종일은 때려 죽여도 무리일 것 같고 딱 한 번 정도는 불러 줄 수 있었다.

여보, 그까짓 것 한 번은.

일단은 타이밍이 중요했다. 까딱 잘못하다간 하루 종일 불러야 하는 사태가 벌어질 수 있으니 한 번만으로도 만족할 만한 타이밍을 찾아야 했다.

"메이야, 왜 그렇게 못 먹어?"

생각을 하느라 랍스터를 먹다가 중지한 메이에게 새힘이 고개를 갸웃거리며 물었지만, 그는 계속 고민에 빠졌다.

새힘의 기분이 최고조에 이르렀을 때 해주는 게 좋겠지. 지금처럼 커플티와 커플링으로 감동을 하고 있을 때 은근히 불러 주면 한 번만으로도 충분히 좋아할 것 같았다.

그런데, 문제는 그놈의 여보 소리가 죽어도 나오지 않는다는 거다.

쌍. 여보라는 말을 어떻게 해. 여보, 여보, 여보, 여보. 여보.

입 안에서 뱅글뱅글 도는 말을 미친 듯이 되뇌는데 조금 높아진 새힘의 목소리가 그의 귀를 강타했다.

"저기, 메이야."

"응. 여보."

달그락.

새힘이 들고 있던 포크를 접시에 떨어뜨리는 소리에 메이는 번쩍 정신이 들어 시선을 들었다. 동그란 눈을 한껏 크게 뜨고 있는 새힘과 눈이 마주치자 뒷머리칼이 주뼛 서는 동시에 등 뒤로 식은땀이 흐른다.

"어, 어? 바, 방금……."

적잖이 당황한 듯 시뻘겋게 달아오른 얼굴로 새힘이 입을 열었지만 말끝은 맺지 못한 채 속눈썹만 깜박였다.

"……."

메이는 입도 벙긋하지 못하고 그냥 돌처럼 굳어 버렸다. 머릿속이 새하얘져서 아무런 생각도 나지 않았다.

제가 내뱉은 소리에 적지 않게 충격을 입은 자신 못지않게 경악스러운 표정의 새힘을 보니 메이는 더더욱 굳을 수밖에 없었다. 아니, 좋아할 줄 알았던 새힘이 자신보다 더 뜨악해하니, 온몸에 소름이 돋을 지경이었다. 이럴 거면서 왜 그딴 걸 적어 놨느냔 말이다.

두 사람의 테이블에는 공기마저 얼려 버릴 듯 싸늘한 냉기와 함께 침묵만이 맴돌았다.

젠장. 그냥 패스할 걸.

후회가 폭풍처럼 밀려왔지만, 이미 쏘아진 화살이요, 쏟아진 물이었다. 이 난관을 어떻게 타개해야 하나 미칠 듯한 고민에 빠져 있을 때였다. 새힘의 작은 목소리가 스멀스멀 흘러나왔다.

"저, 저기, 나 이거 살 좀 발라 줘. ……여보야."

달그락.

이번에는 메이의 손에 들렸던 포크가 접시로 떨어졌다. 서로의 얼굴을 바라보며 누구 할 것 없이 흠칫 어깨를 굳힌다. 새힘이 삶은 문어처럼 시뻘게진 얼굴로 다급히 말을 이었다.

"우, 우, 우리 샘샘이 하자, 메이야. 우리, 아무 말 안 한 거야. 오케이?"

"어, 어. 그래."

저도 모르게 서둘러 대꾸하고 나자, 다시 테이블에는 침묵이 찾아왔다. 그리고…….

"풉!"

민망해서 어찔 줄 모르던 새힘이 웃음을 터트렸다. 여전히 발갛게 달아오른 얼굴로 어깨를 가늘게 떨며 웃 대기 시작했다. 메이를 흘끔 보더니, 더 크게 웃어젖힌다. 다른 테이블의 사람들이 무슨 일이야, 하며 기웃거릴 정도다.

결국, 메이의 입도 옆으로 벌어지며 웃음이 흘러나왔다.

*

〔야, 파워. 너 남친 돌아왔다고 하나밖에 없는 친구한테 너무 무심한 거 아냐? 너 자꾸 그러면 나, 우울증으로 돌아가신 다이.〕

간만에 걸려온 영경의 전화다. 휴게실에서 커피를 한 잔 마시며 안 그래도 영경에게 전화를 한 번 해보려던 참인데 마침

걸려온 것이다.

"미안, 미안. 안 그래도 막 전화하려던 참이었어."

〔어머, 그럼 우리 텔레파시가 통한 거네? 이럴 줄 알았냐?
지랄을 하세요.〕

"아냐, 양갱아. 진짜, 레알 전화하려고 했었어. 방금 점심
먹고 휴게실로 왔거든. 점심 식사 했니?"

〔어. 애기들 밥 먹이고 나도 방금 막 먹었다. 넌 메이랑 재
미 나냐?〕

부러움이 잔뜩 묻어 있는 영경의 질문에 새힘은 입을 스리
슬쩍 찢었다.

"응. 무지무지. 얼마 전에 메이가 운전면허를 땄거든. 요새
공부하랴 운전 연습하랴 바쁘긴 하지만 매일 잠깐씩이라도
얼굴은 보고 있어서 좋아."

〔가스나. 메이 없을 때는 하루가 멀다 하고 이 언니한테 전
화질이더니, 이젠 내가 먼저 전화 안 하면 소식조차 몰라요.
쯧쯧. 송새힘, 인생 그렇게 사는 거 아니다.〕

"미안, 미안. 정말 미안하다고요. 그러니까, 너도 이제 꿀물
좀 만들어. 내가 부러워 죽겠어 하게 닭털 좀 날려 보라고."

〔어우 씨, 너 지금 나 약 올려? 매일 애새끼들 똥기저귀나
갈고 있는데 무슨 수로 바지씨들을 만나냐고요!〕

영경이 버럭 소리를 질렀지만, 새힘도 지지 않고 맞섰다.

"양갱, 그래서 내가 소개팅 시켜 준다고 했잖니? 그걸 마다
한 건 너야."

〔뭐, 너네 호텔 식음부 소속 캡틴이라는 사람? 야, 그 사람은 나이가 너무 많잖아. 중년 아저씨를 나한테 갖다 붙이면 어쩌란 말이야?〕

"서른한 살이 뭐가 그렇게 많다고 그래? 그리고 정 캡틴님 얼굴이 완전 동안이라 우리랑 또래로 보인단 말이야. 매너 좋고 사람 좋고 잘생겼고 너 좋아하는 롱다리고. 오히려 네 쪽이 더 딸리거든?"

〔야, 넌 류메이 같은 놈이랑 연애하면서 난 왜 서른한 살짜리 아저씨야? 양심이 좀 있어 봐라. 암튼 난 나보다 두 살만 많아도 영감 냄새 나서 싫으니까 됐네요.〕

"평생 연애 못 하고 애들 똥기저귀나 갈아야겠네, 뭘."

〔외로운 친구에게 그게 할 소리야? 망할 년.〕

새힘이 키득키득거리며 웃자 영경이 '웃지 마!' 하고 무섭게 외쳤다.

〔근데, 이은성은 어때? 너 막 괴롭히고 그러지 않아?〕

새힘은 웃음을 뚝 멈추고는 가만히 이마를 긁적였다.

"너도 그럴 것 같았지?"

〔당연하지. 이은성이 어떤 놈인데. 왜? 안 괴롭혀? 안 집적대?〕

"전혀. 나도 처음 그놈 마주쳤을 때 조만간 뭔 일이 일어나겠구나 했거든? 근데, 정말 안 믿기게도 조용해. 오며 가며 마주쳐도 그냥 지나간달까? 옛날이랑 너무 달라져서 어리둥절할 정도야. 거기다 부서 자체도 달라서 얼굴 보기가 힘들어."

173

〔하긴. 지도 나이가 있지, 어떻게 옛날처럼 양아치같이 굴겠니? 그것도 다 피 끓는 고딩 때나 하는 거 아니겠어? 그놈도 지금 생각하면 껄렁거리고 다닌 고딩 때가 상당히 쪽팔릴거다. 이제는 나이 먹어서 그렇게 하라고 해도 못 할 거야.〕

"그렇겠지?"

〔고럼, 고럼. 근데, 메이는 알아? 이은성이 너랑 같은 직장 다니는 거.〕

"아니. 말 안 했어."

새힘은 조금 착잡하게 대답했다. 메이가 병적으로 은성을 싫어하는 걸 누구보다 잘 알고 있는데 어떻게 그 사실을 말해 주겠는가. 이은성의 '이응'만 들먹여도 불쾌해 할 테고, 같은 호텔에 근무하고 있다는 것까지 알면 아마, 당장 그녀에게 직장을 옮기라고 팔팔 뛸 게 뻔했다.

〔어쩌려고 말을 안 했어? 나중에 메이가 알고 난리치면 어떡하려고?〕

"묻지도 않는데, 내가 먼저 같은 직장에 이은성이 있다고 말하니?"

〔흐음. 그것도 그러네.〕

"일단은 두고 볼까 싶어. 지금은 딱히 이은성이랑 부딪치지 않으니, 굳이 긁어 부스럼 만들고 싶지는 않아. 미주알고주알 직장 일에 대해서 이러쿵저러쿵 하고 싶지도 않고."

대충 속마음을 내비친 새힘은 은성에 관한 대화는 별로 하고 싶지 않아 이내 화제를 바꾸었다.

"양갱, 근데 메이가 좀 이상해진 것 같아."

〔뭐가? 재미나 죽겠다면서.〕

"그게, 얼마 전에 나한테 여보라고 하더라?"

푸우!

무언가를 내뿜는 듯한 소리가 수화기를 타고 귀에 들려왔다.

"양갱, 물 뿜었니?"

〔으, 주스 뿜었다. 잠깐만, 좀 닦고.〕

빛의 속도로 주스를 닦은 듯 영경이 후다닥 말을 이어왔다.

〔류메이가 너한테 여보라고 했다고?〕

"어이. 그렇다니까. 너도 놀랐지? 상상이 안 되지?"

〔헐. 완전 헐이다. 걔가 그 무뚝뚝한 얼굴로 여보라고 했다니. 해외 토픽감인데?〕

"그치, 그치? 갑자기 왜 그랬을까? 저도 해놓고서 민망한지 고개를 못 드는 거 있지?"

〔웬일이니, 웬일이니. 야, 걔 혹시 너랑 결혼하고 싶은 거 아냐?〕

생각지도 못한 영경의 추론에 새힘은 가슴이 찌릿해져왔다.

"결, 결혼?"

〔그래. 결혼을 하고 싶으니까, 저도 모르게 여보라고 부른 거 아냐? 아니면, 무뚝뚝함의 극치를 달리는 애가 듣기만 해도 낯간지러운 여보를 읊었겠니?〕

영경의 설명을 들으니 그런 것도 같았다. 거기다 메이의 주도 하에 커플링과 커플티까지 맞추지 않았는가. 더더욱 영경이 말한 쪽으로 무게가 실린다.

"그치만, 전문의 되기 전까지 결혼은 하지 않을 계획이던데?"

〔야야. 그거야 말 그대로 계획이지. 결혼이 뭐 별거야? 같이 살 맞대고 살고 싶으면 하는 거지.〕

"간단해서 좋다, 양갱."

〔복잡한 세상에 간단한 것도 있어야 하는 법이지. 그런 의미에서 넌 좀 너무하다는 생각 안 드냐? 애인 하나 없는 친구 앞에서 자꾸 연애사만 읊을래?〕

"쏘리, 쏘리. 그래도 네가 내 베스트 프렌드인데 누구한테 이런 말을 하니?"

〔말로만 베프라고 떠들지 말고 술을 사든 밥을 사든 해. 서른 살 넘긴 아저씨 말고 근사한 녀석으로 소개를 해주던가. 알겠……악! 승규 너 이놈! 선생님이 민아 괴롭히면 안 된다고 했지? 임 선생님! 승규 좀 봐요!〕

또 꼬맹이들이 말썽을 부리나 보다. 영경과 통화를 하다 보면 이런 경우가 허다했다.

"양갱, 애들 틈바구니에서 네가 고생이 많구나."

〔더위가 많이 가셔서 그나마 좀 나아. 그리고 고생으로 치면 네가 더 하지. 난 그래도 애들이 통제나 되지. 넌 VIP들 비위 맞추려면 아주 죽어나잖아. 내 쪽이 좀 더 낫다고 봐. 임

선생님, 잠깐 승규 좀 보라니까요? 야야, 파워야. 끊어야겠다. 애들 또 싸운다. 아냐, 얘는 도대체 어닐 산 서야? 나, 끊이!〕

새힘이 채 대구를 하기도 전에 영경은 전화를 끊어 버렸다. 픽 웃으며 새힘은 자판기에서 커피를 뽑았다. 자신이 좋아하는 일은 아무리 힘들어도 다른 직업보다는 좀 낮게 느껴지는 모양이다. 영경이 VIP들의 비위를 맞추는 건 죽어도 못할 것 같다는 거나, 자신이 아이들 똥기저귀를 못 갈 것 같은 건 같은 맥락이니까.

뜨거운 커피를 홀짝이는 사이 점심시간이 얼마 남지 않았다. 기지개를 쭉 켠 그녀는 양치질을 하기 위해 세면도구를 들고 화장실로 향했다.

으음. 정말, 메이가 결혼이란 걸 하고 싶어서 그런 건가?

새힘은 가만히 메이와의 결혼생활을 떠올려 보았다. 같은 침대에서 잠이 들어서, 아침에는 함께 눈을 뜨고……. 그녀의 얼굴이 급격히 붉어진다.

화장실에서 개운하게 양치를 한 새힘은 한 손에는 세면도구를 든 채 직원 전용 엘리베이터 앞에서 작게 노래를 흥얼흥얼거렸다. 직원 전용 엘리베이터는 한정되어 있어 한 번 놓치면 수 분 이상을 기다려야 하므로 그녀는 전광판을 응시한 채 까딱까딱, 발로 흥얼거리는 노래의 박자를 맞추었다.

앞으로도 매일이 요즘만 같다면 세상 살맛 날 것 같았다. VIP들을 영접하기 위해 동분서주하는 건 여전했으나, 이미 이력이 났기에 크게 힘들 것도 없었다. 무엇보다 근무를 마치고 짧게나마 메이와 얼굴을 마주할 수 있어 좋았다. 절로 콧노래가 나온다.

발을 까딱거리며 엘리베이터가 오기를 기다리기 수 초, 새힘은 은은한 머스크향이 공기 중에 감지되자 무의식적으로 향이 난 쪽으로 고개를 돌렸다. 시선을 돌린 곳을 확인한 새힘은 흥얼거리던 노래와 발의 까딱임을 멈추었다. 언제부터인지 그녀의 몇 발 뒤에 은성이 서 있었기 때문이다.

새힘은 거의 반사적으로 한 발짝 더 엘리베이터 앞으로 걸음을 옮기고선 자세를 꼿꼿이 세웠다. 은성이 아무리 예전과는 달라진 모습을 보인다 하더라도 새힘은 쉽사리 경계심을 풀 수가 없었다. 이상하게도 저 무표정의 마스크 속에 악마 같은 본 얼굴을 숨기고 있을 것 같았기 때문이다. 잠시라도 방심하면 물어뜯길 것 같은 그런 기분이랄까.

엘리베이터가 도착하고 직원들이 내린 다음 새힘은 승강기에 올라 정면을 주시했다. 은성을 포함한 엘리베이터를 기다리던 몇몇 사람들이 뒤이어 탄다. 막 엘리베이터 문이 닫히려는데 "잠깐만요!" 하는 외침과 함께 비품을 잔뜩 실은 트레이를 끌고 하우스맨이 허겁지겁 다가왔다. 앞쪽의 누군가 버튼을 눌러 주자, 그는 연방 감사하다는 인사를 하며 트레이와 함께 엘리베이터에 올랐다. 덕분에 좁은 엘리베이터가 더 좁아지고 사람들은 점차로 뒤로 모였다.

엘리베이터가 위로 향하기 시작하자, 새힘은 바로 지척에 있는 은성과 닿지 않기 위해 최대한 그와 거리를 두려 애썼다. 하지만, 새힘처럼 업무에 복귀하거나 혹은 근무 교대로 인해 한창 바쁜 사람들이 몰리는 바람에 본의 아니게 새힘은 은성과 붙어갈 수밖에 없었다.

초조한 기색을 감추며 빨리 목적지에 도착하기만을 기다리고 있을 때였다. 중간에 멈춘 엘리베이터에 막 오르던 한 여직원이 발을 헛디뎌 그만 앞으로 고꾸라지는 일이 발생하고 말았다.

외마디 비명과 함께 여직원이 비품 트레이를 붙잡으며 균형을 잡는 바람에 엘리베이터에는 한바탕 소란이 일어났다. 여자에 의해 트레이가 옆으로 무너짐과 동시에 거기에 실렸던 침대 스커트며, 소프트 패드 등등 비품이 와르르 쏟아져 버린 것이다. 그것을 피하느라 사람들이 본능적으로 몸을 움직여 피하자 제일 뒤에 있던 새힘은 자칫 사람들에 짓눌리는 상황까지 이르게 생겼다.

저도 모르게 어어, 소리를 내며 몸을 움츠리던 새힘은 갑자기 눈앞에 드리워진 에르메스 넥타이에 눈을 동그랗게 떴다. 믿을 수 없게도 은성이 그녀를 보호하듯 가로막고 서서 사람들로부터 버팀목이 되어 준 것이다.

잠시 믿을 수가 없어 속눈썹만 깜빡거리던 새힘은 조금 전 맡아 보았던 은은한 머스크향이 후각을 자극하자 그제야 은성과 너무 붙어 있음을 자각했다. 움찔 몸을 굳히며 순간적으로 저도 모르게 그를 밀어내려 손을 올렸지만, 새힘은 이내 팔에서 힘을 뺐다. 사람들이 많은 곳에서 너무 오버하는 것 같았기 때문이다. 무슨 의도로 이렇게 친절을 베푸는 것인지는 몰라도 어쨌든 곤란한 상황은 모면한 셈이었다.

도무지 무슨 생각을 하고 있는지 전혀 읽을 수 없는 은성의 까만 눈이 그녀를 향했다. 그와 시선을 부딪친 그녀는 어쩐지 지고 싶지 않아 똑같이 응시해 주었다. 이놈에게서 시선을 피하는 건 왠지 나, 너한테 겁먹었다, 하는 걸로 비쳐질 것 같아서였다. 넌 이제 내게 위해를 가할 수 있는 상대가 아니야, 하는 걸 보여 주기 위해 새힘은 끝까지 은성과 눈을 마주했다.

사람들이 하나둘 내리기 시작하고 엘리베이터가 한산해지자 그녀를 안을 듯 감싸고 있던 은성이 슥 뒷걸음질 쳤으나, 그의 시선은 집요하게 새힘에게서 떨어지지 않았다. 새힘 역시 끝까지 노려보듯 그를 바라보았다.

눈이 아파서 눈물이 조금씩 차올라 위기의식이 느껴지는 찰나, 다행히도 목적지에 엘리베이터가 도착했다. 새힘은 도도하고 새침하게 휙 시선을 거두고서 엘리베이터에서 내렸다. 이미 그렁그렁 맺힌 눈물 한 방울을 찍어내고 입에는 '새끼, 더럽게 눈싸움 잘하네.' 하는 욕 한가락을 달고서.

은성은 열린 엘리베이터 문이 닫힐 때까지 또각또각 구두굽 소리를 내며 사라져가는 새힘의 뒷모습을 물끄러미 응시했다. 잔머리 하나 튀어나오지 않게 단정히 묶은 헤어스타일 덕에 가늘고 적당히 긴 목덜미가 유난히 하얗게 빛난다.

치아로 잘근거려 상흔을 남기고 싶을 만큼.

생긱민으로도 온몸의 근육들이 꿈틀꿈틀 곤두서고 찌르르한 전류가 흐른다. 은성의 한쪽 입가가 미미하게 말려 올라샀다.

얼굴에서 표정을 지우며 은성은 목적지인 라쉬드가 투숙하고 있는 23층으로 향했다.

21.

끝날 것 같지 않던 찌는 듯한 무더위가 점점 가시고 어느새 대기는 새로운 공기로 가득 차 있었다. 아침저녁으로는 춥다 여겨질 만큼 쌀쌀해졌고 그에 따라 출퇴근하는 사람들의 옷 소매도 길어졌다.

라커룸에서 유니폼을 벗고 막 평상복으로 갈아입은 새힘은 핸드백 속으로 손을 뻗었다. 손에 잡히는 작은 케이스를 꺼내 들고 뚜껑을 열자, 기다렸다는 듯 플래티늄 재질의 반지가 하얗게 빛을 발한다. 영롱한 빛을 황홀한 눈으로 바라보던 새힘은 이내 반지를 꺼내 손가락에 끼웠다.

예전 메이의 주도 하에 엉겁결에 맞추었던 커플링이었다. 호텔 규정 상 액세서리 착용이 금지되어 있어 근무 시간 외에는 늘 이렇게 핸드백 속에 꼭꼭 숨겨 두어야 하는 현실이 가련했지만, 새힘은 이마저도 뿌듯하고 행복했다.

반지가 끼워진 하얀 손을 자랑스럽게 들어 이리저리 살펴보자, 옆에서 옷을 갈아입던 재영이 쯧쯧, 혀를 찼다.

"자기, 은근 푼수인 거 알아?"

여전히 반지에서 눈을 떼지 않으며 새힘이 슬쩍 눈썹을 치켜세웠다.

"뭐가요?"

"남친이랑 커플링 맞춘 거 받았다고 나한테 자랑질 했던 게 벌써 한 달이 넘었거든? 근데, 아직도 그 반지만 보면 방금 막 받은 사람처럼 정신을 못 차리니?"

그랬다. 메이와 맞추어 두었던 커플링을 찾은 게 벌써 꽤나 오래전이고, 그때부터 지금까지 새힘은 반지만 손에 낄라치면 그저 행복해서 입이 헤벌쭉 벌어졌다.

"언니, 그냥 부러우면 부럽다고 해요."

"아냐! 난 부럽지 않아. 부러우면 지는 거라고!"

처절하게 외치는 재영의 눈앞에다 새힘은 반지 낀 손을 흔들어 보이며 사악하게 웃었다. 재영이 연방 구토를 하는 제스처를 해 보이고는 파우치를 꺼내 화장을 고치기 시작했다. 그러다 문득 뭔가 생각난 듯 묘한 표정으로 새힘을 바라보았다.

"새힘 씨, 궁금한 게 있는데 말이야."

"뭔데요?"

"혹시, 새로 부임한 총무 부장님이랑 아는 사이니?"

흠칫, 새힘의 입에 걸렸던 웃음이 급격히 사라졌다. 재영이 이상하게 볼까 봐 새힘은 퍼뜩 표정을 추슬렀다.

"왜요? 갑자기 그건 왜 묻는데요?"

"아니, 언제인지는 모르겠는데, 복도에서 너랑 부장님이랑 마주 보고 서서 얘기하는 거 본 사람이 있다길래. 혹시나 정말 아는 사이인가 해서."

아마도 은성을 처음 호텔에서 마주한 날을 말하는 것 같았다. 분명히 아는 사이는 맞는데 그렇다고 하기는 싫었고, 또 모르는 사이라고 하기에는 그날 꽤나 심각한 분위기를 연출했었다. 지금이야 마주쳐도 모른 척 지나치곤 하지만. 뭐라고 해야 하나.

잠시 고민에 빠졌던 새힘은 이내 아무렇지도 않게 웃어 보였다.

"잘 몰라요. 그냥 새로 온 부장님에게 인사 좀 했는데, 그게 와전됐겠죠."

"아아. 그래? 난 또."

재영이 상당히 실망한 표정을 짓자, 새힘은 눈썹을 세웠다.

"왜요?"

"응? 왜긴? 그렇게 든든한 사람과 친분이 있다고 하면 내가 새힘 씨한테 좀 더 잘 보이려고 그랬지. 내가 비빌 언덕이 있어야 말이지."

그러더니 새힘에게 주었던 시선을 싹 거두고선 화장에 몰두하기 시작했다. 조금 어이가 없어 고개를 절레절레 흔든 새힘은 핸드백을 고쳐 맸다.

"먼저 갈게요."

"새힘 씨, 내일 오프지? 좋겠다. 모레 봐."

재영에게 다시 한 번 반지 낀 손을 흔들어 보인 다음, 새힘은 이내 라커룸을 나섰다.

간간이 퇴근하는 사람들 틈에 끼어 밖으로 나오니 제법 찬바람이 옷깃에 스며들었다. 고개를 슬쩍 들어 본 하늘은 그어느 때보다 푸르른 데다 높아져 있었다.

내일은 도시락을 싸서 메이와 가까운 산으로 소풍 가자고 할까? 아니다. 한창 공부하느라 정신없을 텐데, 좀 자제해야 하나?

메이의 두뇌와 실력을 전폭적으로 믿지만, 만에 하나 국시에서 떨어지기라도 하면, 그게 꼭 제 탓 같을 것 같아 여간 신경 쓰이는 게 아니었다. 솔직히 쉬는 날이든, 아니든 데이트를 명목으로 메이의 시간을 조금씩이나마 뺏었으니 마땅히 양심의 가책이 느껴질 만했다.

그래도 오래 떨어져 있었던 만큼이나 함께하고 싶은 마음역시 당연지사가 아닌가. 제대로 된 연애가 뭔지도 모른 채, 서로의 마음이 겨우 통했다 싶을 때 억지로 헤어졌으니 다시만난 지금은 거의 매일을 봐도 아쉬움이 가득했다. 더 함께 있고 싶어 늘 서운함이 컸다.

하지만, 자신으로 인해 메이에게 불상사가 생기는 사태가 일어나서는 안 되니 지금부터라도 자중해야 했다. 그의 앞날에 방해가 되지 않게 내조를 하리라 마음을 먹었다.

"으음. 그래도 일주일에 한 번 정도는 얼굴을 봐야겠지? 가급적이면 전화 통화도 5분을 넘기지 말고."

나름대로 눈물을 머금은 채 계획을 세우며 버스 정류장으로 발걸음을 옮기는데, 핸드백 속에 넣어 둔 휴대전화가 울려 댔다. 발걸음을 멈칫하며 휴대전화를 꺼내 액정을 확인한 새힘의 입이 스리슬쩍 옆으로 찢어졌다. 메이였다. 벌어진 입술을 추스를 틈도 없이 그녀는 휴대전화를 귀에 대었다.

"응. 메이야."

〔아가씨, 입 찢어진다.〕

바로 옆에서 지켜보는 듯한 메이의 말에 새힘은 눈을 번쩍 떴다.

"어? 너, 어딘데?"

질문을 던진 그녀는 재빨리 주위를 휘휘 훑어보았다. 하지만, 보이는 건 익숙한 건물들과 여기저기 주차되어 있는 차들 그리고 낯선 사람들밖에 없었다. 메이가 장난 쳤음을 깨닫고 새힘은 픽 웃어 버렸다.

"뭐야, 류메이. 난 또."

휴대전화를 반대편 귀로 고쳐들며 버스 정류장으로 발걸음을 옮기는데 다시 메이의 목소리가 흘러나왔다.

〔거기서 딱 열 보만 더 걸어.〕

"응?"

〔거기서 열 보만 더 걸어 보라니까.〕

구체적인 제안에 새힘은 뭔가 묘한 기분이 늘어 더 붙시 잃고 조심스레 열 걸음을 옮겼다. 그러고는 다시 주위를 휘휘 둘러보는데 역시나 아무것도 없었다.

〔거기서 왼쪽 골목으로 들어가서 다시 열 걸음.〕

"뭐야. 지금 첩보 놀이 하니?"

썩 석연치는 않았지만 내심 기대감이 들어 새힘은 시키는 대로 발걸음을 떼어냈다. 왠지 근처에 메이가 있는 느낌이 강하게 밀려왔기에 또 다시 주변을 훑었다.

〔거기서 류메이, 사랑해, 해 봐.〕

"뭐, 뭐?"

〔빨리. 시간 없다.〕

갑작스레 사랑한다는 말과 촉박한 시간이 주어지자, 새힘은 난감함에 연방 속눈썹을 깜빡였다. 지금껏 메이에게 사랑한다는 말만 들었지, 자신이 직접 들려준 적이 없어 퍼뜩 입에서 떨어지지 않는 탓이었다. 메이에게서 듣는 건 자연스럽고 당연한 말인 것 같았는데, 이렇게 직접 입 밖으로 소리를 내자니 여간 민망한 게 아니었다.

문득 지금까지 연인에게서 사랑한다는 말 한마디 못 들어본 메이의 심정이 어땠을까를 떠올리니, 가슴이 시큰 아파왔다. 그동안 참 무심했다 싶으면서도 새삼, 메이가 대단하게 느껴졌다. 저 무뚝뚝한 성격으로 매번 사랑한다는 말을 해주기가 쉽지는 않았을 텐데.

이제는 그녀가 해주어야 할 차례였다. 받은 만큼, 아니, 받은 것보다 더 많이. 조금 쑥스러워져 얼굴이 발갛게 달아올랐지만, 새힘은 음, 음, 작게 기침을 하고서 붉은 입술을 열었다.

"류메이. 사랑해."

그녀의 말을 끝으로 잠시 동안 침묵이 일었다. 그러다, 곧 메이가 다시 말문을 열었다.

〔한 번 더.〕

"류메이, 엄청 많이 사랑해."

길고도 낮은 메이의 한숨이 그녀의 귀를 가만히 감싼다. 그가 기분 좋을 때마다 슬쩍 입꼬리를 올려 웃으며 내는 숨소리임을 알고 있기에 새힘 역시 지그시 미소를 지었다.

"자아. 이제 시키는 대로 했으니까 그만 좀 나와 주면 안 될까요, 류메이 씨? 어디에 숨어 있는지 전혀 안 보여."

그러고는 다시 꼼꼼히 주위를 살피는 찰나, 갑자기 수화기를 타고 쿡쿡쿡, 낮은 웃음소리가 들려왔다. 그 웃음소리에 새힘은 아차 싶어, '악!' 하고 작게 비명을 내질렀다. 언제 달콤한 말을 속삭였나 싶게 입을 삐쭉 내밀었다.

"류메이, 뭐야. 너, 지금 나 놀린 거지?"

〔응. 미안. 장난 좀 쳤다.〕

"뭐야, 진짜! 아우, 얄미워!"

완벽히 속아 넘어간 자신의 이마를 꽁, 쥐어박는 그녀를 지나가는 사람들이 흘끔흘끔거렸지만, 새힘은 몇 대 더 꽁꽁 주먹을 갖다 댔다. 메이가 여전히 낮게 웃음을 흩뿌린 다음 조용히 속삭인다.

〔거기서 다시 처음 시작하던 자리로 원위치 해 봐.〕

"……나, 또 속아 줘야 하는 거니?"

〔응.〕

너무도 당당한 요구에 새힘은 반쯤 어이없는 웃음을 걸었다. 계속 장난을 치고 싶은 건가?

"유치해, 너."

어차피 버스 정류장으로 가려면 쓸데없이 들어온 이 골목을 나가야 했으니 새힘은 고개를 절레절레 흔들며 발걸음을 옮겼다. 메이가 말한 원위치가 아닌 버스 정류장으로 가기 위해 걸음을 재촉하는데 낮은 목소리가 그녀를 저지했다.

〔그쪽 아닐 텐데. 다시 원위치 하라니까.〕

"어머, 나 다시 원위치 하고 있는데?"

버스 정류장 쪽으로 향하며 천연덕스럽게 말한 그녀는 다시 덧붙였다.

"나, 진짜 원위치 했어. 이제 어떡할까?"

〔어떡하긴. 거짓말 한 벌을 받아야지.〕

"거짓말 아닌데? 진짜로 원위치 하고 있는데?"

〔너, 원피스 뒤에 이상한 거 묻었다. 까만 원피스라 잘 보이지는 않는데, 뭐가 묻긴 묻었어.〕

뭐? 정류장으로 향하던 새힘의 발이 거짓말처럼 뚝 멈추었다. 그녀가 입고 있는 게 메이가 말한 것처럼 검은색 원피스였던 것이다. 그녀는 퍼뜩 고개를 돌려 원피스 자락을 살폈다.

어어? 진짜로 뭔지 모를 이물질이 묻어 있다. 아침에 입고 출근할 때는 없었는데, 언제 이런 게 묻었지? 치맛자락을 털어 대충 오물을 털어낸 새힘은 확 몸을 곧추세웠다. 그러곤 아직 끊어지지 않은 휴대전화를 바짝 귀에 대며 주위를 두리번거렸다.

장난이 아니라 정말로 메이는 어디에선가 자신을 보고 있었던 거다.

"너, 정말 어디야? 장난 그만 치고 이실직고하지 그래?"

〔오른쪽에 보이는 커피숍으로 와.〕

새힘의 시선이 곧장 오른쪽의 커피숍으로 향했다. 그러니까, 지금 저기 있단 말이지? 저기서 아바타처럼 날 조종했다는 거지?

"알았어. 꼼짝 말고 기다려."

메이가 대답을 하기도 전에 전화를 끊은 새힘은 날아갈 듯 빠른 걸음으로 커피숍까지 직행했다. 커피숍 앞에 주차되어 있는 몇 대의 차들을 지나쳐 입구로 향하는 순간, 뒤쪽에서 빵빵, 자동차의 클랙슨으로 추정되는 소리가 그녀를 잡아챘다.

발걸음을 멈춘 새힘이 무심결에 고개를 돌리자, 세워져 있던 차들 중 가장 매끈하게 잘빠진 검은색의 스포츠카가 일부러 그러듯 또 경적을 울렸다. 이번에는 한 번만.

미간을 슬쩍 찌푸린 채 전면창을 응시하던 새힘의 미간이 순식간에 확 펴졌다. 운전석에는 나뭄 아닌 메이기 앉아 있었기 때문이다.

놀라고 자시고 할 것도 없이 새힘은 스포츠카로 내달렸다. 운전석의 창문이 스윽 내려가고 메이가 씨익 웃는 얼굴로 모습을 드러냈다. 새힘은 한 마리의 재규어를 연상시키는 까만 차를 훑어보며 질문을 던졌다.

"이 차 뭐니? 설마, 한 대 뽑은 거야?"

"응. 구입한 지는 꽤 됐는데 오늘 나왔더라고."

그러고는 덧붙였다.

"제일 먼저 시승식 시켜 주려고 퇴근 시간 맞춰서 기다리고 있었지. 잠시 있었더니 커피숍에서 어찌나 눈치를 주던지."

"아. 그래서 시간 없다고 했구나."

작게 웃음을 머금은 새힘은 여전히 놀라운 기색을 감출 수가 없었다. 정말 차를 되게 갖고 싶었던 모양이다. 운전면허증을 취득한 직후부터 연식이 제법 된 케이의 똥차로 죽도록 연습을 한 이유가 다 있었다. 구입해 둔 이 녀석을 몰기 위해 그렇게 연습을 한 것이다. 대충 경차로 구입할 줄 알았는데, 차에 대해 문외한인 그녀가 보기에도 이 차는 상당히 비싸 보였다.

"일단 타."

메이가 팔을 뻗어 조수석 문을 열어 주어서야 새힘은 고개를 끄덕이며 쪼르르 조수석으로 향했다. 메이의 옆에 앉고 문을 닫자 특유의 새 차 냄새가 희미하게 후각에 감지됐다. 깔끔하고 너른 차 내부를 살펴본 뒤 새힘은 메이에게로 시선을 주었다.

"이렇게 빨리 차를 살 줄은 몰랐어. 내년쯤 사지 않을까 생각했었거든."

그녀의 말에 메이의 갈색 눈동자가 영롱한 빛을 발하며 짙어졌다. 그는 입가에 묘한 미소를 희미하게 걸었다. 네가 원하는 걸 해 주기 위해서지. 입가에 뱅뱅 맴도는 말을 음흉하게 삼킨 메이는 가만히 새힘에게로 손을 뻗었다.

안전벨트를 착용시키기 위해서 한 행동이었지만, 새힘이 움찔 놀라며 어깨를 굳히는 게 귀여워 메이는 잠시 골려 줄까 하다 이내 벨트를 끌어당겼다. 괜히 골려 주니 어쩌니 하다 되레 그 자신이 감당하지 못하는 상황이 올 수도 있었기 때문이다. 새힘과는 가벼운 스킨십에도 몸이 반응해 버리니 까딱하다간 텐트를 친 상태로 운전을 해야 하는 사태가 벌어질지도 모르니 말이다.

찰칵 소리를 나게 벨트를 매어 준 메이는 몸을 바로 하며 질문을 던졌다.

"가보고 싶은 곳 있으면 말해 봐."

"가보고 싶은 곳? 음, 가보고 싶은 곳이라면……."

새힘이 눈망울을 굴리며 생각을 하는 동안 가능한 먼 곳으로 말해 주길 바라며 메이는 초조하게 대답을 기다렸다. 잠시 동안 고민을 하던 그녀가 손뼉을 짝 쳤다.

"맞다. 한강 둔치 어때? 여기서 크게 멀지도 않고……."

"안 돼."

너무 가까운 장소라 메이는 더 듣지 않고 단칼에 딱 잘랐다. 그러자 새힘이 속눈썹을 깜빡이며 의아한 표정을 지었다. 어두워질 때까지 달리고픈 속마음을 너무 내비친 것 같아 메이는 아차 싶어 그럴 듯한 이유를 덧붙였다.

"사람들 바글거리는 곳 싫어."

남들과는 다른 외모로 주목 받는 걸 싫어했기에, 그가 어릴 적부터 일부러 사람이 많은 곳을 찾아다니거나 하지 않는다는 걸 누구보다 새힘이 더 잘 알고 있었다. 그래서인지 그녀는 별 의심하지 않고 고개를 끄덕였다. 다시금 생각에 잠긴 그녀에게 메이는 슬쩍 밑밥을 던졌다.

"너, 바다 좋아하지 않았어?"

생각에 잠겼던 그녀가 쓰윽 고개를 돌려 그를 바라보았다.

"바, 바다?"

"이미 해수욕장들도 다 폐장돼서 조용할 거야."

덧붙인 설명에 새힘이 눈을 반짝반짝 빛냈다.

"바다, 완전 좋지! 시원한 바람하며 보들보들한 모래밭하며 철썩이는 파도 소리까지, 너무 좋아. 난 사람 바글거리는 해수욕 철보다는 한산하고 조용한 지금 바다가 훨씬 더 좋아."

아이처럼 신나게 들떠 말하던 새힘이 이내 푹 누그러졌다.

"하지만. 너, 공부해야 하잖아. 공부하는 시간까지 뺏으면서 무리하게 가고 싶지는 않아."

뜻밖의 말에 메이는 어이없는 웃음을 내뱉었다.

"네 눈에는 내가 스스로 앞가림도 못 할 만큼 덜떨어진 놈
으로 보이는 모양이다."

"아니, 아니야. 그런 뜻으로 말한 게 아냐."

조금 당황한 얼굴로 새힘이 손을 내젓고는 재빨리 말을 이
었다.

"사실, 조심스러워서 그래. 나라는 존재가 네 앞날에 방해
는 되지 않아야 하는 거잖아. 나도 너랑 가보고 싶고 해보고
싶은 거 무지 많아. 바다, 가고 싶어. 하얀 백사장에서 나 잡
아 봐라도 하고 싶고 함께 모래성도 쌓아 보고 싶어. 근데, 그
런 거 하나씩 욕심내기 시작하면 끝도 없을 것 같아. 난 점점
더 하고 싶은 게 많아질 거고, 그럼, 계속해서 네 시간 뺏을
거고. 조금만 참다가 너한테 여유 생기면 그때 가서 다 해 봐
도 늦지 않을 것 같아서, 그래서 그래."

메이는 비딱하게 고개를 슬쩍 기울이곤 검지와 중지를 이
용해 새힘의 이마를 툭 튕겼다.

"내 앞날에 방해될 정도로 과도하게 너와 함께 있었던 적은
없었던 것 같은데? 우리, 그랬던 적이 있었던가?"

은근히 따끔거리는 이마를 문지르며 새힘은 가만히 도리질
을 쳤다.

"아니."

"내가 해야 할 일을 미루어 가면서 논 적은?"

이번에도 새힘은 고개를 저었다.

"어, 없지."

"오늘 하루쯤 마음 편히 쉰다고 해서 내 앞날이 어긋날 일은?"

"당연히 없⋯⋯지."

"그럼, 바다로 출발. 오케이?"

"오, 오케이, 출발."

엉겁결에 나온 새힘의 대답에 메이의 입가가 미소를 담고 씨익 올라갔다. 그는 이내 차의 시동을 걸고 유유히 주차장을 빠져나갔다. 메이의 페이스에 휘말려 생각지도 못하게 바다로 향하게 된 새힘은 자포자기하는 심정으로 고개를 절레절레 내저었다.

"아, 나도 몰라, 진짜."

하지만, 올여름 피서 한 번 제대로 가지 못해 바다와는 인연이 없는 줄 알았는데, 지금이라도 가게 되어 마음이 설레기는 했다. 그것도 메이와 함께라서 더욱 즐겁다. 내일이 오프일이니 밤늦게 돌아와도 크게 무리가 가지는 않을 것 같고.

차 안에서 휙휙 지나가는 풍경을 눈으로 담으며 새힘이 나직이 속삭였다.

"오빠, 밟아."

피서 철이 훌쩍 지난 저녁 바다는 한적하고 조용했다. 일반 사람의 기준으로는 꽤나 많이 늦은 휴가를 즐기러 온 사람들의 텐트가 간혹 보이기도 하고, 메이나 새힘처럼 그저 구경을 온 것 같은 차림새의 사람들도 드문드문 눈에 띄었지만 가을의 바닷가는 평화롭게 느껴질 정도로 적당히 한산했다.

새힘과 메이는 손을 깍지 끼어 잡고 바다 주변의 모래밭을 거니는 중이었다. 원피스에 힐을 신은 새힘의 차림이 바다와 조금 어울리지 않기도 했지만, 속이 확 트이는 게 꽤나 낭만적이었다. 오소소 추운 것을 제외하면.

철썩이는 파도 소리와 서걱거리는 모래 소리 그리고 정신이 번쩍 들 만큼 쌀쌀한 바람까지, 새힘과 메이는 바다라는 자연이 가져다주는 선물을 마음껏 만끽했다. 새힘은 정면으로 불어오는 바람에 몸을 맡긴 채 폐부 깊숙이 숨을 들이켰다.

"음. 바다 냄새. 진짜 오랜만에 맡는 것 같아. 너도 그렇지?"

꽤나 들뜬 새힘의 말에 메이는 고개를 끄덕였다. 새힘이 걸음을 멈추어 서며 어두운 바다를 응시했다.

"노을을 볼 수 있었으면 더 좋았을걸. 맞다, 일출도 되게 멋질 텐데. 아, 보고 싶어."

혼잣말처럼 중얼거리는 새힘의 말에 메이의 눈썹이 꿈틀 움직였다. 새힘으로선 아무 생각 없이 한 말이었지만, 메이에게는 그냥 넘길 수 있는 성질의 것이 아니었다.

일출을 보고 가자는 건가?

일출을 본다는 건 여기서 밤을 지새운다는 걸 의미했다. 더군다나 떡하니 차까지 대기하고 있다. 메이의 뇌리에 순식간에 9번 항목이 두둥실 떠다녔다.

카섹스 해보기.

저도 모르게 목울대를 타고 마른침이 삼켜진다. 깍지를 끼고 있는 가냘픈 손을 조금 더 힘주어 잡은 채 메이는 새힘을 바라보았다.

"내일은 오전 근무야, 오후 근무야?"

갑작스런 질문에 새힘이 왜 그런 걸 묻느냐는 듯 고개를 슬쩍 갸웃거리며 대답했다.

"내일 오프야."

쿵.

메이의 심장이 떨어질 듯 쿠당탕 쿠당탕 뛰기 시작했다. 그의 갈색 눈동자에 광채가 어리고 붉은 입술에는 사악한 미소가 미미하게 걸렸지만, 새힘은 전혀 눈치 채지 못하고서 눈만 멀뚱거리고 있었다.

"왜?"

"아냐. 근무 중에 피곤한 거 아닌가 걱정돼서."

이것은 천우신조의 기회다. 9번을 해 보라는.

은밀한 생각이 뇌리를 파고들자, 뇌와 하체에 급격히 피가 몰리는 듯해 메이는 다급히 자신을 추슬렀다. 철썩이는 파도 소리에 겨우 마음을 정화시키고는 한숨을 돌렸다.

"그럼, 해돋이 보고 갈까."

무덤덤함을 가장해 질문을 던지자 새힘이 그를 올려다보고는 고개를 저었다.

"아니. 말도 없이 날 새우고 들어가면 엄마가 난리치실 거야. 꼭 날 새워서 해돋이를 봐야만 맛은 아니니까."

그러고는 아무렇지도 않게 바다로 시선을 돌렸다. 실망감이 어리기도 잠시, 메이의 생각이 다른 방향으로 향했다. 새힘의 마지막 말이 꼭 날을 새우면서 9번을 해야 맛은 아니니까, 하는 걸로 해석된 것이다.

메이는 어두운 바다를 아련히 바라보고 있는 새힘의 옆모습을 가만히 응시했다.

고등학교 시절의 새힘과 지금의 새힘은 참으로 많이 다르다. 소녀가 아닌 여자의 향을 한껏 내뿜고 있다. 남자라면 한번씩은 돌아볼 법할 정도로 아름답기까지 하다. 거기다, 소녀시절에는 볼 수 없었던 적당한 내숭까지 지니고 있다.

9번 항목을 붉은 형광펜으로 중요 표시해 두었을 정도로해보고 싶었으면서 난 아무것도 몰라요, 하는 순진한 얼굴로하염없이 바다만 바라보고 있다.

이 정도의 내숭이라면 언제든 환영이었다. 여자의 적당한내숭이 귀엽고 사랑스럽다는 걸 메이는 처음으로 깨달았다.

앙큼한 것.

저 조신한 얼굴이 쾌락으로 물들어 색스럽게 변해가는 걸상상하자, 다시금 하체에 피가 몰릴 것 같아 메이는 파도 소리에 열심히 귀를 기울였다. 확실히 자연의 소리는 마음을 정화 시키는데 탁월한 효과가 있다.

"메이야, 아파."

그 사이 작은 손을 너무 세게 쥐었는지 새힘이 나픔을 호소해 오는 바람에 메이는 슬그머니 손아귀에서 힘을 뺐다. 릴렉스.

"이제 그만 차로 가자. 시간도 제법 됐고 다리도 아파. 춥기도 하고."

한참이나 불어오는 바람을 느끼며 컴컴한 바다를 응시하던 새힘이 몸의 방향을 슬쩍 틀며 하는 말에 메이의 귀가 번쩍 뜨였다.

"어, 그래."

혹여, 새힘이 마음을 바꿀까 염려되어 퍼뜩 대답한 메이는 앞장서서 척척 걸었다. 그리 멀지 않은 바닷가 주차장에 세워둔 차로 향하는 그의 발걸음이 로봇처럼 뻣뻣하기 그지없다.

컴컴한 차에 오른 메이는 제일 먼저 주위를 휘휘 둘러보았다. 마땅한 장소를 물색하기 위해 치밀하고도 날카롭게 주위를 살폈다. 그의 미간이 설핏 찌푸려졌다. 웬 미친 커플이 술병을 들고서 미친 듯이 뛰며, 나 잡아 봐라를 하고 있었기 때문이다.

아하하하, 아하하하 웃어대는 소리가 가관도 아니다. 정말 소원대로 잡아서 죽쳐 버리고 싶은 욕구가 확 치솟았지만 겨우 마음을 다스리며 메이는 차의 시동을 걸었다. 여기는 적당한 장소가 아니다. 어렵지 않게 결론을 내린 그는 곧 주차장을 빠져나갔다.

스포츠카의 속력을 만끽하면서 바다로 올 때와는 다르게 서울로 향하는 동안은 시종일관 느림보 거북이를 자처했다. 여차하면 괜찮은 장소를 놓칠지 모르므로 레이저가 나올 정도로 눈을 번뜩인 채 메이는 주변을 샅샅이 훑으며 지나갔다.

"왔다 갔다 계속 운전하려니까 많이 피곤하지? 그래서 좀 긴장되기도 하지? 초보 때는 원래 그렇더라고."

새힘이 라디오 채널을 이리저리 돌리며 하는 말에, 바짝 신경을 곤두세운 채 주변 경관에 정신을 팔고 있던 메이가 움찔, 자신의 상태를 점검했다. 어찌나 밖을 열심히 보고 있었던지 상체가 바짝 앞으로 당겨져 있다. 마치 운전 초보들이 마구 긴장을 해서 운전대 앞으로 바짝 당겨 앉은 것과 같은 자세였다.

물론 그도 면허증을 딴 지 얼마 되지는 않았지만, 새힘 앞에서 그런 사태만큼은 예방하기 위해 케이의 똥차로 죽자고 운전 연습을 했었다. 하지만, 방금 전의 자세로 인해 새힘의 눈에는 그렇게 비쳐지고 만 것이다.

차마 밖을 뚫어지게 보느라 그랬다고 변명할 수도 없어, 그는 그저 희미하게 미소만 보이고서 다시 상체를 뒤로 기댔다.

그리고 10여 분 정도를 더 갔을 때였다. 메이의 눈에 한적하고도 캄캄한 한 장소가 포착되었다. 얼핏 봤다면 그냥 지나치기 딱 좋은 장소였지만, 예리한 메이의 눈을 피해 갈 수는 없었다.

나무가 우거져 있지만, 편편해 주차하기에도 안성맞춤이

고, 도로에서 제법 떨어진 곳이라 일부러 찾지 않는 한 사람들의 눈에 쉽사리 뜨이지 않을 법한 장소였다.

산삼을 발견한 심마니들의 기분이 이랬을까. 노다지를 발견한 광부의 기분이 이랬을까. 최적의 장소를 발견한 메이의 몸에 기운이 물씬 솟았다. 그는 눈을 번뜩이며 황금의 장소로 핸들을 틀었다.

직진을 하지 않고 차가 엉뚱한 갓길로 빠지자, 라디오 채널을 맞추던 새힘이 자세를 바로하며 메이를 바라보았다.

"왜 여기로 빠지는 건데?"

"조금 피곤해서 잠깐 쉴까 하고."

너무도 천연덕스러운 대답에 새힘이 '아아.' 하고 대답한 뒤 곧장 덧붙였다.

"그럼, 내가 운전할까? 면허 딴 지도 꽤 됐고, 엄마 차를 많이 몰아 봐서 곧잘 운전하는데."

"아니."

힘이 꽉꽉 들어간 단호한 대꾸에 머쓱해진 새힘이 이마를 긁적이다 가만히 고개를 끄덕였다.

"그래, 그럼. 잠시만이라도 눈 붙여. 잔잔한 음악이 나오는 라디오 채널 틀어 줄게. 내가 괜찮은 CD 좀 가져다 둬야겠다."

이리저리 주파수를 맞추던 중 조용한 클래식 선율이 흘러나오는 채널이 잡히자, 새힘은 다시 시트에 몸을 기대었다. 그리고 슥 밖을 보는데, 갑자기 뭐가 튀어나와도 모를 만치 주변이 고요하고 으슥해 눈을 동그랗게 떴다. 아무리 메이가 옆에 있다 하더라도 외딴 곳이라는 장소와 어둠이 가져다주는 음산함으로 인해 공포심이 스멀스멀 올라왔다.

"여기, 너무 어두운 거 같아. 실내등이라도 켜고 있는 게……."

주변을 둘러보며 실내등을 켜기 위해 손을 뻗는데, 커다란 손이 그녀의 팔목을 가로챘다. 팔목에 느껴지는 뜨거운 열기에 새힘은 뭔가 이상한 기운을 감지했다.

"왜, 왜?"

동그란 눈을 깜빡이며 새힘은 얼굴을 확 붉혔다. 메이에게서 흘러나오는 기운이, 이상한 게 아니라 요상한, 야리꾸리한 것이었기 때문이다. 그것을 어렵지 않게 감지한 새힘이 어색함을 느끼기도 전에 그는 안전벨트를 풀어내며 그녀에게로 몸을 기울였다.

두근.

메이의 숨결이 다가오는 게 느껴지자, 새힘은 훅 숨을 들이켜며 무릎 위에 놓인 한 손을 오므려 쥐었다. 늘 거침없는 메이의 스킨십이 아직은 많이 부끄러워서인지 그가 이렇게 다가올 때면 항상 심장이 터질 듯 울려댔다. 메이가 남자이고 자신은 여자라는 걸 확연히 각인시켜 준다고나 할까.

한쪽 손으로 얼굴을 감싸 쥐고서 메이가 입술을 겹쳐왔다. 뜨겁고도 부드러운 감촉에 그녀의 가슴이 한껏 오그라들었다. 윗입술과 아랫입술을 번갈아 빨아 당긴 그가 고개를 슬쩍 기울여 혀를 밀어 넣자 등줄기를 따라 찌르르한 전류가 타고 흐른다.

외딴 곳과 어두운 장소. 분명, 조금 전까지는 공포심을 가져다주는 단어들이었는데 거짓말처럼 지금은 그 모든 게 낭만으로 다가왔다. 좀처럼 느껴 볼 수 없는 야릇한 장소, 어두운 분위기.

점점 집요해지는 메이의 키스에 새힘은 입술을 열어 주며 그에게 응했다. 기다린 듯 그의 혀가 더욱 깊숙이 파고 들어와 부드러운 혀를 잡아채고 타액을 빨아들였다.

발끝이 자꾸만 오그라들고 아랫배가 저릿저릿 달아오른다. 그에게 키스를 되돌리며 그녀는 점점 몽환과도 같은 무아지경으로 빠져들었다.

삼킬 듯 새힘의 입술을 뜨겁게 탐하며, 메이는 그녀의 몸을 가로지르고 있는 안전벨트를 가만히 풀어냈다. 점점 더 격하게 들끓어 오르는 욕망으로 갈수록 자신을 억제하기가 힘들었다.

메이의 손이 원피스 위로 봉긋 솟아 있는 가슴을 움켜쥐었다. 몽글몽글한 감촉으로 인해 절로 손에 힘이 들어간다. 움켜쥐었다 놓기를 반복하자 새힘이 그의 입 안으로 작게 신음을 흘려보냈다.

메이는 스스로도 너무 서둘고 있다는 걸 깨닫고 있었지만, 몸이 마음과 같지 않아 상당히 당혹스러웠다. 안전이 보장되지 않은 장소에서의 은밀한 행위는 평소보다 훨씬 더 그를 급하게 만들고 있었다.

그는 그녀의 등 뒤로 손을 돌려 더듬더듬 원피스의 지퍼를 찾았다. 어렵지 않게 손에 닿는 딱딱한 줄기를 더듬어 올라가 단단히 채워진 고리를 풀어내고서 조심스레 지퍼를 끌어내렸다.

지익.

벌어진 지퍼 덕에 헐렁해진 원피스가 사락 힘없이 아래로 흘러내리자, 긴 속눈썹을 내리깐 채 키스에 열중해 있던 새힘이 갑자기 눈을 번쩍 떴다. 어깨에 걸쳐져 있어야 할 원피스 자락이 브래지어를 드러낸 채 허리춤까지 내려간 걸 파악한 그녀가 깜짝 놀라 입술을 떼어 내며 메이의 어깨를 밀어냈다.

"자, 잠깐만. 지금 뭐하는 거니, 류메이."

내려간 원피스를 추스르기 위해 바쁘게 손을 움직여 보았으나, 메이가 팔을 움켜쥐고 저지시키는 바람에 새힘은 잔뜩 시뻘게진 얼굴로 가쁜 숨을 몰아쉬었다.

"지, 진짜 여기서 뭐하자는……흐읍."

그녀의 말은 다시금 내려앉은 메이의 입술로 인해 고스란히 묻히고 말았다. 조금 전과는 비교도 되지 않을 만큼의 농밀한 키스에 새힘은 정신이 아찔해졌다. 핥고 빨아 당기고 잘근잘근 깨물기를 반복하며 그녀가 정신을 차릴 만한 여유를 주지 않았다.

메이는 미처 끌어올리지 못해 드러난 원피스와 같은 색상의 검은 레이스 브래지어 속으로 커다란 손을 밀어 넣었다.

그녀가 움찔했으나, 그는 아랑곳없이 악력을 실어 몇 번 주무르길 반복하다 이내 핑크빛 정점으로 타깃을 바꾸었다. 손가락을 이용해 빙글거리며 문지르자 금세 예민한 살점이 뾰족하게 일어섰다.

"아……."

급격히 밀려드는 쾌감에 새힘은 저도 모르게 짙은 한숨을 내쉬었다. 다른 사람이 아닌 메이의 애무이기에 그녀는 이 상황이 말이 안 된다는 걸 알면서도 점차로 함락될 수밖에 없었다. 메이 앞에서 그녀의 의지는 무기력하고 연약할 뿐이었다.

하지만, 아무리 어둡더라도 이렇게 확 트인 곳에서 키스 이상의 것을 하는 건 아무래도 신경이 너무 쓰였다. 아득해지는 정신을 그러모아 새힘은 고개를 돌려 키스를 중지했다.

"잠깐만, 메이야. 우리 여기서 이러는 거, 이건 좀 아닌 것 같아. 누가 볼까 봐 너무 신경이 쓰이고……차라리 다른 곳으로, 그러니까, 어디든 들어가서……."

"괜찮아, 여기. 아무도 안 와."

새힘이 고개를 돌리면 돌릴수록 더욱 집요하게 따라붙으며 메이가 절박하게 말했다. 잔뜩 탁하게 가라앉은 목소리가 더없이 애잔하다.

냉정하고 절제 있는 평소와는 확연히 다른 메이의 모습에 새힘은 어찌할 줄 몰라 작게 입술을 깨물었다. 메이의 이런 모습은 늘 그녀의 마음을 약하게 만들었다.

도저히 여기서 더 진도를 나갈 수 있을 것 같지 않은데, 간절한 메이의 얼굴을 보니 역시나 마음이 흔들렸다. 짙은 키스와 가슴의 애무로 몸이 달아오르기도 했고.

어찌해야 할지 갈피를 잡지 못하고 고민하는 사이, 메이가 브래지어를 위로 밀어올리고서 그 아래로 드러난 젖가슴을 입 안에 머금었다.

"으읏. 류메이."

다소 강하게 빨아들이는 압력으로 인해 아픔과 묘한 쾌감이 동시에 그녀의 전신을 휘감았다. 저도 모르게 새힘은 가쁜 숨을 토해내며 고개를 뒤로 젖혔다.

새힘의 반응에 기분 좋은 미소를 잠깐 머금은 메이는 계속해서 젖가슴을 잘근거리고 핥으며 그녀를 몰아붙였다. 그동안 다른 손은 아래로 내려가 스커트를 들추고 스타킹에 감싸인 허벅지를 쓸며 올라갔다.

허벅지 끝까지 손을 미끄러트린 메이는 낮게 신음을 삼켰다. 허벅지의 끄트머리에 밴드스타킹이 흘러내리지 않게 고정시켜 둔 가터벨트가 만져졌기 때문이다.

굳이 스타킹을 벗겨내지 않아도 상황 진행이 용이하다는 이점과 가터벨트라는 단어가 가져다주는 섹시함이 더해져 그를 더욱 흥분 상태로 몰고 갔다. 급격한 감각의 물결이 치밀고 올라오자 메이는 성마르게 작은 팬티 속으로 손을 밀어 넣었다.

"류메이, 잠깐. 잠깐, 스톱!"

새힘이 다급히 그의 팔을 움켜쥐고 무릎에 힘을 주어 저지

시키려 했으나 메이는 꿋꿋이 팬티 속으로 침범해 그녀의 성
감대를 자극하기 시작했다.

여린 꽃잎을 조심스레 가르고 그 사이에 자리 잡고 있는 도
도록한 살점을 찾아 꾹 눌렀다. 단단한 팔을 움켜쥐고 있는
새힘의 손아귀에 바짝 힘이 들어갔다.

"류메이이, 너, 정말……."

새힘은 채 말을 잊지 못하고서 거친 숨을 몰아쉬었다. 예민
한 곳을 끊임없이 꾹꾹 눌러대는 손가락으로 인해 차츰 판단
력이 흐려졌다. 도도록하게 달아오른 예민한 살점을 빙글 돌
리기고 문질러대기를 반복하자, 어찌할 수 없을 정도로 쾌감
이 급상승했다.

강력한 메이의 마수에 빠져들어 도저히 헤어날 수 없음을
인지한 새힘은 이내 그가 가져다주는 쾌락에 동참했다. 바짝
붙여져 있던 무릎이 점점 옆으로 벌어지고 작은 엉덩이가 자
꾸만 들썩여진다. 입에서는 작게 신음도 흘러나온다.

이제 오롯이 자신의 손길을 받아들여 주며 반응을 보이는
새힘이 너무도 예뻐 메이는 그녀의 입술에 쪽 소리가 나게 입
을 맞추었다. 그러곤 더욱 빨리 손가락을 움직여 아릿하게 부
풀어 있는 감각기관을 문질렀다.

"아, 앗, 아!"

마침내 새힘이 벌어진 무릎에 힘을 주어 엉덩이를 흔들어
대며 환희의 정점으로 치달았다. 젖가슴을 드러낸 채 등을 휘
며 절정을 느끼는 새힘의 자태에 메이는 정신이 아찔해지는

듯했다.

세상의 그 어떤 여자가 이보다 더 예쁘고 섹시할까.

새힘이 간헐적으로 경련을 일으킬 때까지 손가락을 움직이던 메이는 그녀가 깊게 숨을 내쉬며 몽롱한 눈을 들어서야 팬티 속에서 손을 빼냈다.

그가 꿀물로 젖은 손가락을 슥 핥자, 새힘이 얼굴을 확 붉혔다. 그런 그녀에게 조금은 음란한 미소를 보인 그는 검은 원피스 치맛자락을 허리춤까지 걷어 올리고, 팬티를 아래로 미끄러트렸다.

새힘이 엉덩이를 살짝 들어주어 수월하게 팬티를 벗겨낸 그는 조수석의 등받이를 뒤로 완전히 젖혔다. 그런 다음 그녀에게로 몸을 겹치고서 다급히 허리춤을 풀어 내렸다.

바지 속에 도사리고 있던 남성이 아주 오래 기다렸다는 듯 당장 터질 것처럼 뻣뻣하게 일어선 모습으로 고고한 위용을 자랑했다.

메이는 새힘의 가느다란 다리를 벌려 양쪽 어깨에 걸쳐 놓고는 팽배한 남성을 여성의 입구에 갖다 대었다. 방금 전의 절정으로 인해 흥건히 흘러나온 애액이 자신의 끝에 느껴지자 황홀한 감각이 급물살을 타고 그를 휘감았다.

"으음."

쾌감에 겨운 한숨을 나직이 내쉰 메이는 천천히 깊은 여성의 통로 속으로 돌진해 들어갔다.

"아."

새힘이 움찔하며 좁은 통로를 수축시키는 바람에 짜릿한 감각이 척추를 타고 흐르자 메이는 어금니를 악다물었다.

"돌아 버릴 것처럼 기분 좋아."

가만히 속삭인 메이는 제 분신을 끝까지 밀어 넣고 작게 전율한 다음 본격적으로 허리를 움직이기 시작했다. 거센 폭풍처럼 뜨겁고 좁은 여성을 헤집어나갔다.

"아, 앗……으읏."

단단한 어깨에 걸쳐진 새힘의 하얀 다리가 사정없이 흔들리고 입에서는 한층 높아진 새된 소리가 흘러나왔다.

침대와는 비교할 수 없이 불편하고 좁은 차 안이지만, 메이는 상당한 쾌감을 느끼고 있었다. 과부하가 걸려 새카맣게 타들어갈 만큼 강력한 전류가 온몸에 흐르고, 몸을 지탱하고 있는 세포와 근육들 역시 올올이 곤두서 물결친다.

여기가 누구든 와서 엿볼 수 있는 확 트인 곳의 차 안이라는 것 따위는 이미 안중에도 없었다. 피가 몰려 부러질 듯 딱딱하게 곤추서 있는 남성의 해방구를 찾기 위해 촉촉한 여성 속으로 미친 듯이 박혀 들어갈 뿐이었다. 오로지 쾌감과 본능밖에 남지 않은 짐승처럼 새힘을 유린했다. 덕분에 질척한 마찰음과 거친 호흡이 차 안을 가득 메운다.

끊임없이 여성 속을 채웠다 비우는 행위에 새힘은 연방 신음과 함께 더운 숨을 뱉어냈다. 거대한 남성이 속으로 치받혀 들어왔다 나가며 속살을 마찰시킬 때마다 오싹오싹 소름이 돋고, 온몸은 다시금 한계치로 달아올랐다.

형언할 수 없는, 머릿속이 하얗게 탈색될 것만 같은 쾌락의 끝자락이 다가오자 새힘은 메이의 어깨에 걸쳐진 다리에 힘을 주어 엉덩이를 들어 올렸다. 그녀는 흥건한 아랫도리를 바짝 조이며 절정에 치달았다.

"하악! 아, 아!"

엄청난 수치의 흥분이 파도처럼 밀려와 사정없이 새힘을 집어삼켰다. 눈앞이 아찔해지고 더 날아오를 수 없을 만큼 높은 감각의 끝으로 도약해 올랐다.

사정없이 남성을 옥죄어 오는 뜨거운 여성의 힘으로 인해 메이 역시 더 인내할 수 있는 상태가 아니었다. 그는 그녀의 입술을 찾아 깊은 키스를 퍼부으며 자신을 해방시키기 시작했다.

"새힘아……송새힘."

안타까울 만큼 애잔한 메이의 목소리가 새힘의 가슴에 아련히 스며들었다. 좁은 차 안에는 한동안 뜨거운 열기와 사랑의 향기가 감돌았다.

가로등이 드문드문 켜진 한산한 도로를 매끈하게 달리고 있는 차 안은 정적에 휩싸였다. 서울로 향하는 내내 새힘과 메이는 대화다운 대화를 나누지 않았다.

언제 그토록 뜨겁게 사랑을 나누었냐 싶게 두 사람은 심하게 어색해 하고 있는 상태였다. 특히나 사랑을 나눈 직후 뒤처리를 하면서부터 새힘은 메이와 눈조차 제대로 마주치지

않고 있었다. 창밖으로 시선을 빼고서 메이 쪽으로는 눈동자
도 돌리지 않았다. 그런 새힘이 신경 쓰여 메이는 입 안이 바
짝 타들어가는 듯했다.

홀끔홀끔 새힘의 얼굴을 곁눈질하던 메이는 결국 다시 갓
길에다 차를 세우고 말았다. 돌발 행위에 새힘이 역시나 심하
게 어색해 하며 더듬더듬 입을 열었다.

"왜, 왜?"

여전히 시선은 맞추지 않은 채인 새힘을 보며 메이는 슬쩍
눈썹을 휘었다.

"송새힘, 나 봐."

"보고 있어."

"내 무릎 말고 눈 봐."

메이의 요구에 새힘은 작게 입술을 깨물고는 눈을 들었다.
메이의 갈색 눈동자와 정면으로 마주하자 얼굴에 화악 열이
오르고 심장은 터질 듯 두근거렸다. 조금 전 차 안에서의 행
위들이 뇌리에 떠도는 탓이었다. 메이가 답답한 표정으로 질
문을 던졌다.

"나한테 화났어?"

"아니."

"그런데, 왜 나와 시선도 안 마주쳐?"

심각한 메이의 물음에 새힘은 잠시 말문이 막혔다. 그녀는
화가 난 게 아니라 난감하고 겸연쩍어서 시종일관 입을 닫고
있는 중이었다. 메이의 공략에 넘어가 차 안에서 몸을 섞은

것도 사실 조금 민망했지만, 그보다 더 미칠 것 같은 이유는
따로 있었다.

아침에 출근할 때 샤워를 하고는 오늘 하루 종일 양치질과
손을 씻은 것 외에 몸에는 물 한 방울 묻히지 않았다. 근무 중
에 샤워를 할 수는 없는 노릇이니까.

메이는 미끈하니 샤워를 하고 나온 듯 좋은 향까지 풀풀 풍
기고 있는데, 자신은 그렇지 못한 상태로 몸을 드러냈다는 사
실이 여자로서 너무 창피해 죽을 지경이었다.

그뿐이 아니었다. 한바탕 몸을 섞고 난 뒤 그 뒤처리를 메
이가 보는 앞에서 했다는 것 역시 환장할 노릇이었다. 평소라
면 욕실로 직행해 씻었을 텐데, 차 안이라 꿈도 못 꿀 일이었
다.

덕분에 메이와 같은 공간에 앉아서 티슈로 다리 사이를 닦
고 또한 그가 직접 내민 물티슈로 한 번 더 정리하는 걸 고스
란히 보여야 했으니 얼마나 민망했겠는가.

사랑을 나눌 때는 반쯤 제정신이 아니기에 창피한 것도 잊
고 하지만, 멀쩡한 정신이 돌아온 뒤라면 또 얘기가 달랐다.
아직까지는 메이 앞에서 이런 식으로 뒤처리하는 모습 같은
건 보여주고 싶지 않았다.

그랬는데 오늘 완전 제대로 다 보여줬으니 얼마나 죽고 싶
겠는가. 그 사실을 고스란히 고할 수가 없어 새힘은 입술을
삐죽 내밀었다.

"……변태. 류메이 완전 변태야."

메이의 깊은 눈이 놀란 듯 커졌다가 원래대로 돌아왔다. 그는 조금 이해할 수 없는 표정으로 고개를 기울였다.

"내가 왜."

"왜긴 뭐가 왜야. 차……안에서 그렇게 들이댔으니 변태지."

곧이곧대로 말해 주지 않고 그녀가 새침하게 대꾸하자 메이는 기다란 손가락으로 이마를 긁적였다.

"너도 좋았잖아."

노골적인 메이의 말에 새힘은 귓불을 시뻘겋게 붉혔다.

"그, 그거야, 네가 워낙 강고했으니까 그렇지."

변명처럼 뱉어진 그녀의 말에 메이의 눈이 슬그머니 가늘어졌다.

"네가 원했으면서."

"뭐, 뭐?"

이 무슨 모나리자 눈썹 빠지는 소리야? 도대체 내가 언제? 왜? 뭐 때문에?

무섭도록 들이댄 게 누군데, 이렇게 덮어씌운단 말인가. 잔뜩 기가 막혀 볼을 부풀리고 있는 그녀를 응시하며 메이가 고개를 비딱하니 기울였다.

"9번 항목. 그거, 네가 하고 싶어 한 거잖아."

9번 항목? 그게 뭔데? 뭔지도 모르는 9번을 내가 하고 싶어 하다니 이건 또 무슨 개 풀 뜯어 먹는 소리야?

새힘이 무슨 말인지 전혀 모르겠다는 표정을 지어 보이자, 메이는 반쯤 당황스러워하는 얼굴로 머리칼을 넘겼다.

"카섹스 해보기."

"갑자기 그게 무슨……."

"네가 일기장 적어 둔 희망 리스트들 기억 안 나? 카섹스 해보기. 그게 9번이었어."

메이의 정확한 설명에 새힘은 미간을 구긴 채 눈망울을 굴렸다. 희망 리스트? 카섹스 해보기라니. 내가 그딴 걸 적어 놨을 리가……있구나! 아악!

까맣게 잊고 있던 기억이 떠오르자 순식간에 등 뒤로 식은 땀이 흐른다.

예전, 메이가 오면 해보고 싶었던 것들을 머리에 떠올려 보며 인터넷 블로그들을 뒤적거린 적이 있었다. 그때 연인과 해봐야 할 것들을 참신하게 나열해 놓은 블로그가 있어 신나게 베껴 적어 뒀었다. 때마침 일기를 쓰던 참이어서 그냥 일기장에 되는 대로 써 재꼈었다. 한데, 그걸 잊어 먹고서 그대로 일기장을 메이에게 넘긴 것이다.

"꼭 해보고 싶어서 형광펜으로 표시까지 해 둔 거잖아."

뒤이어 흘러나온 메이의 말에 새힘은 또 하나의 기억을 떠올렸다. 마구잡이로 써 놓은 것 중에 죽어도 할 수 없을 것 같은 몇 개의 항목은 붉은 형광펜으로 주욱 그어 둔 것이다. 아마 그중 하나가 '카섹스'일 것이다. 나름 금지 리스트로 그어 둔 것을 메이는 반대로 해석을 해 버린 것이다.

갑자기, 새힘은 뒷머리가 비쭉 서는 것을 느꼈다.

"너, 너, 혹시 저번에 여, 여보라고 부른 것도 설마 그래서 그랬던 건 아니지?"

"왜 아니야? 그건 8번이었지. 그것도 형광 표시가 되어 있었어."

메이가 너무도 당연한 듯 딱 부러지게 대꾸했다. 새힘은 그런 메이를 응시하며 입을 쩌억 벌렸다. 저 무뚝뚝한 류메이가 왜 갑자기 커플티며 커플링 따위를 맞추자고 했었는지 이상한 점투성이였는데, 그 이유가 일기장에 적힌 그 리스트 때문이었단 말인가.

그것도 모르고 메이가 결혼을 하고 싶어서 그런다느니, 어쩐다느니 하며 영경과 수다를 떨어댔으니 헛다리도 그런 헛다리가 없다.

메이가 더 발뺌해 보시지 하는 자신만만한 얼굴로 음산하게 웃고 있자 새힘은 뭐라 대꾸도 못하고 진땀만 뻘뻘 흘렸다.

그 형광 표시는 금지 리스트였어! 이렇게 백날 외쳐 본들 믿어 줄 놈이 과연 있겠느냐 말이다. 오히려 그럴수록 가증스러운 이미지만 쌓일 뿐이었다.

한동안 벌게진 얼굴로 가쁜 숨만 쌕쌕 몰아쉬던 새힘은 가만히 입을 열었다.

"메이야, 귀 좀."

거부할 수 없는 나지막한 목소리에 메이가 두말 않고 그녀에게로 귀를 가져갔다. 새힘은 그의 귀에 작게 속삭여 주었다.

"다음부터는 뒷좌석에서 해. 조수석 불편해 죽는 줄 알았어."

22.

    본격적으로 차가운 계절이 시작되면서부터 새힘은 그간 누려왔던 므훗므훗 하고도 달달한 일상을 잠시 뒤로 미루어 두어야 했다.

    의사국시 필기시험일이 얼마 남지 않은 탓에 메이는 남은 기간 동안 총력을 다해 시험공부에 매진 중이었고, 새힘은 어디로 튈지 모르는 막강한 VIP가 등장하는 바람에 그 고객을 영접하느라 하루 종일 눈코 뜰 새 없이 바쁜 탓이었다.

    라쉬드의 네 번째 방문. 찌는 듯한 여름에 한 달가량 머물다 자국으로 출국했던 요르단의 부호 라쉬드가 겨울이 되자 다시 호텔을 찾은 것이다. 한데, 이번에는 까다롭기로 둘째가라면 서러워할 그보다 더 막강한 애인을 동반하고 나타나 버렸다. 시드니 실즈라는 이름을 가진 모델 출신의 그녀는 라쉬드의 미국 유학 시절, 우연히 클럽을 찾은 그와 눈이 맞아 시금까지 연인 관계를 유지하고 있는 여자였다.

라쉬드의 유학 생활이 끝날 무렵에는 일찌감치 모델 일을 그만두고 그를 따라 요르단으로 건너갔을 정도로 그녀는 거침없는 성격의 소유자였다. 라쉬드의 부에 힘입어 지금은 미국과 요르단을 오가며 사업을 하느라 바쁜 그녀가 어쩐 일인지 이번에는 동반 입국을 한 것이다.

화려하고 아름답고 까탈스럽고 신경질적이고 변덕스럽고……등등의 수식어가 시드니만큼 딱 맞는 여자는 없을 것이다. 그 모든 수식어가 정말로 잘 어울린다는 걸 입증이라도 하듯 입국을 하던 첫날부터 그녀는 호텔을 발칵 뒤집어 놓았다.

객실의 인테리어를 최대한 그녀가 선호하는 스타일로 꾸몄고 룸에서도 간단한 취미 생활을 할 수 있게끔 취미 생활까지 다 조사해서 준비를 해 두었더니, 좋아하기는커녕 조잡하다고 모두 바꾸어 버렸다. 이래저래 호텔 직원들만 죽어난 셈이었다.

새힘이라고 편한 건 아니었다. 수시로 룸으로 호출해 이것저것 잡다한 걸 요구하는 통에 몸이 두 개라도 모자랄 지경이었다. 백화점이나 개인적인 외출을 할 때 비서처럼 뒤따르며 짐을 들어주는 건 아주 양호한 축에 드는 편이었고, 하루라도 웨이트 트레이닝을 하지 않으면 안 된다는 이유로 피트니스

센터에서 트레이닝 중 무작정 사람을 옆에다 세워 둔 채 손만 까딱하면 이온음료를 집어 주곤 해야 해서 곤욕스러울 때가 한두 번이 아니었다.

그나마 그 정도는 참을 만했다. 가장 곤욕스러운 건 함께 외출했다가 식사 시간에라도 걸릴 때면 이 추운 계절에 식은 땀이 빨빨 날 지경이었다. 식사하는 내내 곁에 시서 시중을 들어야 했으니, 현대판 하녀가 따로 없었다. 제일 서럽고 더러운 게 남 밥 먹을 때 옆에 서서 구경하는 거라고 하지 않는가.

그래도 절대 싫은 내색이나, 곤란한 기색을 할 수 없어 시종일관 미소를 짓느라 새힘은 요새 안면 마비가 일어날 지경이었다. 그저 저 꼴통이 예정된 출국 날짜에 맞춰 가 줬으면 하는 소박한 바람뿐이었다.

또각또각.

새힘은 구두 소리를 내며 빠르게 복도를 걸어가는 중이었다. 퇴근 시간을 코앞에 남겨두고 시드니가 또 새힘을 호출한 것이다. 오늘만 해도 아마 일곱 번은 넘었을 것이다. 젝일슨. 이번에는 또 뭐로 사람을 부려 먹으려고, 이 마녀야!

제발 무리한 부탁만 아니면 싶었다. 오늘은 오후 근무조라 이미 시간이 밤 10시에 가까워지고 있었기 때문이다. 어지간한 백화점이나 명품관은 모두 폐점했을 시각이라, 막무가내로 구해오라 마라 하며 억지나 부리지 말았으면 소원이 없을 것 같았다.

라쉬드와 함께 투숙하고 있는 스위트룸 앞에 서서 벨을 누르자, 기다렸다는 듯 비서가 금세 문을 열어 주었다. 친절한 미소를 얼굴에 걸고 안으로 들어서니 시드니는 라쉬드와 함께 차를 마시는 중이었다.

인사를 하고 무슨 용무인지 새힘이 묻자 시드니는 다가오라는 듯 까만 매니큐어가 칠해진 손가락 하나를 까딱거려 보였다. 확! 손가락을 접어 버려!

시드니는 차를 한 모금 홀짝이며 방금 까딱거렸던 손가락으로 테이블 위를 가리켰다. 기다랗고 화려한 손가락을 따라 새힘이 시선을 옮긴 곳에는 패션지가 펼쳐져 있었다. 모델 출신답게 패션 계통에 관심이 많은 시드니를 위해 영문으로 된 패션지를 몇 부 비치해 두었었다. 그중의 하나인 모양이었다.

〈제가 잠시 보겠습니다.〉

정중히 말한 새힘은 테이블로 바짝 다가가 자세를 낮추고서 시드니가 가리킨 부분을 살폈다. 개량한복 비슷한 걸 입은 모델이 우아한 자태로 워킹을 하고 있는 사진이었다.

가만히 사진과 기사를 들여다본 새힘은 조금 어리둥절한 표정을 지었다. 석 달 전쯤, 호텔에서 유명 한복 디자이너의 한복 패션쇼를 겸한 자선 경매가 행사가 있었다. 패션쇼 직후, 연예인이나 스포츠 스타 등 각계 유명 인사들의 애장품들과 패션쇼에서 선보였던 몇 벌의 의상을 기반으로 진행된 경매였다.

시드니가 지목한 한복은 그때 패션쇼에 선보여졌던 것이었다. 아무래도 패션쇼 무대용이라서 그런지 일반인들이 입는 한복과는 달리 굉장히 알록달록한데다 짤막해서 난해한 느낌까지 드는 그런 디자인이었다.

이걸 뭐 어쩌라고 하는 심정이 되어 새힘은 자세를 세우고서 시드니를 바라보았다.

"〈나, 이거 내일 아침 약속에 입고 나간 거니까 준비해 줘요. 돈은 얼마가 들어도 상관없으니.〉"

새힘은 미간이 사정없이 구겨지려는 걸 초인적인 인내심을 발휘해 참아냈다. 지금 이 여자가 뭐라는 거야? 저, 패션지 속에 있는 한복을 지금 나보고 구해 오라는 거야? 부탁도 아니고, 준비하라고? 그것도 내일 아침에 당장 입을 테니? 패션모델이었다고 하는 애가 어쩌면 이렇게 생각이 없는 거야?

욕설이 튀어나오려는 걸 간신히 삼키며 새힘은 치아를 드러내고서 미안한 미소를 지어 보였다.

"〈아, 말씀하신 의상은 석 달 전쯤 패션쇼에 섰던 작품이라, 지금 구하기는 곤란하지 않을까 싶습니다. 혹시 다른 한복은 안 되겠습니까? 다른 한복도 굉장히 아름답고…….〉"

"〈안 돼요. 난 이게 좋아. 이거 아니면 안 돼요.〉"

너무도 단호한 시드니의 말에 새힘은 마른침을 삼켰다. 그녀는 투철한 서비스 마인드를 되뇌며 다시금 미소를 지었다.

"〈제가 여기서 당장 된다, 안 된다 말씀 드릴 수 있는 있는 사항이 아닙니다. 정말 죄송합니다만, 제가 알아보고 다시 오면 안 되겠습니까?〉"

새힘의 정중한 요구에 라쉬드는 느긋하게 차를 홀짝이며 네 뜻대로 하라는 듯 시드니글 바라보았다. 하지만, 시드니의 표정은 그다지 좋지 않았다. 그녀는 기다란 속눈썹을 내리깔며 도도하게 내뱉었다.

"〈난 불가능하다는 말을 가장 싫어하거든? 최대한 빨리 돌아와요.〉"

새힘은 역시나 웃음과 함께 고개를 숙여 보이곤 시드니의 방을 나섰다. 그녀는 빛의 속도로 사무실로 돌아와 시드니가 가지고 있던 똑같은 패션지를 꺼내 들고 팔랑팔랑 넘겼다. 심각한 그녀의 표정을 본 이 팀장이 다가왔다.

"왜 그래, 송새힘?"

새힘은 시드니가 펼쳐둔 페이지를 찾아 그녀가 가리키던 한복을 이 팀장에게 보였다.

"팀장님, 고객께서 내일 조찬 약속에 입고 나가겠다고 이걸 구해 달래요."

"뭐? 이게 무슨 말도 안 되는 소리야?"

이 팀장이 이맛살을 구기며 패션지를 자세히 들여다보았다.

"이게 뭐야? 이건 패션쇼 무대에 섰던 한복이잖아? 그러니까, 지금 이걸 내일 아침에 입을 테니 준비해 달라? 아니, 누가 이런 되도 않는 요구를 해?"

"23층 프레지덴셜 스위트룸 다녀오는 길이에요."

"그럼, 시드니 그 여자?"

"네. 일단 알아보고 오겠다고 해뒀는데, 자기는 불가능하다는 말을 제일 싫어한대요."

이 팀장의 얼굴이 기가 막힌 듯 구겨졌다.

"아니, 미친 거 아냐? 이 밤에 내일 아침에 입을 한복을, 그것도 패션지에 실린 걸 어떻게 당장 구하라는 거니? 정말, 돈 있는 것들은 돈만 주면 뭐든 다 되는 줄 안다니까?"

"우선 이연임 선생님 숍으로 전화 한 번 드려 볼게요."

"그래, 일단 전화해 봐."

그렇게 말한 이 팀장이 시계를 한 번 흘끔 보더니 고개를 흔들었다.

"아니, 아니다. 숍 문 닫았을 시간인데, 선생님께 해보는 게 좋겠어. 내가 직접 할게."

호텔의 작은 총지배인이라고 불리는 GRO답게 이 팀장은 손수 이연임 디자이너의 전화번호를 찾아 다이얼을 누르고서 초조하게 통화가 되기를 기다렸다. 수 초가 지나고 상대방이 전화를 받는지 이 팀장이 자동으로 얼굴에 미소를 지었다.

"이연임 선생님 맞으신가요? 예, 예. 안녕하세요. 저는 앱솔루트 캐슬 호텔의 고객관리부에 근무하고 있는 이수진 팀장입니다. 밤늦게 전화를 드려서 실례가 된 건 아닌지 모르겠습니다. 아, 아직 작업실이셨어요?"

밝게 안부 인사부터 시작하는 이 팀장을 지켜보며 새힘은 피곤함으로 뻑뻑해진 눈을 가만히 감았다 떴다. 뒷목도 뻐근한 게 심신이 너무 지쳐 버렸다. 이연임 디자이너에게 조심스레 상황 설명을 하는 이 팀장의 눈에도 피로가 가득했다.

"예, 선생님. 그 디자인 낮습니다.…… 이가, 네. 그렇군요. 아니, 아닙니다. 괜찮습니다. 늦은 밤에 불쑥 연락을 드린 저희가 죄송하죠. ……네? 어머, 정말이세요? 아유, 그렇게라도 해 주시면 저희야 너무너무 감사드리죠."

그 뒤로도 수 분 간 더 통화를 하는 이 팀장의 목소리를 들으며 새힘은 초조하게 기다렸다. 몇 마디의 말을 더 하고서야 전화를 끊은 이 팀장의 얼굴이 제법 밝다.

"이건 패션쇼 당일 있었던 자선 경매품으로 내놓은 거라서 그날 낙찰 됐단다. 패션쇼용으로 만들어진 거라 당장 비슷한 디자인은 없는데, 숍에도 제법 근사하게 빠진 게 많으니, 괜찮다면 거기서 골라 보면 어떻겠냐고 하셔. 다행히 지금 작업실이라 자료를 보내줄 수 있으시대."

이 팀장의 긍정적인 표정과 말투에도 다른 것은 절대로 안 된다던 시드니의 말이 떠올라 새힘은 함께 낙천적일 수가 없었다.

"이 선생님께서 당장 조달이 가능한 리스트를 메일로 보낸다니까 새힘 씨는 선생님 숍으로 전화해서 비서에게 메일 주소 알려줘. 그리고 메일 확인하는 대로 룸에 보일 수 있게 준비해 두고. 난 시드니에게 상황 설명하고 양해 구해 볼 테니까."

마치 일이 다 해결된 듯 씩씩하게 말한 이 팀장이 사무실을 나서자 새힘은 작게 한숨을 내쉬고서 그녀가 시킨 대로 이연임 디자이너의 숍으로 전화를 걸어 업무용 메일 주소를 알려 주었다. 그리고 몇 분 후, 메일을 보냈으니 확인해 보라는 전화를 받은 뒤 새힘은 메일을 확인했다.

숍에서 보내온 디자인들은 패션지에 실린 것보다 훨씬 더 우아하고 실용적인 아름다움을 뽐내고 있었다. 눈이 제대로 달린 사람이라면, 패션지에 실린 것보다 지금의 디자인들을 전적으로 더 선호할 것이다. 새힘 역시도 그 난해한 알록달록 개량 한복보다는 이쪽이 무조건 더 마음에 들었으니까.

부디, 이 아름다운 한복들을 보고 시드니가 마음을 바꾸었으면 하는 심정으로 디자인들을 출력하는 중이었다. 시드니를 설득하러 갔던 이 팀장이 잔뜩 인상을 찌푸린 채 사무실 안으로 들어섰다. 표정으로 보아 일이 잘 되지 않았다는 걸 새힘은 직감적으로 느낄 수 있었다.

"싫다고 하죠?"

이 팀장은 열이 확 오른 듯 책꽂이에 꽂힌 서류철을 하나 꺼내고서 얼굴에 마구 부채질을 했다.

"아니, 뭐 저런 게 다 있니? 지도 패션모델 출신이었으면서 어쩌면 저렇게 무식할 수가 있어? 상황 설명을 몇 번이나 하고서 양해를 구했는데, 씨알도 안 먹혀. 자기는 그 디자인이 마음에 들어서 그거 아니면 절대로 안 입겠단다."

그러고서 새힘이 출력하던 디자인을 획 집어 들었다.

"봐. 아니, 이게 훨씬 더 예쁘지 않아? 새힘 씨 눈에는 천쪼가리처럼 보이는 그거보다는 이게 훨씬 더 안 예쁘니?"

"그렇죠. 저도 이쪽이 예쁘긴 하죠. 거기다 지금 입기에는 좀 많이 추울 것 같기도 하구요."

"아니, 근데, 쟤는 왜 다른 건 보지도 않으려 하고 내가 하는 말은 듣지도 않으려고 하니? 제주도 출장 중이신 총지배인님을 막무가내로 부르라는 걸 겨우 진정시켰다니까? 내일 조찬 약속까지 자기가 원하는 걸 안 가져오지 않으면 체크아웃하고 다른 호텔로 가겠다고 펄펄 뛰어. 무슨 말을 들어줘야 대화를 하고 상황을 바꿀 텐데, 무조건 고개부터 저어. 내가 미치니, 안 미치니?"

어지간하면 고객의 요구를 다 맞춰 주기로 정평이 나 있는 이 팀장이 시드니에게 상당히 당한 듯 고개를 절레절레 저었다.

"그럼, 어떻게 해요?"

"나도 미치고 팔짝 뛰겠어, 정말. 이렇게 말도 안 되는 요구는 머리털 나고 처음 받아 보는 것 같다. 일부러 엿 먹이려고 작정을 한 사람 같다니까? 문 앞에 앉아서 밤새 석고대죄라도 하고 있을까 보다, 씨."

라쉬드가 한국에 올 때마다 이용하고 있는 스위트룸은 하루 숙박비만 해도 수백만 원을 호가한다. 그런 대형 VIP 고객이 컴플레인을 걸고 다른 곳으로 거처를 옮긴다는 건 호텔로서는 내적으로나 외적으로나 이만저만 큰 손실이 아닐 수 없다. 명성에 금이 가는 것은 물론이고 금전적으로도 손해가 컸다. 그러니, 라쉬드 같은 VIP 고객들의 요구는 법이나 도덕이 허락하는 선에서는 거의 무조건 수용해 주는 것이 원칙이었다.

이번에는 출력해 놓은 디자인을 직접 들고 가서 마음을 돌려 보려는 이 팀장을 바라보며 가만히 생각에 잠겼던 새힘이 머릿속에 아무렇게나 떠오르는 방법을 조심스레 내놓았다.

"경매 때 그 옷을 낙찰 받은 고객의 명단을 알아보면 어떨까요?"

두통이 이는 듯 관자놀이를 꾹꾹 누르던 이 팀장이 눈을 번쩍 떴다.

"그래서 그 고객에게 사정 설명을 해 보자?"

"네. 그것도 여의치 않으면 더 이상 우리 선에서는 해결을 못 보는 거구요."

"오케바리."

엄지와 중지를 마찰 시켜 딱, 소리를 낸 이 팀장은 급히 수화기를 치켜들고서 당직 지배인에게 전화를 걸었다. 자초지종을 자세히 그리고 절박하게 설명하며 이 난감한 업무에 대한 협조를 구하던 이 팀장이 굳었던 얼굴을 확 밝혔다. 이 말도 안 되는 상황을 타개할 만한 방도가 생긴 모양이었다.

잠시 후, 수화기를 내려놓은 이 팀장이 그녀의 말만을 기다리고 있는 새힘의 어깨를 와락 끌어안았다가 놓아주었다.

"왜요? 팀장님이랑 친분이라도 있는 분이 낙찰 받으신 거예요?"

"친분만 있게? 이 호텔과 아주 밀접한 관계가 있는 분이신데."

이 팀장이 입가를 올린 채 하는 말에 새힘마저 얼굴이 밝아졌다.

"정말요? 누구신데요?"

"바로바로, 우리 호텔의 대표님이시자, 총지배인님 되시는 양반의 모친이시란다."

이 팀장의 입에서 낙찰을 받은 고객의 신분이 밝혀지자 밝아진 새힘의 얼굴이 순식간에 빛을 잃었다. 총지배인의 모친이라면 은성의 모친이기도 했기 때문이다.

오래전 자신을 앞에 앉혀 두고 그 매서운 눈초리로 이리 살펴보고 저리 살펴보던 기센 귀부인이 떠올라 새힘은 저도 모르게 미간을 찡그렸다. 그런 그녀의 상태를 알 리 없는 이 팀장이 신나게 말을 이었다.

"호텔의 대형 고객이 그거 안 구해다 주면 체크아웃 하겠다는데, 총지배인님께서 나 몰라라 하겠니? 모친에게 부탁해서라도 구해 주겠지. 내가 총지배인님께 전화를 해 볼 테니 새힘 씨는 낙하산한테 전화해 봐."

"네?"

생각지도 못한 방향으로 상황이 흘러가는 바람에 새힘이 깜짝 놀라 어깨를 흠칫 굳히자 이 팀장은 '낙하산'이라는 말을 새힘이 제대로 못 알아들은 줄로 착각하고 깔깔 웃었다.

"총무 부장한테 전화해 보라고. 그쪽한테도 모친인 거니까, 두 양반한테 다 전화를 해 보자는 거야. 총지배인님이 출장중이라 전화를 못 받을지도 모르니까, 새힘 씨가 낙하산한테 전화를 해 보라는 거야. 난 총지배인님한테 해 볼 테니."

이은성과 통화를 하라니 뭐 이런 기가 막힌 일이 다 있는 거야? 제가 총지배인님에게 전화를 해 보면 안 될까요, 하는 말이 목구멍까지 치솟았지만, 그럴 수가 없었다. 자신은 높으신 분과 통화할 만큼의 끗발이 안 되는 평사원이니까.

이 팀장이 총지배인과의 통화를 시도하기 시작하자 새힘 역시 마지못해 은성의 연락망을 찾아내 수화기를 치켜들었다. 전화번호를 최대한 느릿하게 누르고서 통화 연결음을 듣는 동안, 제발 이 팀장이 먼저 총지배인과의 통화에 성공하기를 기도했다.

〔네. 여보세요.〕

기도는 물거품으로 끝나 버렸다. 어이없게도 총지배인과의 통화를 연결 중인 이 팀장이 말없이 수화기를 붙잡고 있는 동안, 은성이 먼저 전화를 받아 버린 것이다.

〔여보세요?〕

다시 한 번 은성의 목소리가 흘러나와서야 새힘은 겨우 입을 열었다.

"앱솔루트 캐슬 호텔의 총무 부장님 휴대폰 맞으신가요?"

〔그렇습니다만.〕

"여기는 호텔 고객관리부서인데요, 업무상 논의 드릴 게 있어서 전화를 드렸습니다. 지금 통화 괜찮으신가요?"

〔고객관리부? 고객관리부의 누구시죠?〕

최대한 자신임을 밝히지 않으려 하던 새힘은 작게 입술을 깨물며 살짝 뜸을 들였다가 가까스로 대답했다.

"VIP 담당 송새힘입니다."

〔송새힘?〕

놀랍다는 듯 은성의 목소리 톤이 미미하게 올라갔다. 새힘은 인상이 구겨지지 않도록 애썼다.

"스위트룸에 투숙하고 계신 고객님 관련 문제 때문에, 밤이 늦은 줄 알면서도 급하게 연락을 드렸어요."

은성과 길게 통화하고 싶지 않아 새힘이 딱딱한 사무조로 말하자, 그는 아주 잠깐 침묵을 지키다 이내 대답했다.

〔해.〕

새힘은 가만히 숨을 들이켜고서 지금의 상황을 빠르게 설명했다. 내일 아침까지 한복이 준비되지 않으면 벌어지는 사태에 대해서도, 프레지덴셜 스위트룸의 VIP 고객이 얼마나 까다롭고 자애심이 없는지 역시 자세히 설명했다.

〔지금 어머니 해외에 계시는데.〕

한참을 듣고 있던 은성이 내뱉는 말에 새힘은 망치로 한 대 얻어맞은 듯 머리가 멍해졌다. 그래서인지 생각지도 못한 말이 그녀의 입에서 튀어나왔다.

"아, 아니 갑자기 왜?"

〔왜라니? 어머니가 네 허락이라도 받고 해외에 나가셔야 한다는 건가?〕

"아……그게 아니라 너무 다급해서 그만……."

스스로가 생각해도 너무 얼빠진 짓을 한 것 같아 작게 헛기침을 한 새힘은 바싹 마른 입술을 혀로 축였다.

"사모님께서는 언제 귀국하시는 건데요."

[모레쯤?]

첩첩산중이라더니. 새힘은 신음을 삼키고서 말을 이었다.

"사정이 그러면, 부장님이라도 저희를 도와주세요. 총지배인님께서는 제주도 출장 중이시라 전화를 안 받으시고, 사모님께서는 해외에 나가셨다니, 저희를 도울 사람은 부장님밖에는 없네요."

[내가?]

그래, 네가! 내가 그만큼 급한 사항이라고 얘기를 했잖니! 난 F/O고 넌 B/O라 느긋하다 이거야? 급해 죽겠는 이곳 사정과는 달리 은성의 목소리가 태연하기 그지없자 새힘은 팍 인상을 썼다.

"그럼, 부장님 말고 또 누가 있죠? 제주도 출장 중이신 총지배인님을 모셔 와요? 아님, 해외 계신다는 사모님을 뵈러 내가 직접 다녀와요? 그러니까 부장님이 사모님께 전화를 걸어서 물어보든지, 온 집 안을 뒤지든지 해서 한복의 행방 알아보시라구요. 내일 아침까지 그거 못 구하면 스위트룸 고객님께서 체크아웃 하신다니까 부디 그런 사태는 일어나지 않게 빨리요!"

조금은 신경질적으로 내뱉고서 수화기를 쾅 내려놓은 새힘은 그제야 아차, 싶었다. 이 팀장이 입을 쩍 벌린 채 자신을 바라보고 있었기 때문이다.

"새힘 씨, 낙하산을 그렇게 막 대해도 돼?"

"제가 그, 그랬나요?"

"난 자기가 부하 직원한테 명령하는 줄 알았어."

"어, 그게. 우리는 급한데 너무 태연한 말투라서 제가 조금 흥분했나 봐요."

당황해 하는 새힘을 물끄러미 지켜본 이 팀장이 씨익 웃음을 보였다.

"잘했어. 낙하산은 그렇게 다루어 줘야 제 맛이지. 근데, 한복의 행방을 찾으라니?"

"그게, 총지배인님 모친께서 지금 해외에 계신대요. 그래서 낙하산한테 전화로 물어보든 집 안을 뒤져 찾든 하라고 한 거였어요."

"뭐야, 그럼, 한복을 못 구할 수도 있다는 뜻이잖아. 야단이네."

이 팀장이 초조하게 말하고는 다시 수화기를 치켜들었다.

"아무래도 총지배인님은 전화를 못 받을 상황이신 듯해. 내가 낙하산한테 다시 해 봐야겠다."

그러곤 은성에게로 통화를 연결시켰다. 하지만, 은성이 전화를 받지 않는 건지 가만히 수화기를 귀에 댄 채로 서 있던 이 팀장이 미간을 찡그리며 전화를 끊어 버렸다.

"이 낙하산, 왜 전화를 안 받아? 이대로 나 몰라라 하는 거 아냐?"

"잠시 기다려 보죠. 연락이 올지도 모르니까요."

나직하게 말하고서 새힘은 묘한 표정을 지었다. 이 팀장의 기우대로 연락이 없거나, 이 일을 빌미로 자신에게 이상한 꿈수라도 쓰려 한다면 이은성이란 놈은 전혀 변하지 않은 거다. 그동안 신사인 척, 무심한 척 굴었던 것도 그녀를 방심시키기 위해 쇼를 한 것이라는 결론이 나온다. 그런 거라면 앞으로 더더욱 몸을 사릴 필요가 있었다.

그런 게 아니라면 정말 다행이지만.

그로부터 몇 십 분이 지났을 때였다. 정적을 가르고 전화벨 소리가 사무실에 울려 퍼졌다. 번개보다 더 빠른 속도로 이 팀장이 가로채다시피 수화기를 귀에다 대었다.

"네. 고객관리부 이수진입니다. 아! 네, 네!"

마치, 로또라도 당첨된 양 이 팀장의 얼굴이 다시 환하게 밝혀졌다. 새힘은 사근사근한 목소리로 통화를 하는 이 팀장에게 입 모양으로 '낙하산이에요?' 하고 물었다. 이 팀장이 눈을 맞춰 오며 빠르게 고개를 끄덕였다. 그러면서 엄지와 검지를 동그랗게 모아 오케이 사인을 해 보인다. 일이 잘 풀린다는 신호였다.

어?

새힘에게 순간적으로 찾아온 감정은 '믿을 수가 없어.' 였다. 안도감은 그 다음이었다. 정말로 개망나니 이은성이 이 일을 해결하기 위해 몸소 나섰단 말인가? 설마, 하는 감정으로 고개를 흔드는데, 이 팀장이 전화를 끊고서 자그맣게 만세를 외쳤다.

"낙하산이 그 한복 찾았단다. 지금 이리로 직접 가져다주겠대. 거기다, 모친께서 그걸 시드니에게 선물로 주겠다고 했대. 일이 잘 풀리려니까 일사천리로 해결되나, 그지? 아, 이제 두 발 뻗고 잘 수 있겠다."

일단은 정말 다행이라 새힘이 퍼뜩 고개를 끄덕였다. 이제야 한시름 놓았다는 표정으로 이 팀장이 커다랗게 한숨을 내쉬었다. 덩달아 새힘 역시 일이 일단락되었다는 안도감에 훨씬 마음이 편안해졌다.

한편으로는 호텔을 위해 의외의 행동을 한 은성에게 상당히 놀라는 중이었다. 이제는 정말로 개에서 사람으로 승격을 한 것도 같아 아주 조금은 그가 다시 보인다고나 할까. 뭐, 계속 두고 볼 일이겠지만.

시드니의 한복 사건은 새힘과 이 팀장, 그리고 은성의 도움으로 원만히 해결되었다. 불가능한 요구를 기적적으로 처리해 주었는데도 그 오만한 연놈들은 당연하다는 듯 받아 챙겼다. 하루에 몇 백만 원을 호가하는 룸을 이용해 주는 데에 대한 아주 작은 대가쯤으로 여기는 모양이었다.

그렇게 평소보다 늦게 하루의 일과를 마치고 라커룸으로 향한 새힘은 느릿하게 옷을 갈아입었다. 온몸이 물 먹은 솜처럼 무겁디무거워 빠릿빠릿하게 움직여지지 않는 탓이었다. 퇴근이고 뭐고 따끈한 라커룸에 누워 그대로 뻗어 잤으면 싶을 정도였다.

대충 옷을 갈아입고 직원용 후문을 이용해 호텔 밖으로 나오니 실내가 주던 온기 대신 바깥의 냉기가 훅 몸을 덮쳤다. 코트의 옷깃을 여미며 새힘은 건물 아래서 잠시 대기를 바라보았다. 진한 어둠과 함께 추적한 물기가 보슬보슬 흩뿌려지고 있었기 때문이다.

가뜩이나 추운 계절에 예고도 없이 비가 내리니 새힘은 난감하기 그지없었다. 이럴 때는 똥차라도 좋으니 자가용이 절실했다. 조금만 맞아도 얼어붙을 것 같은 차가운 비를 피해 어떻게 버스 정류장까지 뛰어가나, 버스에서 내린 뒤에는 또 집까지 어떻게 뛰어가야 하나, 전혀 고민할 필요가 없을 테니까. 특히나 오늘처럼 육체적으로나 정신적으로나 모두 지쳤을 때에는 더욱 애마가 간절했다.

할부로 경차라도 한 대 뽑아야 하나.

잠시 비의 굵기를 가늠해 보던 새힘은 숄더백을 머리에 척하니 얹었다. 그러곤 세상에서 가장 날씬한 사람이라는 '비사이로막가'를 흉내 내기 위해 막 질주 본능을 깨우려는 찰나였다.

은회색의 차 한 대가 어둠을 가르며 새힘의 곁으로 스윽 다가왔다. 일부러 다가오는 것임이 분명한 차의 움직임에 새힘은 슬쩍 눈썹을 세운 채 바라보았다. 바로 지척에서 멈추어 선 차의 운전석 윈도우가 슥 내려갔다. 운전석을 들여다본 새힘의 눈이 동그랗게 커졌다.

"타. 집까지 태워 줄게."

은성이었다. 조금 전 친히 호텔까지 한복을 가져다주고서 이제야 귀가를 하려던 건지 일부러 자신을 기다린 건지 알 길이 없다. 은성이 낙하산으로 입사했다는 걸 날세 뒨 그닐 이후 그가 이렇게 직접적으로 말을 걸며 다가온 적이 없었기에 새힘은 꽤 당황스러웠다.

"괜찮습니다."

새힘은 고집스럽게 존대를 쓰며 시선을 돌렸다. 회사서든 밖에서든 사적으로는 얽히지 않겠다는 나름대로의 의지를 표출한 것인데 은성이 쿡쿡 웃음을 터트렸다. 그 웃음에 새힘이 인상을 찡그렸지만 그는 한참이나 더 웃은 다음 입을 열었다.

"그 존대, 너무 어색하지 않아?"

"……."

그래, 어색하다. 어색하다 못해 역겨워 죽겠다, 이 새끼야.

새힘이 대꾸 없이 머리에 올린 가방을 고쳐 이고서 달리려하자 은성이 그녀의 발길을 붙잡았다.

"넌 내가 무섭니?"

새힘의 고개가 자동으로 은성에게 향했다. 은성에게 무서움을 느낀다기보다는 경계를 하고 있다는 게 더 맞을 것이다. 하지만, 그녀는 정곡을 찔린 것처럼 뜨끔해졌다. 새힘은 그런 감정을 표출하지 않으려 어이없는 웃음을 짓고 말았다.

"네가 뭐라고 무서워 말고 하겠니? 누가 들으면 네가 지옥에서 온 야차라도 되는 줄 알겠다."

"안 그런 척하지만 마주칠 때마다 넌 늘 움츠러들었거든."

"억지 추측하지 마. 난 그런 적 없어."

"그런 게 아니라면 다행이네. 그럼, 타. 얌전히 집 앞까지 태워 줄 테니까. 못 탈 이유 없잖아."

새힘은 고운 미간을 구긴 채 계속 은성을 노려보다 이내 그의 차로 다가갔다. 그가 팔을 뻗어 손수 조수석의 문까지 열어 주자 그녀는 차에 올랐다.

"예전에 살던 그 집이지?"

뾰족하니 고개를 끄덕이는 새힘의 옆모습을 보며 만족스런 미소를 짓고서 은성은 이내 차를 출발시켰다.

명백한 은성의 도발이라는 걸 새힘도 잘 알고 있었으나, 넘어가지 않을 수가 없었다. 아니, 솔직히 일부러 도발에 넘어가 준 것이기도 했다.

태워 준다는데 못 탈 건 또 뭐야 하는 마음이 들기도 하고, 한편으로는 이러는 저의가 뭔지 궁금하기도 했기 때문이다. 시간이 남아돌고 기름이 남아돌아 태워 준다니 기사처럼 생각하면 그뿐이었다. 여차해서 허튼짓 따위를 할 기미를 보인다면 숨겨져 있던 본성을 보게 되는 거고.

"음악 틀어 줄까?"

은성의 물음에 새힘은 휙 그를 바라보았다가 다시 정면으로 시선을 고정시켰다.

"신경 쓰지 말고 그냥 운전해."

딱딱한 그녀의 말에 그는 쿡쿡 작게 웃고는 말없이 차를 몰았다. 은성이 예전과는 확실히 많이 달라지긴 달라진 모양이었다. 예전 같으면 눈곱만치도 누군가를 배려하려는 마음 따

236 솜솜
녀녀2

위는 갖지 않았을 텐데. 그 마음이 진실이든 거짓이든 신기하긴 했다.

몸에 각인되었던 차갑고 눅눅한 기운이 따스함과 포근함으로 이루어진 차 안의 공기와 어우러져 몸이 녹아감에 따라 새힘을 둘러싸고 있던 뻣뻣한 긴장감도 조금 누그러졌다. 직각으로 세우고 있던 허리를 시트에 편안히 기대고 저도 모르게 바짝 움켜쥐고 있던 주먹도 느슨히 풀었다. 은성은 정말 제가 내뱉었던 대로 얌전히 운전만 할 뿐이었다.

이 차가 은성의 것이 아니고 메이의 것이라면, 더불어 운전을 하고 있는 사람이 은성이 아니고 메이였더라면 더 좋았을걸. 그랬으면 이 포근함에 취해 마음껏 잠이 들었을 텐데, 하는 생각을 하며 새힘은 정면을 주시했다.

목적지로 향해 중반쯤 달렸을 무렵, 새힘은 시선을 돌리지 않은 채 가만히 말문을 열었다.

"할 말 있으면 해."

조용한 가운데 흘러나온 새힘의 목소리에 은성의 고개가 그녀에게로 향했다가 다시 원위치로 돌아갔다.

"할 말?"

"할 말이 있어서 태워 주겠다고 한 거 아냐?"

"티 안 냈는데, 눈치가 많이 빨라졌군."

"당연하지. 프런트 데스크부터 시작해서 GRO가 되기까지 고객들의 눈치만 보면서 근무한 햇수가 꽉 찬 3년이야. 넌 백오피스라 잘 모르겠지만, 고객을 직접 대면하는 우리는 네가 생각하는 것보다 훨씬 더 치열한 조건에서 근무해."

무미건조하지만 날카로운 가시가 박혀 있는 말에 은성이 흠, 숨을 내쉬었다. 그는 잠시 동안 침묵을 끌어가다 낮은 목소리를 냈다.

"비긴 걸로 하자."

조금은 뜬금없는 소리에, 한쪽 눈썹을 세운 채 그 의미를 가늠해 보던 새힘은 이내 어이없는 얼굴로 그를 쩨려보았다.

"친구를 시켜 네가 보는 앞에서 날 강간하려 했던 것과, 그 대가로 내가 널 국외로 추방시킨 걸 비긴 셈 치자, 이 뜻이니?"

말을 하다 보니, 예전의 몹쓸 기억이 떠올라 새힘은 치가 떨렸다. 늦지 않게 메이가 구하러 왔기에 큰 곤욕은 치르지 않았지만, 그때만 생각하면 억울하고 분해 신경쇠약에 걸릴 지경이었다. 겨우 가슴속 저 밑바닥에 묻고 또 묻으며 지내왔는데, 뭐? 비긴 걸로 하자고?

"그때 메이가 때맞춰 날 구하러 오지 않았으면 난 네가 보는 앞에서 네 친구 놈에게 강간이라는 걸 당했겠지. 근데, 미수에 그쳤으니 별일 아니다? 그러니, 너랑 나랑 비긴 걸로 하자고? 지금 그런 의도로 말한 거지?"

"류메이가 오지 않았어도 아무 일 없었을 거야."

"뭐?"

"네게 겁을 주고 싶었던 것뿐이야. 방법이 과격했던 건 인정해. 하지만, 네가 오해하고 있는 것처럼 그 이상의 것을 시키지는 않으려 했어."

새힘의 입술이 분노로 바르르 떨렸다.

"아, 그랬구나? 참 고마워서 눈물이 날 것 같나. 그래, 지금 그 말을 나보고 믿으라고?"

"믿지 않아도 좋아. 그래도 얘기는 해줘야 할 것 같았어."

한숨 섞인 묵직한 은성의 목소리에 새힘은 수 초 동안 힘주어 그를 노려보고서 시선을 정면으로 되돌렸다.

"설령, 그게 진실이라고 해도 이제 와서 달라지는 건 없어. 공포 속에서 허우적대던 그때, 내 눈에 비치던 네 모습은 이미 인간쓰레기였거든. 겁만 주려고 했든 겁탈을 하려고 했든 내겐 똑같이 치욕스럽고 불쾌한 기억일 뿐이야. 넌 죽었다 깨어나도 그 차이점을 모를 테지만. 넌 내게 비긴 셈 치자고 할 게 아니라, 사과부터 했어야 해. 다시는 이런 말도 안 되는 얘기 같은 건 듣고 싶지 않아."

찔러도 바늘 끝도 들어가지 않을 만큼 강경하고 꼿꼿한 새힘의 태도에 은성이 다시 한숨을 내쉬며 낮게 내뱉었다.

"덕분에 나도 그동안 편하게 발 뻗고 지내는 못했어. 피부색이며 언어, 문화까지 통하는 데라고는 하나도 없는 낯선 곳에서 지금까지 철저히 이방인이라는 굴레를 쓰고 지내야 했으니까."

정말 고생한 듯 쓸쓸하기까지 한 은성의 목소리에 새힘은 날카롭게 숨을 삼켰다. 그러니, 어쩌라고. 너도 힘들었으니, 나만 피해자라는 생각은 버려라, 이거야?

은성은 그 말을 끝으로 말없이 운전에만 몰두했다. 딴에는 힘겹게 오랜 시간을 보냈다는 사실을 알린 것만으로도 오늘의 목적은 달성한 셈이 아니겠는가. 그것을 받아들이고 말고를 결정하는 것은 그녀의 몫이니까. 갑자기 급두통이 밀려오는 듯해 새힘은 창 쪽으로 고개를 돌린 채 뻑뻑해진 눈을 감았다.

차라리 계속 안하무인으로 지낼 것이지, 이런 얘기는 왜 해서 머리를 지끈거리게 만드는 건지 모르겠다.

"다 왔어. 여기 맞지?"

은성의 말에 새힘은 줄곧 감고 있던 눈을 떴다. 밖을 보니, 이미 차는 집 근처에 당도해 있었고 쏟아지던 비는 그친 상태였다.

은성은 차 안에서 잠깐 나누었던 이야기를 지지부진하게 더 연장하지 않았다. 오는 내내도 말이 없었으며, 새힘이 차에서 내리는 순간까지도 더 변명을 하거나 하지 않았다. 만약 억지로 더 이야기를 시도하려고 했더라면 도로 중간이라도 세워 달라고 했을 것이다.

"들어가. 많이 늦었다."

그가 운전석의 창을 내리며 하는 말에 새힘은 작게 대꾸했다.

"먼저 가. 가는 거 보고 들어갈게."

눈앞에서 은성이 사라져 줘야 왠지 마음이 편할 것 같아서 한 말인데, 그는 조금 다르게 해석한 듯 입가에 미소를 드리

240 숲속
년녀2

우고는 고개를 끄덕였다. 은성이 이내 차를 돌려 동네를 빠져나가자 새힘은 못 박힌 듯 그 자리에 서서, 그가 큰 도로까지 나가는 걸 눈으로 확인했다.

"흐음. 확실히 변하기는 했는걸."

대화가 단절된 이후부터는 잠이 든 척 계속 눈을 감은 채로 왔음에도 은성은 전혀 허튼 수작을 부리지 않았다. 그저 묵묵히 운전만 할 뿐이었다. 은성의 지난날을 용서하고픈 마음은 여전히 없었지만, 앞으로 과도하게 그 앞에서 움찔거리며 경계할 일은 그나마 없을 것 같아 한결 속이 편하긴 했다.

휴대전화를 꺼내 시간을 확인하자 어느덧 자정에 가까워지고 있었다. 이 시간에 메이는 뭘 하려나? 아직 공부에 열중해 있으려나?

전화를 한 번 해 볼까 하던 새힘은 이내 고개를 흔들어 그만두었다. 잠이 들었을 수도 있는데 깨우고 싶지는 않았다.

막 대문을 열고 안으로 들어가려는 찰나였다. 손에 쥐고 있던 휴대전화가 진동을 해대기 시작했다. 액정을 바라본 그녀의 얼굴이 급격히 밝아졌다. 메이였다. 아직 잠자리에 들지 않았던 모양이다. 이럴 때는 꼭 텔레파시가 통한 듯해 기분이 한층 더 좋았다. 그녀는 전화가 끊어질세라 퍼뜩 휴대전화를 귀로 가져갔다.

"응. 메이야. 아직 안 잤던 거니?"

〔아직. 넌, 퇴근 전?〕

"아냐. 퇴근하고 이제 막 집 앞에 도착했어."

〔어? 난 왜 못 봤지?〕

조금 당황스러워 하는 듯한 메이의 목소리에 새힘은 고개를 갸웃거렸다.

"못 보다니, 무슨 말이야? 메이 너, 어딘데?"

〔버스 정류장.〕

"에? 이 밤에 거긴 왜? 어……설마, 일부러 날 기다리고 있었던 거야?"

〔맞아.〕

"아니, 언제부터?"

〔얼마 안 됐어.〕

얼마 안 됐다고 하는 메이의 말은 절대로 믿을 수가 없다. 아마 몇 시간을 기다렸어도 그는 얼마 안 됐다고 대답할 것이다.

"메이야, 내가 그쪽으로 갈게."

〔집 앞에 있어. 내가 갈 테니. 괜히 혼자 동네 다니지 말고.〕

"응."

통화를 끊고 새힘은 천천히 버스 정류장 쪽으로 걸음을 움직였다. 메이가 있으라고는 했지만, 그냥 서 있을 수가 없어서다.

조금 걸어가자, 저만치서 오고 있는 메이가 보여 새힘의 발걸음이 절로 빨라졌다. 두근두근, 가슴이 터질 듯 울렁거린다. 그 역시 그녀를 발견하고서 기다란 다리로 더욱 크게 보

폭을 떼며 다가왔다. 한 손에 들린 우산이 눈에 들어와 새힘
은 팬스레 코끝이 찡해졌다. 비가 그치기 전부디 기디리고 있
었다는 뜻이기도 했으니까.

빠른 걸음으로 바로 지척까지 가까워지자 두 사람은 누가
먼저랄 것도 없이 다가가 서로의 몸을 끌어안았다. 넓은 메이
의 품과 몸을 감싸는 단단한 팔 그리고 그만의 체취에 새힘은
작게 한숨을 내쉬며 그의 가슴팍에 얼굴을 묻었다. 꽤나 오래
기다린 듯 그의 몸에서 찬 기운이 느껴졌다.

"퇴근이 왜 이렇게 늦어? 많이 피곤하겠다."

메이가 그녀의 등을 어루만지며 걱정스러운 투로 말했다.
가슴팍에 파묻었던 얼굴을 슬며시 들어 새힘은 메이의 얼굴
을 바라보았다. 아, 언제 봐도 너무 멋진 우리 메이.

"그게, 조금 까다로운 고객이 있어서 일처리 좀 해주느라
퇴근이 늦어졌어. 근데 넌 대체 언제부터 버스 정류장에서 날
기다린 거야?"

"얼마 안 됐어. 너야말로 어떻게 된 거야. 이 늦은 시각에
지하철을 타고 왔을 리 없고."

새힘은 순간적으로 당황한 말문이 콱 막히고 말았다. 메이
에게 은성의 차로 왔다고 곧이곧대로 말할 수는 없는 노릇 아
닌가. 그녀는 과도하게 속눈썹을 깜빡이다 간신히 대꾸의 말
을 찾아냈다.

"어, 티, 팀장님이 태워 주셨어. 비도 오고 시간도 많이 늦
었다고 태워 주고 가셨어."

"아아. 어쩐지 아무리 기다려도 안 온다 했어."

처음으로 메이에게 거짓말을 하고 말았다. 그것도 은성과 관계된 거짓말. 마치 죄를 지은 것처럼 심장이 빠르게 뛰고 입술이 바짝 마른다.

메이와 눈을 마주하지 못할 만큼 떳떳치 못한 일이 있었다거나 그런 류의 마음을 먹은 적 없었지만, 새힘은 사실대로 말할 수가 없었다.

메이가 얼마나 은성을 끔찍이 싫어하는지 누구보다 더 잘 알고 있었기에 똑바로 고한 뒤의 감당을 해낼 자신이 없었다. 같은 직장에서 근무한다는 사실만으로도 길길이 뛸 텐데 은성의 차까지 타고 왔다고 하면 아마, 그녀가 회사를 그만두기 전까지는 얼굴도 보지 말자고 할지도 몰랐다. 생각만으로도 머리가 지끈거리고 속이 답답해져 왔다.

거기다 중요한 시험을 앞두고 있는 시점에서 메이에게 괜한 걱정거리를 안겨 주고 싶지도 않았다. 언젠가는 은성에 관한 이야기를 꺼낼 테지만, 지금은 시기가 좋지 않았다.

하지만, 아무리 그럴 듯한 이유를 갖다 붙여도 거짓말을 했다는 죄책감 때문에 마음이 너무도 불편한 건 사실이었다. 새힘은 애써 화제를 바꾸었다.

"근데, 어떻게 전화도 한 통 없이 그러고 있었던 거니? 내가 더 늦게 왔으면 어쩌려고 그렇게 무작정 기다린 거야."

메이가 별거 아니라는 얼굴로 어깨를 으쓱해 보였다.

"7번."

"7번?"

"서로의 퇴근 시간에 맞춰 버스 정류장 또는 지하철역에서 올 때까지 기다려 보기. 이게 7번이었어. 넌 버스를 주로 이용하니까."

메이의 부연 설명에 새힘은 마음이 짠해졌다. 종이쪼가리에 적어 놓은 그게 뭐라고 이렇게 추운 밤에 무작정 기다렸단 말인가. 새힘은 다시 메이의 가슴에 얼굴을 묻으며 허리를 꽉 껴안았다.

아. 이런 날은 따뜻한 방에서 밤새도록 메이의 체취를 느끼며 함께 있고 싶다. 으으. 나. 너무 밝히는 건가?

새힘을 태워 주고 강남에 위치한 고급 오피스텔로 돌아온 은성은 거칠게 넥타이를 풀어헤치며 곧장 주방 한쪽에 비치된 홈바로 향했다. 갈색의 양주를 따서는 온더록스 잔에 반 이상 채우고서 물을 마시듯 쉬지 않고 벌컥벌컥 들이켰다.

독한 알코올의 기운으로 인해 목 안이 타는 듯이 홧홧했지만 은성은 눈 하나 깜짝 않고 내리 한 잔을 더 들이켰다. 그의 미간이 구겨지는 동시에 손에 들린 온더록스 잔이 벽을 향해 사정없이 날아갔다.

퍽!

유리가 파열되는 소리가 공허한 공간에 울려 퍼졌다. 은성의 입가가 형언할 수 없는 분노를 담고 비틀려 올랐다.

"분명히 그 튀기새끼였어, 분명히."

새힘을 집 앞까지 태워 주고 나오는 길 그는 버스 정류장에 우두커니 서 있는 커다란 인영을 보았다. 8년이 지나고, 바로 옆에서 본 것도 아니었지만, 은성은 온몸에서 자신만만한 기운을 발산하고 있던 그 인영이 누구인지 단박에 알아보았다.

류메이. 분명 그놈이 맞았다.

은성의 어금니가 악다물렸다. 생각만으로도 피가 올라올 만치 치 떨리는 그 튀기새끼. 죽음보다도 더 큰 치욕감을 안겨 준 장본인. 할 수만 있다면 그때의 기억 따위는 모조리 도려내고 싶었다. 하지만, 그 빌어먹을 기억은 잊을 만하면 악몽이 되어 그를 괴롭혀댔다. 지금처럼 갈비뼈에 조건반사적인 통증을 동반하고서.

차로 곧장 돌진해 그대로 튀기새끼를 치어 버리고 싶은 걸 억누르느라 온몸의 힘줄이 불거져 나올 지경이었다.

은성은 머리끝까지 치밀어 오르는 열기를 식히기 위해 잠시 마음의 안정을 취하며 뻣뻣해진 뒷목을 어루만졌다. 그의 입가가 비스듬히 올라갔다.

"하, 빌어먹을 계집애. 류메이가 유학 중이라 안부를 모른다고?"

그는 조소를 내뱉고는 얼굴에 어린 표정을 지웠다. 그의 안광이 기묘한 기운을 담고서 번뜩이기 시작했다.

23.

　새해가 밝아오고 큰 이변이 없는 한 합격이 확실할 거라던 예측대로 메이는 무사히 국가고시에 합격했다. 꼭 아들을 고시에 합격시킨 어머니처럼 기뻐서 어쩔 줄 모르는 새힘과는 달리 메이나 메이 식구들은 비교적 조용한 편이었다. 모두 당연히 합격할 것이라 여긴 듯 크게 신경도 안 쓴 눈치였다.

　메이가 국가고시에 합격한 덕에, 새힘은 모처럼만에 느긋하고 달달한 나날을 보내고 있었다. 2월 말경부터는 메이의 인턴 과정이 시작되므로 그때까지는 다소 여유가 있는 셈이었다. 그러니 그동안 못해 본 것들을 몰아서 해 보느라 몸이 남아나지 않을 지경이었다.

　오늘은 메이에게 바쁜 일이 있어 간만에 영경을 만나 저녁을 함께하기로 약속을 잡았다. 영경이 알면 꿩 대신 닭이냐며 길길이 날뛸 테니 무조건 비밀 엄수였다.

한때 영경과 수시로 오던 대학가의 패밀리 레스토랑은 아직 이른 시간이라 크게 붐비지 않았다. 먼저 도착한 새힘이 10여 분 정도 휴대전화를 만지작거리며 시간을 때우고 있자, 목도리와 장갑 그리고 털모자까지 중무장을 한 영경이 헐레벌떡 레스토랑으로 뛰어 들어왔다.

두리번거리며 새힘의 위치를 확인한 영경은 터벅터벅 다가와 맞은편에 털썩 엉덩이를 대고 앉았다.

"좀 늦었지? 쏘리, 쏘리."

영경이 장갑과 목도리를 벗어 옆에 두며 하는 말에 새힘이 슬쩍 눈을 흘겼다.

"양갱, 넌 네가 보자고 해놓고 늦냐?"

영경의 얼굴이 금세 팍 구겨졌다.

"임 선생 때문에. 대판 하고 나오는 길이야."

"또 임 선생이야? 아니, 이번에는 왜?"

새힘의 물음에 영경이 흠, 흠 헛기침을 하더니 슬쩍 입을 열었다.

"나 저번 주 일요일에 소개팅 했거든."

"뭐? 어, 진짜? 뭐하는 사람인데? 어떻게 생겼어? 몇 살, 몇 살?"

뜻밖의 소식에 새힘이 눈을 반짝이며 테이블 중앙으로 몸을 기울이자 영경은 한숨을 푹 내쉬고서 말을 이었다.

"나보다 한 살 많은 고등학교 수학 교사. 키도 178센티 정도는 돼 보이고 얼굴도 제법 괜찮아. 선생님이라길래 되게 고리타분할 줄 알았는데 유머도 있고 센스도 있어. 직업이 교사라서 그런지 품행이 단정하니, 매너도 좋더라."

"오호, 잘됐다! 그래서 어떻게 됐어? 또 만나기로 했어?"

"저녁도 먹고 차도 마시고 한강 둔치 가서 거닐기도 하고 괜찮았어. 정말……괜찮았거든? 그래서 다음 약속까지도 잡았거든?"

"근데, 왜? 뭐가 잘못됐어?"

영경은 똥 씹은 것처럼 인상을 있는 대로 구겼다가 훅 심호흡을 하고서 겨우겨우 평정심을 되찾았다.

"근데, 이 망할 임 선생이 파투를 내 버렸잖아. 그것도 여기로 오기 직전에."

"뭐? 그게 무슨 소리야? 그 임 선생이 네 소개팅을 파투 내다니?"

"임 선생 이 새끼가 그 남자한테서 걸려온 내 전화를 멋대로 받아 버린 거 있지?"

"엑?"

새힘이 놀란 건 임 선생이 소개팅남한테서 걸려온 전화를 멋대로 받아서가 아니라, 영경이 내뱉은 '이 새끼' 라는 대목에서였다.

"양갱, 임 선생이라는 사람, 남자니?"

몰랐냐는 듯 영경이 눈썹을 치켜세웠다.

"당연하지. 여교사 중에 개처럼 그렇게 덤벙대는 사람이 어디 있겠니?"

"액? 그러니까, 임 선생이 남자였다고?"

"그렇다니까? 뭐야, 넌 계속 여자인 줄 알았어?"

"당연히! 난 어린이집이니 당연히 여교사인 줄 알았지. 설마 남자일 줄은 생각지도 못 했어. 아니, 근데 그 임 선생이 왜 네 전화를 받은 건데?"

답변이 기가 막힌 듯 영경이 입술을 씰룩였다.

"내가 잠시 애들 보는 사이에 전화가 왔는데, 내 전화랑 지거랑 비슷하게 생겨서 지 건 줄 알고 받았댄다."

"뭐?"

"그거뿐이게? 받아 보고 지 전화 아닌 걸 알았으면 날 바꿔주던지, 내가 잠시 자리를 비웠으니 다시 전화를 하라고 하던지 해야 하는 거 아냐? 근데, 이 새끼가 거기다 대고 뭐라고 한 줄 아니?"

"뭐라고 했는데?"

"혹시, 정 선생님과 친하십니까? 하고 물은 거야, 그래서, 그 사람이 아직은 아니지만 조만간 차근차근 친해지지 않겠냐고 대답을 했대. 그랬더니 이 자식이 그럼 부탁 하나 해도 되겠습니까? 또 이랬대. 정말 어이없지만, 하라고 했더니 글쎄, 나 참 기가 막혀서."

"뭔데, 뭔데? 뭐라고 했대?"

영경에겐 미안했지만 범상치 않은 임 선생의 포스에 새힘은 웃음이 터지려는 걸 억지로 참았다. 영경은 앞에 놓인 물을 꿀꺽꿀꺽 들이켜고서 말을 이었다.

"아니, 이 새끼가, 정 선생님과 조금 친해지시거든 말씀 좀 전해 주십쇼. 제발 애기들 똥기저귀 갈고 난 뒤에는 손 좀 씻으라고 말입니다. 김까지 싸 먹으니 정말 더러워서 같이 밥을 못 먹겠습니다. 이랬댄다!"

"푸, 풉!"

새힘은 참지 못하고 기어코 웃음을 터트리고 말았다. 영경이 뭐가 웃기냐며 눈을 세모꼴로 뜨고 노려보았지만, 새힘은 얼굴이 발갛게 달아오를 때까지 키득거렸다.

"야, 너 자꾸 웃을래? 난 약 올라서 죽겠는데."

"와, 그 임 선생이라는 사람, 진짜 대박이다. 너무 매력적인 거 아냐?"

"지랄을 하세요. 나, 진짜 미치겠거든? 아무래도 평소에 내가 구박을 하니까 억하심정으로 그런 거 같은데. 두고 봐. 앞으로도 죽도록 괴롭혀 줄 테니까."

신경질적으로 손부채질을 해대는 영경에게 새힘이 나른한 미소를 보였다.

"양갱아."

"왜?"

"너, 오늘은 손 씻었냐?"

"야!"

영경이 빽 소리를 지르자 새힘은 다시 깔깔 대고 웃었다.

"그래서, 그걸로 쫑인 거야?"

"당연히 쫑이지. 어떤 놈이 여자가 똥기저귀 간 뒤에 손도 안 씻고 김까지 싸 먹는다는데 더 만나고 싶어 하겠냐?"

"그렇지. 설령 사실이 아니더라도 다른 남자가 전화를 받아서 그런 얘기하는 자체가 기분 별로겠지."

"그런 것 같더라고. 그래서 나도 미련 안 가지려고. 덕분에 나오면서 임 선생 그 새끼한테 욕이란 욕은 다 퍼부어 주고 나왔어. 속상해애. 오랜만에 술이나 한 잔 사."

"오냐. 쏠 테니 마음껏 마셔라."

평소라면 다음 날 근무에 지장이 있으니 어지간하면 술을 안 마시는 쪽이었지만, 속상해 하는 친구를 보니 생맥주 한 잔 정도는 마셔 주는 것도 나쁘지는 않을 듯싶었다.

과일 안주와 제일 적은 양으로 생맥주 두 잔을 시켜 놓고 두 사람은 한참이나 밀린 수다를 떨었다.

"이은성은 여전해?"

"응. 여전해."

"그놈 진짜 인간 됐나 보네."

새힘은 파인애플 한 조각을 입에 물다 너무 시어 있는 대로 눈을 찌푸리며 대꾸했다.

"그런 것 같기도 하고 그래. 호텔에서 마주쳐도 그냥 눈인사 정도만 하고 지나가. 업무에도 제법 협조적이고. 부서에서도 원만한 인간관계인 것 같더라고."

"자리가 사람을 만든다더니 그 말이 맞나 보네. 어쨌든 넌 편한 거지?"

"뭐, 이은성 때문에 불편한 선 없어. 내 말마따니 VIP들 똥 꾸녕 닦아 준다고 고생하는 것뿐이지."

맥주 몇 모금에 얼굴이 발갛게 달아오른 영경이 별말 아닌데도 술기운이 오르는지 키들거렸다. 새힘이나 영경이나 워낙 술을 즐기는 쪽이 아니다 보니 적은 양의 알코올에도 금세 달아오르곤 했다.

"메이는 언제부터 인턴 시작이야?"

"3월부터 시작인데, 사실상 2월 말경부터라고 보면 돼."

"얼마 안 남았네? 그전에 부지런히 데이또 해야겠다. 인턴 생활 시작하면 장난 아니게 고달프다던데."

"메이야 뭐, 어디다 내놔도 걱정이 안 돼. 워낙 자기 일에 철두철미하잖아."

영경이 맞다는 표정으로 고개를 크게 끄덕였다.

"하긴, 다른 사람도 아니고 류메인데 뭔 걱정이겠어. 류메이라면 눈곱만치도 실수 안 할 것 같아. 좀 사람 같지 않아 인간미가 없어 보이긴 하지만."

그렇게 말한 영경은 새힘 쪽으로 몸을 슥 기울이더니 은근한 표정을 지어 보였다.

"밤일은 잘하냐?"

"뭐, 뭐?"

"설마, 침대에서도 전혀 흐트러지지 않는 건 아니겠지? 흐트러진 류메이는 상상이 안 된다니까?"

새힘이 눈을 가늘게 뜨고서 팔을 툭 때리자 영경은 깔깔 웃었다. 너무나 예쁜 사랑을 하는 친구를 바라보는 눈에 부러움이 가득했다.

영경과의 자리를 파하고 집으로 돌아오는 길 새힘은 버스의 뒷좌석에 앉아 자꾸만 가물거리는 눈을 끔뻑였다. 생맥주한 잔 마셨다고 취기가 오르는 건지 계속해서 잠이 쏟아지고 있었다. 억지로 눈에 힘을 주고서 버티고 있는데 휴대전화가 진동을 해댔다.

아싸라비아! 메이였다. 하여튼 예뻐 죽겠어. 꼭 때맞춰서 전화를 해준다니까. 새힘은 눈을 번쩍 뜨고 전화를 받았다.

"응. 메이야."

[어디야. 퇴근했어?]

"응. 버스 타고 집에 가는 길. 넌?"

[나도 밖이야. 음. 그럼, 도착하거든 정류장 근처서 잠깐 기다릴래? 데리러 갈게.]

"어, 오늘 볼일 있다더니 다 본 거야?"

[응.]

"알았어. 도착하고 전화할게."

전화를 끊은 새힘은 핸드백 손에 든 파우치를 꺼냈다. 발갛게 달아오른 얼굴에 파우더를 살짝 덧바르고 립글로스도 다시 발랐다. 마스카라로 속눈썹도 손질하고 싶었지만, 흔들리는 버스 안이라 그것만은 참아야 했다. 이제 완전히 잠이 깬 얼굴로 새힘은 버스가 목적지에 도착하기만을 기다렸다.

한참 후, 버스가 목적지에 당도하자 새힘은 일물을 내민지며 내렸다. 자신이 기다려야 될 거라는 예상과는 달리 메이의 차가 먼저 도착해 있었다. 버스에서 내린 새힘은 힐을 신었음에도 빠르게 달려 메이의 차로 다가갔다. 새힘이 다가오는 것을 발견한 듯 메이가 조수석 문을 열어 주었다.

"오늘은 무슨 볼일로 공사가 다망하셨는지요?"

차에 오른 새힘이 안전벨트를 매며 장난스럽게 묻자 메이는 작게 미소만 보이고서 곧 차를 출발시켰다. 뭔가 기분 좋은 일이 있는 듯 보여 새힘마저 슬며시 웃고 말았다.

"근데, 어디로 가는데?"

"가보면 알아."

애매한 메이의 대꾸에 새힘은 혹시, 또 그 일기장에 적힌 걸 실천하려고 그러는 건가 싶어 열심히 머리를 굴려 보았으나 20대 초반에 써 두었던 것들이라 전혀 기억 날 리가 없다. 뭐, 카섹스만큼 쇼킹하기야 하겠어? 새힘은 피식거리며 정면을 주시했다.

20여 분을 달려 도착한 곳이 너무도 의외의 장소라 새힘은 놀라지 않을 수가 없었다. 그녀가 처음으로 발을 디딘 곳은 꽤 고급스러운 오피스텔의 지하 주차장이었다. 어리둥절하게 있는 새힘의 손을 붙잡고서 메이는 이곳의 구조를 잘 아는 듯 망설임 없이 엘리베이터로 향했다.

"여긴 왜 온 거야?"

"가보면 알아."

역시나 한결 같은 대답에 새힘은 어이없는 표정으로 그의 팔을 툭 쳤다. 얼마 지나지 않아 도착한 엘리베이터에 오른 그녀는 흘긋 메이를 보았다. 늘 무표정하긴 했지만, 오늘의 그는 왠지 들뜬 듯해 보였다. 여기에 누가 있길래?

새힘의 궁금증은 얼마 지나지 않아 풀어졌다. 엘리베이터 에서 내려 오피스텔의 문 앞으로 뚜벅뚜벅 걸어간 메이는 마치 제 집처럼 도어 록의 비밀번호를 눌러 잠금을 해제시켰다. 그러곤 그녀의 손을 움켜쥐고서 안으로 끌어당겼다.

"들어와."

센서등이 켜진 현관에서 또 하나 있는 중문을 열어젖힌 메이가 새힘을 안으로 안내했다. 조심스레 거실로 들어선 새힘의 눈이 동그랗게 커졌다. 고급 오피스텔답게 거실부터가 크고 쾌적했으며 조명까지도 굉장히 화려했다.

새것처럼 보이는 소파며 테이블 등 거실을 가만히 살펴본 새힘이 메이에게로 시선을 주었다.

"설마, 이 오피스텔 주인이 너니?"

그가 가만히 고개를 끄덕이자 새힘은 입을 쩌억 벌렸다.

"아니, 언제 이렇게 준비를 한 거야?"

"얼마 안 됐어."

"집에서 완전히 독립하게?"

"그래야지."

"언제부터?"

"조만간 인턴 시작이니 그 전에 짐 정리해서 나올 거야."

"아아."

새힘은 여전히 얼떨떨한 얼굴로 터벅터벅 걸어가 가죽 소파를 손으로 쓸어 보고 조경이 훤히 보이게끔 설계된 대형 거실창을 통해 밖을 바라보았다. 그녀는 주변의 교통 상황이 한눈에 들어오는 바깥을 잠시 동안 바라보며 속으로 감탄사를 연발했다.

이런 서프라이즈가 기다리고 있었다니. 그래서 메이가 평소보다 더 기분이 좋아 보였던 거다. 뭘 해도 구애 받지 않는 자신만의 공간이 생겼기 때문에.

응? 뭘 해도 구애 받지 않는 메이만의 오롯한 공간? 갑자기 뇌리에 뭔가 끈적끈적하고도 원초적인 생각들이 스쳐 지나가는 바람에 새힘은 괜스레 당황스러워 작게 헛기침을 했다.

미쳤나 봐, 진짜. 그런 목적으로 메이가 독립한 게 아닐 텐데……는 뭐가 아닐 텐데야!

갑자기 뒤에서 허리를 감아오는 단단한 손길에 새힘은 메이의 의도를 짐작하고도 남았다. 순식간에 얼굴로 열기가 후욱 모이고 심장이 쿵쾅쿵쾅 울려대기 시작했다. 이곳에서, 원할 때마다, 본격적으로 응응응을 해보겠다는 거다.

그동안 부모님과 한 지붕 아래 살고 있었으니, 아무래도 장소적인 제약이 심하게 따르긴 했었다. 매번 호텔이나 모텔 혹은 차 안에서 그럴 수도 없는 노릇이고. 그래도 그렇지. 이렇게 일언반구도 없이 이런 깜찍한 일을 벌여 놓다니.

"마음에 들어?"

메이가 고개를 숙여 그녀의 귓가에 가만히 속삭였다. 새힘은 그의 팔 안에서 슥 몸을 돌려 메이를 올려다보았다.

"뭐가? 네 의도? 이 오피스텔? 아님, 둘 다?"

새힘이 다 안다는 말투로 조금 맹랑하게 되묻자 메이가 낮게 웃음을 터트렸다. 그가 한 손을 올려 귀엽다는 듯 그녀의 볼을 슬쩍 꼬집는다.

"아, 앗, 아……메이야, 그만……."

허벅지 안쪽에 느껴지는 엄청난 수치의 흥분에 새힘은 정신을 차릴 수가 없었다. 양 무릎이 치켜 올려져 어깨 너머의 바닥에 닿아 있는, 동그랗게 몸이 말린 자세로 인하여 그녀는 당기는 허벅지 근육의 아픔과 폭풍처럼 밀려드는 쾌감 사이에서 허우적거렸다.

천장을 응시한 채 누워는 있지만 얼굴 양쪽으로 양 무릎이 닿아 있을 만큼 몸이 말려 올라가 있었기에 엉덩이는 더없이 위로 세워진 상태였다. 아직은 이런 과한 자세가 창피해 새힘은 얼굴을 붉히며 눈을 질끈 감았다.

불편하고 민망한 자세에 새힘이 간간이 몸을 바동거렸지만, 메이는 그녀의 모양이 흐트러지지 않게 무릎을 눌러 단단히 고정시켰다. 그러곤 계속해서 여성의 젖은 속살을 혀로 핥았다.

"으읏, 아, 아……."

이미 피가 몰릴 대로 몰려 딱딱해진 살점은 금방이라도 꽃

물을 터트릴 듯 팽팽하게 달아올라 있었다. 메이가 혀끝을 뾰족이 세워 예민한 핵심을 끊임없이 눌러대자 새힘은 너 내티지 못하고 꿀물을 토해내며 아찔한 절정에 올랐다. 허공으로 들린 허리가 마구 비틀리고 어깨 너머에 고정되어 있는 무릎이 바들바들 떨린다.

새힘이 자잘한 경련을 일으킬 때까지 혀로 살점을 눌러대던 메이가 흘러내린 꿀물을 핥고서야 고개를 들었다. 더불어 아플 정도로 바짝 동그랗게 말아 올렸던 다리에도 자유를 주었다.

삐걱거리는 소리가 나지 않는 게 신기할 정도로 당김을 호소하는 다리를 겨우 내리고서 새힘은 몽롱한 눈으로 작게 호흡을 들이쉬었다 내쉬었다.

메이가 그런 그녀의 입술에 쪽 소리가 나게 키스를 한 뒤 가느다란 허리를 붙잡고서 옆으로 굴렸다. 순식간에 매끈한 등이 드러나자 메이는 새힘의 허리를 위로 잡아당겨 엉덩이를 치켜세웠다.

"잠깐, 잠깐만."

익숙지 않은 자세에 새힘이 당황해 뒤로 돌아보았지만, 어느새 메이는 양손으로 엉덩이 틈새를 벌리고서 거대하게 일어선 남성을 촉촉하게 젖은 여성의 입구에 갖다 대고 있었다. 금세 메이의 것이 여린 속살을 짓이기며 안으로 들어서자 새힘은 후욱, 숨을 들이켰다.

"흐음."

메이의 입에서 만족감에 찬 낮은 신음 소리가 흘러나왔다. 더 들어올 수 없을 정도로 깊숙이 박혀 들어온 남성이 좁은 여성 통로를 헤집기 시작하자 새힘은 앞으로 고꾸라지지 않기 위해 가느다란 팔에 잔뜩 힘을 주었다.

"아, 앗, 아웃."

빳빳한 남성이 끊임없이 여성 속을 채웠다 비우길 반복하며 뜨거운 내벽을 문질러대는 통에 새힘은 다시금 달아올랐다. 저도 모르게 치켜 올려진 엉덩이를 흔들며 무릎을 더욱 넓게 벌렸다.

메이는 뜨거운 여성의 통로로 파고들었다 빠지길 멈추지 않으며 한 손을 뻗어 탄력에 움직이고 있는 가슴을 움켜쥐었다. 그러곤 뾰족하게 솟아 있는 젖꼭지를 꽉 쥐고서 문지르자 새힘은 밀려오는 쾌감으로 인해 머리에 쥐가 나는 듯했다.

"아학, 아, 아……"

젖은 통로를 공략하는 단단한 남성과 계속해서 유두를 꼬집어대는 손길에 한없이 도취되어 새힘은 베개에 얼굴을 묻었다. 쉴 새 없이 펌프질을 해대는 젖은 여성에서부터 아랫배를 거쳐 머리끝까지 커다란 전류가 흐른다.

메이는 엎드린 그녀의 작은 등에 몸을 겹치고서 작은 귀를 치아로 잘근거렸다. 그러곤 계속해서 허리를 앞뒤로 퉁기며 귓바퀴를 따라 혀로 굴렸다. 눈앞이 하얘지는 쾌감이 전신을 감싸오자 결국 새힘은 엉덩이를 흔들며 절정에 올랐다.

좁고 뜨거운 여성이 뜨끈한 물을 뿜어내며 흠칫흠칫 수축을 해오는 통에 메이 역시 더 참을 수가 없어 거칠게 허리를 움직였다. 자그만 귓불을 꽉 깨물며 그는 미친 듯이 샘 속으로 파고들었다.

마침내 메이가 여성의 통로 깊숙이 남성을 밀어 넣고 쾌락의 끝자락에 올랐다. 새힘의 고개를 돌려 다급히 입술을 찾고서 달큰한 혀를 잡아챘다. 그리고 그녀의 입 안에 뜨거운 숨결을 불어넣으며 격한 절정의 몸짓을 이어갔다. 메이는 한참이나 따뜻한 새힘의 여성 속에 자신의 것을 묻고서 환희를 길게 맛보았다.

잠시 후, 거친 숨이 어느 정도 골라지자 새힘의 위에 엎드려 있던 메이가 새힘의 속에 머물고 있던 남성을 빼냈다. 그 느낌에 그녀의 고개가 절로 뒤로 젖혀졌다. 메이는 몸을 굴려 똑바로 누운 다음 팔을 뻗어 새힘의 가느다란 몸을 제 품으로 끌어당겨 안았다.

"여기서 자고 갈래?"

나직한 물음에 새힘은 손끝 하나 까딱할 힘이 없었지만 느릿하게 몸을 돌려 메이를 마주보았다. 지금까지는 메이와 사랑을 나누고 난 뒤에도 함께 잠을 청해 본 적이 없었다. 이렇게 안전한 보금자리가 없었기에 늘 각자의 집으로 돌아가야 했으니까.

솔직히 새힘은 메이의 제안이 너무너무 솔깃했다. 여기로 오기 전 영경과 마셨던 맥주 때문인지 평소보다 훨씬 졸음이 몰려오기도 했고 한 번쯤은 메이의 품에 안겨 함께 꿈나라를 헤매고 싶기도 했다.

정말 황금 같은 제안이긴 했으나, 새힘은 도리질을 칠 수밖에 없었다. 십대 청소년도 아니고 이 나이에 외박을 하는 것쯤이야 부모님께 일을 핑계 대든 영경의 핑계를 대든 하면 되니 큰 어려움이 없겠지만, 갑자기 이리로 오는 바람에 준비하지 못한 것들이 많아 그럴 수가 없었다. 화장품부터 갈아입을 겉옷이며 속옷까지 여분을 준비해서 다닐 리가 없으니까.

"정말 그러고 싶은데, 안 돼."

메이의 눈썹이 쓰윽 올라갔다.

"왜."

"여기서 자자면 준비할 게 너무 많아. 옷도 없고 속옷도 없고 화장품도 없어. 이 시간에 사러 나가는 것도 너무 피곤한 일이고. 그럴 바에야 집에 가서 자는 게 편하지."

메이의 얼굴에 실망감이 어리자 새힘은 그의 허리를 바짝 끌어안으며 가슴팍에 얼굴을 묻었다. 그 상태로 가만히 생각에 잠겼던 그녀는 뇌리를 스치는 생각에 고개를 들어 그의 눈을 응시했다. 그녀의 눈에 반짝반짝 광채가 돌았다.

"너, 인턴 시작하기 전에 나, 여기서 며칠 지낼까? 오프 일에 맞춰 월차 내면 이틀 정도는 여기서 푹 쉴 수 있을 것 같은데. 아무래도 비수기라 가능할 것 같아. 어때?"

생각지도 못했다는 듯 메이의 눈이 커다랗게 떠졌다가 다시 원래대로 돌아왔다. 그의 입가에 진한 미소가 걸렸다.

"당연히 콜이지."

　고객들에게 최상의 서비스를 제공하느라 밤낮 따지지 않고 보이지 않게 치열한 근무를 하는 객실부서들과는 달리 이미 모두들 퇴근을 한 사무부서는 고요함 그 자체였다. 앱솔루트 캐슬 호텔의 총무 부장 직급을 달고 있는 은성은 직원들이 모두 퇴근한 텅 빈 사무실에 앉아 조금 전 퀵으로 배달된 것을 바라보고 있었다.

　은성의 손에 들린 것은 꽤 많은 분량의 스냅사진이었다. 당장 뼈째로 갈아 마셔도 시원찮을 더러운 튀기새끼가 담긴 사진이었다.

　사진을 한 장 한 장 넘겨갈수록 무표정한 그의 입술이 비틀려 올라갔다. 까만 눈동자는 광채로 번뜩인다. 류메이에 대한 일거수일투족이 찍힌 사진인데, 송새힘이 꽤나 많은 분량을 차지하고 있었기 때문이다.

　고등학교 때도 껌딱지처럼 붙어 다니더니, 지금까지도 떨어지지 않고 지내는 게 신기하면서도 배알이 뒤틀렸다.

　연인. 두 사람이 함께 있는 사진을 보는 순간 은성의 뇌리에 떠오르는 단어였다. 그것도서로 죽고 못 사는 연인. 보통 깊은 사이가 아닌 듯 류메이의 오피스텔에 수시로 드나들며 찍힌 새힘의 사진만 해도 수두룩했다.

　은성은 혼자 찍힌 새힘의 사진을 가만히 손으로 쓸었다. 눈이 부시도록 하얗게 웃고 있는 모습이 못 견디게 탐날 정도로 싱그럽고 아름답다.

"썅. 교복 입고 나풀나풀 다닐 때 어떻게 해서든지 먹었어야 했는데."

그는 짙은 눈썹을 늘어뜨린 채 조금 슬픈 듯도 한 표정을 짓다가 이내 매섭게 눈매를 치켜세우며 씨익 미소를 머금었다.

"뭐, 지금도 상관은 없지."

느릿하게 말한 은성은 얼굴에 어린 모든 표정을 지우고서 새힘과 메이가 마주 보며 웃고 있는 사진을 반으로 찌익 찢었다.

24.

　메이의 인턴 생활이 시작되고부터 새힘은 솔로 아닌 솔로인 채로 지내야 했다. 병원의 인턴들이 제대로 된 잠을 자지도 못할 만치 살인적인 스케줄을 소화하는 것 정도는 이미 알고 있었기에 진작부터 이런 각오쯤은 하고 있었다. 한데, 막상 닥쳐 보니 외로워도 너무 외로웠다.

　메이가 유학을 가 있는 동안에는 어차피 닿을 수 없는 거리에 있으니 외로움을 접으며 외국어 공부에 매진했었지만, 이제는 메이가 지척에 있는데도 만날 수 없다는 것 때문에 더 미칠 노릇이었다. 회화 책이며, 원서들을 들여다보아도 도무지 눈에 들어오지 않았다. 결국 새힘은 또 애먼 전화기를 집어 들고 영경에게 전화를 걸었다.

〔오냐. 파워야.〕

"양갱, 나 외로워."

〔이 언니는 바쁘다. 끊어.〕

"히잉, 양갱아."

〔아니, 이 가스나는 지 외로우면 전화해서 징징거려. 오늘 쉬는 날이냐?〕

"으응. 쉬는 날."

〔그렇게 쉬는 날마다 외로워서 괴로우면 그냥 반납하고 일을 하던가.〕

"나도 그 생각을 해 봤는데, 그건 또 싫더라구. 쉬는 날에는 쉬어 줘야 몸이 좋아라 하지."

〔그럼, 디비디비 자던가. 아님, 너, 예전에 죽자고 하던 외국어 공부나 하던가. 그것도 안 되면 밖에 나가서 자전거라도 탓!〕

영경의 타박에 새힘은 입을 비죽 내밀었다.

"잠은 안 오고 책도 눈에 안 들어와. 그리고 자전거 타고 싸돌아다니기에는 너무 춥단 말이야. 그러지 말고 양갱아."

〔뭐? 왜?〕

"노래나 한 곡 불러 봐봐."

〔이게 드디어 맛탱이가 갔구만. 야야, 나 진짜 바쁘거든? 끊자이.〕

"안 돼, 양갱! 양갱⋯⋯."

몇 번이나 애타게 불러 보았지만 영경은 매정하게 전화를 끊어 버렸다.

"이럴 때 메이가 짜잔, 하고 전화라도 한 통 해 준다면 횡 금 무지로소이다 할 텐데."

시무룩한 얼굴로 커다란 베개를 끌어안고서 침대에 발라당 눕는데 갑자기 휴대전화가 울리기 시작했다. 혹, 이것은 텔레파시! 눈을 번쩍 뜬 채 잽싸게 액정을 확인한 새힘의 어깨가 흠칫 굳었다. 그녀는 저도 모르게 침대에서 벌떡 일어난 다음 전화기를 귀에 대었다.

"네. 아주머니. 안녕하셨어요?"

〔오냐. 오랜만이구나. 잘 지냈니?〕

메이의 어머니 회영이었다. 한동네에 살기는 하지만, 나이를 먹은 뒤부터는 예전처럼 메이의 집으로 놀러가거나 하는 경우가 거의 없었으므로 오랜만이긴 했다.

"네. 아주머니께선 건강하시죠?"

〔이렇게 통화하니 무슨 저 멀리 떨어져서 지내고 있는 사람들 같구나. 지금 근무 중이니?〕

"아니에요. 오늘 휴일이라 지금 집이에요."

〔그러니? 그럼 저녁에 집으로 좀 오너라. 간만에 저녁이나 함께하자꾸나. 할 얘기도 있고.〕

무언가 먹고 있는 것도 아닌데, 갑자기 목이 콱 막혀와 새힘이 곧장 대답을 하지 못하자 회영이 조용한 목소리로 물었다.

〔왜, 싫은 소리라도 할까 봐 오기 싫으니?〕

"아니, 아닙니다. 그럴 리가요. 몇 시쯤에 가면 될까요?"

〔8시쯤이면 도착할 것 같으니 그때 오너라.〕

"네. 알겠습니다."

용건만 간단히를 몸소 실천하는 희영과의 통화를 끊은 새힘은 후욱, 길게 한숨을 내쉬었다.

"도대체 무슨 일이시지?"

메이도 곁에 없는 시점에 갑자기 무슨 일로 자신을 불러들이는 건가 싶어 긴장을 하지 않으려 해도 절로 심장이 두근두근 울려댄다. 새힘은 어머니인 은미에게 이 사실을 알리고 가야 하나 잠시 고민하다 이내 고개를 저었다. 괜히 어머니에게 말했다가 별것도 아닌 일에 두 집안의 안방마님들이 신경전을 벌이면 곤란하니까.

새힘은 귀까지 시뻘겋게 달아오른 채로 고개를 푹 숙였다. 희영의 부름으로 간만에 메이의 집에서 저녁 식사를 한 것까지는 좋았다. 일찌감치 결혼을 해서 따로 살고 있는 첫째 제이와 독립한 상태인 와이 그리고 병원에서 고생하고 있을 메이를 제외한 류씨 집안사람들과의 저녁 식사는 나쁘지 않았다.

류 원장 부부야 새힘이 태어나기 전부터 집안끼리 잘 알고 지낸 데다, 그녀를 딸처럼 여기는지라 크게 어색할 일 없는 거야 당연지사고, 류 원장 내외가 끼고 살고 있는 둘째 케이의 와이프 역시 새힘을 좋아해 전혀 불편함 없이 저녁을 먹었다.

한데, 문제는 그 뒤였다. 저녁상을 물리고 희영과 새힘만 주방에 남아 간단한 차를 들면서부터 문제가 불거졌다. 정확히는 희영이 단도직입적으로 꺼낸 말에 새힘은 고개를 들 수가 없었다.

"며칠 전 메이의 오피스텔에 들렀었다. 거기에 여자 화장품과 칫솔 그리고 속옷들이 있더구나. 네 거 맞지?"

하고 물은 것이다. 메이의 오피스텔에 드나들 때마다 생활 잡화들을 싸들고 다니기가 뭣해 일부러 가져다 둔 것들이었는데, 마지막으로 나오던 날 안 보이는 곳에 잘 치워 두고 나온다는 게 깜빡해 버린 모양이었다.

토마토소스처럼 붉어진 얼굴로 꿀 먹은 벙어리처럼 새힘이 아무런 대꾸도 못 하고 있자 희영이 혀끝을 쯧쯧 찼다.

"아무리 텅 빈 오피스텔이라도 청소는 해야 할 것 같아 갔더니, 신혼집 같아서 깜짝 놀랐다. 간만에 시간이 나서 내가 직접 갔기에 망정이지 성주댁을 보냈으면 어쩔 뻔했니?"

"죄……송합니다."

졸지에 제 앞가림 하나도 제대로 못하는 덜떨어진 애가 된 것 같아 새힘은 민망해서 딱 죽을 맛이었다.

"그리고 내가 궁금한 게 있는데 말이다."

오피스텔에 드나드는 걸로 자신을 불러들인 게 아님을 새힘은 직감적으로 알아챘다. 방금 전 건 예고편이고 본편은 지금부터인 것이다. 여전히 고개를 들지 못한 채 새힘은 작게 대꾸했다.

"말씀하세요."

"메이가 왜 갑자기 독립을 하겠다고 한 건지 넌 알고 있니?"

새힘의 고개가 그제야 들렸다.

"네? 그게 무슨 말씀이신지……."

갑작스런 독립이라니. 부모님과 충분히 상의를 하고 나온 게 아니었나? 아니, 부모님과 상의가 끝났으니 그런 호화 오피스텔로 독립을 할 수 있었던 게 아니었나?

"메이와 너무 오래 떨어져 지내기도 했고, 사실 난 좀 더 메이를 끼고 살 생각이었다. 너와 메이가 결혼을 하더라도 2년 정도는 데리고 살다가 분가를 시킬 생각이었어. 그런데 상의 한 번 제대로 하지 않고 떡하니 오피스텔부터 구했더구나. 원장님 말로는 당신이 진작 허락했다고는 하는데, 그건 말이 되지 않아. 그랬으면 당연히 내게 먼저 언질을 주셨을 테지. 오피스텔이며 집기구들이 하루 이틀 만에 마련되는 건 아니잖니. 아무리 생각해도 메이 녀석이 원장님도 모르게 감쪽같이 준비를 해놓고 독립 선언을 한 거야. 근데, 걔 혼자서 집이며 가구며 집기들을 다 준비했다는 게 너무 이상해서 말이다."

가만히 듣고만 있던 새힘은 이제야 희영의 의도를 눈치 채고 난감해졌다. 그러니까, 네가 독립을 부추기며 옆에서 도운 공범이니? 하고 묻는 것이다. 이렇게 당혹스러울 데가.

"차만 해도 그래. 사실은 유학을 성공적으로 마친 기념으로 내가 한 대 선물해 주려고 했어. 그런데, 그것도 일언반구 없이 혼자서 뽑았더구나."

뭐야, 차도 부모님께 선물 받은 게 아니었단 말이야?

"저기, 그러니까, 전부 다 아주머니께서 준비해 주신 게 아니었어요?"

새힘이 잔뜩 곤란한 표정으로 묻자 희영이 한쪽 눈썹을 치켜세웠다.

"너도 몰랐다는 말을 하고 싶은 거니?"

"네? 전 당연히 부모님께서 준비해 주신 줄로 알고 있었어요. 아니면, 메이가 무슨 돈으로……."

말을 하다 보니 뭔가 짚이는 데가 있어 새힘은 입을 닫았다. 영국에 있는 메이의 외가. 혹은 죽은 메이의 생모. 영국에서 꽤나 유명한 디자이너였던 메이의 생모가 메이 앞으로 남겨 준 유산이 제법 상당하다고 하는 걸 어머니와 아버지의 대화로 얼핏 들었던 것도 같았다.

희영 역시 그렇게 생각하는지 인상이 그다지 좋지가 않았다. 제 배로 낳지 않은 머리 큰 아들에게 대놓고 싫은 소리를 하기는 그렇고, 그렇다고 이대로 넘어가자니 지금껏 길러 준 어머니로서의 서운함은 감출 길이 없고. 그러니, 애먼 새힘을 잡기 위해 불러들인 것이다.

"얘, 새힘아."

"네, 말씀하세요."

"나는 말이다. 메이를 한 번도 내 자식이 아니라고 생각한 적이 없다."

"그럼요. 당연한 말씀을 하세요."

"아까도 말했지만, 너희들이 결혼을 하고 나면 적어도 2년 정도는 끼고 살 생각이었어. 그런데, 메이 녀석이 의논 한마디 없이 모든 걸 결정하고 행동해 버리니 속이 상해. 내 심정 이해하니?"

"네. 조금은요."

아직 부모 된 마음을 다 헤아리지 못하니 새힘은 솔직하게 말했다. 그런 그녀에게 희영이 가만히 고개를 끄덕이더니 말을 이었다.

"그러니까, 앞으로 네가 중간에서 잘 해야 한다. 메이 녀석이 워낙 무뚝뚝하고 사근한 데가 없으니, 네가 곁에서 잘 이끌어 줬으면 해. 남자는 다 여자 하기 나름이잖니."

좋게 말해 잘 이끌어 주라는 것이지, 직역하면 앞으로 메이의 모든 행동에 대한 책임은 네게 묻겠다, 하는 것이나 다름없다.

앞으로 메이와 희영의 사이에서 꽤나 힘겹게 생겼다. 갑자기 없던 두통이 인다.

"자기 남친은 뭐하는 사람이야?"

평소라면 퇴근했을 시각, 오후 타임 근무로 인해 구내식당에서 저녁 식사를 하던 새힘은 마주 앉아 함께 젓가락질을 하고 있는 재영의 물음에 고개를 들었다. 새힘의 얼굴에 절로 미소가 감돈다.

"병원에서 인턴 과정 밟고 있어요."

"의사?"

"네."

의외라는 듯 재영의 눈이 동그랗게 커졌다.

"우리나라에서 인턴 과정부터 할 거면서 영국 땅까지 가서 비싼 등록금 내고 의대 공부를 했다는 거야? 그럴 바엔 차라리 우리나라 의대 나와서 의사 과정을 밟는 게 더 낫지 않아? 입학하는 것도 장난 아니었을 텐데."

"영국에 외할머니가 계셔서요."

메이가 영국까지 무엇 때문에 쫓겨 갔는지 재영에게 시시콜콜 말할 수가 없어 그렇게 둘러대고 말았다. 더 묻지 않고 고개를 끄덕인 재영이 안됐다는 듯 측은한 표정을 지었다.

"인턴이면 무지 빡세게 뺑이 치고 있겠구나. 얼굴 볼 시간도 잘 없지?"

국을 한 숟가락 떠서 입으로 가져가던 새힘의 얼굴이 시무룩해졌다. 아닌 게 아니라, 메이가 병원으로 들어가고부터는 제대로 얼굴 본 게 언제인지 까마득하게만 느껴졌다. 일주일에 한 번 정도 보기는 하지만 겨우 몇 시간도 채 못 채우고 헤어져야 했으며, 간혹 전화라도 걸려와 떨리는 마음으로 통화를 할라치면 몇 분을 넘기지 못하고 호출이 와서 들어가 봐야 한다며 휑 하니 끊어 버리기 일쑤였다.

거기다 더 속상한 건 원래대로라면 오늘 저녁쯤이면 메이가 몇 시간이나마 외출을 했어야 했다. 한데, 내과 동기 중 하나에게 일이 생겨 메이가 대신 당직을 서게 됐다는 것이다. 그래서 그나마 조금밖에 볼 수 없는 시간마저 빼앗겨 버렸다.

그 동기의 목을 졸라 버리고픈 욕구를 삼키며 메이와는 다음을 기약할 수밖에 없게 되었다.

"언제 자기 남친이 병원에서 나오거든 호텔로 좀 오라고 하면 안 되니?"

재영이 눈을 반짝이며 하는 말에 새힘은 고개를 비뚜름하게 기울였다.

"왜요?"

"왜긴. 얼굴 한 번 보고파서 그러지. 작년에 로비에서 자기 남친 본 애들이 자기 남친 잘생겼다고 난리를 쳤었잖아. 뭐라더라? 리즈 시절의 레오나르도 디카프리오보다 훨씬 잘났다나 뭐라나? 진짜인지 나도 궁금해서."

새힘은 멋쩍게 웃음을 지어 보였다. 암, 잘났지. 리즈 시절의 디카프리오 뺨따구를 왕복으로 쎄릴 정도로 잘났지. 새힘은 뿌듯하게 웃으며 슥 휴대전화를 꺼냈다.

"사진 있는데 보여 줘요?"

"노노. 난 사진발 안 믿음. 실물 보여 줘, 실물. 자기 남친 외출 가능한 날 호텔로 살짜기 불러 봐. 내가 멀찌감치서 몰래 볼게. 응? 궁금해 돌아가실 것 같아."

크게 어려운 부탁은 아니었지만 새힘은 퍼뜩 대답할 수가 없었다. 괜스레 그랬다가 메이가 은성과 마주치기라도 하는 상황이 오면 그 뒷감당을 할 자신이 없었다. 새힘은 눈을 반짝이고 있는 재영에게 대충 고개만 끄덕여 보였다.

"상황 봐서 그러든가 할게요."

다시 밥을 먹기 위해 젓가락을 놀리는데 갑자기 재영이 손을 번쩍 들더니 마구 팔을 흔들었다.

"어머, 부장님! 일루 오세요. 저희랑 같이 식사하세요!"

갑작스런 재영의 외침에 새힘은 그녀가 손을 흔들어 보이는 곳으로 고개를 들었다. 그 순간, 새힘의 얼굴이 딱딱하게 굳어졌다. 아니, 얘는 B/F가 왜 퇴근을 안 하고 여기서 밥을 먹는 건데. 재영이 마구 손을 흔들고 있는 곳에는 떡하니 은성이 식판을 들고 마땅한 자리를 물색 중이었다.

새힘은 화급히 재영에게로 시선을 돌리며 낮게 내뱉었다.

"언니, 뭐하는 거예요? 저 부장, 알아요?"

"저번에 휴게실에서 마주친 적 있는데, 지갑을 놓고 왔는지 커피를 못 뽑고 있는 거야. 그래서 내가 동전을 빌려 줬거든. 세상에, 나중에 식사 한 번 대접한다고 그러잖아."

"정말요?"

"그럼!"

"그러면, 다음에 식사나 대접 받던가요."

"애는! 그러면, 너무 덥석 무는 티가 나잖아. 이렇게 사원 식당에서 함께 먹는 걸로 소박하고 좋은 인상을 심어 주는 게 더 좋단 말이지. 그러니까, 제발 협조 좀 해 줘라, 새힘 씨."

그러더니 새힘이 채 말릴 틈도 없이 여우처럼 간드러지게 웃으며 다시금 팔을 흔들어댔다. 어느새 이쪽으로 다가온 은성이 식판을 옆에다 내려놓았다.

"정말 같이 앉아도 되겠습니까."

재영을 의식한 듯 흘러나온 존대에 새힘은 작게 헛기침을 내뱉고는 난감함에 말없이 시선을 아래로 뺐다. 은성과 함께 앉아 밥을 먹는 게 상당히 어색할 것 같긴 한데, 그렇다고 재영 앞에서 펄펄 뛰며 싫다고 할 수도 없는 노릇이라 새힘은 입만 꾹 봉하고 있었다.

"그럼요, 그럼요. 당연히 되니까 오시라고 한 거죠. 앉으세요, 앉으세요."

새힘의 속도 모르고 재영이 호들갑을 떨며대니 은성은 매너 있게 미소를 보여 주곤 새힘의 옆으로 앉았다. 아니, 얘는 저를 원하는 저쪽으로 가서 앉을 것이지 하필이면 내 옆에 앉는 건데?

아무리 은성과의 관계가 예전처럼 뾰족하지는 않다 할지라도 여전히 그와 가까워진다거나 쓸데없이 엮이는 건 새힘으로선 사양하고 싶었다. 하지만, 대놓고 싫은 티를 낼 수가 없어 새힘은 들고 있던 젓가락을 내려놓고 척하니 숟가락을 치켜들었다. 빨리 먹고 이 자리를 뜨는 게 상책이었다. 재영과 둘이 남아 먹든 말든 자신이 알 바 아니었다.

"콜록! 콜록!"

그러고 딱 두 순갈을 뜨자마자 새힘은 사레에 들려 기침을 내뱉고 말았다. 몸에 흐르는 모든 피가 얼굴로 모여든 것처럼 훅 달아오른 채로 새힘은 연방 기침을 쏟아냈다.

"새힘 씨, 괜찮아? 내가 물 좀 떠올게."

갑작스러운 상황에 재영이 퍼뜩 물을 뜨러 사라지는 바람

에 자리에는 새힘과 은성만 남게 되었다. 그런 걸 부담스러워
할 여력도 없이 새힘은 벌겋게 달아오른 얼굴로 콜록거렸다.
주위의 이목이 자신에게로 쏟아지니 새힘은 창피하기도 하고
급작스런 사레 때문에 괴롭기도 해 고개를 숙인 채 그녀는 기
침을 뱉었다.

"왜 그렇게 급하게 먹어. 천천히 먹지."

은성이 작게 혀끝을 차더니, 갑자기 그녀의 등을 토닥이기
시작했다. 콜록거리며 기침을 토해내던 새힘이 놀라 흠칫 몸
을 굳혔으나 은성은 아랑곳 않고 등을 두드렸다. 그 손길이
더없이 다정하고 부드러워 새힘은 저도 모르게 메이를 떠올
렸다. 메이였대도 아마 이렇게 해 줬을 텐데. 아무래도 얼굴
을 안 본 지 너무 오래된 모양이었다.

"이제 괘, 괜찮아. 안 그래도 돼."

은성이 등을 토닥여준 탓인지 곧 기침이 잦아들어서 새힘
은 가까스로 입을 열었다. 그러자 은성은 이내 손을 멈추며
고개를 끄덕여 보였다.

"내가 불편해서 그런 거면 비켜 주지."

담백하게 말한 은성이 몸을 일으키며 식판을 쥐자 새힘은
침을 한 번 꾹 삼키고는 딱딱하게 말했다.

"……그냥 먹어. 지금 일어나면 사람들이 이상하게 여길 거
야. 재영 언니도 의아하게 생각할 거고."

그녀의 말에 은성이 보일 듯 말 듯 씨익 웃음을 머금고서
도로 자리에 앉았다. 이어 재영이 허겁지겁 물 잔을 들고 다

가오는 바람에 새힘은 은성에게서 시선을 거두었다.

"새힘 씨, 여기 물. 좀 괜찮아?"

"고마워요, 언니. 이제 좀 살 만해요."

새힘이 물 컵을 받아들고 마시는 걸 바라보던 재영이 황홀한 표정으로 은성에게 시선을 돌렸다.

"어쩜, 부장님은 얼굴도 잘생기시고 자상하기까지 하세요? 물 떠오면서 새힘 씨 등 두드려 주는 거 봤잖아요. 완전 멋지세요."

재영의 칭찬에 은성은 머쓱한 듯 그저 미미하게 미소만 지어 보였고 새힘은 남은 물을 마저 홀짝였다.

"우리, 식사하고 나서 조금 시간 여유가 있으니 커피나 한잔 해요. 커피는 그때 휴게실에서 동전 빌려 가신 거 갚는다 셈 치시고 부장님이 사 주시면 되겠다, 그쵸?"

눈치 없는 재영의 제안에 새힘은 난감한 표정으로 손을 내저어 보였다.

"아니에요, 언니. 전 됐으니까 두 분이서……."

갑자기 옆구리를 쿡 찌르는 재영의 손길에 새힘은 말끝을 맺지 못하고 그녀에게로 눈을 돌렸다. 재영이 얼굴 가득 '좀 도와줘.' 하는 표정을 짓고 있어 새힘은 작게 헛기침을 내뱉었다. 은성을 슬쩍 보자, 그는 좋다는 듯 고개를 끄덕이고 있었다. 재영이 더더욱 간절한 얼굴로 자신을 보고 있자 새힘은 작게 한숨을 내쉬며, 결국 수락하고 말았다.

메이의 부친이 원장으로 있고 큰아버지가 일성재단 이사장으로 있는 일성병원의 내과는 유독 인턴들에게 악명 높기로 유명했다. 첫 달부터 내과로 배정 받은 덕에 메이의 일과는 눈코 뜰 새 없이 바쁘다 해도 과언이 아니었다.

모든 과의 인턴들이 대개 그러하지만, 내과 인턴만큼 잡일이 많은 과도 드물다. 내과 내에서의 잡다한 일들은 거의 인턴의 몫이다. 장갑의 파우더가 손에서 지워지지 않을 만큼의 드레싱과 수도 없이 밀려드는 콜 처리, 거기에 더해지는 ABGA 등등 모든 일을 하다 보면 잠이 모자라는 것은 물론이고, 먹고 싸는 기본적인 욕구조차 뒤로 미루기 일쑤였다. 겨우 한숨 돌리고서 식판이라도 받아들라치면 쏟아지는 콜들. 조금 눈이라도 붙일라치면 또 역시나 쏟아지는 콜들.

메이는 다른 동기들에게 자신이 병원장의 아들로서 특혜를 받고 있지 않다는 걸 증명하기 위해 그들보다 훨씬 더 부지런히 근무해야 했고 궂은일도 도맡아 해야 했다. 그러다 보니 메이에게 붙은 건 독종이라는 별명이었다. 다른 동기들이 늘 비몽사몽에 꾀죄죄한 몰골의 좀비모드로 병동을 유영하고 다닐 때도 메이는 항상 방금 막 씻은 사람처럼 깔끔함을 유지하는 것은 물론이고 절대적으로 부족한 수면에도 깜빡 조는 모습조차 보이지 않았다.

그런 힘든 병원 생활을 굳건히 이어 나가는 메이에게도 가끔 못 견디겠다 싶을 때가 있었다. 과중한 병원의 업무를 마치고 새벽녘 무렵 침대에 누우면 문득 새힘이 떠올라 너무 보고 싶을 때가 있다. 그럴 때면 자리를 박차고 병원을 나가고 싶은 충동이 일고는 한다. 그럴 수가 없었기에 그는 휴대전화 속 새힘의 얼굴을 보면서 그리움을 달래고 또 달랬다.

메이는 오프 일정으로 병원을 나서고 있었다. 그래봤자 새벽이면 병원으로 복귀를 해야 했지만, 일주일에 한 번 돌아오는 이 시간이 그에게는 가장 황금 같은 시기였다.

사실은 동기의 부탁으로 지금쯤 당직을 서고 있었을 테지만, 뜻밖에도 녀석의 일이 잘 해결되어 생각지도 않게 외출을 나올 수가 있었다. 그래서 더욱 이 시간이 행복하게 느껴졌다.

자신의 차에 앉은 메이는 휴대전화를 들고 새힘에게로 전화를 걸었다. 경쾌한 컬러링에 맞춰 운전대를 두드리며 기다리기를 수십 초, 들려와야 할 새힘의 목소리 대신 전화를 받지 못한다는 안내 멘트가 흘러나왔다. 퇴근해서 벌써 잠이 든 건가?

혹시나 해서 메이는 새힘의 집으로 직접 전화를 걸어 그녀의 소재 파악에 들어갔다. 중년 여성치고는 밝은 목소리를 가진 은미와의 통화에서 메이는 새힘이 오후 근무조라는 것을 알아냈다. 새힘은 아직 퇴근을 하지 않은 것이다.

잠시 생각에 빠졌던 메이는 이내 새힘이 근무하고 있을 호텔로 차를 몰았다. 퇴근을 하려면 아직 시간이 남았을 테니, 잠깐이나마 얼굴을 보고서 오피스텔로 가는 게 좋을 것 같았기 때문이다. 이따가 퇴근 시간에 맞춰 다시 데리러 오면 될 것이고.

새힘을 볼 생각하니 절로 입가에 미소가 스민다.

정신없이 차를 밟아 새힘이 근무하고 있는 호텔로 온 메이
는 잠시 제 눈을 믿을 수가 없었다. 한바탕 폭풍이라도 몰아
친 듯 머릿속이 하얘졌다. 지금 제가 보고 있는 게 현실이 맞
는지 의심이 될 정도로 뇌에 커다란 충격이 가해졌다.

새힘이 출퇴근을 할 때 이용하는 곳이 정문이 아니라 후문
임을 잘 알고 있었기에 메이는 일부러 이쪽에다 정차하고 휴
대전화를 드는 참이었다. 한데, 갑자기 눈앞을 스쳐가는 영상
으로 인해 그는 들고 있던 전화기마저 바닥에 떨어뜨리고 말
았다.

메이의 눈에 들어온 건 눈에 넣어도 아프지 않을 새힘과 같
은 동료로 보이는 여자, 그리고 또 한 사람……믿을 수 없게
도 이은성이었다. 세 사람은 테이크아웃 커피 전문점의 로고
가 찍힌 종이컵을 하나씩 각자의 손에 들고서 호텔 건물 쪽으
로 들어가고 있는 중이었다.

메이는 바닥에 떨어진 휴대전화를 주울 생각도 못한 채 그
대로 굳어지고 말았다.

이은성, 이은성이라니. 옛날의 그 이은성이 새힘의 곁에 서
있다니. 도대체 지금 무슨 일이 벌어지고 있는 거지? 이 무슨
말도 안 되는 상황이란 말인가.

다른 사람도 아니고 이은성이 어떻게 저렇듯 태연하게 새
힘과 함께 있을 수 있는지, 또한 새힘은 저렇게 아무렇지 않
게 저놈과 함께 있는 건지 도무지 믿을 수도, 이해할 수도 없
는 광경이 버젓이 펼쳐지고 있는 것이다.

갑자기 심장에 메스가 꽂히기라도 한 듯 가슴이 욱신거려와 메이는 숨을 쉴 수가 없었다. 싸늘하게 식은 표정으로 거친 숨을 토해내며 메이는 바닥으로 손을 뻗쳤다. 더듬더듬 손을 움직여 그는 휴대전화를 집어 들었다.

일단 확인이 우선이다. 닮은 사람일 수도 있지 않은가. 그래, 그럴 수도 있다.

그러는 사이 이미 세 사람은 호텔 건물로 들어가 메이의 시야에서 사라졌다. 키패드를 눌러 곧장 새힘에게로 전화를 건 메이는 타는 듯한 갈증을 참아내며 초조히 그녀의 목소리가 들려오길 기다렸다. 하지만, 그녀는 전화를 받지 않았다.

다시. 그는 입술을 꾹 다문 채 다시 통화 버튼을 눌렀다. 역시나 받지 않는다. 또다시. 메이는 기계적으로 버튼을 눌렀다.

그러기를 몇 번이나 반복하고 있을 때였다.

〔어, 어! 나야, 메이야!〕

다급히 전화를 받는 새힘의 목소리가 흘러나왔다. 귓가를 간질이는 그녀의 목소리에 울컥 치솟는 감정을 겨우 다스리며 메이는 가만히 입술을 열었다.

"왜 이렇게 전화를 안 받아."

〔아! 미안, 미안. 사무실에 전화기를 놔두고 저녁 먹고 왔거든. 사무실에 들어섰더니 진동소리가 울려 퍼져서 허겁지겁 받는 중이었어. 넌 어디야? 병원이지? 저녁은 먹고 일하는 거야?〕

282 숨소
년녀2

쏟아지는 새힘의 질문에 메이는 한 템포 늦추었다가 낮게 내뱉었다.

"지금 호텔에 와 있어."

[……뭐?]

"후문이야."

훅, 숨을 들이켜는 소리가 수화기를 통해 전해졌다.

[어, 언제부터?]

"조금 전부터. 일단, 내려와. 얼굴 보고 얘기해."

[어, 어. 응. 금방 갈게.]

통화를 끝낸 메이의 얼굴이 조금 전보다 훨씬 더 딱딱하게 굳어졌다. 확인해 보고 말고 할 것도 없다. 그놈은 확실히 예전의 그 이은성이 맞았다. 잔뜩 흔들리는 새힘의 목소리가 증명해 주고 있었다.

후문으로 허겁지겁 향하는 새힘의 걸음걸이가 귀신을 본 사람처럼 불안정하기 그지없다. 붉은 입술은 치아에 의해 짓이겨지고 있었고, 눈동자는 한없이 흔들렸다.

봤을까, 이은성을? 아니, 이은성과 함께 있는 걸 봤을까?

목소리가 너무 차분해 도무지 가늠을 할 수가 없다. 이유를 막론하고 메이가 이은성을 봤다면, 걷잡을 수 없는 사태가 벌어질 것이다.

새힘은 거친 숨을 몰아쉬며 호텔 건물을 나섰다. 저만치 메이의 스포츠카가 눈에 들어오자 죄를 지은 사람처럼 심장이 옥죄어 왔다. 새힘은 빠른 걸음으로 스포츠카 앞에 서서 숨을 들이켰다.

문을 열고 차에 오르자 새힘은 심장이 쿵하고 떨어지는 듯했다. 시트에 앉은 새힘은 눈을 질끈 감았다가 떴다. 메이는 확실히 본 것이다, 이은성을. 자신을 향하고 있는 메이의 서늘한 갈색 눈동자가 똑똑히 말해 주고 있었다.

새힘은 마른침을 삼키고서 메이에게로 시선을 주었다.

"……봤구나."

"뭘. 이은성 말이야?"

역시나다. 냉골처럼 차가운 말투가 자신의 심장을 찌르는 것처럼 느껴져 새힘은 작게 입 안의 속살을 깨물었다.

"내가 다 설명할 테니, 일단 화부터 좀 풀어. 응?"

새힘의 부탁에도 그는 한기가 뿜어져 나올 같은 시린 눈동자로 그녀를 똑바로 쏘아보았다.

"그래. 설명해 봐. 왜 그놈이 여기 있는지."

"호텔 직원이야. 나와는 다른 부서에 입사했더라구."

그녀의 담담한 말투가 마음에 들지 않는 듯 메이가 미간이 살짝 좁혀졌다.

"호텔 직원? 언제부터."

메이의 목소리는 흡사, 범인을 취조하는 형사처럼 감정이라고는 눈곱만치도 들어 있지 않았다. 새힘은 한숨을 내쉬고서 입술을 움직였다.

"작년 여름부터였어."

"작년 여름? 그렇다는 건 벌써 반년이나 지났다는 거군?"

"……"

"그런데, 왜 내게는 얘기하지 않았지?"

점점 더 싸늘해지는 메이의 말투에 새힘은 가만히 속눈썹을 깜빡였다. 메이에게 떳떳하지 못할 만큼 부끄러운 짓을 저지른 적도 없는데, 죄인 취급을 당하는 것 같아 새힘의 기분도 급격히 다운되었다. 그러니, 그녀의 목소리도 착잡하게 가라앉았다.

"너, 공부하는데 방해될까 봐 말 못했어. 별일도 없는데 긁어 부스럼 만드는 것도 싫고."

"그게 말이 돼? 고작 내 공부에 방해될까 봐 그 엄청난 걸 숨겼다는 거야?"

메이의 언성이 조금 높아지자 새힘은 난감함에 이마를 쓸어 올렸다.

"숨긴 게 아니라, 말을 하지 않았던 것뿐이야. 말하고 말고 할 만큼 뭔가 문제가 일어났던 것도 아니고. 그냥, 내가 다니는 호텔에 이은성이 입사했을 뿐이야. 그것도 이은성은 백오피스고 난 프런트 오피스 쪽이라 거의 만날 일이 없다구."

"그래? 그럼, 조금 전 내가 본 건 뭐야?"

"그건, 우연히 그렇게 된 것뿐이야. 둘만 있었던 것도 아니고 동료 언니도 있었어. 정말로 어쩌다 보니 그렇게 된 거였어."

"송새힘, 지금 장난해?"

더없이 노기 가득한 메이의 목소리가 흘러나오자 새힘은 어깨를 흠칫 굳혔다. 그의 입가가 조소를 담고 비틀린다.

"어쩌다 보니, 우연히 그렇게 됐다? 너, 미쳤어? 이은성이 어떤 놈인데 그런 식으로 상대를 한다는 거야? 그놈이 너한테 무슨 짓을 했는데 '어쩌다 보니'라는 말을 해? 그새 그놈이 너한테 했던 짓을 잊기라도 한 거야? 길 가다 우연히 그놈과 마주쳐도 경기를 일으켜야 될 판국에, 뭐? 같은 호텔에 근무하고 있어? 그것도 작년부터? 이제는 그런 놈과 버젓이 함께 다니기까지 하는 너를 내가 어떻게 이해해야 하지?"

"그럼, 내가 어떻게 해야 되는데? 시험 준비하느라 하루하루를 치열하게 보내고 있는 너한테 이은성이 같은 호텔에 입사했다는 사실을 구구절절 읊었어야 한다는 거니? 그랬으면 뭐가 달라지는데?"

"호텔을 그만두게 했을 거다."

지독히도 낮고도 음산한 목소리에 새힘은 미간을 찌푸렸다. 메이는 그런 그녀의 얼굴을 빤히 응시하며 단호히 내뱉었다.

"호텔, 그만둬."

"뭐?"

"내가 안 이상, 너를 이런 곳에다 둘 수 없어. 여기 그만두고 다른 호텔 알아봐. 여의치 않으면 내가 부모님께 아는 인맥 동원해 달라고 부탁드릴게. 빠른 시일 내로 그만둬."

"류메이."

목소리에 힘을 싫어 그를 부른 새힘은 커다랗게 숨을 들이 쉬고서 빠르게 쏘아냈다.

"이럴 줄 알고 말 안 한 거였어. 앞뒤 따져 보지도 않고 네가 이럴까 봐 말 못한 거였다구. 나도 이은성이 입에 담지 못할 만큼 나쁜 놈이었다는 거 알아. 그때의 일을 잊은 것도 아니고, 이은성을 용서한 것도 아냐. 하지만, 그때와 지금은 상황이 다르잖아. 내가 세상물정 모르는 10대 소녀도 아니고, 이은성과 마주치면 무턱대고 도망부터 가야 된다는 논리 너무 우습지 않아? 정말로 이은성과는 별로 마주칠 일 없고, 마주친다 해도 이은성 역시 예전처럼 개차반 같지는 않아. 복도에서 마주쳐도 그저 모르는 사람처럼 스쳐 지나간단 말이야. 오늘 일은 정말 우연일 뿐이고."

"사람 인성은 쉽게 변하지 않아. 특히 이은성 같은 놈은 더더욱. 그러니까, 이은성이 변했다는 착각 따위는 집어치우고 빠른 시일 내로 호텔 그만둬."

하아. 새힘은 한숨을 내뱉고는 지끈거리기 시작하는 관자놀이를 검지로 꾹 눌렀다.

"억지인 거 알지? 제발 차분히 마음을 가라앉혀 봐. 그리고 나, 이 호텔에 근무한 지 햇수로 4년째야. 네가 쌓아온 커리어가 아니라고 너무 쉽게 그만두라고 말하는 거 아냐? 이은성이 그저, 같은 회사에 다닌다는 이유로 이 호텔을 그만두고 싶지는 않아. 너무 말도 안 되는 일이야."

"억지? 네가 내 입장이 되면 이러지 않을 것 같아? 다른 놈도 아닌 이은성 같은 놈과 네가 한 공간에 있는 걸 봤는데, 차분하게 마음을 가라앉힐 수 있을 것 같아?"

"그렇게 네 입장, 내 입장 잘 아는 애가 일을 그렇게 처리해서 날 아주머니께 불려가게 만드니?"

너무 강고한 입장을 보이고 있는 메이와 마주한 답답함과 속상함이 겹쳐져 저 구석에 처박아 둔 말까지 너무 쉽사리 흘러나와 버렸다. 메이가 무슨 말이냐는 듯 짙은 눈썹을 휘었다.

"얼마 전, 아주머니께서 네 문제로 날 부르셨어."

"무슨 일로."

"너, 오피스텔이며 이 차까지 모두 혼자 마련한 거라면서. 그런 탓에 내가 옆에서 마련하라고 부추긴 걸로 오해하고 계셨어."

"뭐? 그게 무슨 말도 안 되는……."

"오해하실 만하잖아. 유학 다녀온 지 얼마 되지도 않았는데 독립 선언을 했으니 당연히 서운하시겠지. 더군다나, 부모님이 마련해 주신 돈도 아니고 네가 해결했으니 더 그러셨겠지. 내가 오피스텔에 드나드는 걸 아셨으니, 당연히 나를 오해하실 만하고. 결혼 같은 걸 하기 전부터 이런 문제가 야기된다면 그 후에는 더 심할 게 분명할 텐데……솔직히 말하면, 이은성 문제보다, 이런 문제가 나한테는 더 곤란하고 머리 아파."

이렇게까지 말하려던 건 아니었는데, 하다 보니 꽤 직접적으로 내뱉고 말았다. 희영과의 일은 대수롭지 않게 여기려고 했는데, 나름 스트레스를 받았던 모양이다.

새힘의 얼굴이 심각해진 만큼 메이의 얼굴도 딱딱하게 굳어졌다. 아마 은성의 문제보다 네 식구들의 간섭이 너 귀찮다, 하는 걸로 받아들이고 다소 충격을 받은 모양이었다. 말이 심하게 나왔다고, 오해를 풀어 줘야 하는데 새힘도 기분이 틀어진 상태라 그렇게 되지 않는다.

차 안에는 무겁디무거운 침묵이 흘렀다. 그토록 보고 싶은 메이였는데, 감정싸움으로 인해 서로 얼굴조차 제대로 바라보고 있지 않았다. 가슴이 따끔따끔거리고 머리는 더욱 지끈거리며 울려댄다.

지이잉. 지이잉.

고요한 공간에 휴대전회의 진동 소리가 울렸다. 손에 쥐고 있는 휴대전화를 들여다본 메이가 거칠게 머리칼을 쓸어 올렸다.

"썅."

새힘이 놀라 움찔거릴 정도로 날카롭게 욕설을 내뱉은 그는 이내 전화를 받았다.

"여보세요. ……네. 알겠습니다. 곧바로 들어가겠습니다."

짤막한 대화지만 내용으로 보아 다시 병원으로 들어가야 하는 모양이었다. 이대로 메이를 보내면 안 되는 줄 알면서도 새힘은 시선을 돌린 채 차에서 내렸다. 메이 역시, 은성으로 인해 뒤틀린 마음이 풀리지 않는지 전화할게라는 짧은 한마디도 하지 않고 그대로 시동을 걸었다.

결국, 두 사람은 서로를 할퀸 채 그대로 헤어지고 말았다.

25.

　자정을 넘긴 깊은 밤, 은은한 스탠드 불빛만 덩그러니 켜진
방 안에서 새힘은 멍하니 천장을 응시한 채 누워 있었다.

　메이와의 냉전이 며칠째 이어지고 있어, 그 며칠 내내 새힘
은 밤이 깊도록 잠을 이루지 못하고 있었다. 그러다 새벽녘이
돼야 겨우 눈을 감고는 했으니, 요사이 심신이 너무 지쳐버렸
다.

　메이의 심정을 이해 못하는 바는 아니었다. 과거에 안 좋은
일이 있었고, 그 중심에 은성이 있었으니, 메이가 그를 죽도
록 싫어하는 것도 당연한 일이었다. 하지만, 그렇더라도 은성
을 피해 회사까지 옮기라니 그건 아니지 않는가.

　새힘은 머리맡으로 손을 뻗어 휴대전화를 들어 올렸다. 액

정을 가만히 들여다보며 그녀는 한숨을 내쉬었다. 먼저 전화를 해볼까 말까. 바쁜데 괜히 방해를 하는 건 아닌가 싶어 섭사리 버튼을 누를 수가 없다. 게다가 통화를 한들 메이가 원하는 대답을 해 줄 수도 없으니 더욱 먼저 전화를 하기가 망설여졌다.

한참이나 액정을 들여다보며 어떻게 해야 하나 하는 찰나였다.

지이이잉. 진동 소리와 함께 액정이 환하게 밝혀졌다. 불시의 상황에 화들짝 놀란 새힘은 하마터면 놓칠 뻔한 휴대전화를 고쳐 쥐고서 발신지를 확인했다.

덜컥.

심장이 무게를 못 이겨 바닥까지 추락하는 느낌에 새힘은 가슴에 손을 얹었다. 벌떡 자리에서 일어난 새힘은 통화 버튼을 누르곤 전화기를 귀에다 대었다.

"여보세요."

〔나야.〕

낮게 가라앉는 목소리. 메이는 아직도 많이 심란한 거다.

"응. 알아."

〔자는데 깨웠니?〕

"아냐, 안 잤어. 너는 일 마쳤니?"

〔아니. 당직이야. 잠깐 짬이 나서 전화했어.〕

당연히 오고가야 할 말들을 주고받은 뒤 잠시 침묵이 감돌았다. 그러다 침묵을 먼저 깬 것은 메이였다.

〔생각해 봤어?〕

메이의 질문에 새힘은 눈을 깜빡였다.

"뭘?"

〔호텔, 관두는 거.〕

너무도 당연한 듯 흘러나오는 말에 새힘은 한숨을 내쉬었다.

"그건 생각해 보고 말 것도 없어. 나, 호텔 계속 다닐 거야. 4년이나 다닌 곳을 어떻게 하루아침에 그만두니?"

그녀의 강경한 말에 수화기를 타고 신음 소리 비슷한 숨소리가 흘러나왔다.

〔송새힘, 너. 이은성이 얼마나 위험한 놈인지 몰라서 그래. 너와 내 사이를 알게 되면 너한테 무슨 해코지를 할지 모른단 말이다.〕

가만히 메이의 말을 듣고 있던 새힘은 설핏 미간을 찌푸렸다.

"혹시, 너희 두 사람 사이에 내가 모르는 일이라도 있었던 거야? 네가 날 구하러 병원에 왔던 일 말고 또 다른 일이 있었던 거냐고."

찰나지만, 그녀의 질문에 멈칫한 메이가 이내 아무렇지 않게 대꾸했다.

〔아니. 없어. 그게 다야.〕

"그런데, 왜 그런 걱정을 해?"

〔걱정을 안 하는 게 더 이상한 거 아냐? 이은성이 얼마나

쓰레기 같은 놈인데 걱정을 안 해?〕

"정말 두 사람 사이에 내가 모르는 일이 없었다면, **넌 너무**
깊게 걱정을 하는 거야. 괜히 지레짐작하고서 그럴 필요 있
니? 그리고, 이은성은 너 유학 가서 한국에 없는 줄 알아."

〔뭐? 그게 무슨 말이야.〕

"처음 호텔에서 이은성을 마주쳤을 때 아주 짧게 이야기를
나눈 적이 있었어. 물론 너무 놀라서 얼떨결에 얘기 나눈 것
뿐이니 오해하지 마. 그때, 네 안부를 묻길래 너 유학 중이라
우리나라에 없다고 해 버렸어. 괜히 너한테 괜한 해코지라도
할까 신경이 쓰여서 둘러댔거든."

〔흐음.〕

짧게 한숨 소리를 낸 메이가 이내 덧붙였다.

〔언제까지 이은성이 모를 거라 생각해? 새힘아, 난 네가 빠
른 시일 내로 그 호텔은 그만두었으면 좋겠다. 불안하고 찜찜
해. 네가 이은성의 사정거리에 있다는 자체가 불쾌해. 기분
나쁘다고.〕

새힘은 한 손을 이마에 얹었다. 메이는 결코 자신의 의견을
조금도 양보할 마음이 없는 거다. 새힘은 작게 입술을 깨물었
다. 어쩌지, 정말? 나도 호텔을 그만두고 싶지는 않은데.

싫다고 입을 열면 또 다투게 될 것 같아 새힘이 침묵을 지
키고 있는데, 메이가 먼저 말을 했다.

〔가 봐야 할 것 같다.〕

"그래. 가 봐."

〔내 말 대충 넘기지 않았으면 좋겠다.〕

결국, 두 사람의 냉전에 아무런 진척도 없이 통화는 단절되고 말았다. 새힘은 끊어진 전화를 착잡하게 바라보다 다시 침대에 등을 대고 누웠다. 그녀의 무거운 마음에 답답함까지 더해진다.

메이는 휴대전화를 가운의 주머니 속에 넣고 거칠게 머리칼을 쓸어 올렸다. 이렇게 딱딱한 대화만 하다가 끊으려고 전화를 한 것이 아닌데, 이렇게 되고 말았다.

그는 정말 새힘이 호텔을 그만두었으면 싶었다. 같은 건물 안에서 이은성 같은 놈과 새힘이 함께 근무를 하고 있다는 사실만으로도 돌아 버릴 것만 같았다.

새힘의 말마따나 무턱대고 이은성을 피해 도망가는 게 억지라는 것쯤은 알고 있었다. 하지만, 그럴 수밖에 없지 않은가.

비가 오던 그날, 오토바이 사고로 위장되긴 했지만, 은성을 완전히 박살내 놓은 장본인이 바로 메이 자신인데, 그걸 이은성 또한 알고 있는데 어떻게 새힘에 대한 걱정을 하지 않을 수가 있단 말인가. 이은성에게만 국한된 폭력이긴 했지만, 새힘이 그 사실을 알고 잔인한 폭력성에 놀랄까 염려되어 속 시원히 털어놓을 수가 없었다.

이제 햇수로 9년째지만, 메이는 똑똑히 기억하고 있었다. 지독하게 맞아서 엉망진창이 된 얼굴로 이은성이 내뱉었던 독기들을. 살이 터지고 퉁퉁 부어 누군지 식별조차 못할 정도로 엉망이 된 몰골이었지만 눈빛만큼은 유난히 광기로 번들거렸었다. 피와 빗물이 한데 어우러져 바닥을 적시는 가운데에서도 끊임없이 퍼부어대던 악다구니들.

"씨발, 너……누군지 알아내서 꼭……죽여 버린다. 네 부모, 형, 동생……특히 여자 형제가 있으면 필히 조심해. 걸레로 만들어 버릴 거니까. 쿡쿡. 애인은 더 심하게 조져 줄 테니……."

그때는 가소롭게 들리던 말이, 지금에 와서야 섬뜩한 칼날이 되어 그를 둘러쌌다. 소중한 것을 잃게 될지도 모른다는 불안감 때문에 하루하루 신경이 곤두섰다. 만에 하나 이은성이 새힘과의 관계를 알게 된다면 그 정신 나간 놈이 어떻게 나올지 모르니 생각만으로도 머리털이 곤두서는 듯했다.

앞으로도 계속 새힘이 고집을 피우고 버틴다면, 자신을 혐오스럽게 봐도 상관없으니, 모조리 다 말해서라도 이은성의 사정거리에서 떨어뜨려 놓을 참이었다.

물론 것만으로는 안심할 수 없다는 걸 알고 있었기에 메이의 눈동자는 착잡함을 담고 한없이 가라앉았다.

"그래서? 일주일이 넘었는데도 아직 화해를 못 했다는 거야?"

새힘은 달달한 핫초코를 한 모금 마시고서 영경에게 푹 한 숨을 내쉬어 보였다.

"응. 통화를 해도 도무지 진척이 없어. 메이는 내가 이은성과 같은 호텔에 근무하는 자체가 싫은가 봐."

"근데, 메이의 심정도 이해는 가."

영경이 쿠키를 한 조각 집어 먹고서 말을 이었다.

"너랑 이은성이 그냥 같은 반에서 공부했던 동창이다, 뭐 그런 건 아니었잖아. 아무리 철없는 고등학교 시절이라도 사귀기까지 했으니, 메이로서는 속이 탈 수밖에."

새힘의 얼굴이 확 달아올랐다. 은성과 사귀었던 시절만 떠올리면 아무리 지난날에 있었던 일이더라도 늘 메이에게 미안한 마음이 일었다. 흠. 흠 헛기침을 한 새힘은 입을 비쭉 내밀었다.

"양갱, 그게 언제 적 얘긴데 그것 때문에 그러겠냐."

"야, 무슨 말씀을. 넌 아직도 남자라는 동물을 모르냐? 마음 넓은 척, 쿨 한 척 대인배처럼 굴어도 사실은 여자보다 훨씬 더 질투 많고 뒤끝 작렬이다? 메이도 남잔데 마냥 쿨 할 것 같아? 천만의 말씀이야. 원래 사랑하는 마음이 클수록 질투는 심한 법이지."

어쩐지 영경의 말이 틀린 것 같지 않아 새힘은 쓴웃음을 지었다.

"아무리 그래도 그렇지, 하루아침에 회사를 관두라고 하는 건 좀 너무한 거 아냐. 요즘 같은 시대에 직장을 그만두기가 어디 쉽니? 설령, 그만두고 다른 직장으로 옮겨간다 해도 다시 적응하려면 어우, 생각만으로도 머리 아퍼."

"하긴, 그것도 그렇지. 그래서 어떡할 거야? 무슨 방도를 찾아야 하지 않아?"

새힘은 커다란 머그잔에 꽂힌 빨대를 이리저리 휘휘 저으며 시무룩한 표정을 지었다.

"모르겠어. 메이가 워낙 강경하니 어떻게 해볼 수가 없어. 메이가 원하는 건 오로지 호텔을 옮기는 것뿐이니까."

"이은성이 많이 달라졌다고 어필을 해보지 그랬어."

"왜 안 했겠니. 씨알도 안 먹혀. 메이는 무조건, 오로지야. 호텔 그만두는 거."

보지 않아도 알 만하다는 듯 영경이 고개를 절레절레 흔들었다.

"메이 성격이 대쪽 같다는 건 알았지만, 이 정도일 줄이야. 정말, 방법은 하나밖에 없겠다. 그냥, 네가 호텔을 관두든 이은성을 관두게 만들든."

새힘은 땅이 꺼져라 한숨을 내쉬었다. 정말 호텔을 그만두는 거 말고는 방법이 없는 걸까? 은성과 같은 호텔에 근무하는 걸 메이가 알게 되면 상당히 애로 사항이 많을 거라는 것쯤은 예상했었지만, 그가 이렇게까지 강경하게 나올 줄은 몰랐다.

친구를 만나 수다 떨며 달달한 초콜릿을 먹으면 우울함이 사라질 줄 알았는데, 여전히 새힘의 기분은 바닥을 쳐댔다.

"새힘 씨, 오늘 퇴근하고 뭐해?"

퇴근 무렵, 고객의 요청으로 오페라 티켓을 예약하기 위해 컴퓨터 앞에 앉아 있던 새힘은 재영의 물음에 시선을 돌렸다.

"딱히 특별한 일은 없어요. 왜요?"

메이와 냉전 중이기도 했고, 아니라고 한들 만날 수 있을 만큼 그가 한가하지도 않았으니까.

"그럼, 퇴근하고 나랑 술이나 한잔할까?"

"갑자기 웬 술이에요?"

뜬금없는 제안에 새힘이 눈을 동그랗게 뜨자 재영은 짐짓 우울한 표정을 지어 보였다.

"내 마지막 남은 친구마저 5월로 날을 잡았댄다. 이제 나밖에 안 남았어."

"어머, 그래요? 올해면 아홉수다 뭐다 하는 거 걸리지 않아요?"

"여자는 그런 거 별로 안 따진다더라. 내년 되면 서른이라서 이십대가 가기 전에 결혼을 해야 한다나 어쩐다나. 아, 우울해애. 퇴근하고 술 한 잔 같이 해 줄 테야, 말 테야?"

새힘은 잠시 생각에 잠겼다가 피식 웃어 보였다.

"까짓, 그래요. 어차피 나도 술 한 잔 당기던 참이었으니까."

"그래? 잘 됐네. 그럼, 마치고 같이 나가자. 내가 가끔 다니던 괜찮은 가게 알거든."

새힘은 가만히 고개를 끄덕여 보이고는 다시 모니터로 시선을 돌렸다. 요즘 들어 재영이 계속 사적으로 친한 척을 해 온다는 느낌이 없잖아 있어 뭔가 묘한 기분이 들었다. 재영이 싫거나 하지는 않았지만, 조금 부담스럽다고 해야 할까. 하지만, 요새 새힘도 지치고 힘이 들어서인지 재영과 술 한잔하는 것쯤은 괜찮을 것도 같았다. 매번 영경에게만 푸념해대는 게 미안하기도 했고.

퇴근 후, 재영을 따라 가게 내부로 들어선 새힘은 눈을 동그랗게 떴다. 화려하게 인테리어 된 이곳은 딱 보기에도 어마어마하게 비쌀 것만 같은 고급 바(bar)였다. 몇 테이블을 차지하고 앉아 있는 사람들의 옷차림이나 걸치고 있는 액세서리 등을 그냥 대충 훑어도 내로라하는 명품들이었다. 그냥 분위기 좋은 호프집쯤으로 여기고 따라왔는데 이렇게 호화로운 바일 줄은 생각지도 못했다.

출근 시 입었던 평범한 재킷과 얌전한 스커트 그리고 올백으로 넘긴 머리스타일까지, 전혀 이런 곳과는 어울리지 않는 자신의 모습에 난색을 표하며 새힘은 재영을 바라보았다.

"언니, 그냥 호프집에서 술 한잔하자던 거 아니었어요?"

"왜 그래, 새힘 씨? 여기 별로야? 여기, 분위도 좋고 드나드는 사람들도 부유층이라 저급하게 집적거리는 양아치들도 없어서 좋은데. 왜, 마음에 안 들어?"

"아니, 그게 아니라, 여기서 조용히 신세한탄 하면서 술 마시기는 좀······."

심하게 어색해 하는 새힘을 보며, 재영이 깔깔 대며 웃었다.

"자기, 차림이 그래서 어색해 하는 거구나? 괜찮아, 괜찮아. 자기는 예뻐서 뭘 걸치고 있어서 명품삘 나니까. 그리고 홀에서 마실 거 아냐. 룸으로 가자."

"예? 룸이라구요?"

"응. 둘이서 코가 비뚤어지게 마시는 거야. 세상에다가 욕도 좀 하면서. 여기서는 그럴 수가 없잖니?"

룸이라는 말에 새힘은 어색함을 조금 누그러뜨렸다. 아무래도 확 트인 바깥보다는 재영의 말마따나 세상에다가 욕도 좀 할 수 있는 룸이 나을 것 같았기 때문이다.

"그래요. 그게 좋겠어요."

재영이 싱긋이 웃어 보이고서 남자 직원에게 룸을 요구하자 그는 익숙한 듯 재영을 바 안쪽의 룸으로 안내했다. 재영의 손에 이끌려가는 동안 알 수 없는 묘한 기분이 스며들었지만, 새힘은 어색해서 그러려니 하고는 재영을 따랐다.

양주와 맥주 그리고 과일 안주를 시켜 놓고서 새힘과 재영은 마주 보고 앉았다. 새힘은 룸 내부를 훑어보며 질문을 던졌다.

"언니는 이런 곳에 자주 오나 봐요?"

재영이 입고 있던 외투를 기다란 소파에 아무렇게나 벗어

놓고 어깨를 으쓱해 보였다.

"그냥. 가끔 돈이 무지무지 쓰고 싶거나 스트레스가 안 풀릴 때 오고는 해. 새힘 씨는 이런 데 처음이니?"

"그렇죠, 뭐."

따지고 보면 처음은 아니다. 고등학교 시절 은성에게 이끌려 딱 한 번 와 본 적이 있긴 했으니까.

"이런 곳은 가끔 오려고 해도 너무 비싸지 않아요?"

"비싸지. 비싸지만 뭐, 그만큼 값어치를 하니까. 서비스도 죽이고. 제일 좋은 건 바에 앉아 혼자 술을 마셔도 술에 취해서 집적대는 인간들이 없다는 거야. 그래서 좋아."

한참 이런저런 이야기를 하는 도중에 주문한 것을 들고 직원이 들어오자 대화는 잠시 중단되었다. 테이블의 세팅이 완벽하게 되고 종업원이 룸을 나가자 재영은 서둘러 양주병을 땄다.

"우리, 돈이니 뭐니 하는 얘기는 접어 두고 오늘 신나게 놀다 가자. 이 언니가 쏜다."

재영이 갈색의 액체를 잔에 따라 내밀자 새힘은 손을 내저어 보였다.

"난 맥주로 마실래요. 양주는 한 번도 안 마셔 봐서 한 잔 마시고 쓰러질지도 모르거든요. 이렇게 좋은 곳에 왔는데 한 잔 마시고 쓰러지면 안 되잖아요."

"그래? 자기는 은근히 순진하다니까? 알았어, 그럼 맥주 실컷 마시고 오줌 싸러 자주 가."

재영이 키들거리며 맥주를 따더니 한 잔 따라 새힘에게 내밀었다. 잔을 받아든 새힘은 재영이 건배를 청해오자, 잔을 부딪치고는 몇 모금 홀짝이며 넘겼다.

"크, 죽인다. 내가 이 맛에 여기를 온다니까."

양주를 소주 마시듯 들이켜는 재영이 재미있어 새힘은 쿡쿡 웃었다. 생각보다 재영이 꽤나 화려한 생활에 물들어 있어 놀랍기는 했지만, 알코올 기운이 들어가자 새힘은 부쩍 우울하던 기분이 조금이나마 사라지는 듯했다.

"새힘 씨는 요새 남친이랑 자주 못 봐서 괴롭지?"

재영의 질문에 새힘은 흠, 코로 한숨을 내쉬었다.

"못 봐서 괴롭다기보다는 좀 다퉈서 우울해요."

"어머, 왜? 뭐 때문에?"

"그냥, 그런 일이 좀 있었어요."

시시콜콜하게 재영에게 애정사를 털어놓을 수가 없어 새힘은 대충 말하고서 남은 맥주를 마주 들이켰다.

그 뒤로, 새힘이 맥주를 두어 잔쯤 더 비우고 재영 역시 양주잔을 두어 잔 정도 더 비웠을 무렵 새힘은 룸 안에 비치되어 있는 화장실로 가기 위해 몸을 일으켰다. 재영의 말마따나 맥주를 마셨더니 금세 오줌이 마려웠다.

"자기, 물 버리러 가니?"

"네. 물 버리러 가요."

재영의 표현이 재미있어 킥킥 웃은 새힘은 이내 화장실로 향했다. 화장실에서 볼일을 보고 손까지 깨끗이 씻은 다음 룸으로 나오니, 재영이 그사이 비어 있는 새힘의 맥주잔을 채우고 있었다.

"내가 따라 마시면 돼요. 번거롭게 매번 안 그래도 돼요."

새힘이 자리에 엉덩이를 대고 털썩 앉으며 말하자 재영은 알 수 없는 미묘한 표정을 지었다. 그것은 아주 찰나 동안 재영의 얼굴에 머물다 사라졌기에 새힘은 기분 탓이려니 생각하며 과일 안주를 하나 집어 먹었다.

"자자, 한잔해. 자기와 남친의 화해를 위하여!"

재영이 양주잔을 들자, 새힘은 피식 웃으며 조금 전 재영이 따라 놓은 맥주잔을 들고 쨍, 부딪쳤다. 그러고는 새힘은 맥주를 빈 정도 들이켜고 잔을 내려놓았다. 재영 역시 양주를 한 번에 마시고는 후우, 한숨을 내쉬었다.

"자기 주변에 괜찮은 남자 없니? 요새, 외로워서 돌아가실 것 같아."

"왜요, 총무 부장이랑 잘해 보지 않구요."

얼마 전, 어떻게든 은성과 엮여 보려 갖은 애를 쓰던 재영을 슬며시 비꼬았다. 그러자 재영이 새치름한 표정으로 이마를 긁적였다.

"사실, 좀 부담스럽잖니. 로열패밀리는. 게다가 여자한테 그다지 관심도 없어 보이고."

시무룩하게 하는 말에 새힘은 슬그머니 고개를 끄덕였다. 다른 걸 다 떠나서 재영이 은성과 엮이지 않는 게 좋을 것 같기는 했다. 괜스레 자신에 관한 이야기가 나올지도 모르고,

또 은성이 완전히 개과천선한 건지도 사실 조금 의문인데 괜히 재영과 엮였다가 본성을 드러내면 큰일 아니겠는가. 괜히 재영만 불쌍해질 뿐이었다. 일찌감치 마음을 접는 게 재영에게는 더 좋은 일일지도 모르겠다.

"그럼, 식음부 정 캡틴님은 어떠세요? 나이도 딱 좋잖아요, 언니랑은."

"어머. 정 캡틴님 애인 없니? 그렇게 말끔하게 생겨서 애인이 없어?"

"네. 없는 걸로……."

대꾸를 하는데 갑자기 머리가 징 하니 울리는 느낌에 새힘은 말끝을 맺지 못하고 눈을 감았다가 떴다.

"어? 새힘 씨, 왜 그래?"

걱정스레 물어오는 재영의 얼굴이 흐릿하게 보이자, 새힘은 몇 번이나 눈을 깜빡였다. 왜……이러지?

"자기, 괜찮아?"

질문을 던지는 재영의 얼굴이 점점 여러 겹으로 보이기 시작하고 하이 톤의 음성이 저 멀리서 들려오는 듯 귓가에 웅웅, 울려댄다. 술을 떡이 되도록 마신 사람처럼 급작스레 정신이 혼미해져 온다.

"나, 왜……."

가쁜 숨을 몰아쉬며 입술을 달싹여 보려 했으나, 새힘의 눈은 더욱더 가물거렸다.

그리고 수 초 후, 그녀는 암전이 된 것 같은 까만 어둠을 눈앞에 마주하고서 정신을 잃고 말았다.

"흐음. 너무 간단하게 가 버리네."

소파에 기대다시피 늘어진 새힘을 물끄러미 바라보며 재영이 낮게 중얼거렸지만, 새힘은 죽은 듯이 쓰러진 채 속눈썹 하나 깜빡이지 않았다.

"나를 너무 원망 마. 다, 자업자득이니까."

씁쓸하게 내뱉으며 재영은 핸드백에서 휴대전화를 꺼냈다.

고성 같은 고풍스러움을 물씬 풍기는 별장 안. 은성은 타닥타닥, 타오르는 벽난로 앞에 앉아 조용히 와인을 음미하는 중이었다. 그의 표정은 그 어느 때보다 싸늘히 식어 있었지만, 까만 눈동자만큼은 샹들리에 불빛을 받아 밝게 번뜩이고 있었다.

와인을 한 모금 홀짝이며 생각에 잠기는데, 탁자 위에 올려 둔 휴대전화가 진동을 하는 바람에 은성은 한쪽 눈썹을 세웠다. 휴대전화를 집어 들고 액정을 응시한 그가 퍼뜩 자세를 곧추세우곤 전화를 받았다.

"여보세요."

〔저예요. 최재영.〕

"그래. 어떻게 됐지?"

〔잘 됐어요. 흔들어도 못 일어나는 상태예요.〕

만족스러운 대답에 은성의 입가가 미소를 담고 위로 향했다.

"잘했군. 수고했어."

짤막하게 내뱉고서 전화를 끊으려는데 다급한 목소리가 그를 저지시켰다.

〔잠깐만요. 심하게 잘못되거나 그런 거 아니죠?〕

아무래도 동료라 걱정이 되는 모양이었다. 괜스레 일이 틀어지면 안 되니 은성은 부드럽게 말했다.

"걱정 마. 내가 그랬잖아. 난 아직 송새힘을 좋아한다고. 좋아하는 여자한테 해코지할 놈이 어딨나? 그리고."

은성은 잠시 끊었다가 목소리에 힘을 주어 말을 이었다.

"넌 나와 한 배를 탔다는 걸 잊지 마. 일이 틀어질 경우 너만 위험해진다는 걸 명심해."

〔……잘 알고 있어요. 부장님도 내게 한 약속 잊지 말아요.〕

"걱정 마. 빠른 시일 내로 원하는 부서로 승진 시켜 주지."

재영과의 전화를 끊은 은성은 이내 다른 곳으로 통화를 연결시켰다. 통화 연결음이 흘러나오고 얼마나 지나지 않아 걸걸한 목소리가 전화를 받았다.

〔네. 안 그래도 전화 기다리고 있던 참이었습니다.〕

"내가 지시한 대로 각자 실행해."

〔네. 알겠습니다.〕

"한 치의 오차도 있어서는 안 된다. 알겠나?"

〔걱정 마십시오.〕

은성은 끊어진 전화기를 테이블 한쪽에 내려두고서 다시

와인을 음미하기 시작했다. 오늘따라 와인 향이 더없이 달콤하다. 아마, 몇 시간 뒤에 벌어질 화려한 파티에 내한 기내김으로 그런 것이리라.

은성의 두 눈에 퍼런 불꽃이 일어나는 듯 빛이 났다.

자정을 넘긴 시각, 메이는 하루의 일과를 마치고 지친 몸을 이끌며 숙소로 향하는 중이었다. 지금부터 잔다고 해도 얼마 못 자고 눈을 떠야 하거나, 혹여, 급한 콜이 오면 잠은 고사하고 제대로 씻지도 못할 테지만 그는 숙소 건물로 향했다.

"흐음."

메이는 깊은 한숨을 내쉬며 가운 주머니에 든 휴대전화를 꺼냈다가 도로 집어넣어 버렸다. 새힘의 목소리를 듣고 싶기는 했지만, 해 봤자 그녀의 마음만 상하게 만들 것 같아 참는 쪽을 택했다. 어차피 통화를 해도 호텔을 그만두라는 소리만 반복하게 될 테니까.

어릴 때 끊었던 담배 생각이 나자 그는 머리를 털어 버리고서 발걸음을 옮겼다. 조금 후미진 곳에 위치한 숙소 건물 가까이로 다가가는 순간이었다. 고요한 주변에 갑자기 인기척이 나더니 웬 덩치 큰 사내 둘이 어슬렁어슬렁 자신에게로 다가왔다.

사내들은 확인하듯 가운자락의 명찰로 시선을 주고서 서로를 마주 보며 고개를 끄덕였다. 뭔가 심상치 않은 분위기에 숱 많은 메이의 눈썹이 미미하게 찌푸려졌다.

그리고 그 순간이었다. 갑자기 뭔가가 가로등 불빛에 번쩍하며 그의 눈앞에 확대되었다.

*

새힘은 머리가 깨질 듯이 아팠다. 눈꺼풀은 한없이 무거웠고 목은 바짝 말랐다. 겨우 혀를 내밀어 바싹 마른 입술을 축였으나 목마름은 전혀 해소되지 않았다.

"……으응."

그나마 억지로 신음 비슷한 소리를 내고서 얻어맞은 듯 아픈 몸을 뒤척여 보려 했으나 꼼짝도 할 수가 없었다. 굳게 덮인 눈꺼풀 위로 형광등이나 백열등 같은 밝은 빛이 쏟아지는 걸로 봐서는 실내인 듯해 새힘은 정신을 가다듬으려 애썼다.

도대체 어떻게 된 거지? 분명 재영 언니와 함께 술을 마시다가 필름이 끊어진 것 같은데.

필름이 끊어졌다는 것까지 생각이 미치자 새힘은 정신이 번쩍 들었다. 그렇다면 지금 자신이 어디에 처박혀 있는지조차 모르는 상황이 아닌가.

새힘은 떠지지 않는 눈꺼풀을 겨우겨우 들어 억지로 눈을 떴다. 밝은 불빛으로 인해 눈이 시려오자 새힘은 다시 눈을 감았다. 따가운 눈을 비비기 위해 손을 들어 올리는 찰나였다. 그녀는 심장이 뚝 떨어지는 듯했다.

어, 뭐지?

믿기지 않게도 등 뒤로 돌려진 양손이 움직여지지 않는 탓이었다. 마치 누군가 일부러 묶어 눈 것같이. 새힘은 미른침을 삼키며 조심스레 팔을 움직여 보았다. 역시나 움직여지지 않는다. 조금 전에는 몰랐지만, 밧줄과도 같은 억세고 질긴 무언가가 팔목을 옭아매고 있다는 게 확연히 느껴졌다. 그러니까 지금 자신은 팔을 뒤로 묶인 채로 어딘가로 끌려온 것이다.

도대체 이게 무슨 상황이란 말인가. 도대체 누가!

새힘은 미친 듯이 울려대는 심장을 진정시키려 촉각을 곤두세웠다. 섣불리 눈을 떴다가 자신을 이렇게 만든 장본인과 눈이 마주치면 곤란한 상황이 올지도 모르니 눈을 감은 채 귀와 후각을 최대한 이용했다.

타닥타닥. 가만히 귀를 기울이니 뭔가 타는 소리가 났다. 아마도 장작 같은 게 타는 소리인 듯했다. 환한 불빛이 쏟아지는 실내에서 장작 타는 소리라면……별장? 새힘은 더욱 귀를 기울여 인기척이 있는지 확인해 보았다.

하지만, 주위는 너무도 고요했다. 아무래도 지금 그녀가 있는 이 공간에는 아무도 없는 모양이었다. 쿵쾅쿵쾅 심장이 마구잡이로 떨렸지만 새힘은 조심스레 눈을 떴다. 밝은 불빛이 눈을 아프게 했지만 빠르게 몇 번 깜빡인 그녀는 초점을 맞추려 애를 썼다.

한참 뒤 시야가 확보되고, 주변에 아무도 없음을 확인한 새힘은 눈을 번쩍 떠서 자신의 상태를 살폈다. 맙소사. 가만히 자신을 내려다본 새힘은 신음을 삼켰다.

옷은 입고 있던 그대로였지만, 옴짝달싹할 수 없도록 손발이 모두 묶여 있었다. 그 상태로 커다란 소파에 기다랗게 누여져 있었다.

무섭기도 하고 기가 막히기도 해 잠시 동안 숨을 몰아쉰 새힘은 공간을 둘러보았다. 역시나 타닥타닥 타던 소리는 장작 타는 소리였고 이곳은 별장이 맞았다.

새힘은 깨질 듯한 머리 때문에 미간을 찡그렸다. 이건 숙취로 인한 아픔이 아니었다. 겨우 맥주를 몇 잔 마셨다고 이렇게 죽을 듯이 아플 리는 없지 않은가. 순간, 뇌리를 스치는 생각에 새힘은 눈을 번쩍 떴다.

최재영!

화장실을 간 사이에 재영이 맥주에다 무언가를 넣은 게 분명했다. 그 잔을 마시고 얼마 지나지 않아 눈앞이 캄캄해졌으니까. 가만 생각해 보니, 갑자기 술을 한 잔 마시자고 한 것도 이상하기 그지없었다. 자신을 이렇게 만들기 위해 재영은 작정을 한 것이다.

도대체, 재영이 왜?

재영에게 이런 짓을 당할 만큼 잘못한 게 있는지 머릿속을 뒤지는데 갑자기 끼익, 하는 소리와 함께 바깥의 찬바람이 훅 느껴졌다. 누군가 들어오는 모양이었다. 뒷머리가 비쭉 설 정도로 두려움이 밀려왔지만, 새힘은 다급히 눈을 감았다.

저벅저벅, 공포영화에서 살인마들이 내던 발소리와 흡사한 소리가 별장 내부에 울려 퍼졌다. 너무 무서워 멋대로 몸이 덜덜 떨릴 것만 같았다.

발소리가 점점 가까이 들려왔다. 제발 그냥 이대로 두고 스쳐 지나가기를 속으로 기도하며 촉각을 곤두세우는데 갑자기 바로 지척에서 발걸음이 뚝 멎었다.

쿵쿵쿵쿵. 심장이 더욱 크게 울린다. 혹여, 이 큼지막한 심장의 울림이 들릴까 봐 염려될 정도로 소리가 컸다.

스윽.

극도로 긴장하는 가운데 갑자기 차가운 무언가가 그녀의 볼을 스쳤다. 그 감촉에 너무 놀라 새힘은 하마터면 비명을 지를 뻔했지만, 초인적인 인내심으로 참아냈다.

"넌 참 이상해."

묵직한 저음이 울리자 새힘은 온몸의 세포들이 곤두서는 듯했다. 익숙한 음성이었다. 눈을 떠서 보지 않아도 알 수 있었다. 이런 일을 꾸민 장본인은 다름 아닌 이은성이었던 것이다.

범인을 알았다는 생각에 잠시 동안 맥이 탁 풀렸다가 다시 새힘은 공포 속으로 빠져들었다. 은성이 어떤 인간이었는지 새삼 뇌리에 스멀스멀 떠오르기 시작한 것이다. 더불어 지금까지 신사인 척했던 게 모조리 연극이었음을 비로소 깨달았다.

메이가 경고했던 게 현실이 되어서 돌아왔다. 새힘은 입술을 깨물고 싶은 걸 간신히 참았다. 메이의 충고를 들었어야 했는데. 역시나 사람은 쉽게 변하지 않는 동물인 것이다. 후회해 보았지만, 이미 물은 엎질러져 버렸다.

"네가 날 미국으로 추방시켰을 때는 다시 널 보면 죽여 버리려고 했거든."

대화라도 하듯 느릿하게 말한 은성은 그녀의 볼을 계속해서 쓰다듬으며 말을 이었다.

"근데, 참 이상하지? 막상 네 얼굴을 보고 있으니 널 죽여 버리고 싶은 생각이 사르르 사라지는 거야. 이렇게 예쁜 입술로 내게 사랑한다 속삭이게 만들면 어떨까. 이렇게 기다란 속눈썹을 깜빡이며 내게 매달리게 만들면 어떨까. 그래서 평생 내 옆에 끼고 있어 버릴까, 하는 마음이 들더라고."

새힘은 그에게 깨어 있다는 걸 들킬까 겁이 나 숨소리마저 최대한 평온하게 내려 애쓰며 귀를 기울였다.

"그런데 말이야. 그것도 류메이가 네 옆에 있기 전까지의 생각이었어."

쿵.

심장이 사정없이 저 바닥으로 추락했다. 은성은 알고 있었던 거다. 메이가 한국에 있다는 사실을. 온몸에 소름이 쫙 끼쳐 왔다. 하지만, 다음 순간 내뱉어진 은성의 말에 비하면 아무것도 아니었다.

"그만 눈 떠도 돼. 이마에 식은땀이 송골송골 맺혔어. 극도로 긴장했다는 뜻이지."

작살에 맞은 물고기처럼 놀라 새힘은 없던 딸꾹질마저 나올 것만 같았다. 새힘은 신음 비슷한 소리를 입으로 내고서 결국 눈을 뜨고 말았다.

눈을 뜨자 탁자 위에 엉덩이를 걸치고 앉아서 자신을 내려다보고 있는 은성이 눈에 들어왔다. 새힘은 침을 꿀꺽 삼키고서 그를 노려보았다.

"지금 뭐 하자는 거야. 당장 이거 풀어."

겁에 질려 벌벌 떠는 모습을 보이기 싫어 새힘은 싸늘히 내쏘았다. 하지만, 그는 아랑곳 하지 않고 물끄러미 그녀를 바라보며 가만히 눈만 깜빡였다.

"지금까지 신사인 척, 매너 좋게 굴었던 게 다 쇼였어? 내 경계심을 풀기 위해서?"

그녀의 날카로운 말에 은성은 설핏 미소를 지었다.

"물론이지. 호텔을 그만두고 잠적해 버리면 계획에 차질이 생길 테니까."

너무도 뻔뻔스럽게 흘러나오는 말에 새힘은 이를 악다물었다.

"너, 지금 무슨 짓을 하고 있는지 알기나 해? 최재영은 왜 끌어들인 거야."

"끌어들이다니, 조금 이용했을 뿐이지."

섬뜩하게 히죽 웃은 그는 덧붙였다.

"양다리를 걸치는 나쁜 년의 계략으로 8년 동안이나 미국을 떠돌았다, 하는 정도의 스토리만 읊었더니 어리석게도 조금의 의심도 없이 내 말을 믿더군. 그 복수를 조금만 도와준다면 승진까지 보장해 준다고 하니, 이렇게 착실히 널 내 앞에다 대령해 줬지."

하. 기가 막히고 어이가 없어 새힘은 바람 빠지는 소리를 냈다. 어쩌면 저렇게 하나도 안 변할 수가 있을까. 아니, 더 악랄해질 수가 있을까. 앞으로 다가올 두려움보다 분노가 더 치밀어 오르자 새힘은 묶인 채 누여진 몸을 꿈틀꿈틀 일으켜 소파에 앉았다. 꽉 옥죄어진 손목이며 다리로 억센 줄이 파고들었으나 너무 화가 나 그것마저도 느끼지 못했다.

자세를 똑바로 하고 앉은 새힘은 눈을 치떠 은성을 노려보았다.

"그래서 네가 하고 싶은 게 뭐야? 나를 이렇게 해놓고 넌 무사할 것 같아? 요즘에는 예전과 다르게 길거리마다 곳곳에 깔린 게 CCTV야. 내가 집으로 돌아가지 않으면 어떻게 될까? 틀림없이 소재 파악에 나설 것이고 마지막으로 함께 있었던 최재영에게 제일 먼저 조사가 들어가겠지. 최재영이 버틸 수 있을 것 같아? 설령 버틴다 해도 거리에 깔린 CCTV만 추적해도 내 행적은 어렵지 않게 찾아낼 거야. 더 늦기 전에, 돌이킬 수 없을 만큼 심각한 상황이 오기 전에 나를 풀어 줘."

이 한마디로 은성이 마음을 고쳐먹을 위인이 아님을 알면서도 새힘은 으름장을 놓았다. 이렇게 묶인 상태로는 말 외에는 아무것도 할 수 있는 게 없었다. 역시나 은성은 가소롭다는 듯 작게 웃을 뿐 귓등으로도 듣지 않았다.

은성은 가만히 손을 뻗어 그녀의 볼을 쓸었다. 새힘이 고개를 돌리며 손길을 피했지만 그는 집요하게 따라와 얼굴을 어루만졌다.

"내가 널 어떻게 할지 궁금할 테지만, 조금만 참아. 관람객이 오면 천천히 가르쳐 줄 테니."

관람객이라니. 새힘의 눈동자가 불안감을 잔뜩 담고 흔들렸다.

"무슨 뜻이야. 도대체 무슨 짓을 하려는 거야!"

은성은 그녀의 외침을 차가운 시선으로 물끄러미 바라볼 뿐 아무런 대꾸도 하지 않았다. 잠시 동안의 침묵이 흐를 때였다. 밖에서 나는 자동차 엔진 소리가 고요함을 깨고 별장 내부를 흔들었다. 그가 새힘을 향해 씨익 웃어 보였다.

"너무 궁금해 하지 않아도 돼. 이제 관람객이 도착했으니까."

그러고는 새힘의 얼굴을 톡톡 치고서 이내 몸을 일으켜 별장의 입구로 향했다. 새힘은 피가 날 정도로 입술을 깨물었다. 도대체 뭘 하려고 이런단 말인가. 분노와 불쾌감 그리고 두려움이 한데 어우러져 자신을 덮쳐오자 새힘은 희미하게 몸을 떨었다.

별장의 출입구가 열리고 험상궂게 생긴 두 명의 사내가 들어왔다. 한데, 한 사내의 어깨에는 커다란 자루가 걸쳐져 있었다. 그 자루가 성인 남성이 들어갈 정도로 커 새힘은 오싹 소름이 돋았다.

설마.

묶인 손끝이 파르르르 떨려왔다. 새힘은 지금 뇌리에 떠오르는 끔찍한 영상이 제발 쓸데없는 상상이기를 간절히 기도했다.

험상궂게 생긴 사내가 걸치고 있던 자루를 쿵, 하고 바닥에 내려놓았다. 그러고는 품에서 무언가를 꺼내 은성에게로 내밀었다.

"여기, 놈의 소지품입니다."

순간, 그녀는 눈앞이 캄캄해지는 아찔함을 맛보았다. 사내가 은성에게 내민 것은 눈에 익을 대로 익은 메이의 지갑이다. 새힘은 숨이 턱 막히는 고통을 느꼈다. 설마, 했는데 그 설마가 끔찍한 현실이 되어 버렸다.

"얼굴이 왜들 그래?"

은성은 여기저기 멍들어 있는 사내들의 얼굴을 보며 설핏 미간을 찡그렸다. 사내가 조금 멋쩍은 듯 흠, 흠 헛기침을 내뱉었다.

"워낙 힘이 장사인 놈이라 애를 좀 먹었습니다. 튼튼한 밧줄로 묶어 놓고 테이프로 입막음까지 확실히 해 뒀으니 안전할 겁니다."

사내의 설명에 은성은 비릿하게 웃으며 고개를 끄덕였다.

"그랬을 테지. 보통은 넘는 놈이었을 테니."

그러고는 새힘이 있는 쪽으로 턱짓을 해 보였다.

"저 테이블 치우고 이 물건 거기다 갖다 놔."

사내들이 고개를 숙이고는 은성이 지시한 대로 일사천리로 움직였다. 묶여서 소파에 앉아 있는 새힘에게는 눈길 한 번 주지 않고 테이블을 치우더니 들쳐 메고 온 자루를 심싹처럼 턱 내려놓았다.

갑자기, 미동 없던 자루가 꿈틀거리기 시작하면서, '읍, 읍!' 하는 신음 소리가 흘러나왔다.

"잠시 기절 시켜 뒀는데 깨어나는 모양입니다."

사내의 말에 은성은 슥 눈썹을 세워 자루 쪽을 응시하다 이내 다시 사내에게로 고개를 돌렸다.

"수고들 했어."

"네. 언제든 불러만 주십쇼. 저희는 이만 가보겠습니다."

그러고는 사내들이 다시 고개를 숙인 뒤 별장 밖으로 사라졌다. 그러는 사이 자루 속의 움직임이 더욱 거세지고 신음 소리는 더욱 커졌다.

충격을 받아 호흡마저 가쁘게 내뱉던 새힘이 겨우 정신을 차리고 가까스로 입을 열었다.

"메……메이니. 메이 맞니?"

테이프로 입을 막아 뒀다는 사내들의 말이 맞는지 자루 속에서는 대꾸 대신 거센 신음만 흘러나왔다. 그리고 벗어나려는 듯 몸부림을 쳐댄다.

맙소사!

새힘의 뺨 위로 굵은 눈물방울이 흘러내리고 입에서는 흐느낌이 터져 나왔다.

"메이야……어쩌다가……흐흑!"

눈앞에 메이가 옴짝달싹 못한 채 더러운 자루에 싸여 있음에도 아무것도 할 수 없는 스스로의 나약함에 새힘은 진저리가 쳐졌다. 눈물범벅이 된 얼굴로 새힘은 죽일 듯이 은성을 노려보았다.

"네가 사람이니! 이 개만도 못한 자식아! 당장 메이 풀어 줘! 풀어 주라고! 당장!"

처절한 새힘의 외침에도 은성은 팔짱을 낀 채 비틀린 웃음을 지을 뿐이었다. 그는 저벅저벅 다가와 오열을 하고 있는 새힘에게로 손을 뻗어 턱을 들어 올렸다.

"내가 이 날을 얼마나 고대했는데, 그냥 풀어 주겠어? 쇼는 이제부터 시작이지."

비릿하게 말한 그는 방 안으로 들어가 한 손에는 캠코더와 다른 손에는 거치대를 들고 나왔다. 거치대를 세우고 그 위에 캠코더를 얹은 다음 핀트를 맞추듯 이리저리 손을 보았다. 그 행동에 그녀의 얼굴이 한껏 일그러졌다.

"뭐, 뭘 하려고 그러는 거야. 도대체 뭘 어쩌려고 이러는 거냐고, 이 미친놈아!"

완벽히 세팅을 마친 그는 느릿하게 다가와 더욱 격하게 꿈틀거리고 있는 자루 앞에 서서 마치 야차와 같이 잔인한 표정을 지어 보였다. 그러고는 인정사정 볼 것 없이 자루로 발길질을 쏟아부었다.

퍽! 퍽! 퍽! 퍽!

여과 없이 내리꽂히는 발길질에 자루 속에서는 듣기에도

안타까운 신음이 연이어 흘러나왔다. 걷어차고 밟아댈 때마다 자루는 온몸으로 방어하듯 꿈틀대며 움츠러들었나.

"하, 하지 마! 그러지 마, 이 사이코 새끼야!"

눈앞에 펼쳐지는 처절한 광경에 새힘이 눈물을 쏟아내며 외쳤지만, 은성은 끄덕도 하지 않았다.

"그만 하란 말이야!"

급기야 새힘이 겨우 몸을 일으켜 돌진하다시피 메이에게로 몸을 날려 그를 감싸서야 무지막지하던 발길질이 뚝 멈추었다.

"흐으……."

새힘의 흐느낌과 은성의 거친 숨소리가 별장 안에 맴돌았다. 은성은 거친 숨이 잦아들 때까지 묵끄러미 새힘을 내려다보다 피식 웃었다.

"하긴. 기절해 버리면 재미난 구경을 못 할 테니 이쯤 해 두는 것도 좋겠군."

그러고는 손을 뻗쳐 새힘을 홱 일으켰다.

"참 눈물겨운 사랑이군. 그런데, 과연 류메이도 그럴까?"

알 수 없는 말을 내뱉은 그가 다시금 새힘을 소파 위에 홱 던져 놓았다. 그러고는 조금 전의 질문에 답을 주기라도 하듯 말을 이었다.

"네가 내게 다리를 벌린 뒤에도 류메이의 마음이 예전과 같을지 아주 궁금해."

오싹.

눈물로 범벅된 새힘의 얼굴이 경악으로 물들었다. 이은성

의 계획이 이제야 정확히 뇌리를 파고들자 새힘의 턱이 덜덜
덜 떨렸다. 저 캠코더의 용도가 너무도 무시무시해 말문마저
콱 막혔다.

26.

　은성은 별장 한쪽에 세워져 있는 골프채를 들고 다가왔다.
그 골프채를 소파에 비스듬히 세워 놓고는 새힘의 옆에 엉덩
이를 대고 앉았다. 싸늘하지만 광기가 흐르는 그의 안광을 지
척에서 마주한 새힘은 심장마저 얼어붙는 듯했다.

　하얗게 질린 채 바르르 떨고 있는 그녀를 가만히 응시하던
은성이 느릿하게 손을 뻗어 작은 턱을 감쌌다. 그러고는 얼굴
을 비스듬히 기울여 그녀에게로 고개를 숙였다. 은성의 행동
이 무엇을 하기 위함인지 인지한 새힘이 눈을 동그랗게 뜬 채
다급히 고개를 옆으로 돌렸다. 미약하기 짝이 없는 새힘의 방
어에 은성의 입술이 웃음을 담고 비틀려 올라갔다. 그는 턱을
붙잡고 있는 손아귀에 아플 정도로 힘을 주고서 다시 그녀의

고개를 휙 돌려놓았다. 그러고는 낮게 뇌까렸다.

"깨물거나 되도 않게 반항하면 저걸로 류메이 놈 대갈통부터 쪼개 버린다."

그 말을 되새기기도 전에 은성의 입술이 곧장 그녀의 것을 덮었다.

"흐읍!"

한 치의 망설임도 없이 새힘의 입술을 집어삼킨 그는 승리에 찬 약탈자처럼 입 안으로 혀를 밀어 넣었다. 그러곤 연약한 살점을 찾아내 거칠게 빨아들였다. 아픔과 치욕으로 점철된 즉각적인 거부감으로 인해 생각이란 걸 해볼 겨를도 없이 새힘은 입 안을 점령하고 있는 살덩이를 힘껏 깨물었다.

"욱!"

비릿한 피 맛이 입 안에 확 퍼지기도 전에 은성이 그녀의 어깨를 휙 밀쳐내며 입술을 떼어냈다. 그리고 그 순간 '짝!' 하는 소리와 함께 새힘의 눈에 불이 번쩍 일었다. 고개가 한쪽으로 돌아간 채 소파 구석에 쿡 처박혔다는 걸 깨달은 건 얼얼했던 정신이 돌아오고 난 다음이었다. 어찌나 세게 맞았는지 눈마저 따끔따끔 아파 왔다.

새힘에게 혀를 깨물린 은성은 입가로 흐르는 피를 닦은 다음 소파에서 몸을 일으켰다. 그는 두말 않고 옆에 비스듬하게 세워 둔 골프채를 집어 들었다. 그러곤 미친 듯이 메이가 묶여 있는 자루로 골프채를 휘둘렀다.

퍽! 퍽! 퍽! 퍽!

"그, 그만! 그만하라구!"

발길질도 아닌 쇠로 만들어진 골프채가 자루에 내리꽂힐 때마다 나는 둔탁한 소리에 새힘은 몸서리를 쳤다. 이미 기절한 듯 자루는 꿈쩍도 하지 않는다.

은성이 자신의 입술을 덮치기 전 내뱉었던 말의 뜻을 이제야 깨닫고 새힘은 눈물만 쏟아냈다. 혀를 깨물거나 쓸데없는 도발을 한다면 저 골프채로 메이를 가만두지 않겠다는 뜻이다.

죽일 듯이 골프채를 휘두르던 은성이 어느덧 다시 그것을 한쪽에 세워 놓고 흐느끼는 새힘의 옆으로 앉았다.

"내가 경고했잖아. 깨물거나 쓸데없이 반항하면 저놈 대갈통부티 쪼개 버린다고. 기절해 비리면 조금 재미는 반감되겠지만, 상관은 없지. 녹화한 걸 보여주면 될 테니까."

"너, 넌 미쳤어. 제정신이 아냐!"

새힘의 악다구니에도 은성은 별 다른 대꾸 없이 슥 손을 뻗쳤다. 그녀의 뒷머리 속으로 손을 찔러 넣은 채 다시금 입술을 삼켰다. 비릿한 피의 맛과 함께 욕망 가득한 살덩이가 입 안을 침범해 오자 새힘은 묶인 주먹을 꽉 쥔 채 눈을 질끈 감았다.

당장이라도 혀든 입술이든 닥치는 대로 깨물어 버리고 싶었다. 살점이 뜯겨 나가도록 온힘을 다해 자신을 능욕하고 메이를 처참하게 만든 은성을 물어뜯고 싶었다. 하지만, 그럴 수가 없었다. 또다시 이 미친놈이 메이에게 위해를 가할까 봐 조금 전처럼 겁 없이 마음대로 행동할 수가 없었다.

"흐음."

이러지도 저러지도 못하고 무력하게 있는 새힘의 입 안으로 은성이 낮게 숨을 뱉어냈다. 그는 더욱 거세게 그녀의 뒷머리를 움켜쥐고서 삼킬 듯이 보드라운 혀를 빨아들였다.

"흐흑……."

은성의 입술을 고스란히 받아들일 수밖에 없는 무력한 자신이 원망스러워 새힘은 오열을 쏟아냈다. 그런 그녀의 울음 따위는 아랑곳없이 그는 니트 셔츠 속으로 서늘한 손을 밀어 넣었다. 소름이 끼칠 정도의 차갑고도 불쾌한 감촉에 새힘이 움찔할 틈도 없이 은성의 손이 브래지어를 밀어 올리고서 봉긋한 젖가슴을 움켜쥐었다.

"하, 하지……."

다급히 고개를 돌려 입 밖으로 쏟아내려던 외침은 금세 따라온 광기 어린 입술에 고스란히 묻히고 말았다. 거기다 다시는 고개를 돌리지 못하도록 뒷머리를 움켜쥔 손에 더욱 거센 힘이 가해졌다.

거센 악력으로 몇 번이나 젖가슴을 주무르던 손이 그 정점을 꾸욱 누른 채 마찰을 시도하자, 새힘은 미친 듯이 벗어나려 몸을 팔딱이며 비틀었다. 하지만, 그런 거부의 몸부림쯤은 은성에게 아무것도 아니었다. 그저, 어린아이가 성인에게 반항을 하는 것쯤의 미약한 움직임일 뿐이었다.

의지와는 상관없이 뾰족하게 일어선 젖가슴을 만족스럽게 꼬집고 문질러대던 그가 그때까지도 점령하고 있던 그녀의 입술에서 고개를 들었다. 그러곤 이내 셔츠를 쇄골까지 밀어 올리고서 꼿꼿하게 고개를 내밀고 있는 가슴의 성섬을 섬겼다.

"그, 그러지 마. 그만하라구!"

겨우 자유를 찾은 입술로 외치며 그녀는 진저리를 쳤다. 묶인 손을 풀어 보려 마구잡이로 비틀어 보았지만 단단한 줄은 그녀의 팔목에 진한 상처만 남길 뿐이었다.

너무 울어 뻑뻑해진 눈을 깜빡이며 새힘은 막연히 천장을 응시했다. 이 상황이 도저히 현실 같지 않아 눈앞이 아득해져 왔다. 이토록 미약한 몸부림밖에는 칠 수가 없어 너무도 절망적이었다.

"……이은성. 네가 원하는 대로 할게."

한참이나 야들한 젖가슴을 탐하느라 여념이 없던 은성이 잔뜩 잠긴 새힘의 목소리에 잠시 동작을 멈추었다. 그의 시선이 하염없이 눈물을 뿜어내고 있는 새힘에게로 향했다. 그녀는 생기라고는 하나도 없는 얼굴로 무미건조하게 입술을 움직였다.

"네가……원하는 대로 할 테니, 메이……보내줘."

은성의 눈이 슬쩍 가늘어졌다가 원래대로 돌아왔다.

"메이, 무사히 보내주면 네가 하자는 대로 다 할게. 평생 네 곁에 있으라면 있고, 너만 바라보라면 그렇게 할게. 그러니까, 메이만 무사히 보내줘……제발."

나직하니 말한 새힘은 눈물이 흐르는 눈을 굳게 감았다. 자신이 내뱉은 말이 무엇을 뜻하는지 스스로도 잘 알고 있었지만, 지금의 그녀에게는 메이의 안전이 더 우선이었다. 메이가 곁에 있는 한 무모한 시도 같은 건 꿈에도 못 꿀 것이다. 우선은 메이의 안전만이라도 확보한 다음 기회를 봐야 할 것 같았다.

"큭큭."

비웃는 듯한 웃음소리에 새힘은 무겁디무거운 눈을 들어 은성을 응시했다.

"송새힘. 너 뭔가 착각하는 거 아냐? 네 눈에는 내가 너한테 사랑 따위를 구걸하는 걸로 보이는 모양이지?"

스산하게 내뱉고 있었지만, 은성의 까만 눈동자는 탐색하듯 새힘의 얼굴을 뚫어져라 응시하고 있었다. 새힘은 대꾸 없이 그저 젖은 속눈썹만 느릿하게 깜빡였다. 주절주절 많은 말을 쏟아내면 속내만 들키고 말 것이다.

마음대로 하라는 듯 인형처럼 표정 없는 새힘의 얼굴을 들여다보던 은성이 미미하게 웃음을 머금었다.

"좋아, 송새힘. 네 조건을 받아들이지."

너무도 쉽게 흘러나온 은성의 말에 새힘은 진한 불안감을 느끼고 그를 빤히 응시했다. 겁이 서린 그녀의 눈동자를 보며 그가 다시 큭큭, 웃었다.

"겁먹을 것 없어. 아주 간단한 거니까."

조용히 뇌까린 그는 슥 몸을 일으켜 별장 구석으로 걸음을 떼었다. 잠시나마 은성이 사정거리에서 멀어진 데에 대한 안도감과 그 뒤에 불어닥칠 알 수 없는 불길함 사이에서 새힘은 입술만 깨물었다.

은성은 한쪽에 비치된 서랍 속에서 무언가를 꺼내들고는 컵에 생수를 쪼르르 따랐다. 그 소리가 마치, 자신을 익사시키기라도 할 듯 커다랗게 들려와 새힘은 가쁜 숨을 몰아쉬었다.

한 손에는 생수를 다른 손에는 알 수 없는 무언가를 들고서 은성은 저벅저벅 새힘에게로 다가왔다. 그는 새힘의 옆에 앉아 가만히 그녀의 턱을 쓰다듬었다. 그러곤 손에 들고 있는 파란색의 알약을 눈앞에 보였다.

"이걸 먹으면 너도 금세 기분이 좋아질 거야. 이걸 먹는다면 네 말을 믿어 주지."

새힘의 동공이 사정없이 확장되었다. 한 번도 본 적은 없었지만, 새힘은 은성이 들고 있는 게 단순한 알약이 아님을 직감적으로 알아챘다. 환각제 혹은 최음제 종류의 것이라는 건 물어보지 않아도 알 수 있었다. 치아가 딱딱 부딪칠 만큼 온몸이 떨려 왔다. 분노로 인한 것인지 공포로 인한 것인지 그녀도 알 수가 없었다.

"내가 재미있는 거 하나 알려주지. 너도 알 거야. 네 전담 VIP였으니까. 라쉬드 알리 카림 아흐메드라고."

이건 또 무슨 소리인가. 새힘이 눈만 동그랗게 뜨고 있자 은성은 계속해서 말을 이어나갔다.

"미국에서 생활할 때 알게 된 친구였지. 정말, 우연히도 우리 호텔에 투숙하고 있더군."

"서, 설마 그 한복 사건……."

"빙고. 내가 그렇게 해 달라고 부탁한 거였지. 그래야 더욱 수월하게 네게 접근할 수 있었으니까. 이 약도 그 친구가 구해다 준 거지. 아, 정확히 말하자면 시드니가 수고를 해 준 거군."

흘러가는 물처럼 유연하게 말하는 은성의 얼굴을 보며 새힘은 완벽하게 당했다는 생각밖에 들지 않았다. 어쩌자고 경계를 풀었을까. 이은성의 사정거리 내에서는 모든 사람을 경계했어야 했는데…….

"먹기 싫어?"

음산한 물음에 새힘이 입조차 제대로 벌리지 못한 채 가쁜 숨만 몰아쉬고 있자, 그는 덧붙였다.

"네가 이걸 먹는 순간, 류메이는 보내주지. 뭐, 거절해도 좋아. 넌 류메이가 보는 앞에서 내게 다리를 벌리게 될 테니까."

잔인하기 짝이 없는 말에 새힘은 눈앞이 캄캄해져 왔다. 어떻게 해야 하나. 어찌 해야 할까! 은성이 이런 식으로 나올지는 꿈에도 몰랐기에, 그녀의 사고 회로가 멈추어 버렸다.

은성이 스윽 입술 가까이로 약을 가져오자 새힘은 저도 모르게 움찔하며 뒤로 물러났다. 혹여, 입술이라도 열게 되면 그가 강제로 입 안으로 약을 밀어 넣을 것 같아 거부의 말조차 하지 못한 채 그녀는 작게 몸을 떨었다.

"생각해 봐. 넌 이걸 먹음으로써 류메이의 안전을 보장 받

는 거야. 먹지 않는다면, 류메이가 보는 앞에서 다리를 벌리
게 될 테고. 어떤 쪽이 더 나을 것 같아?"

회유하듯 부드럽게 말한 은성이 갑자기 손을 뻗쳐와 그녀
의 양쪽 볼을 콱 움켜쥐었다.

"흡!"

"먹어."

마치, 당장이라도 파란 약을 먹일 듯이 거세게 양쪽 볼을
눌러오는 통에 새힘은 정신마저 혼미해졌다. 거센 악력에 턱
이 빠질 듯 아파왔다. 하지만, 끝까지 입술을 열지 않는 그녀
를 잔인하게 바라보던 그가 돌연 볼을 놓아주었다. 은성은 눈
을 가늘게 뜨고서 삼시 동안 새힘을 노려보다 돌연 그녀가 입
고 있는 잔뜩 구겨진 스커트 자락으로 손을 움직였다. 그러곤
그녀가 어찌해 볼 틈도 없이 스커트 자락을 붙잡고 허리춤까
지 걷어 올렸다. 금세 블루 계열의 작은 팬티가 드러났다.

너무 놀라 비명조차 입 밖으로 내뱉어지지 않아, 그녀는 부
들부들 떨며 미친 듯이 도리질을 쳤다. 어떻게든 스커트를 내
려 보려 몸부림을 쳤으나, 손과 발이 모두 묶인 상태라 뜻대
로 될 리가 없다.

은성이 스타킹에 감싸인 매끈한 다리를 손가락으로 훑으며
위로 향했다. 무릎에서부터 허벅지까지 느껴지는 진저리쳐질
만큼의 직접적이고 노골적인 감각에 새힘은 묶인 다리를 온
힘을 다해 붙였다.

"그, 그러지 마. 부탁할게. 제발……제발……."

은성의 손이 가터벨트에서 멈추더니 그 근방을 빙글빙글 손가락으로 문질렀다.

"가터벨트라, 좋군. 굳이 스타킹을 벗기지 않아도 될 테니까."

새힘은 온몸에 흐르는 피가 싸늘히 식는 듯했다. 당장이라도 그가 속옷을 끌어내릴 것 같아 미칠 것만 같았다. 완전히 새하얗게 질린 그녀를 보며 히죽 웃은 그는 팬티로 손을 가져갔다.

"헉!"

은성의 기다란 손가락이 팬티 위의 갈라진 틈을 찾아내 움직이기 시작하자 새힘은 충격을 받고 순간적으로 숨을 멈추었다. 마치, 지금의 상황이 꿈인 듯 뇌리가 하얗게 비워져 버렸다. 천장이 빙글빙글 도는 것처럼 어지럽고 구토마저 치밀어 오를 것 같았다.

거대한 절망감이 무섭도록 진하게 그녀의 전신을 옭아매고 있었다.

"하지……마. 하지 마. 하지 마, 하지 말라고!"

새힘은 미친 듯이 외치며 마구 몸을 비틀었다.

"죽여 버릴 거야, 이은성! 죽여 버릴 거야! 흐흑!"

처절하게 몸부림치며 소리를 내질러대는 새힘을 뚫어지게 응시하며 은성은 이내 팬티 위를 오르락내리락하던 손을 거둬들였다

"지금부터 관람객이 있는 것도 나쁘지 않겠군."

낮게 중얼거린 은성은 턱까지 차오른 숨을 내쉬고 있는 새힘을 두고서 슥 몸을 일으켰다. 그러곤 어느새 정신을 차렸는지 꿈틀대느라 안간힘을 쓰고 있는 자루로 표적을 바꾸었다. 그는 가만히 한쪽 무릎을 접고 자세를 낮추었다.

"류메이. 내가 그랬지? 애인 있으면 조심하라고. 애인이 있으면 필히 걸레로 만들어 주겠다고 말이지."

살기를 띤 얼굴로 느릿하게 뱉은 그는 자루로 손을 뻗었다.

"지금부터 네 애인이 어떻게 망가지는지 구경해. 아주 재미날 거야."

광기로 번들거리는 눈을 한 채 뇌까린 그는 자루를 풀기 시작했다. 단단히 묶어 둔 매듭을 풀고서 막 입구를 헤치는 순간이었다.

"헉!"

방금 전까지도 승리에 도취된 자만이 지을 수 있는 고고한 표정을 고수하던 은성이 돌연 억눌린 신음을 토해내며 뒤로 엉덩방아를 찧었다.

"혀, 형님!"

그리고 뒤이어 나온 단말마의 비명 같은 소리에 새힘은 눈을 부릅떴다. 형님이라니? 그녀의 시선이 다급히 자루로 향했다.

"아악! 사, 사장님!"

그랬다. 풀어헤쳐진 자루의 틈으로 보이는 건 메이가 아니었다. 테이프에 입을 막힌 채 엉망진창이 되어 있는 얼굴의 주인공은 다름 아닌 호텔 앱솔루트 캐슬의 대표이사이자 은성의 형인 현성이었다.

"도, 도대체 이게 어떻게……."

상상조차 하지 못했던 상황이 벌어지는 탓에 어지간한 일에는 눈 하나 깜짝 않는 은성마저도 경악스러운 얼굴로 말을 잇지 못했다.

극도의 긴장감이 감도는 가운데 갑자기 출입구 쪽에서 낮은 목소리 하나가 끼어들었다.

"오랜만이군. 이은성."

귀에 익은 음성에 새힘의 고개가 자동으로 돌아갔다. 정신없이 입구로 향한 눈에 너무도 익숙한 모습이 담기자 새힘은 '아!' 하는 탄성을 내뱉었다. 온몸의 맥이 탁 풀리는 게 이런 기분일까. 입구에 매서운 얼굴로 서 있는 건 지금까지 자루속에 있는 줄 알았던 메이였다.

도대체 어떻게 돌아가는지 인지할 틈도 없이 악에 받친 얼굴의 은성이 치아를 드러내며 으르렁댔다.

"너, 이 새끼. 이게 도대체 무슨 짓이야!"

지금껏 은성이 그러했듯 메이가 피식 웃음을 머금었다.

"무슨 짓이긴. 너, 엿 먹이는 짓이지."

"도대체 어떻게 한 거냐."

이글이글 타는 듯한 분노로 은성의 목소리가 갈라졌다.

"어떻게 하긴. 나를 잡으러 온 놈들을 내가 잡았지. 그리고 네가 제시한 돈의 두 배를 제시해서 매수했지. 어차피 내게 잡힌 놈들이니 선택의 여지가 없었을 거야. 아니면 바로 경찰서로 끌려갈 판이었거든. 그리고 난 네 형님에게 전화를 걸었지. 너에 대해 할 말이 있다고 말이지."

"뭐? 네가 내 형님의 번호를 무슨 수로 알아냈다는 말이야?"

메이가 섬뜩할 정도로 차갑게 한쪽 입가를 올려 웃어 보였다.

"네가 새힘과 같은 호텔에 근무하고 있다는 것을 알았을 때이미 네 주변 조사에 들어갔었지. 난 네놈이 사람이 되었다는 말 따위는 믿지 않았거든. 개새끼는 개새끼일 뿐이니까. 내가 그만한 대비책도 하지 않고 새힘을 너와 같은 호텔에 두었을것 같아? 이은성, 예나 지금이나 넌 나한테 안 돼. 주먹으로도 안 되고, 머리로도 안 돼."

"이, 이 개새끼가!"

모든 정황을 파악하자, 엄청난 위기 상황에 몰린 은성이 눈에 불을 켜고서 메이에게로 덤벼들었다. 하지만 애초에 되지 않는 싸움이었다. 극도로 분노한 은성이 무게 중심마저 제대로 잡지 않고 휘두르는 주먹을 가볍게 피하며 메이는 기회를 보았다. 그러곤 이를 악물고 날뛰는 은성의 턱에다 정확히 거센 펀치를 꽂았다.

빡!

턱이 돌아갈 정도의 파열음이 별장 내에 울리고 미친 황소처럼 흥분하던 은성이 뒤로 거꾸러졌다. 복싱 경기에서, 지고있다가도 카운터펀치를 정확히 날리면 이긴다는 말이 있듯이 정통으로 카운터펀치를 맞은 은성은 그대로 녹다운 되었다.

지금 심정 같아서는 예전처럼 죽지 않을 만큼 은성을 밟아 주고 싶었지만, 먼저 처리해야 될 일이 있었기에 메이는 마음을 가라앉혔다.

메이는 손발이 묶인 채 얼빠진 사람처럼 소파에 누워 있는 새힘에게로 다가갔다. 그의 시선이 허리춤까지 올라간 스커트에 가 닿고 노기로 번들거렸다. 메이는 미미하게 훅, 숨을 들이마신 뒤 괜찮으냐는 흔한 말 한마디 없이 묶인 팔다리를 풀어 주었다. 그러자, 감정이 북받쳐 눈물이 그렁그렁 맺힌 눈으로 새힘이 와락 안겨 왔다.

"흑……."

메이는 힘주어 그녀를 품에 안아 다독였다가 이내 어깨를 밀어 내었다. 그러고는 새힘을 억압하고 있던 줄을 집어 든 채 메이는 널브러져 있는 은성에게로 다가갔다. 메이의 뇌리에 허리춤까지 올라가 있던 새힘의 스커트가 섬광처럼 휙 스치자, 그는 있는 힘껏 은성의 복부를 발로 걷어찼다.

퍽!

파열음이 울려 퍼졌으나 메이는 몇 번이나 더 걷어차 준 다음 후우, 숨을 내뱉고는 들고 있던 줄로 은성의 손목과 발목을 피가 안 통할 정도로 거세게 꽉 묶었다. 그런 다음 메이는 여전히 자루 속에서 테이프에 입을 막힌 채 얼굴만 내밀고 있는 현성에게로 다가가 무릎을 굽혔다. 찌익, 테이프를 떼어 주자 현성이 후욱, 숨을 내쉬며 신음을 내뱉었다.

"괜찮으십니까."

"으……당장, 이거부터 좀 풀어 주게."

메이는 고개를 숙여 보이고는 자루를 완전히 벗겨냈다. 현성의 팔목과 다리에 칭칭 감겨 있는 줄을 완전히 풀어낸 다음 조심스레 그의 몸 상태를 살폈다. 현성이 퉁퉁 부은 얼굴을 찌푸린 채 메이를 저지하고선 천천히 몸을 일으켜 소파에 앉았다.

"난 괜찮네. 도대체 이게 어떻게 된 일인지 설명부터 해 보게."

메이는 흠, 하고 숨을 내쉬었다.

"기절하지 않으셨으니 지금까지 사장님 동생이 하는 작태는 들으셨으리라 믿겠습니다. 사장님 동생이 제 여자 친구를 납치하고 저를 납치해 이런 상황을 만들려고 한 겁니다만, 죄송스럽게도 제가 사장님과 저를 바꿔치기 했습니다. 그러지 않았으면 이 상황을 생생히 알릴 길이 없으니 말입니다."

"허, 허."

현성은 기가 막혀 어이없는 웃음을 뱉으면서도 널브러져 있는 동생을 보며 어금니를 악물었다. 굳이 나머지를 듣지 않아도 자루 속에서 동생이라는 놈이 여기서 무엇을 하려고 했는지 충분히 인지했기에 더 물을 것도 없었다.

현성의 눈에는 짝사랑하는 여자에 대한 질투로 동생이 미친 짓을 한 걸로밖에는 보이지 않았다. 현성은 쓰라린 얼굴을 손으로 문지르며 메이를 바라보았다.

"이번 일은 내게 맡겨 주겠나? 아니면, 법대로 진행하겠나?"

"어떻게 했으면 좋겠습니까?"

"굳이 법대로 하겠다면 내가 말릴 자격은 없겠지만, 동생의 어리석음을 내가 깨우쳐 주고 싶은데, 내게 맡겨 주겠나? 못나고 한심한 놈일지라도 내게는 피붙이가 아니겠는가."

메이는 잠시 생각에 잠겼다가 이내 고개를 끄덕였다.

"알겠습니다. 단, 만에 하나 적절한 조치를 취하지 않으실 걸 대비해 각서 하나는 써 주셔야겠습니다."

"각서?"

"쓰기 싫으시다면 안 쓰셔도 됩니다. 저는 법적으로 이 일을 해결하면 되니까 말입니다. 아, 곧장 이리로 올 기자들도 널렸습니다. 그리고 혹시나 해서 드리는 말씀이지만, 물질로 저를 회유하시려는 생각 같은 건 하지 않는 게 좋으실 겁니다. 제 여자 친구를 이렇게 만든 놈과의 합의는 결코 하지 않을 것이고, 물질에 혹할 만큼 제가 없이 살아온 건 아니라서 말입니다. 참고로 일성재단의 이사장님이 우리 가문의 어른이십니다."

법적인 절차를 밟는다는 데다, 기자들을 불러 온 세상에 알리겠다는 협박 아닌 협박이었다. 게다가 여차하면 현성이 내놓을 만한 수를 꺼내 보지도 못하게 원천 봉쇄를 해 버렸다. 더군다나, 일성재단이라면 결코 만만히 볼 수 있는 곳이 아니었다. 그러니까, 난 있는 집안 자식이고 뒷배도 든든하니 허튼수작하지 말라는 경고였다.

현성은 끙, 신음을 삼켰다. 그는 오래 생각지 않고 고개를 끄덕였다. 현성에게는 메이와 줄다리기를 할 만큼의 여유가 없는 탓이었다.

"내일 호텔로 오게. 여기는 작성할 만한……."

현성의 말이 끝나기도 전에 메이는 인턴 생활을 짬짬이 기록해 두는 자그마한 수첩을 꺼냈다.

"여기다 작성해 주시면 됩니다. 육하원칙에 의거해 오늘 있었던 일을 쓰시고, 동생에 대한 처벌은 법적인 조치를 취했을 때보다 훨씬 더 강력한 수위의 것으로 한다는 것도 언급하셔야 합니다."

다시 한 번 현성의 입에서 신음이 나왔다. 살다살다 자신을 상대로 이렇게 거침없는 녀석은 또 처음이었다. 하지만 어쩌랴. 칼자루는 상대방이 쥐고 있는 것을.

현성은 묵묵히 메이가 요구하는 대로 수첩에다가 쓰고 사인까지 해서 내밀었다. 그것을 받아 차근히 읽은 메이는 고개를 끄덕이고서 수첩을 품 속 주머니에다 넣었다.

"이은성에게 적절한 조치를 취하신다면 결코 세상에 나올 일이 없겠지만, 만약 그렇지 않을 경우와, 언제든 이 각서를 갈취하시려 물리력을 가하신다면 곧장 공개할 겁니다."

치밀한 메이의 말에 현성은 반박할 말이 없어 그저 고개를 주억거렸다.

"나를 믿고 맡겨 주게. 나도 이번 일은 결코 그냥 넘어갈 수 없다는 걸 잘 아니까."

현성의 날카로운 눈매가 분노와 참담함을 담고 파르르 떨렸다.

"그리고 또 하나 부탁드리겠습니다. 제 여자 친구와 함께 근무하는 최재영이라는 사원에게도 징계를 부탁드립니다. 이은성과 공범입니다."

이번 역시 현성은 고개만 끄덕였다.

이로써 치열했던 별장에서의 상황은 어느덧 종결로 치달았다. 아직도 별장의 창문 밖은 까만 어둠으로 물들어 있었다.

현성과의 대화를 끝낸 메이는 너무 울어 퉁퉁 부어 있는 새힘에게로 다가갔다. 볼에 선명히 난 손자국과 터져 있는 입술을 보자 다시금 머리가 찌릿할 정도로 노기가 치밀었으나, 그는 말없이 새힘을 안아 올렸다. 새힘이 붉게 충혈 된 눈으로 올려다보았지만, 메이는 고집스레 시선을 부딪치지 않고 밖으로 향했다.

서울로 돌아가는 차 안, 새힘은 서서히 충격에서 헤어나고 있었다. 아직도 비릿하게 웃던 은성을 떠올리면 오싹, 소름이 돋기는 했으나 메이가 곁에 있어서 그런지 조금씩 안정을 되찾아 가고 있었다.

떨리던 마음이 점차로 진정되어 가자 새힘은 한마디 말조차 없이 운전에만 몰두하고 있는 메이에게로 온 신경이 쏠렸다. 고집스럽게 닫힌 붉은 입술과 팽팽할 정도로 굳어 있는 옆모습은 그가 얼마나 화가 많이 났는지 여실히 보여 주고 있었다.

그토록 경고했음에도 듣지 않은 탓에, 결국 이런 사달이 났으니 당연히 화가 날 테지. 이리 될 줄 모르고 이은성에 관한 문제보다 네 가족들의 간섭이 더 머리 아프다고 했으니, 섭섭함도 쌓였겠지.

메이가 그동안 얼마나 낙담했을지 그 심정이 충분히 이해가 되고도 남았다. 하지만, 그럼에도 불구하고 지금 새힘에게는 메이의 따뜻한 한마디가 너무도 절실했다. 그저 잠시 동안 저 팔로 안아 주기만이라도 한다면 끔찍한 이 기분도 가실 텐데, 그는 그녀 쪽으로는 쳐다보지도 않았다.

"……미안해. 걱정을 끼쳐서."

결국 먼저 입을 연 건 그녀였다.

"……"

그는 여전히 입을 열지 않고 운전에만 몰두했다. 매정한 메이의 태도에 새힘은 왈칵 눈물이 솟구칠 것 같았다.

"나 좀 봐 줘, 메이야. 나 좀……."

새힘이 애원하다시피 울음 섞인 어투로 말을 이었지만, 메이는 끝내 그녀 쪽으로 고개를 돌리지 않았다. 결국, 그녀는 양손으로 얼굴을 가린 채 눈물을 쏟아내고야 말았다.

이은성에게 괴롭힘을 당할 때보다 지금이 백만 배는 더 가슴이 아팠다.

*

"몸은 좀 어떤가?"

"괜찮습니다."

새힘은 앱솔루트 캐슬 호텔의 총지배인실에서 현성과 마주
앉아 있는 중이었다. 은성에게 호되게 당한 뒤 이틀 동안 새
힘은 현성의 배려로 출근을 하지 않아도 됐었다.

병원에 입원해서 다른 문제점이 없는지 검사를 받아 보라
는 권유도 받았지만, 다행히 악몽을 꾼다거나 괜스레 깜짝깜
짝 놀란다던지 하는 증상이 없었으므로 새힘은 이틀만 푹 쉬
고 출근을 한 것이다. 그리고 출근하자마자 곧장 현성의 호출
을 받고 총지배인실로 오게 된 참이었다.

"진짜, 병원에 가 보지 않아도 되겠나?"

"네. 괜찮습니다."

현성은 시종일관 차분하고 덤덤한 어조로 말하는 새힘을
물끄러미 바라보았다. 성실한데다 단아하고 밝아, 동료들 사
이에서도 신임도가 좋은 직원이었다. 망나니 동생이 빠져들
만도 했다. 워낙 비뚤어진 성격 탓에 이런 사달이 나고 말았
지만, 만약 앞에 앉은 새힘이 동생을 좋아해 주었다면 또 어
떻게 됐을까 싶기도 해 쓸쓸함도 스몄다.

문득 치밀한데다 대담하던 메이가 떠올라 현성은 고개를
절레절레 저었다. 그런 놈을 두고 은성에게 빠져들 리가 없
지. 그놈은 남자인 자신이 보기에도 멋졌으니까.

"미안하네."

현성이 진심을 담아 용서를 구하자, 새힘은 그런 그를 빤히 바라보다 입을 열었다.

"사과는 다른 사람에게 받아야죠. 기대도 하지 않지만요."

역시나 강약 없는 어투로 말한 그녀는 가만히 덧붙였다.

"사장님께서는 각서에 쓰신 대로만 이행해 주시면 돼요. 전 더 바라는 거 없습니다."

그러니까, 쓸데없는 사과 따위는 집어치우고 네 동생에 대한 처벌이나 확실히 해라, 이 뜻이 아니겠는가. 어쩐지, 메이와 새힘이 너무 닮은 것처럼 느껴져 현성은 웃음이 날 지경이었다.

"걱정 말게. 그 녀석은 평생 제 죄를 어깨에 얹고서 살아야할 테니까."

자루 속에 갇혀 미친 듯이 얻어맞던 기억이 떠올라 현성은 몸서리가 쳐질 지경이었다. 어금니를 악문 채 내뱉는 현성의 말에 새힘이 그제야 희미하게 미소를 보였다.

"더 하실 말씀 없으시면 일어나 보겠습니다."

현성이 고개를 끄덕여 주자 새힘은 자리에서 일어났다. 막 출입문으로 향하려는데 현성이 그녀의 뒤에다 말했다.

"참, 최재영 씨는 오늘부로 해고 조치를 취했네. 혹시 모르면 알고 있으라고."

새힘은 몸을 빙글 돌려 그에게 묵례를 해 보였다.

"감사합니다."

총지배인실을 나온 새힘은 문을 닫고서 후우, 커다랗게 숨을 내쉬었다. 근무지로 향하는 발걸음이 딱히 가볍지만은 않다. 누군가를 직장에서 몰아낸다는 것은 그다지 유쾌한 일은 아니니까. 그렇다고 해서 재영과 한 직장에서 근무하는 건 더더욱 유쾌한 일이 아니니, 새힘은 마음을 독하게 먹었다.

사무실로 올라오니, 예상대로 재영이 자신의 소지품들을 정리하고 있었다. 운 듯 눈이 퉁퉁 부은 상태로. 무슨 영문인지 몰라서 묻는 동료들에게 아무런 말도 못한 채 시종일관 무거운 얼굴로 짐을 싸던 그녀는 새힘이 들어서자 화들짝 놀라 들고 있던 소지품을 놓쳐 버렸다.

"새, 새힘 씨……."

옆에서 동료들이 '무슨 일이야?', '왜 그래?' 하는 등의 질문을 던졌지만 쉽사리 끼어드는 이는 없었다.

새힘은 물끄러미 재영을 응시하며 또각또각 그녀에게로 다가갔다. 주춤, 한 발짝 뒤로 물러나는 재영에게 한숨을 내쉬어 보인 새힘은 허리를 숙여 그녀가 떨어뜨린 소지품들을 주워 박스에 담아 주었다.

"잘 가란 말은 못하겠군요."

씁쓸함이 담긴 어조로 내뱉은 새힘이 자리로 가기 위해 몸을 돌리자, 돌연 재영이 그녀의 손을 와락 잡았다.

"미안해. 미안해. 미안해, 새힘 씨. 정말, 정말 미안해. 내가……오해했어. 정말 잘못했어."

재영이 울음기가 섞인 말투로 잘못을 고해 왔지만, 새힘은 가만히 그녀의 손을 밀어냈다.

"이미 엎질러진 물이에요. 이러지 말아요."

"새힘 씨, 날 용서해 달라는 거 아냐. 그냥, 그냥 내 마음이 이렇다는 것만 알아준대도 좋겠어서 그래. 어제 총지배인님께 얘기 다 들었어. 정말……정말, 미안해."

조금의 틈을 보인다면 재영이 더 매달리지도 모른다는 생각이 들어 새힘은 일부러 더 싸늘히 표정을 굳히고 제자리로 가서 앉았다.

다른 잘못이었다면 재영을 백번 용서했을지도 모르겠다. 하지만, 은성에게 자신을 팔아넘겼다는 사실이 너무도 끔찍하고 혐오스러워 도저히 그럴 수가 없었다. 재영이 흐느끼는 소리가 귀를 후벼 파는데도 새힘은 그녀를 외면했다.

영문을 모르는 주위의 동료들이 '좀 심한 거 아냐?', '그렇게 안 봤는데, 새힘 씨 독하네.' 하는 등등의 말을 소곤거렸지만, 새힘은 끝끝내 재영에게 따뜻한 말 한마디를 해 주지 않고 그녀를 보냈다.

*

"그래서, 그 뒤로 메이에게서는 아예 연락이 없어?"

새힘은 당장이라도 눈물이 쏟아질 것 같은 눈을 깜빡이며 고개를 끄덕였다.

"응."

"우와, 류메이 정말 독하다."

영경이 고개를 절레절레 흔들며 하는 말에 새힘은 낮게 한숨을 내쉬고서 접시에 담긴 스테이크를 포크로 쿡쿡 찔렀다.

별장에서의 끔찍한 사건 이후, 서울로 돌아오는 내내 메이는 아무런 말도 하지 않았다. 병원에 들어가 봐야 한다며 그녀를 집에다 데려다 주고 가 버린 후로는 전화도 한 통 없었다. 벌써 그렇게 지난 게 2주째로 접어들고 있었다.

"메이가 그렇게 호텔을 그만두라고 경고했을 때 들었어야 했나 봐. 내 고집만 피우다 그런 일이 벌어져 버렸으니 얼마나 기가 찼겠어. 그래서 메이가 나한테 화가 많이 난 모양이야."

"아무리 그래도 그렇지 2주째인데 전화 한 통 없는 건 좀 너무했다. 아무렴 너만큼 놀랐겠냐?"

쯧쯧 혀끝을 찬 영경이 슬그머니 질문을 던졌다.

"이은성은 또다시 국외로 쫓겨났구나?"

"응. 이번에는 평생 추방이래. 죽을 때까지 한국 땅은 못 밟을 거라더라. 거기다 집안의 원조를 끊을 거라 평생 비루하게 살게 될 거래. 뭐, 사실인지 아닌지는 모르겠지만."

"고거, 쌤통이다. 망할 자식."

욕설을 내뱉은 영경은 뭔가 생각난 듯 박수를 짝 쳤다.

"참. 네 동료였다는 그 여자는 어떻게 됐어? 징계 받았어?"

"아, 최재영?"

"어, 그래. 최재영."

"잘렸지 뭐. 그런 일을 벌이고서 무사할 수 있겠니."

"에이, 잘리는 것만으로는 안 되는데. 콩밥 한 번 신랑 믹이 봐야 하는데 말이야."

새힘은 재영이 호텔을 그만두던 날을 떠올렸다. 현성에게 불려가 많은 이야기를 나누었다며 새힘의 손을 붙잡고서 자신이 오해를 했노라 거듭 사과를 했었다. 하지만, 새힘은 받아주지 않았다. 몇 년 동안 함께 울고 웃으며 근무한 자신을 믿지 못하고 어떻게 처음 보는 은성의 말만 믿을 수가 있는지 화가 나서 사과를 받아 주지 않았다. 결국 그녀는 새힘에게서 사면의 말 한마디 듣지 못한 채 호텔을 떠나갔다.

"야, 파워. 스테이크 좀 먹어라. 뭐하냐. 죄다 찢어 놓기만 하고. 앞에 앉은 사람까지 입맛 떨어지게."

새힘은 거의 입도 안 댄 스테이크를 보고서 픽 웃었다.

"미안. 근데, 입맛이 없네."

입맛이 있을 리 없다. 메이의 얼굴을 본 지 너무 오래되었다. 그가 너무너무 보고 싶어 미칠 것만 같았다.

영경과 헤어진 뒤 버스를 타고 곧장 동네까지 온 새힘은 터덜터덜 버스에서 내렸다. 땅에다 시선을 박고서 털레털레 걷고 있으니 서글픔이 물씬 밀려왔다.

"바보 류메이."

"누구보고 바보래."

눈물을 한 방울 찔끔하던 새힘은 돌연 뒤에서 들려오는 소리에 화들짝 놀라 땅바닥에 박고 있던 고개를 들었다. 반사적으로 휙 몸을 돌리자, 주머니에 손을 찔러 넣은 채로 몇 발짝 뒤에 서 있는 메이가 보였다.

울컥.

진짜 메이였다. 매일매일 그리워하던 진짜 메이였다. 한데, 너무 오랫동안 그리워해서인지 막상 얼굴을 보니, 자신을 이렇게 힘들게 만든 미움이 더 커 그녀는 휙 몸을 돌리고서 달리기 시작했다.

"송새힘!"

예기치 못한 행동에 메이가 빠르게 뒤따라와 그녀의 팔목을 붙잡고서 휙 돌려세웠다. 이미 그녀의 눈에는 부연 눈물이 그렁그렁 달려 있었다. 새힘은 손등으로 눈물을 훔치고서 그를 노려보았다.

"왜……왜 온 거야. 연락 한 통 없이 그렇게 지내더니, 왜 갑자기 나타난 건데."

"바빴어."

너무도 간단명료하게 흘러나온 대답에 새힘은 미간을 찡그리고서 다시금 몸을 돌리려 했다. 하지만, 메이가 더 빨리 그녀의 어깨를 붙잡고 당기는 바람에 새힘은 속절없이 끌려가 그의 품에 안기고 말았다. 단단한 팔이 그녀의 몸을 으스러질 듯 세게 끌어안았다.

새힘이 몸을 바르작거리며 놓아달라고 했지만, 그는 더욱 세게 그녀의 몸을 옥죄었다. 어느새 그녀도 그의 허리에 팔을 두르고서 너른 가슴에 얼굴을 묻고 말았다.

"미안."

나지막한 목소리가 그녀의 귀를 감쌌다. 새힘은 말없이 듣기만 했다.

"정말, 미안. 거의 2주 동안 풀당직이었어. 그래서 눈코 뜰 새 없이 바빠서 정신이 없었어."

진심이 느껴지는 메이의 말에 새힘은 서운하던 마음을 조금이나마 누그러뜨렸다. 그가 가만히 그녀의 어깨를 떼어 내더니 부쩍 마른 얼굴을 쓰다듬었다.

"많이 말랐다."

새힘은 뾰로통하니 입술을 내밀었다.

"누구 때문에 그래."

그가 갑자기 고개를 숙여 내밀어진 그녀의 입술에 쪽 소리가 나게 입을 맞추었다. 밤이 깊었지만, 주말이라 아직 거리에는 사람들이 있었기에 새힘이 얼굴을 확 붉히며 주위를 둘러보았다. 메이가 그런 그녀를 보며 낮게 웃음을 터트렸다.

"대신 지금부터 내일까지는 풀로 네게 봉사할 수 있으니 용서해 줘."

생각지도 못한 말에 새힘의 눈이 번쩍 뜨였다.

"주말 풀오프."

악, 소리가 날 정도로 반가우면서도 얼떨떨한 말에 새힘이 뭐라고 하기도 전 메이가 다시 그녀를 품에 당겨 안았다. 새힘은 가만히 그의 품에 얼굴을 묻고 안겨 있다가 슬쩍 발뒤꿈

347

치를 들어 메이의 귀에다 입을 가져갔다.

"오피스텔로 가."

그러고는 새침하니 시선을 빼 버리자, 메이가 고른 치아를 드러내며 소리 내어 웃었다. 그 웃음소리에 새힘마저 싱긋이 웃고 말았다.

여느 연인처럼 구구절절 말로써 서로의 서운한 점을 풀 필요가 없었다. 건강하고도 아찔한 그들만의 바디랭귀지가 있었으니까.

새힘과 메이는 손을 꼭 잡고서 차를 세워 둔 곳으로 발걸음을 옮겼다. 가로등 불빛을 받아 늘어진 두 사람의 그림자가 여느 때보다 포근하고 다정했다.

오피스텔의 입구서부터 거실을 거쳐 방까지, 드문드문 아무렇게나 벗어 놓은 옷가지들이 마치 길을 안내하듯 늘어져 있었다. 두꺼운 외투를 시작으로 해서 거실에는 셔츠며 블라우스가 떨어져 있고 열린 방문 앞에 와서는 브래지어와 같은 색상의 팬티가 널브러져 있었다.

크림색의 호화로운 침대에 걸터앉은 채 서로를 마주 보는 자세로 새힘과 메이는 사랑을 나누고 있었다. 오피스텔로 들어서면서부터 애타게 서로를 갈구했기에 옷가지들을 벗어 던지자마자 채 눕고 누이고 할 사이도 없이, 앉은 그대로 결합을 했다.

"아학, 아, 아."

메이의 위에 다리를 벌리고 앉아서 몸을 움직이는 게 처음에는 꽤나 어색했지만, 어느새 새힘은 고개를 뒤로 젖히고서 무아지경으로 빠져들고 있었다. 새힘의 엉덩이를 양쪽으로 꽉 움켜쥔 채 그녀의 움직임을 도우며 메이는 고개를 숙여 젖가슴을 머금었다. 진주알 같은 젖꼭지를 치아로 깨물었다가 혀로 굴리자, 새힘이 작게 미간을 찌푸리며 움찔 여성을 수축시켰다.

"흐음."

메이의 입에서 만족스런 탄성이 흘러나왔다. 발그랗게 달아오른 얼굴로 살짝살짝 눈썹을 찌푸리며 신음하는 모습이 얼마나 예쁜지 새힘은 모를 것이다. 온몸으로 자신을 받아들여 주며 안겨오는 그녀가 얼마나 사랑스러운지 역시 모를 것이다.

한참이나 꼿꼿하게 선 유두를 입 안에서 굴리던 메이는 고개를 들어 조그만 귓불을 삼켰다. 치아로 잘근잘근 깨물다 혀를 뾰족이 내밀어 귓바퀴를 따라 움직였다.

"으응……."

새힘이 무릎을 세워 앉은 자세로 엉덩이를 움직이며 몸을 부르르 떨었다. 귀도 제법 예민한 탓에 그녀는 뜨거운 혀가 농밀하게 움직일 때마다 흠칫거리며 한숨을 토해냈다.

"하악! 앗, 아, 아!"

계속되는 메이의 공략에 마침내 새힘은 고개를 뒤로 젖히고서 아찔한 절정을 맞았다. 작은 엉덩이가 마구잡이로 들썩여지고, 그에 따라 땀이 맺힌 가슴도 탐스럽게 흔들거린다. 뜨거운 여성의 통로가 움찔움찔 수축하며 꿀물을 흘리자 살이 섞이는 마찰음이 더욱 크게 방 안에 울려 퍼졌다.

새힘이 단단한 가슴팍에 얼굴을 기댄 채 움직임을 멈출 때까지 멍이 들 정도로 엉덩이를 꽉 움켜쥐고 있던 그가 그대로 몸을 일으켰다. 메이는 몸을 돌려 새힘을 침대에 누이고서 가느다란 한쪽 다리를 어깨에 걸쳐 놓았다. 그러곤 본격적으로 허리를 움직이기 시작했다. 자신의 위에 걸터앉은 새힘이 지금까지 주도를 잡았다면, 이제는 그의 차례였다.

"흐읏."

절정을 맞으면서 흘러내린 꿀물로 여성이 충분히 유연해지고도 남았지만, 거세게 박혀 들어간 단단하고도 거대한 남성으로 인해 새힘이 거친 숨을 토해냈다. 그런 새힘이 걱정돼 좀 더 부드럽게 대해 주고 싶었지만, 너무 오랜만의 결합이라, 실상 메이에게는 그럴 만한 여유가 없었다. 게다가 자꾸만 옭아매듯 감겨오는 여성 때문에 그는 더더욱 쾌락 속으로 빠져 들어갔다.

메이는 새힘의 엉덩이를 꽉 움켜쥐고서 미친 듯이 좁은 통로 속으로 파고들었다. 머리에 쥐가 날 정도로 아찔한 감각이 온몸으로 퍼지기 시작하자, 메이는 새힘의 한쪽 다리마저 어깨에 걸쳐 놓았다. 그러곤 바짝 그녀에게로 몸을 기울여 뜨거운 여성을 공략했다.

"앗, 아."

빠르게 샘 속을 비웠다 채우길 반복할 때마다 새힘의 입에서 교성이 흘러나오고, 그 소리에 도취되어 메이의 쾌감은 급상승했다. 그는 다급히 고개를 숙여 새힘의 입술을 머금었다. 기다렸다는 듯 말랑한 속살이 감질나게 감겨오자 메이는 더 참지 못하고 거친 신음 소리를 내며 최고조에 올랐다. 온몸이 폭발할 것처럼 뜨겁게 달아오르고 눈앞이 아찔해졌다. 여전히 뜨거운 여성 속에서 움찔움찔, 반응을 고스란히 전달하며 그는 몇 번이나 더 허리를 움직였다.

새힘의 입술을 진하게 맛본 다음 그는 스윽 몸을 빼냈다. 그 감각에 그녀가 작게 신음을 토해내며 몸을 움찔거린다.

늘 사랑을 나눈 뒤의 수순대로 메이는 그녀를 품으로 폭 끌어당겨 안았다. 새힘은 곧바로 욕실로 가서 씻는 걸 좋아했지만, 메이는 그 전에 그녀를 안고 있어야 마침내 모든 사랑의 과정이 완성된 듯해 늘 이렇게 그녀를 끌어안고 놓아주지 않았다.

메이는 만족스러운 미소를 입가에 진하게 걸고서 새힘의 둥근 어깨에 잔잔한 키스를 선사했다. 그는 가녀린 등을 부드럽게 쓰다듬으며 사랑을 나눈 뒤의 나른함을 만끽했다.

"메이야."

한참이 지나 새힘이 그를 올려다보며 작게 불렀다.

"응."

"그동안 나 안 보고 싶었어?"

"보고 싶었어."

"근데, 왜 2주 동안 연락을 한 번도 안 했어?"

"진짜 당직이었어."

물 흐르듯 유연하게 흘러나간 대답에 새힘이 볼을 부풀리며 눈을 세모꼴로 떴다.

"전화라도 한 통 할 수 있었잖아. 나, 정말 외롭고 서러워서 죽는 줄 알았단 말이야."

잔뜩 볼멘 목소리에 메이는 그녀의 작은 몸을 더욱 바짝 품으로 당겨 안았다. 이렇게 툴툴거리며 말하고는 있어도 그동안 새힘이 얼마나 힘들어 했을지 누구보다 잘 알고 있기에 안타까움이 밀려들었다. 그 시간 동안 자신 역시 새힘이 보고 싶어서 죽도록 힘이 들었으니까. 그럼에도 어째서 연락 한 번을 하지 않았냐고 새힘이 묻는다면, 메이로서는 이렇게밖에 대답해 줄 수가 없었다.

"화가 났었거든."

새힘의 눈이 동그랗게 떠졌다가 이내 원래대로 돌아왔다. 그녀는 작게 한숨을 내쉬고서 잠시 머뭇거리다 질문을 던졌다.

"……내가 이은성에 대해 잘못된 판단을 하고 있었기 때문에, 그래서 네 말을 듣지 않아서 화가 난 거지?"

"옹졸하다고 해도 좋아. 내가 생각해도 한심하거든."

메이는 이마를 쓸어 올리며 쓴웃음을 지었다.

"분명히 화가 나는데, 또 네가 안됐기도 하고 그런 너를 제대로 다독여 주지 못한 나 스스로가 졸렬해서 미치겠고. 거기다 병원 일까지 정신없이 바빠서, 모든 게 뒤죽박죽이었어. 그런 상태로 네 앞에 나타나는 건 아니다 싶었어. 미안하게 됐다."

새힘이 가만히 손을 올려 메이의 뺨을 손바닥으로 쓸었다.

"이제는 마음이 진정된 거야?"

"응."

"그럼 됐어."

새힘은 더 캐묻거나, 따져들지 않고 싱긋이 웃어 보였다. 그러고는 그의 허리에 팔을 두르고서 포옥 안겨왔다. 형언할 수 없을 만큼 가슴이 뻐근해져 와 메이는 그녀의 이마에 키스를 흩뿌리곤 작은 몸을 안은 팔에 바짝 힘을 주었다.

앞으로도 만만치 않은 인생사가 내어 주는 많은 난관이 있겠지만, 새힘은 언제나 든든한 메이가 지금처럼 지켜 줄 것이라고 믿어 의심치 않았다.

"류메이, 사랑해."

"나도. 평생."

멋이라고는 하나도 없는 말이지만 새힘은 메이의 허리를 더욱 세차게 껴안으며 얼굴을 가슴에 묻었다.

에필로그

"새힘아, 서방님 오셨다."

잘 정돈된 메이의 저음이 거실 입구에 울려 퍼졌다. 몇 초
지나지 않아 조용하던 안방 문이 벌컥 열리며 새힘이 모습을
나타냈다.

"자기야아!"

커다란 눈망울에 반가움을 한가득 담은 채, 춘향이 이몽룡
을 맞이하듯 새힘이 허겁지겁……은 아니고 뒤뚱뒤뚱 쫓아
나왔다. 화장기 하나 없는데도 꿀처럼 반짝이는 매끈한 피부
며 갸름한 턱선 그리고 아름다운 이목구비만 보면 아직도 20
대 초반처럼 보였지만, 새힘은 임신 9개월째의 서른한 살 새
댁이었다.

메이는 퇴근을 하고 집으로 들어오는 이 순간이 더없이 행복했다. 눈에 넣어도 아프지 않을 예쁜 아내와 나흘 뒤이면 태어날 토끼 같은 아들놈이 자신을 이렇게 반겨 주기 때문이었다.

호뭇한 얼굴로 새힘을 안아 주기 위해 슬쩍 양팔을 벌리던 메이는 바짝 다가온 그녀가 휙 몸을 돌려 목적지로 향하자, 머쓱해져 흠, 흠 헛기침을 했다. 새힘이 향한 목적지는 바로 메이의 양손에 가득 들린 주전부리들이었다. 오늘도 역시나다. 역시나, 이놈의 간식들에게 와이프에게서고 아들놈에게서고 1순위를 빼앗겨 버린 것이다.

"족발, 치킨, 닭발……."

메이가 들고 온 봉투들을 바닥에 내려놓고서 제가 시킨 품목들이 맞는지 꼼꼼히 검사까지 하던 새힘이 갑자기 고개를 번쩍 들어 그를 바라보았다. 흑요석같이 까만 그녀의 눈동자가 잔뜩 실망스러움을 담고 흔들렸다.

"자, 자기야, 호떡은?"

통화 시, 그렇게 잊지 말고 사오라던 호떡이 보이지 않아 저렇게 슬픈 표정을 짓고 있다니, 예전의 새힘이라면 상상조차 할 수 없는 모습이었다. 어쩐지 코믹하기도 하고 한편으로는 또 귀엽기도 한 모습에 메이는 슬쩍 입술 끝을 올려 웃었다.

메이는 무릎까지 떨어지는 코트의 품속으로 손을 넣었다. 그러곤 짜잔, 하는 얼굴로 기름기가 번드르르르 하는 하얀 봉투를 척하니 새힘의 눈앞에 보였다.

"식을까 봐 품고 왔지."

실망으로 흐려졌던 새힘의 눈동자가 언제 그랬냐는 듯 금세 생기를 되찾고 반짝반짝 빛났다. 그녀가 잔뜩 감격에 찬 얼굴로 무거운 몸을 일으켰다.

"자기야, 진짜, 완전 사랑해!"

진심으로 외친 그녀는 그제야 그가 그토록 바라던 포옹을 해주었다. 물론, 남산만 한 배 때문에 예전처럼 바짝 끌어안는다거나 번쩍 들어서 빙글빙글 돌릴 수 있다거나 할 수는 없었지만, 새힘의 체온을 느끼는 것만으로도 메이는 좋았다.

메이는 흐뭇한 얼굴로 한동안 새힘의 작은 등을 어루만져주다가 가만히 그녀의 어깨를 밀어냈다.

"오늘은 뭐 하면서 보냈어?"

예전이라면 새힘 역시 직장 일을 하느라 바빴을 테지만, 출산 휴가 중이라 요새는 집에서 태교에만 전념하고 있었다. 그러니 집에 있는 새힘이 밟혀 메이는 퇴근 시간이 다가오면 어느새 주섬주섬 퇴근 준비를 하고 있는 자신을 발견하고 실소를 머금기도 했다. 이틀에 한번 꼴로 치프 콜을 받는 것을 제외하면 주말도 새힘과 함께 보낼 수 있어 인턴이나 레지던트 초년생 때와 비교하면 꿈같은 시간을 보내고 있는 것이다.

"오늘, 형님 다녀가셨어."

"어느 형수님?"

"역삼동 형님. 다음 주에 부부 동반 여행 가신다고 근처에 볼일 보러 오셨다가, 잠깐 짬 내서 오셨더라구. 안 그러셔도 되는데 오셔서 내 몸 무겁다고 청소기까지 싹 돌려주고 가신 거 있지?"

역삼동이라는 말에 메이의 눈썹이 쭈욱 치켜 올라갔다. 역삼동이라면 제일 큰형, 제이 내외가 살고 있는 곳이었다. 큰형수 은솔은 아름다운 얼굴만큼이나 똑소리 나는 여자였다. 호랑이 시아버지인 류 원장 앞에서도 당차게 할 말은 하는 성정이었으며, 또 그만큼 뒤끝도 없어 식구라면 모두 좋아하는 쪽이었다. 생전 가족들과 어울릴 줄 몰랐던 제이가 결혼을 한 뒤로부터는 자의든 타의든 간간이 가족 모임에 모습을 나타내는 것도 큰형수 덕이었다.

"신우……녀석도 왔었어?"

겉으로 표를 내지 않으려 했지만, 입술 끝이 파르르 떨리는 건 어쩔 수 없었다. 그런 메이의 심경을 알 리 없는 새힘은 해맑게 고개를 끄덕였다.

"그럼, 다녀갔지. 이제 여덟 살밖에 되지 않은 애가 어찌나 의젓하던지, 형님이 너무 부럽더라구. 아마, 형님 마음 씀씀이가 너무 고우셔서 아이들도 하나같이 천사 같은가 봐."

하지만 메이의 얼굴은 똥 씹은 것처럼 구겨졌다. 그 이유인즉슨, 메이의 조카인 신우 녀석이 새힘을 너무너무 좋아하기 때문이었다. 가족 모임이라도 있을라치면 어김없이 새힘의 옆에 떡하니 붙어서는 쉴 새 없이 스킨십을 해대는 거였다. 새힘의 볼에 뽀뽀를 한다든지, 제 색시처럼 손을 꼭 붙잡고서 놓아주지 않는다든지 하는 행동으로 메이의 혈압을 오르게 한 게 한두 번이 아니었다.

다른 가족들의 눈에는 그런 신우가 그저 귀엽기만 할지 몰라도 메이에게는 전혀 그렇지가 못했다. 가족들만 아니라면 거머리처럼 붙어 있는 녀석을 뚝 떼어내서 저만치 치워 버리고 싶은 심정이었다. 그런 신우의 행동에 처음에는 당황하던 새힘도 점차 익숙해졌는지 편안히 받아 주고는 했다.

솔직히 요새 여덟 살이 어디 그냥 여덟 살인가. 어찌나 영악한지 때로는 어른을 들었다 놨다 할 정도가 아닌가. 그런데도 신우의 애정 표현에 새힘은 물론이고 부모인 큰형 내외까지 별다른 제재를 하지 않아 메이로서는 그런 모습을 볼 때마다 속이 빠짝 타들어갔다.

그렇다고 여덟 살짜리 조카에게 질투가 느껴진다는 걸 누군가에게 털어놓을 수도 없어 미치고 팔짝 뛸 일이었다.

"근데, 자기는 이상하게 신우를 별로 예뻐하지 않는 것 같더라?"

새힘의 날카로운 말에 메이는 뜨끔해져 굳어졌던 표정을 퍼뜩 풀었다.

"내가?"

"응. 신이는 예뻐하는 것 같은데 신우만 보면 요렇게 눈이 올라가."

새힘이 양쪽 검지로 제 눈 꼬리 쪽을 누른 채 쭈욱 위로 치켜세워 보였다. 그거야, 신우 녀석이 너무 너한테 찰싹 붙어 있으니까 그렇지. 목까지 치민 말을 누르고서 메이는 조금 어이없다는 표정으로 웃어 보였다.

"설마. 다 같은 조칸데, 똑같이 예쁘지.

"그래? 그럼, 형님 내외 여행 가시면 신이와 신우, 여기로
오라고 해서 내가 봐주면 되겠어."

"뭐, 뭐?"

너무나 폭탄적인 발언에 메이는 저도 모르게 말을 더듬었
다. 별말이 아닌데도 이마에 핏대가 솟고 얼굴에는 열이 확
솟구쳤다. 그런 그의 모습을 가만히 보던 새힘이 하얀 치아를
드러내며 깔깔거리며 웃어댔다.

"왜 웃어?"

메이가 미미하게 미간을 찌푸리며 묻는 말에 새힘은 한참
을 더 웃어대다가 눈가에 맺힌 눈물을 닦아 내며 웃음을 멈추
었다.

"자기, 너무 티 나."

"뭐가."

"아무도 안 믿을 거야. 칼같이 매서운 류 치프가 여덟 살짜
리 조카한테 질투한다고 하면 말이야."

움찔. 메이의 눈썹이 꿈틀거렸다. 그렇게 티 내지 않으려고
했는데 났단 말인가. 새힘의 눈에 자신이 얼마나 졸렬하게 비
칠지 생각하니 뒷머리가 비쭉 서는 기분이다. 아니라고 가볍
게 받아 넘겨야 하는데 진실이라 전혀 그럴 수가 없다.

뻘쭘해 표정을 굳힌 채, 벙어리 삼룡이 흉내를 내고 있으니
새힘이 씨익 웃더니 다시금 가슴에 안겨왔다.

"신이랑 신우는 형님네 친정어머니께서 봐 주신다고 하셨으니, 긴장 안 해도 돼."

새힘의 말을 들으니 메이는 그제야 안심이 되긴 했지만, 이미 뻗친 민망함은 가실 길이 없었다. 뻣뻣하니 굳은 채로 있는 그에게 새힘은 다시 조곤조곤 말을 이었다.

"있잖아, 메이야. 나는 다시 태어나도 자기랑 만나서 연애하고 결혼하고 싶어. 자기랑 사는 거 진짜진짜, 너무 행복하거든. 나는 세상의 모든 복을 다 받고 태어난 것 같아."

그러면서 고개를 들어 눈을 맞추고 예쁘게 웃어 보이자, 메이의 표정 역시 스르륵 풀어졌다. 그 역시 입가에 미소를 드리우고서 가만히 그녀의 등을 감싸 안았다. 메이는 새힘의 정수리에 턱을 괴고서 한숨을 내뱉었다.

아아. 난 다음 생애에서 또 송새힘바라기가 되어 질투의 화신이 되어야 하는구나.

에필로그2

이른 아침, 소미는 횡단보도 앞에 서서 연방 손목에 찬 시계를 들여다보았다.

"지금쯤이면 올 때가 됐는데."

말이 끝나기가 무섭게 횡단보도 맞은편에서 소미가 아기다리 고기다리던 장본인이 모습을 나타냈다. 두근. 조건반사적으로 뛰어대는 가슴을 손바닥으로 지그시 누른 그녀는 다급히 어깨까지 내려오는 생머리를 손가락으로 훑어 내렸다.

신호등의 색깔이 바뀌기를 기다리는 동안 소미는 무심한 척 소년을 흘깃거렸다. 그는 적어도 180센티미터는 될 법한 훤칠한 키에 진정 이 세상 사람이 맞는지 의구심이 들 정도로 예쁜 외모의 소유자였다. 비단 빼어난 외모만이 아니었다. 걸

음결이 하나에도 품격이 느껴지고 손짓 하나에도 우아함이 깃든, 한마디로 완벽하게 귀족적이었다.

소년을 처음 본 건 올 초, 소미가 청운 고등학교에 입학하면서부터였다. 전날 독서를 너무 열심히 한 덕에 다음 날 등교 버스에서 깜빡 잠이 든 적이 있었다. 그 바람에 한 정거장을 지나쳐서 내리게 되었고, 되돌아가는 버스를 타려면 길을 건너야 했기에 발을 동동 구르며 횡단보도 앞에 서 있을 때였다. 그때 그녀는 바로 이 횡단보도 맞은편에 서 있던 소년을 발견하게 된 것이다.

신의 아들이 아닐까 싶을 정도로 아름다운 외모를 보고 소미는 적지 않은 충격을 받았었다. 마치, 자석에 이끌리듯 그녀는 그렇게 이름도 모르는 소년에게 첫눈에 반하고 만 것이다.

다음 날도 만날 수 있으면 더 바랄 것이 없을 것 같아 혹시나 해서 비슷한 시간에 왔더니, 놀랍게도 소년은 전날과 마찬가지로 횡단보도 앞에 서 있었다. 소미가 감격했음은 두말할 나위도 없었다.

그때부터 소미는 일부러 일찍 일어나 한 정거장 지나쳐 내리기 시작했다. 그러곤 소년이 올 때까지 기다렸다가 그가 횡단보도를 건너올 때에 맞춰 그녀 역시 길을 건넜다. 스스로 생각해도 무모하고 한심스러웠지만, 그를 보는 것으로 하루의 일과를 시작하지 않으면 내내 뭔가 허전하고 찝찝했기에 어쩔 수가 없었다. 소년을 마주하는 시간은 그녀에게 있어 인생의 유일한 낙이었다.

아쉽게도 신호등의 색깔이 바뀌고 헤어져야 할 시간이 오는 바람에, 소미는 미미하게 한숨을 내쉬며 횡단보도를 건너기 시작했다. 살랑살랑 부는 바람에 소년의 머리칼이 흩날리자 그녀의 심장도 날아갈 것처럼 울려댔다. 소미는 스쳐 지나가는 소년의 뒷모습을 돌아볼 용기조차 없어 그저 들뜬 가슴만 부여잡고 학교로 향했다.

"쏘미야!"

막 교문을 들어서려는데 우렁찬 목소리가 소미의 귀를 잡아챘다. 누군지 뒤돌아보지 않아도 단짝인 미림인 것을 알 수 있었다. 소미는 입가에 미소를 띤 채 미림에게로 몸을 돌렸다.

"헉헉. 쏘미 할라당 방구."

"응. 할랑."

미림이 무릎에 손바닥을 짚고서 잠시 가쁜 숨을 몰아쉰 다음 자세를 세웠다.

"오늘도 역시나 한 정거장 더 다녀오는 길이냐?"

"으응."

"역시나 한마디 말도 못 붙여 봤고?"

"으응. 그, 그래도 괜찮아. 얼굴 봤으면 됐지, 뭐."

애써 씩씩하게 말하는 친구를 미림은 쯧쯧 혀끝을 차며 바라보았다. 도대체 어떻게 생긴 놈이기에 꽤나 눈이 높은 소미가 이렇게 푹 빠져서 헤어나지 못하고 있는지 신기할 정도였다. 얼굴만 보기 위해 한 정거장이나 지나쳐서 내렸다가 다시 되돌아오는 게 말이나 되는 소리인가. 이름도 몰라, 성도 몰라, 어느 학교 몇 학년 몇 반인지도 모르는 애를, 단지 보기 위해서 매일 그 짓을 한다니. 미림으로서는 이해가 가지 않았다.

하지만, 이 감수성 예민한 친구는 벌써 몇 달째 그 요상한 짓거리를 하고 있었다. 차라리 제대로 된 스토킹을 하든가, 그게 아니면 미친 척 말이라도 걸어 보든가. 도대체가 지켜보는 그녀가 더 답답할 지경이었다.

"미친 척 한 번 부딪치고 넘어져 봐. 그럼, 목소리만이라도 듣게 될지 모르잖아."

"마, 말도 안 돼. 그랬다가 이상한 애로 오해하면 어떡해?"

"그럼, 시간 묻는 척 말 걸어 보던가."

소미가 얼굴을 확 붉히며 고개를 절레절레 저어 보였다.

"그냥, 이대로가 좋아."

"으이그, 답답이. 그렇게 다가가기조차 힘들 정도로 그렇게 그놈이 잘났냐?"

"응. 괜히 말 걸면 무시당할 것 같아서 절대로 못 그러겠어. 그러면 진짜 죽고 싶을 것 같거든."

덤덤하게 흘러나온 소미의 말에 미림은 한숨을 푹 내쉬었다. 자신이 보기에는 소미 역시 어디 내놔도 빠지는 외모가 아닌데, 어쩜 저렇게 그놈 앞에서는 저렇게 작아지는지 모를 일이었다. 그만큼 본 적 없는 그놈이 잘생겼다는 뜻이 아니겠는가.

"야, 쏘미. 몇 시쯤이라고? 내일은 무슨 일이 있어도 이 언니가 한 번 봐야긋다."

"어? 뭐, 뭘 어쩌려고?"

"어쩌긴 뭘 어째? 얼마나 대단한 놈인지 얼굴만이라도 한 번 봐야, 내가 계속 너랑 친구로 남아도 될지 아닐지 판단을 할 수 있을 것 같아서 말이야. 이건 뭐, 그놈 앞에만 가면 멍청이가 되는 너를 보는 것도 이제는 좀 지겹다, 계집애야."

"야아."

소미가 민망한 듯 얼굴을 붉혔지만, 미림은 마음을 굳혔다. 기필코 내일은 그놈을 보겠다고 말이다.

그리고 다음 날이었다. 미림은 소미가 알려준 시각에 맞춰 그곳 횡단보도에 서 있었다. 혹여 놓칠세라 일부러 조금 일찍 나와 기다리기를 잠시, 방금 막 버스에서 내린 소미가 윤기 흐르는 생머리를 찰랑거리며 뛰어 왔다.

"하아. 빨리 도착했네."

"오냐. 너랑 절교를 하느냐 마느냐 하는 역사적인 순간이 되는 날인데, 늦을 수야 없지."

비장한 얼굴로 말하는 미림이 웃겨 소미는 작게 키득거렸다.

"도대체 얼마나 잘난 놈인지 눈이 째져라 볼 거야. 내 눈에 안 차기만 해 봐. 당장 뜯어 말릴 거니까 각오해, 너."

"넌 반하지나 마세요."

소미의 걱정 섞인 말에 미림은 피식 어이없는 웃음을 내뱉었다.

"지랄. 난 온리 피에르 데포르트밖에는 없으니까 안심 푹 놓으셔."

평소 미림이 찬양해 마지않는 피에르 데포르트를 떠올리고 소미는 미미하게 한숨을 내쉬었다. 그 피에르 데포르트보다 훨씬 더 잘생겼으니 문제지. 제발 친구까지 그 애에게 연심을 품는 일이 벌어지지 않았으면 하고 간절히 바랄 때였다. 횡단보도 건너편에 너무도 익숙한 인물이 들어오자 소미는 마른침을 꿀꺽 삼킨 다음, 다급히 미림의 소매를 잡아당겼다.

"왔어, 왔어. 저기 건너편."

교주인 피에르 데포르트에 대한 찬양을 막 늘어놓으려던 미림이 소미의 신호에 말을 멈추며 쓰윽 횡단보도 건너편으로 시선을 주었다.

"어디, 얼마나 잘생긴 놈이기에……헉."

눈을 가늘게 뜨고서 시선을 돌린 미림이 호흡을 멈추는 소리와 함께 그대로 돌처럼 굳어버리고 말았다. 자그마한 입술은 쩌억 벌어진 채였으며, 눈은 로또 1등에라도 당첨된 사람처럼 커다랗게 떠져 있었다.

"야아. 너무 노골적으로 보는 거 아냐?"

소미가 다시금 소매의 깃을 잡아 당겨서야 미림은 침이 흐르기 일보 직전인 입술을 가까스로 추스르고서 정신을 차렸다.

"뭐, 뭐야. 쟤, 사람 맞니?"

"그치? 저런 사람이 있다는 게 안 믿기지?"

"와, 완전 너무 잘……."

눈에서 하트를 마구 쏘아대며 막 소년에 대한 찬사를 늘어놓으려던 미림은 표정이 어두워지는 소미의 얼굴을 보고서야 아차 하는 얼굴로 합, 입을 닫았다. 그러곤 쏘아대던 하트를 다시 거둬들이며 짐짓 우아하게 고개를 끄덕였다.

"뭐, 잘생긴 건 인정. 우리 피에르 데포르트와 비슷하네. 계집애야, 내가 아무렴 베프가 좋아하는 머슴애한테 눈독들일까 봐 그렇게 시무룩하냐? 걱정 마. 이 언니가 그렇게 의리 없는 년은 아니니까."

"미안해. 속 좁게 굴어서."

미림은 피식 웃으며 소미의 어깨를 다독였다. 사실, 말이야 바른 말이지, 소미가 속 좁게 굴고 있는 건 아니었다. 몇 개월이나 진행된 짝사랑에 단짝이 끼어들면 얼마나 서글프고 속이 상하겠는가? 친구의 마음을 백번 이해하고도 남음이 있었다.

"흠. 정말로 말 걸기가 겁나긴 하겠다."

멀찍이서 그냥 보기에도 보통 사람이 말을 걸기에는 너무 분위기가 고고했다. 외모도 평범한 사람과는 달리 조금 이국적이기도 했고. 지금껏 바라만 본 소미의 심정이 충분히 이해가 될 정도였다.

어느새 신호가 바뀌고 건너야 될 타이밍이 왔다. 소미와 미림은 아쉬운 얼굴로 횡단보도를 건너기 시작했다. 동시에 반대편에 있던 사람들도 성큼성큼 다가온다.

미림은 점차 거리를 좁힌 채 다가오고 있는 소년을 바라보다 소미를 흘끔 바라보았다. 역시나 얼굴을 제대로 들지도 못한 채 흘끔흘끔 곁눈질만 해대고 있었다. 아이고, 답답해라. 아무리 잘났대도 한낱 인간일 뿐인데 뭘 이렇게 어려워하느냐고.

결국, 보다 못한 미림이 나섰다. 막 소년이 두 사람을 스쳐 지나가려는 찰나였다. 미림은 눈을 번쩍 빛내며, 발을 헛디딘 척 휘청 몸을 비틀거리며 옆에 선 소미를 획 밀쳤다.

"어, 어머!"

생각지도 못하게 불시에 떠밀린 소미는 어떻게 해볼 틈도 없이, 단말마의 비명과 함께 막 지나치려는 소년 쪽으로 사정없이 거꾸러지고 말았다. 그 바람에 예기치 않게 소미는 소년의 가슴팍에 정통으로 몸을 들이대고 말았다.

갑작스런 사태에 놀란 듯 커진 소년의 눈매가 눈에 들어오는 순간, 소미는 눈을 질끈 감고 말았다. 아아, 어떡해! 정말, 칠칠맞지 못한 애로 각인되겠어!

소년의 가슴팍에 얼굴을 부딪친 채로 거꾸러졌다는 자각이 든 것은 부딪친 코가 시큰시큰 아파오면서부터였다. 슬그머니 눈을 떠 고개를 드는 순간, 소미는 자신을 바라보고 있는 그와 곧바로 시선을 부딪치고 말았다.

"괜찮으세요?"

까악, 까악.

마치 까마귀가 울어대는 듯한 목소리에 소미는 눈을 번쩍 떴다. 이것은 변성기에만 난다는 그 소리가 아닌가. 얼굴과 매치가 안 되는 까마귀 소리에 소미는 적지 않게 당황스러웠다. 조금 변성기를 늦게 겪는 케이스인 모양이었다.

목소리가 까마귀 같든 어쨌든 지금 소미에게는 그런 걸 가늠해 보고 말고 할 정신도 없었다. 그 모든 걸 커버할 만큼의 신적인 외모와 걱정스러운 듯 자신을 바라보고 있는 깊은 눈동자로 인해 사고 회로가 멈추어 버렸다 해도 과언이 아니었다.

두근 두근 두근. 심장이 미친 듯이 울려댄다. 그에게서 나는 로션의 향에 취해 버릴 것만 같았다. 그런 그녀를 가만히 내려다보던 그가 다시금 까마귀 목소리를 냈다.

"신호가 바뀔 것 같은데……."

그러면서 그는 물끄러미 소미의 팔로 시선을 주었다. 그의 시선이 향한 곳으로 함께 눈동자를 움직이던 소미는 그 순간, 1000볼트의 전기에 감전이라도 된 사람처럼 펄쩍 뛰며 옆으로 비켜섰다. 조금 전 거꾸러지면서 바닥에 뒹굴지 않기 위해 본능적으로 그의 허리를 껴안고 만 것이다. 그러니까, 미친 계집애처럼 계속 그의 허리를 껴안은 채로 있었던 것이다.

"아, 죄, 죄송합니다!"

소미는 귀까지 시뻘게진 채로 미림을 두고서 미친 듯이 내빼기 시작했다. 너무너무 창피해서 눈에는 눈물이 그렁그렁 맺혔다. 재빨리 따라붙은 미림이 어색하게 웃으며 다독였지만, 소미는 딱 죽고만 싶은 심정이었다.

너무 부끄럽고 민망해 다시는 그 애의 얼굴을 볼 수 없을 것만 같았다. 그날 이후로 소미는 두 번 다시 한 정거장을 지나쳐 내리지 않았다.

*

지글지글, 무언가를 볶는 소리가 맛깔나게 울리고 있는 주방, 새힘은 앞치마를 두른 채 메이가 좋아하는 도라지를 볶는 중이었다. 외모와 다르게 토속적인 음식을 좋아하는 메이는 도라지나 고사리, 숙주나물류 중 하나만 있어도 밥 한 공기는 뚝딱 비우는 식성이었다.

볶은 도라지를 유리로 된 통에 담고서 막 고사리를 볶으려 레인지의 불을 켜려는 순간이었다.

"어, 엄마!"

갑자기 누군가 뒤에서 허리를 감싸오는 바람에 새힘은 화들짝 놀라 비명을 내질렀다. 거의 반사적으로 휙 몸을 돌린 그녀는 가까스로 놀란 가슴을 쓸어내리며 한숨을 내쉬었다.

"자기야, 놀랐잖아."

어느새 퇴근을 하고 귀가한 메이가 조심조심 다가와 그녀를 껴안은 것이다.

"많이 놀랐어?"

그가 볼을 쓰다듬으며 장난스럽게 물어 왔다. 새힘은 곱게 눈을 흘기며 그의 가슴팍을 툭 내리쳤다.

"낭년하시. 일나나 늘꼈는데. 기처 좀 하고 다니세요, 와이
아버님."

메이가 쿡쿡 웃고서 여전히 새힘의 허리를 감은 팔을 풀지
않은 채 레인지 쪽을 흘끔 바라보았다.

"뭐가 이렇게 고소해?"

"으응. 자기 좋아하는 나물들 좀 볶고 있었어. 고사리 볶으
려는데 자기가 온 거야."

그의 입가가 만족스러움을 담고 씨익 벌어졌다. 그는 예뻐
죽겠다는 얼굴로 그녀의 볼을 슬쩍 꼬집었다. 그러고선 늘 그
렇듯 고개를 숙여 거침없이 그녀의 입술을 덮었다. 스킨십에
관한 한 자유로운 편이었기에 새힘은 익숙하게 입술을 열어
그를 받아들였다.

매일매일 몇 번씩이나 나누는 키스인데도 늘 할 때마다 새
힘은 심장이 미친 듯이 두근거리고 정신이 아득했다. 가끔씩
류메이가 제 남자라는 게, 한 아이의 아빠라는 게 실감이 나
지 않는다. 나이를 먹음에 따라 자연스레 세월의 흔적이 언뜻
언뜻 보이기는 하지만, 아직도 메이는 타의 추종을 불허할 만
큼 아름답고 섹시했다. 그런 메이의 곁에 있으려면 새힘 역시
늘 자신을 가꾸면서 자기 관리를 해야 했기에, 실상 나이보다
훨씬 더 어려 보이는 편이었다.

혀와 혀가 얽히고 타액이 섞이는 농밀한 키스 소리가 주방
에 울려 퍼졌다. 기다랗고 단단한 메이의 손이 허리를 따라

371

내려와 엉덩이를 움켜쥐고서 바짝 당기자 새힘은 그의 입 안으로 신음을 흘려보냈다.

까치발을 하고서 메이에게 키스를 되돌리며 막 무아지경으로 빠져드는 순간이었다.

"다녀왔습니다. 어머니, 아버지."

까마귀가 형님 하자고 할 정도의 쉰소리 나는 목소리가 두 사람에게로 날아들었다. 두 사람은 여전히 서로에게서 떨어지지 않으며 눈동자만 굴려 소리가 난 쪽으로 향했다. 올해로 초등학교 6학년생인 아들, 완이 공손하게 고개를 숙여 보였다.

"오냐, 아들."

"응, 그래. 씻고 나오렴."

거의 동시에 아들에게로 말한 메이와 새힘은 다시금 서로의 입술에 쪽쪽, 키스를 퍼부었다. 이 가족에게 이런 스킨십쯤이야 인사처럼 일상적이기에 새삼스럽지도 않았다.

"저, 아버지. 궁금한 게 있어요."

새힘의 입술에 키스를 뿌리던 메이가 슬쩍 미간을 찌푸린 채로 짤막히 말했다.

"아버지 바쁜 거 안 보이냐. 이따가 하자꾸나."

"잠시면 돼요, 아버지."

오늘 따라 더없이 강고한 아들의 모습에 이내 두 부부는 푹 한숨을 내쉬었다. 메이는 잔뜩 아쉬운 표정으로 새힘의 머리칼을 쓸어 주고서 몸을 떼어 냈다. 그러곤 날카로운 얼굴로 완에게 턱짓을 해보였다.

"따라와."

"예."

너무나 똑같이 닮은 부자가 주방을 나가는 모습을 흐뭇하게 바라보던 새힘은 손뼉을 짝 쳤다.

"어머, 내 정신! 고사리 볶아야 하는데."

언제 소녀처럼 두근대며 키스를 나누었냐 싶게 아주머니 모드로 돌변한 새힘은 허둥지둥 몸을 돌려 고사리를 볶기 시작했다.

고요한 거실, 붕어빵이라고 해도 손색이 없을 만큼 비슷하게 닮은 부자는 테이블을 사이에 두고서 소파에 마주 보고 앉아 있었다. 기다란 다리를 꼬고 앉은 채 메이는 완에게 한쪽 눈썹을 치켜세워 보였다.

"류완. 무슨 일로 엄마, 아빠를 방해했는지 말해 보실까?"

"죄송해요. 너무 궁금해서요."

"어디, 들어나 보자."

메이의 재촉에 완은 푸욱 한숨을 내쉬고서 흑요석처럼 까만 눈동자를 들어 아버지를 바라보았다.

"제게 고민이 있어요, 아버지."

"고민?"

"저, 그게……몇 달 전부터 등교할 때마다 매일 마주치던 여학생이 있었어요."

요즘 아이들의 사상이 예전과는 비교도 안 되게 빠르다는 걸 알고는 있었지만, 아들의 입에서 '여학생'이라는 단어가 나오자 메이의 귀가 쫑긋 세워졌다.

"여학생?"

"예. 매일 학교 갈 때마다 스쳐 지나가면서 얼굴을 봤는데……갑자기 안 보여요."

"오호."

침울한 완의 표정을 보며 메이는 입가가 올라가는 것을 겨우 참았다.

"그게 뭐가 어쨌다는 건데?"

"그게……그러니까, 그걸 저도 잘 모르겠어서요. 매일 학교 갈 때마다 보이던 얼굴이 벌써 한 달째 보이지 않아서, 이상하게 답답하고 허전하다고 해야 할까요? 아버지, 제가 왜 이럴까요?"

진지하기까지 한 아들의 하소연에 메이는 슥 이마를 쓸어 올렸다. 웃으면 안 되는데, 저렇게 심각한 아들 앞에서 크게 웃으면 안 되는데 자꾸만 웃음이 터져 나올 것만 같아 메이는 한동안 아무런 대꾸 없이 거친 호흡만 내뱉었다. 왜 그러긴. 너, 그 여학생한테 마음 있는 거야, 인마.

겨우 웃음을 누르고서 메이는 입을 열었다.

"그 여학생이 어느 학교 학생인지도 모르고?"

순간, 완의 하얀 얼굴이 발갛게 달아올랐다.

"그, 그게 교복을 입고 있는 걸로 봐서 아마 중학생쯤이 아닐까……."

"뭐, 중학생?"

메이의 입술이 한쪽으로 씰룩 올라갔다. 아니, 초등학교 6학년 주제에 교복을 입은 중학생에게 언감생심 마음을 두다니, 기도 안 찰 노릇이었다. 스무 살을 훌쩍 넘긴 성인이라면 연상연하 같은 건 아무런 장벽이 되지도 않겠지만, 초등생과 중학생이라니, 이건 어감부터가 불가능 그 자체였다. 아무리 액면 상으로 아들이 고등학생 분위기를 풀풀 풍긴다 할지라도 말이다.

"아들아."

"예, 아버지."

"포기하거라."

"예?"

뜬금없이 포기하라는 소리를 이해하지 못한 완이 눈을 말똥말똥 뜬 채 고개를 기울이자 메이는 슥 눈을 가늘게 떴다.

"너, 그 애가 보고 싶어서 이렇게 고민인 거지?"

"예?"

"안 보이니까 답답하고 허전하다면서? 그럼, 보고 싶어서 그런 거 맞다."

"아아. 그렇군요."

"근데, 교복을 입었다면서? 중학생 이상이거나 혹시……고등학생일 거라는 생각은 안 해 봤니?"

순간, 완의 눈동자가 충격으로 확장되었다.

"고, 고등학생요?"

"그래, 고등학생. 교복 입은 걸로 중학생일 거라는 단정은 네 추측일 뿐이니까."

"그, 그럴 수도 있겠군요."

아버지의 말이 맞다는 듯 완이 잘생긴 얼굴을 끄덕였다.

"그런데 말이다. 그 고등학생이 너 같은 초등학생을 돌아봐 주기나 하겠니? 혹, 중학생이라고 하더라도 과연 초등학생을 이성으로 생각이나 하겠느냔 말이다."

너무나 직설적이고 현실적이기까지 한 냉정 그 자체인 메이의 말에 완은 시무룩하니 고개를 숙였다.

"아무래도 그렇겠죠?"

"그럴 테지. 그러니까, 아들아. 너무 그런 고민에만 몰두하지 말고 건전한 취미 생활을 가져 보거라. 네가 하는 검도를 더 열심히 해도 좋고, 책을 열심히 읽어도 좋다."

"예, 아버지."

순순히 말한 완은 아버지에게 고개를 숙여 보이고는 방으로 발걸음을 옮겼다. 어깨를 추욱 늘어뜨린 아들이 측은하기도 하고, 이성에 눈뜬 게 자못 신기하기도 해 메이는 복잡 미묘한 심경이 되었다.

교복을 입고 다니던 어린 시절, 새힘과의 일을 알게 된 부모님들의 심정을 조금은 알 것도 같았다. 내일은 부모님 댁으로 가서 함께 저녁 식사라도 해야 할 듯싶었다.

소미는 운동장 한쪽에 비치된 그네에 앉아 가만히 발을 까딱이며 교정을 훑어보았다. 운동장 여기저기서 축구를 하는 아이들, 혹은 농구를 하는 아이들 등, 활기차게 뛰어노는 모습이 딱 싱그럽기 그지없었다.

개교기념이라 휴일을 맞은 소미는 동생 라미를 데리러 초등학교에 발걸음을 했다. 늘 어머니가 데리러 오는 쪽이었지만, 딱히 할 일도 없고 간만에 초등학교 구경도 할 겸해서 일부러 그녀가 자처해서 온 것이다.

청소당번인 라미가 나오려면 조금 시간적인 여유가 있었기에 소미는 교정을 한 바퀴 돌아보고자 그네에서 몸을 일으켰다. 서걱서걱 모래밭을 지나고 아스콘이 깔린 푹신하면서도 정갈한 트랙을 띠리 느릿하게 발걸음을 옮겼다.

가을답게 청량하고도 선선한 바람이 그녀를 훑고 지나갈 때마다 까만 생머리가 그림처럼 흩날렸다. 흐트러진 머리칼을 귀 뒤로 넘기며 학교의 전경을 바라보고 있을 때였다.

삼삼오오 나오는 아이들을 무심결에 바라보던 소미는 순간, 심장이 쿵, 하고 떨어지는 듯했다. 믿을 수 없게도, 몇 개월 동안의 짝사랑 대상인 그 소년이 아이들 틈에 끼어 있는 것이다.

서, 설마, 선생님이었어?

제일 처음 그녀의 뇌리에 스친 생각이었다. 정말로 작은 아이들 틈에 끼어 있는 그는 학생들을 인도하는 선생님 같은 포스를 물씬 풍기고 있었다. 어쩐지 그가 더 멀리 느껴져 가슴속이 싸하게 아파왔다.

하지만, 다음 순간, 한 아이가 그를 바라보면서 하는 말에 소미는 제 귀를 의심해야 했다.

"완아, 오늘도 검도 학원 가냐?"

서, 설마 그에게 묻는 건 아니겠지? 하지만, 작은 아이의 옆에 선 그는 고개를 끄덕여 보였다.

"응. 가야지."

"검도가 재미있어?"

"응. 좋아. 아빠도 어릴 적부터 쭉 검도를 해오셨다고 하셨어."

"아아. 그렇구나. 저 앞에서 떡볶이 먹고 갈래?"

"아니. 학원 늦는 거 싫어."

"하여튼 완이는 너무 바른생활 학생이라니까?"

키들키들 웃는 아이들의 싱그러운 웃음 같은 건 이미 소미의 귀에 들리지 않았다. 너무너무 엄청난 사실을 알아 버린 소미의 머리는 폭탄이 투하된 것처럼 크나큰 충격을 입고 말았다.

헉, 헉. 그가 초, 초, 초, 초, 초등학생이었다니! 도대체 이게 어떻게 된 일이냐고!

그토록 몇 개월 동안이나 애타게 짝사랑했던 그는 초등학교 선생님도 아니었고, 심지어 같은 또래의 고등학생도 아니었다. 그, 그, 그는 초등학생이었던 것이다!

가만히 생각하니, 그의 목소리를 듣는 순간, 너무 심한 까마귀 소리라 조금 이상하긴 했었다. 한데, 걸출한 외모만 믿고 그 사실을 너무 간과해 버렸다.

휘청. 어지럼증을 느낀 소미는 한 손을 이마에 얹고서 가쁜 숨을 몰아쉬었다. 초등학생 따위한테 반해서 장장 몇 개월이나 미친 짓을 해댄 걸 생각하니, 그냥 지구를 떠나고 싶은 심정이었다. 만약, 이 사실을 미림이 알면 죽을 때까지 놀려댈지도 몰랐다.

그때였다. 아이들 틈에 섞여 나오던 그가 그녀를 발견하고 멈추어 선 것은. 훅, 열 오른 숨결을 내뱉던 그녀 역시 그와 시선을 마주하고서 그대로 얼어붙었다.

초등학생이라고는 도저히 믿기 힘들 만큼 진중한 눈동자가 그녀를 옭아맨 듯 응시하고 있었기 때문이다. 그가 시선을 고정시킨 채 한 발짝 다가오자, 어이없게도 소미는 심장이 떨려 미칠 것만 같았다.

미친! 상대는 초등학생이라고!

하지만……하지만, 저 어디가 초등학생의 외모냐 말이다!

또래의 아이들에게 먼저 가라는 말을 한 그가 한 발짝 더 그녀에게로 다가왔다. 초등학생인 주제에 그는 마치, 인생사를 겪을 만큼 겪은 듯 깊은 눈으로 그녀를 응시하다 가만히 묵례를 해 보였다.

"우리, 구면이죠?"

역시나, 까악까악 까마귀 떼가 주변에 펄펄 날아다닌다. 한데, 무슨 초등학생 말투가 저렇게 공손할 수가 있는지 기도 안 찰 지경이었다.

"으, 응. 아니, 예. 아니아니, 응."

으으, 나 뭐라는 거니, 진짜!

분명히 초등학생인데 외모에서 풍기는 귀족적인 기운에 소미는 요상한 대꾸를 하고 말았다. 얼굴을 붉힌 채 잔뜩 당황한 표정을 짓고 있는 그녀에게 그가 붉은 입술을 올려 씨익 웃음을 머금었다.

쿵.

또다시 소미의 심장이 사정없이 아래로 추락했다.

"그동안 안 보여서 많이 궁금했어요."

뭐?

생각지도 못한 그의 말에 소미는 눈을 동그랗게 떴다. 그가 멋쩍은 듯 슥 이마를 쓸어 올리고서 말을 이었다.

"매일 보이다 안 보여서 걱정도 되고, 서운하기도 했어요."

담담하다 싶을 정도로 여유롭게 흘러나오는 말에 오히려 귀까지 시뻘게진 건 소미였다. 그저, 바라보는 것만으로도 좋아 매일 눈도장을 찍었던 게 효과가 있었던 모양이다. 그 역시 자신을 이렇게 궁금해 하고 있었을 줄이야……가 아니지 않은가.

고소미! 너, 미쳤니? 상대는 초등학생이라고 콧물 찔찔 흘리는 초등학생!

하지만, 콧물을 찔찔 흘리고 있지는 않잖아. 거기다 외모 면에서는 완벽히 비슷한 또래로 보이고……또, 또……이렇게 심장이 울릴 만큼 근사하잖아. 아아, 나 점점 미쳐가나 봐!

"난 완이라고 해요. 류완."

녀석이 고른 치아를 드러내며 이름을 밝혀 오자 소미는 눈을 질끈 감았다 떴다. 나도 몰라, 진짜.

"……난 소미라고 해. 고소미."

"이름 되게 예쁘네요."

그러면서 또다시 살인적인 미소를 던진다. 아니, 초등학생 주제에 뭐가 이렇게 진중하고 어른스럽느냔 말이다. 소미는 싱글싱글 웃고 있는 완을 보며 푸욱 한숨을 내쉬었다.

아아, 진짜, 나도 몰라. 부지런히 키워서 잡아먹는 수밖에.

〈끝.〉

작가 후기

소년 소녀. 쓰는 동안 소년 소녀의 감성을 가져 보려 죽자
고 몸부림을 치면서 썼던 글입니다. 성인으로 넘어오는 시점
부터는 그 감성들을 잊지 않으려 애쓰면서 작업했던 글이기
도 하고요.

제목이 〈소년 소녀〉라 성장소설이라고 생각하시는 분들도
계실지 모르겠지만, 성장소설이라기보다 소년기의 사랑과 성
인기의 사랑을 나눠서 쓰고 싶었다고 할까요? 그래서 성장 소
설은 아니라고 말씀 드리고 싶습니다.

읽으시는 동안 막힘없이 책장을 넘기셨다면 더 바랄 것이
없겠습니다. 간간이 미소도 지으시고 울컥한 감정도 느끼셨

다면 더더욱 바랄 게 없겠습니다. 그리고 마지막으로 새힘과 메이의 사랑이 예뻐 보이기까지 하셨다면 더더더욱 황공할 것 같습니다.

늘 세심한 리뷰로 저를 긴장시키고, 아낌없는 조언을 주신 편집자님 정말 감사드립니다. 이번 작업이 제게는 꽤나 까다로웠는데, 편집자님의 배려 덕분에 크게 고생을 하지 않고 끝낼 수 있었습니다. 같이 고민해 주시고, 위로해 주시고, 도움을 주셔서 진심으로 고맙습니다. 좋은 인연, 오래오래 함께했으면 좋겠습니다. 수고, 많으셨습니다.

오래 기다려 주신 조은세상 출판사 관계자 분들께도 심심한 감사의 말씀을 드립니다.

제 소중한 작가님들께도 안부의 인사드립니다. 늘 후기 때마다 쓰는 염치없는 말이지만, 연락 자주 못해서 미안합니다. 일일이 열거하지 않아도 제 마음 아시죠?

아, 그리고 거론하지 않을 수 없는 문언희 작가님, 늦었지만 결혼, 진심으로 축하드립니다. 백년해로하시길 바랍니다.

역시나 연락을 제대로 못해 죄송한 명숙 언니, 선주 언니께도 죄송함을 담은 감사의 인사를 드립니다. 늘 명랑한 은현 씨도 고마워.

마지막으로 늘 묵묵히 저를 응원해 주시는 우리 가족에게도 감사의 말씀을 드립니다. 가족사에 소홀해서 늘 죄송합니다. 말씀드리지 않아도 아시리라 믿어요. 출산일이 임박해온 예진 양, 순산을 기원한다. 파이팅!

날씨가 제법 선선합니다. 끝까지 읽어 주시고 응원해 주신 모든 분들께 감사드립니다. 저는 다음 글에서 다시 인사를 드리겠습니다. 그때까지 건강하세요.

가을의 문턱에서 이경미 드림.